TRÜGERISCHES LICHT

KRIMINALROMAN

PATRÍCIA
MELO

TROPEN

AUS DEM BRASILIANISCHEN PORTUGIESISCH
VON BARBARA MESQUITA

MIX
Papier aus verantwortungsvollen Quellen
FSC® C083411
www.fsc.org

Tropen
www.tropen.de
Die Originalausgabe erschien unter dem Titel »Fogo-Fátuo«
im Verlag Editora Rocco, Rio de Janeiro

Printed in Germany
Umschlag: Herburg Weiland, München
Unter Verwendung eines Fotos von © Robert Daly/Getty Images
Gesetzt von Dörlemann Satz, Lemförde
Gedruckt und gebunden von CPI – Clausen & Bosse, Leck
ISBN 978-3-608-50215-2

Für Jane Belucci, die diesen Weg erleuchtet hat.
Und für Johnny, allezeit.

PROLOG

»Du musst dir die Sterne ringsherum vorstellen«, sagte Fábbio Cássio und zeigte auf den hoch aus dem Gebirge aufragenden Gipfel, der die Landschaft beherrschte. »Ich sage immer: Das ist mein ganz persönlicher Artesonraju.«

Die Journalistin war jung und unerfahren und lächelte, um ihre Unwissenheit zu überspielen.

Sie saßen auf der Veranda des Hauses in Campos do Jordão, wo »die saubere Luft in der Nase kitzelt«, wie Olga sagte, die Mutter des Schauspielers, eine hyperaktive Witwe, die soeben Tee und Mandelkuchen auf dem Beistelltisch platziert hatte. Während sie die beiden bediente, erklärte sie, genau das sei die große Begabung ihres Sohnes: Sterne zu sehen, wo keine waren. »So ist er eben: Wo für uns bloß ein Berg der Serra da Mantiqueira ist, erkennt er das Logo von Paramount Pictures.«

Die junge Frau fand den Tee großartig. Und den Kuchen köstlich. »Erzähl mir mehr von deinem Talent«, bat sie ihn.

»Ich glaube, es kommt daher, dass ich Einzelkind war. Ich bin alleine aufgewachsen«, erwiderte Fábbio. »Mann, ich habe meine Welt immer viel interessanter und bunter gefunden als eure. Die sogenannte Realität. Die Welt der Steuern. Ich hasse Steuern. Ich hasse Autowerkstätten, Baumärkte, all diese Dinge der realen Welt. Inflation, Dow Jones, mir wird schlecht, wenn ich in die Welt der Warteschlangen muss. Das war noch nie meins.«

Olga pflichtete ihm bei: »Ganz und gar nicht.«

»Ich kann mich noch daran erinnern, dass meine Schulfreunde

völlig verrückt nach *Punky Brewster*, dieser Fernsehserie, waren. Kennst du die noch? Ach so, ja, *Punky Brewster* war vor deiner Zeit. Ich war anders. Ich fand *Punky* okay, aber mehr auch nicht. Ich bin in den Garten gegangen und hab mir mein eigenes Fernsehprogramm gebastelt, *He-Man und seine Gäste*, ich habe den Moderator gespielt, He-Man selbst und auch seine Gäste: Die Prinzessin des Universums, She-Ra und alle Masters of the Universe, die *ThunderCats* und die Kinder aus *Dungeons & Dragons*, und natürlich *Punky Brewster*. Ganz zu schweigen von der Chaves-Clique. Ich finde ja, Chaves ist der Charlie Chaplin Südamerikas.«

Er legte eine Kunstpause ein: »Mann, Chaves ist echt der Wahnsinn.« Und dann: »Jahrelang habe ich meine Phantasie trainiert, meine Möglichkeiten ausgelotet. All das ganz spielerisch. Ich war noch keine zehn, da war der Zug schon losgedampft, schon damals war der Schauspieler in mir auf der Suche nach Rollen. Ich kann mich noch daran erinnern, dass ich besonders gern die Folge ›Chaves in Acapulco‹ gespielt habe. Du wirst lachen, aber so habe ich mir tatsächlich ein großes Repertoire und eine ganz eigene Spieltechnik zugelegt.«

Die unverhohlene Bewunderung der jungen Frau feuerte den Schauspieler in seinem Überschwang nur noch weiter an. Bewundert, verhätschelt, beobachtet, fotografiert zu werden, all das beflügelte ihn, er fühlte sich so wohl in seiner Haut, dass er sich sogar zu Enthüllungen hinreißen ließ: Seine Fans ahnten ja nicht, dass sich das doppelte B in seinem Namen Fábbio »einer kabbalistischen Eingebung« verdankte, die er nicht erklären konnte. »Denn die Kabbala ist eine echt irre Story, wenn man kein Aramäisch kann, begreift man gar nicht, wie komplex das Ganze ist.« Der Journalistin entfuhr ein »Wow!«. Sie fragte Fábbio, ob er Aramäisch spreche. »Den Luxus gönne ich mir irgendwann«, verkündete er und dachte dabei, dass er zuvor allerdings noch Englisch lernen müsse. »Aber erst, wenn mein Stück abgesetzt wird.«

»Interessant ist ja, dass du früher in *Eisen und Feuer: Auf Biegen und Brechen* gespielt hast und jetzt in *Narrenfeuer* auftrittst«, sagte die junge Frau. »Ist Feuer dein Element?«

Was für ein Zufall, darüber hatte er noch gar nicht nachgedacht. Feuer hier wie dort. Doch sein Element war die Luft, sein Sternzeichen Waage. Mit Aszendent Krebs. »Wie Jeff Goldblum, dieser schielende Schauspieler, weißt du? Der Typ ist ein Multitalent: Der Typ singt, der Typ schauspielert, der Typ ist der Hammer. Aber frag dich mal lieber: Womit wird das Feuer geschürt?«

»Mit Holz?«, antwortete sie unsicher. Er lachte. »Holz ist doch kein Element. Ich rede von meinem Sternzeichen. Die Luft der Waage schürt das Feuer – die Luft, der Traum, die Magie. Das Wasser des Krebses dagegen hält das Feuer unter Kontrolle.«

Sie hatte bereits den Anfang des Artikels im Kopf: Sie würde die Wirkung seiner blauen Augen mit einem Schlag mitten ins Gesicht vergleichen. Die Schwierigkeit würde darin bestehen, das elegant auszudrücken. »So viel Schönheit ist einfach unfassbar«, würde sie schreiben. Und seinen Körper so schildern: »Eine makellose Architektur aus Muskeln mit einem Rumpf, der dem Schild eines mittelalterlichen Kriegers gleicht und der wie eine Krone fest auf einem Paar atemberaubender Beine ruht.« Um nicht zu flapsig zu werden.

Sie konnte gar nicht aufhören, ihn anzuhimmeln, was für ein Mann, diese Zähne, diese Freundlichkeit. Und genau diese Art von Bewunderung war es, die »eine Bremse in ihm löste«.

»Das muss es sein«, sagte er. »Du bringst mich zum Reden.« Zum Beispiel war ihm jetzt danach, die Geschichte von dem Vorsprechen zu erzählen, das sein Leben als Schauspieler von Grund auf verändert hatte.

»Alfredo Marcos, der heute der Regisseur von *Narrenfeuer* ist, war damals für das Casting verantwortlich. Es ging um die Rolle eines homosexuellen Gewerkschaftlers in einer neuen Fernsehproduktion, die ich unbedingt haben wollte, die Serie sollte zur besten Sendezeit bei Rede Espectacular laufen und versprach, ein Riesenerfolg zu werden. Ich wurde zum Vorsprechen eingeladen. Als ich im Studio ankam, standen die Leute bis an die Ecke Schlange. Ich hatte so was noch nie gesehen. Du weißt ja: die Realität, Schlangestehen, ich hasse so was. Ich war total blockiert. Musste fünf Stunden warten, bis ich dran war. Als ich zum Set hineinging, war bereits ein anderer Schauspieler da und erwartete mich. Er legte den Finger auf die Lippen und bedeutete mir, leise zu sein. Da bemerkte ich, dass das Aufnahmeteam schon dabei war zu drehen. Ich wartete ein oder zwei Minuten, bis der Schauspieler sich räusperte, eine Schachtel Zigaretten aus der Tasche zog und mich fragte, ob ich rauche. Ich verneinte und hatte nicht den geringsten Schimmer, was dort ablief. In dem Moment kam Alfredo Marcos, den ich damals noch nicht kannte, hinter den Kameras hervor und sagte ›Vielen Dank, das Vorsprechen ist für Sie beendet‹. Da stand ich nun in meiner nagelneuen, extra für den Anlass gekauften roten Hose und traute meinen Ohren nicht. In mir brannte der homosexuelle Gewerkschaftler, der auswendig gelernte Text, die einstudierten tuntigen Gesten, ich hatte eine Ewigkeit gewartet, und dann ließ man mich derart auflaufen, dass ich, anstatt mich zu beschweren und nach der Szene zu fragen, die man mir zur Vorbereitung aufgegeben hatte, anstatt zu reagieren und irgendetwas zu tun, mich umdrehte und ging, nicht ohne mich vorher in aller Artigkeit, zu der Dona Olga mich erzogen hat, zu bedanken. Jetzt, wo Alfredo und ich wie

Brüder sind, hat er mir gestanden, dass er das mit allen Kandidaten so machte. Er wollte einen Schauspieler, der aufbegehrte, der vehement für seine Rechte eintrat, der ihn dazu zwang, die von dem Produktionsteam vorgeschlagene Szene zu drehen, und da ich nichts dergleichen tat, gelangte er zu dem Schluss, dass ich für die Rolle des Gewerkschaftlers nicht geeignet wäre. Die Lektion, die ich dadurch gelernt habe und weitergebe: Allein der Wunsch, berühmt zu sein, nützt nichts. Ruhm will erkämpft sein.«

Olga mischte sich ein und erklärte, der Weg ihres Sohnes zum Erfolg sei sehr beschwerlich gewesen. »Erstens, weil der Beruf des Schauspielers in Brasilien vererbt wird. In dieser Hinsicht ist Fábbio ein armes Würstchen. Er ist Schauspieler, weil er dazu geboren ist. Und dann, schreiben Sie das auf, hat mein Sohn ein furchtbares Manko: Er sieht gut aus. Und anders als in den Vereinigten Staaten sind die Regisseure hier voreingenommen, wenn jemand gut aussieht. Gutes Aussehen gilt in Brasilien als Synonym für Flachgeistigkeit, für mangelnde Begabung. Wie kann jemand gut aussehen und obendrein noch ein guter Schauspieler sein? Genauso ist es, wenn jemand zugleich Sänger und Schauspieler ist. Das wird hier nicht akzeptiert. Schriftsteller und Schauspieler? Niemals. Ist man in den Vereinigten Staaten Schauspieler und Hip-Hop-Musiker, super, dann ist man der Größte. Aber die hinterwäldlerischen Brasilianer tolerieren keine Hybridwesen: Entweder man sieht gut aus oder man ist gut. Wenn man gut ist und noch dazu hässlich, wunderbar, die Hässlichkeit ist das Gegengewicht zum Talent. Unterm Strich muss jedenfalls null rauskommen, das ist die brasilianische Nationalformel: + 1 – 1 = 0.«

Wenn irgendetwas Olga beflügelte, dann war es das Gelächter ihres Sohnes. Wenn er anfing zu lachen, und zwar über das, was sie sagte, wuchsen ihr förmlich noch zwei oder drei Münder mehr, um all ihre Ideen loszuwerden: »Natürlich sind die Regisseure manchmal beeindruckt davon, wie gut jemand aussieht. Dann heißt es: ›Hemd aus, wir drehen.‹ Dann dreht er zweihundert Episoden ohne Hemd, und wenn alles gut läuft, wenn den Hausangestellten – die jetzt keine Hausangestellten mehr sind, weil Brasilien endlich langsam aufhört, eine Sklavenhaltergesellschaft zu sein –, wenn den Telefonistinnen aus den Callcentern sein Gesicht gefällt, seine Rolle, dann steigt er vielleicht zum männlichen Star auf. Mit der Erlaubnis, das und nur das zu sein: der Schönling, der romantische Partner der superattraktiven weiblichen Hauptfigur. Mit ganz viel Glück bekommt er nach zehn hemdlosen Drehjahren eine Rolle als Bösewicht, die im Allgemeinen den Hässlichen vorbehalten bleibt, Sie wissen ja, unbegabten Theaterschauspielern. Aber bevor das geschieht, muss er lange den Guten spielen, muss viel leiden, natürlich aus Liebe, und wenn er das ordentlich macht, wird sich niemand beschweren, wenn er für Joghurt gegen Darmträgheit wirbt. Das ist das Leben eines Fernsehschauspielers. Und wehe dem Seifenopern-Star, der beschließt, sich im Theater an einen Shakespeare zu wagen. In Brasilien wird das nicht akzeptiert. Hören Sie genau zu: Um in diesem Land den Hamlet zu spielen, um als Hamlet gefeiert zu werden, muss man ein grauenhafter Schauspieler sein. Dann ist man ein guter Hamlet. Dann ist man überzeugend. Aber wenn man gut aussieht, nun, dann ist man eben nicht Hamlet. Dann ist man eine Farce. Prätentiös. Gut auszusehen ist das Letzte. Man ist ein Blender. Lachen Sie nicht: Seine Attraktivität ist für Fábbio stets eine Last gewesen. Als Amerikaner wäre er automatisch ein Brad Pitt geworden. So ist das Land, in dem wir leben, selbst ein hübsches Gesicht ist hier von Nachteil.«

Fábbio hörte erst zu lachen auf, als seine Mutter anfing, mit den Theaterkritikern ins Gericht zu gehen. Das war keine gute

Idee, dachte er. Aber sie konnte von dem Thema nicht lassen. Sie war es leid, was die Kritiker in den Zeitungen über ihren Sohn schrieben. Sie hatte sie satt.

»Diese Ratten«, sagte sie. »Sie sind doch Reporterin, haben Sie zufällig ein paar dieser Kritiken gelesen? Die haben doch vor nichts Respekt. Sogar den großen Drieu la Rochelle haben sie im Staub zertreten. Der antisemitische Freund von Man Ray, so nennen sie den Autor des Stücks, in dem mein Sohn spielt.«

Die Journalistin war verwirrt. *Rain Main?* Der Film? Besser, sie fragte nicht nach. Die Frau ihr gegenüber riss zornentbrannt die Augen auf: »Zu behaupten, Fábbio sei lächerlich in der Rolle des Selbstmörders? Warum?«

»Ist es eine Komödie?«, fragte die junge Frau unsicher.

»Liebes Kind, das ist keine Frage des Genres, sondern der Prinzipien. Für diese Neidhammel passt der Gedanke von existentiellem Konflikt, von Selbstmord und Tod nicht mit dem guten Aussehen meines Sohnes zusammen. Fábbio Cássio darf nur der romantische Held in der Acht-Uhr-Seifenoper sein. Er hat glücklich zu sein. Einen Selbstmörder darf er nicht spielen, wir sind schließlich nicht in den Vereinigten Staaten, wo die Marylin Monroes sich im wahren Leben umbringen. Hier tun das nur die Hässlichen. So ticken unsere Kritiker. Das Schlimmste von allem ist, dass dieses Pack tatsächlich die Macht hat, den Erfolg einer Produktion zunichtezumachen. Das sind diese Möchtegernkritiker, diese Läuse der Journaille, die an Universitäten mit so merkwürdigen Namen wie FAMECISP oder ESUCOM studieren und letztlich die Entstehung eines nationalen Broadways verhindern. In Brasilien betreibt die Kritik eine Politik der verbrannten Erde. Ich sage immer zu meinem Sohn: ›Du weißt doch, das Projekt, das in der Schublade liegt und nie vorankommt. Das ist die brasilianische Kritikerseele.‹«

An dieser Stelle beschloss die Reporterin, das Interview zu beenden: »Können wir im Garten noch ein paar Fotos machen?«

In den Händen der in Scharen ins Foyer des Alexandre-Herculano-Theaters strömenden Damen befand sich die Zeitschrift mit Fábbio Cássio auf dem Titelblatt, Seite an der Seite mit seiner Mutter. Auf hochhackigen Schuhen hielten die Wartenden ungeduldig Ausschau nach Olga.

Nicht einmal Cayanne, die dank ihrer Rolle in *Die Miezen und die Nerds* jüngst zur Berühmtheit aufgestiegene, japanischstämmige Frau des Schauspielers, konnte der Matriarchin die Show stehlen. Olgas Anwesenheit im Foyer gehörte einfach zum Überraschungserfolg der Saison dazu. Niemand wusste, wann genau diese Mode aufgekommen war, aber nun war es so: Den grell geschminkten Frauen, normalerweise das Publikum von Komödien über die letzten Dinge des Lebens, reichte es nicht mehr, Fábbio Cássio live zu sehen. Autogramm und Handyfoto waren nicht mehr genug. Sie mussten sich unbedingt auch mit Olga unterhalten und Fotos mit ihr schießen, um das Programm komplett zu machen.

Deshalb war das Publikum enttäuscht, dass sie an diesem regnerischen Freitag nicht da war. Vorboten der Tragödie, die da kommen sollte.

Gleich nachdem der Schauspieler, gefolgt vom tosenden Beifall der Damen im Publikum, die unisono losklatschten wie eine Sinfonie von Blasen in einem Topf mit kochendem Wasser, die Bühne betreten hatte, entstand eine lange Stille, wie sie im Theater gefährlich werden konnte.

»Was macht der Idiot da bloß?«, fragte sich, befremdet von dem Novum, Alfredo Marcos im Bühnengraben. Einige Leute husteten, die Stühle knarrten, schließlich rief jemand »Anfangen!«. Der Regisseur, der schon das Schlimmste befürchtete, drückte auf den Applaus-Knopf, der in hysterische Ovationen mit den Ausrufen »Schön! Großartig!« mündete, und endlich begann die Aufführung mit einem Mann, der auf der verdreckten Toilette eines Pariser Cafés Drogen nahm.

Einer der anwesenden Kritiker, dessen Meinung über die Aufführung sich durch die Tragödie änderte, schrieb später, »dass da etwas in der Luft lag, das über den Text hinausging und dafür sorgte, dass das beherrschte und eindringliche Spiel Fábbio Cássios dem von Maurice Ronet in Louis Malles Film *Das Irrlicht*, der auf dem Roman von Drieu la Rochelle basierte, in nichts nachstand«.

Die Wahrnehmung der Regie war eine andere. Bis zur Hälfte der Aufführung war Fábbio unkonzentriert gewesen, hatte stellenweise den Text vergessen und Alfredo Marcos' Handlungsanweisungen nicht befolgt.

Später stellte sich heraus – und es war Olga selbst, die die Geschichte im Rahmen ihrer Aussage bei der Polizei erzählte –, dass Fábbio an jenem Nachmittag sehr mitgenommen gewesen war vom Tod Godzillas, eines Deutschen Schäferhundes, den Cayanne aus dem Tierheim des Viertels geholt hatte, nachdem der Vorbesitzer ihn hinten ans Auto gebunden und mehrere Häuserblocks weit mitgeschleift hatte.

»Kann der Tod eines Haustiers eine schwere depressive Verstimmung auslösen?«, fragte sich tags darauf die Presse. Fachleute diskutierten über das Thema, spekulierten, doch nichts und niemand konnte erklären, was tatsächlich an jenem Freitagabend vorgefallen war.

Es war zwanzig vor zehn, als Fábbio zum Schlussmonolog des Stücks ansetzte. Der Selbstmord ist ein fast schon vorhersehbares Ende bei einem Text, der mit dem Satz beginnt: »Ich habe mir immer zum Vorwurf gemacht, ich zu sein« und dessen zentrales Thema der Tod ist. Die Zuschauer waren also nicht überrascht, als Fábbio den Revolver aus dem Schrank holte, sich mit dem Rücken zum Publikum gewandt auf den Boden setzte und sich eine Kugel in den Kopf jagte. Dann ging zum letzten Mal das Licht aus und der Applaus brandete los.

Viele Zuschauer waren beeindruckt von der Wirklichkeitsnähe der Szene.

»Ich habe das Blut direkt sprudeln gesehen«, erklärte die Mitarbeiterin eines Callcenters.

Eine in der Mitte der ersten Reihe sitzende Dame war es, die den Alarm auslöste. Ihre Handflächen brannten schon vom vielen Klatschen, als sie den Geruch von Blut wahrnahm. Sie blickte nach unten und bemerkte auf ihrem neuen Kostüm eine rötliche, weiß gesprenkelte, gallertartige Masse. Tage später sollten die Sachverständigen bestätigen, dass es sich dabei um einen Klumpen von Fábbios Gehirn handelte.

TEIL I

1

Es war weder Krebs noch Niereninsuffizienz. Es war auch nicht das Herz. Es war etwas anderes, dachte sie, es waren kostbare zwölf Milliarden Neuronen, die allmählich vernichtet wurden. Und es war auch eine Sinnkrise, die für manche zusammen mit der Rente einsetzte. Die Geschwindigkeit, mit der alles vonstattenging, war erschreckend: Heute noch war man das Familienoberhaupt. Anderntags lief man ziellos in Pantoffeln umher und vergaß Dinge, plötzlich stopften sie einem Tabletten in den Mund, überwachten, was man ausgab und was man aß. Bei ihrem Vater jedenfalls war es so gewesen. Nach und nach war der alte Mann immer gebeugter geworden, war in sich zusammengesunken, war erloschen. Daran würde er bald sterben. Im Grunde genommen starb er bereits. Tag für Tag sah sie mit an, wie er verfiel, gleich einem hundertjährigen Baum, der nur eines gehörigen Sturms bedurfte, damit er umstürzte. Ihre Alarmglocken schrillten bereits seit längerem: Der Tag rückte näher. Sie hasste es, sich das einzugestehen, aber so war es. Aus diesem Grund hatte sie sich diese Reise ausgedacht. Der Vorwand war der achtzigste Geburtstag des Patriarchen gewesen. Doch für sie war es insgeheim eine Abschiedsreise. Sie wollte nicht, dass er ginge, ohne dieses Land, diese Arena gesehen, ohne all diese Sänger gehört zu haben.

Von ihrem Tisch aus sah Azucena Gobbi zu, wie ihre Eltern aus dem Fahrstuhl stiegen und in die entgegengesetzte Richtung vom Restaurant gingen. Mit winzigen, unsicheren Schritten trippelte Damaso vorwärts, die kleinen Augen auf den Boden gerichtet. Ihre Mutter ging in Gesundheitssandalen, die ihre Füße größer erscheinen ließen, vor ihm her.

Als Azucena aufstand, um sie zu holen, drehten die Touristen am Nebentisch sich um und schauten ihr nach. Sie war nicht hübsch. Aber sie hatte eine athletische, hochgewachsene, schlanke Figur und blaue Augen, die von der ihr so verhassten Nase mit dem vorspringenden Höcker ablenkten.

Es versetzte ihr einen Stich ins Herz, als sie einmal mehr bemerkte, dass der schwache alte Mann, der wie ein folgsamer Hund hinter seiner Frau hertrottete, nichts mehr gemein hatte mit dem Kommissar ihrer Kindheit, dem alten italienischen Löwen aus Guarulhos, als der er in der Stadt bekannt war. »Vater«, sagte sie, indem sie von hinten auf ihn zuging und ihm die Richtung wies, »es ist auf der anderen Seite.«

Mit Damaso auf ihren rechten Arm gestützt, kehrte sie nun ins Restaurant zurück, gefolgt von ihrer über die Klimaanlage schimpfenden Mutter.

Der Tag war anstrengend gewesen. Am frühen Morgen hatte Washington, der als Kommissar der zentralen Mordkommission von São Paulo vorstand, bei der sie für die Spurensicherung verantwortlich war, angerufen, um das Kaliber der Waffe abzugleichen, mit der im Zentrum der Stadt drei Polizisten getötet worden waren. Ich bin im Urlaub, hätte sie am liebsten geantwortet. Aber sie kannte das Räderwerk nur zu gut, das sich in Krisenzeiten, wenn die Anzahl der Mordfälle in der Stadt in die Höhe schnellte, in Bewegung setzte. Schon bei anderen Gelegenheiten war es so gewesen: Jedes Mal, wenn der Gouverneur von den Zahlen erfuhr, begann er den Tag damit, auf den Innenminister einzuprügeln, der in einem Dominoeffekt den Leiter der Mordkommission unter Druck setzte, der seinerseits die Tritte an das

Team in der Zentrale weitergab. Der Auslöser aber, der das Räderwerk in Gang setzte, war die Presse. Und die Presse widmete den Polizistenmorden, die in der Stadt verübt wurden, die größtmögliche Aufmerksamkeit.

»Jetzt drücken sie richtig auf die Tube und vergleichen São Paulo schon mit Kolumbien«, sagte Washington. Es könnte noch viel schlimmer sein, Azucena wusste es, sie könnten von gescheitertem Staat sprechen, viel fehlte dazu nicht. Washington musste tagtäglich ins Büro des Ministers gehen und ihm Rechenschaft ablegen. »Als ob es in São Paulo schlimmer wäre als im restlichen Brasilien und nicht umgekehrt. Als ob bei uns mehr gemordet würde. Wir sind hier nicht in João Pessoa und auch nicht in Rio de Janeiro. Die kriminellen Gruppen hier sind hirnlose Haufen. Hier hat das organisierte Verbrechen keine einheitliche Struktur wie in Rio. Was soll der Unsinn, von Krieg zu reden? Blöde Idioten«, sagte er und meinte damit die Journalisten. »Diese Bande von Gerüchteköchen macht mir das Leben zur Hölle.«

Am Eingang zum Restaurant bemerkte Azucena einen ergrauten Herrn in Begleitung einer wesentlich jüngeren Frau. »Das ist der Dirigent von *Aida*, den wir gestern gesehen haben«, flüsterte sie ihrem Vater ins Ohr. Opern waren das Einzige, was in dem alten Mann etwas Lebensfreude weckte. Einen Moment lang hellte Damasos Gesicht sich auf. Zu den Geburtstagsfeierlichkeiten gehörten Besuche von *La Bohéme* und *Der Barbier von Sevilla* in der Arena von Verona.

Es war nicht möglich gewesen, die gesamte Familie Gobbi zu versammeln. Giulia, Azucenas jüngste Schwester, kam mit ihrem Biologiestudium nicht recht voran und hatte in den Semesterferien in Guarulhos bleiben müssen. Wenn Giulia nicht so eine gute Praktikantin bei der Spurensicherung der Zentrale gewesen wäre, hätte Azucena es sich zweimal überlegt, sie von den Geburtstagsfeierlichkeiten auszuschließen. Ihr beißender Humor, ihre jugendliche Strahlkraft und ihr quirliges, sprunghaftes Wesen machten aus dem Mädchen ein wirksames Mittel gegen die langweiligen Familienzusammenkünfte und einen echten Gegenpol zu Ana, der mittleren Schwester, die das erste Mal schwanger war und sich im Restaurant gerade zu ihnen gesellt hatte. Ana, der Handy-Zombie. Azucena hatte ihr diesen Beinamen auf der Reise verpasst. Die Zentrale steckte voller Leute, die wie Ana waren, abgestumpfte Menschen ohne Saft und Kraft, die ihren Blick nicht vom Display ihrer Handys abwenden konnten, die pausenlos auf der Tastatur herumtippten, die tippten, während sie mit einem redeten, tippten, während sie Auto fuhren, tippten, während sie eine Leiche transportierten, Leute, die mehr tippten als lebten, aber Ana in ihrer Teilnahmslosigkeit, mit ihrem monumentalen Mangel an Gesprächsstoff, dachte Azucena, war ein Fall nah an der Grenze zum Schwachsinn.

Sie hatte den Vorsatz gefasst, sich weder über sie noch über ihre Mutter aufzuregen. Aber leicht war das nicht. Als der Kellner kam, um die Bestellung aufzunehmen, gab Jandira, Azucenas Mutter, eine Vorstellung der besonderen Art. Sie sprach ganz langsam auf Portugiesisch, einen Ton lauter als nötig, wie zu einem tauben Kind. Sie prüfte jedes Gericht, jeden Preis, rechnete von Euro in Real um, nur um am Ende zu verkünden, sie habe keinen Hunger.

Seit ihrer Ankunft hatte Azucena etwas noch nie Dagewesenes bemerkt: Jandira benahm sich, als ob ihr Mann gar nicht existierte. Die Verkehrung der Rollen war offensichtlich: Nun, da der Löwe zahnlos war, wollte das Hausmütterchen sich für ein langes Leben der Unterordnung rächen.

Als das Essen kam, war Damaso gerade damit beschäftigt, die Künstler auf den Fotos zu identifizieren, die die Wände bedeckten: Maria Callas, Franco Corelli, Mirella Freni, Carlo Bergonzi, Luciano Pavarotti, Renata Tebaldi, Ghena Dimitrova, Giuseppe di Stefano und Maria Caniglia. Er war guter Dinge, bei klarem Gedächtnis, vermutlich vom Wein, der sich im Blut ausbreitete, dachte sie und füllte abermals das Glas des alten Mannes. Jandira warnte sie, sie werde alles Doktor Alceu erzählen. Während des Abendessens wiederholte sie ihre Drohung fünf oder sechs Mal: »Wenn er wieder einen Anfall von Gedächtnisschwund hat, ist das deine Schuld.« Viele solcher Anfälle hatte es nicht gegeben, vier an der Zahl, ganz punktuell. Eines Sonntags hatte er nach dem Backgammon den Weg nach Hause vergessen. Bei anderer Gelegenheit hatte er Jandira aus Versehen im Kino zurückgelassen.

Der Arzt hatte ganz klar gesagt: »Ihr Vater hat kein Alzheimer. Seine Krankheit ist eine andere. Sie heißt Alter.«

Azucenas Mutter konnte sich mit dem Verfall ihres Mannes nicht abfinden. Wäre sie bei der Spurensicherung, sie hätte bereits resigniert, dachte Azucena. Kriminaltechniker alterten schnell. Ebenso wie Kommissare.

»Herzlichen Glückwunsch zum Geburtstag, Papa«, sagte sie und erhob ihr Glas, bemüht, an diesem Abend eine festliche Stimmung aufkommen zu lassen.

Ehe sie in die Arena aufbrachen, fasste sie sich ein Herz, ging zum Nebentisch und bat den Dirigenten um ein Autogramm. Die Begleiterin des Dirigenten, ein junges, leicht angeheitertes Mädchen in einem winzigen Kleid, setzte einen Kuss neben seine Unterschrift. Die beiden mussten ein Verhältnis haben.

»Sie wollte dir ebenfalls ein Autogramm geben«, sagte sie zu ihrem Vater, als sie ihm das aus ihrem Kalender herausgerissene

Blatt zeigte, auf dem zu lesen stand: *To Damaso, most sincerely, Gilbert Wannick.*

Die Straßen der Stadt wimmelten von Japanern, Koreanern und Russen. Touristen. Sie waren nicht wegen der Oper gekommen. Sie wollten sich amüsieren, und die Oper war so etwas wie der Eiffelturm, den man sehen und fotografieren musste. Scharenweise drängten sie sich in die Arena in der Erwartung, Bühneneffekte zu sehen, Paraden siegreicher Truppen, Feuerschlucker, äthiopische Gefangene, Elefanten und Pferde oder andere grandiose Szenen.

Ana und Jandira gingen voraus und blieben an den Straßenecken stehen, wo frisch in Italien eingetroffene Afrikaner nachgemachte Gucci- und Prada-Taschen verkauften. Azucena und ihr Vater folgten ihnen Arm in Arm. Er verstand nicht, wie der Dirigent der Oper, die sie am Abend zuvor besucht hatten, dazu imstande gewesen war, den Chor mit dem Rücken zum Publikum zu platzieren. Wer hatte ihn bloß auf die Idee gebracht?

»Der Teufel«, erwiderte seine Tochter. »Man konnte gar nichts hören.«

Wenig später hatte die Familie es sich im Parkett bequem gemacht. In der Arena befanden sich sechzehntausend Menschen, die allesamt eine Taschenlampe oder ein brennendes Feuerzeug in der Hand hielten und damit eine grandiose Wirkung erzeugten. Als sich die Bühne in das Café Momus verwandelte und die Pariser Boheme mit Fahnen, Fahrrädern, Holzbeinen, Luftballons, Feuerwerk und allen Requisiten Einzug hielt, um das Publikum vor Begeisterung toben zu lassen, blickte Azucena zur Seite. Ihr Vater schlief.

2

Fábbio betrachtete sich im großen Spiegel des Fahrstuhls. Hände in den Taschen, Augenringe. Er konnte nicht genau sagen, was gerade vor sich ging, aber etwas sehr Merkwürdiges lag in der Luft. Sein Kopf glich einem Bienenstock. Sollte seine Mutter in Bezug auf den Hund etwa recht gehabt haben? Ein Hund von erstaunlicher Hässlichkeit, der grunzte anstatt zu bellen? Vielleicht verströmte das Tier schädliche Energien. Die mit den widerwärtigen Fotos zu tun hatten. Mit Cayannes Lügen. Eines stand fest: Cayanne log wie gedruckt. Und die Geschichte fing bereits an durchzusickern. Beim Durchscrollen der Webseiten der Klatschpresse hatte er an diesem Morgen ein Foto seiner Frau beim Spaziergang im Park entdeckt, darauf ein roter Pfeil, der auf den Ringfinger ohne Ehering zeigte. Darunter in roten Lettern sogleich das Gift: »Ist sie wieder solo?«

Plötzlich merkte er, dass er noch gar nicht auf den Fahrstuhlknopf gedrückt hatte. Er brauchte bloß sein Bild im Spiegel zu sehen, und schon war er wie gelähmt. Er würde eine Tonne Gurkenscheiben benötigen, um die Augenringe loszuwerden. Aber zugegeben, das Haar war gut geschnitten

Er drückte auf Parkdeck. Die goldene Regel: Journalisten gut zu behandeln war zwecklos. Heute berichteten sie über das tolle Leben, das man führte, über die Uhrensammlung oder das Risotto-Rezept mit Birne und Taleggio, und morgen gaben sie erst dann Ruhe, wenn sie einen auf frischer Tat dabei erwischten, wie man in den Rinnstein kotzte.

Fábbios Mutter bestand darauf, dass er einen Anwalt zu Rate

zog. »Wenn man sich trennt, dann besser ohne dass Fleisch im Stacheldraht hängen bleibt. Schlag ihr ein Stillschweigeabkommen vor und lass sie nicht mit leeren Händen gehen. Nachtragende Frauen neigen zu übler Nachrede.«

Auf dem Parkdeck angekommen, tauchte plötzlich ein Mann in der Uniform eines Wachmannes vor ihm auf.

»Sind Sie neu hier?«, fragte Fábbio misstrauisch.

Der junge Kerl sah nicht aus wie ein Wachmann. Er wirkte eher wie einer dieser abgehalfterten Fans aus Djavans Fitnessstudio. Und was, wenn er es sich nicht bloß einbildete und er tatsächlich verfolgt wurde? Tage zuvor hatte er einen eindrucksvollen Traum gehabt: Ein alter Sadist wie der auf den Fotos war im Theater hinter den Kulissen aufgetaucht und hatte gesagt: »Ich bin hier, um abzukassieren.« Unheimlich.

Er setzte sich ins Auto, stöpselte sein Handy in die Musikanlage und fuhr los. *I want a girl with fingernails that shine like justice.* Auf der Fahrt durch die Straßen von Higienópolis lauschte er *Short skirt, looooooooong jacket* von John McCrea. Er sollte das Lied seiner Psychoanalytikerin vorspielen. »Was erwarten Sie sich von dieser Beziehung?«, hatte sie ihn bei der letzten Sitzung gefragt, nachdem er den Mut gefunden hatte, ihr zu offenbaren, dass er mit Cayanne nicht einmal eine halbwegs anständige Erektion zustande brachte. *I want a girl with smooth liquidation.* Daraufhin hatte Vera wieder von dem mangelnden Gleichgewicht angefangen: er, der Erfolgreiche, sie, die Statistin, er mit einer Übermutter, sie abgelehnt von der Familie.

»Das ist eine Asymmetrie historischen Ausmaßes«, hatte Vera erklärt. Es waren die Wörter, die sie benutzte, die er an ihr mochte. Er hatte festgestellt: Die Psychoanalyse war ein Meer aus Wörtern und neuen Ausdrücken. Spielerisch. Ein Wort, das er liebte. Und Komfortzone. Wörter, die in Interviews große

Wirkung erzielten. Und Vera verstand es, die Dinge zu erklären.

»Mangelndes Gleichgewicht herrscht, wenn Cayanne in den Abgrund stürzt und Sie mit dem Flugzeug über sie hinwegfliegen. Kommt Ihnen das bekannt vor?«, hatte sie gefragt. »Oder wenn Cayanne an Ihrem Geburtstag aus der Torte springt.« *She is fast and thorough.*

Er hatte nichts damit zu tun gehabt, seine Freunde waren es gewesen, die ihm an seinem Geburtstag diese Überraschung bereitet hatten. Sein Fehler hatte darin bestanden, Cayanne nicht wieder in das Styroporinnere der Torte zurückbefördert zu haben. Tatsächlich hatte er alles verkehrt gemacht. Er war auf die Geschichte von der »magischen Muschi« hereingefallen und hatte von dem Mädchen nichts verlangt, nicht einmal, dass sie ihren Kalender mit den Namen von lauter Managern wegwarf, die im Café Image verkehrten. Goldene Regel: Heirate niemals eine Schlampe.

An der Ampel wurde er von einem kleinen Mädchen, das dort Süßigkeiten verkaufte, erkannt. Sie kreischte los, der Kasten entglitt ihren kleinen Händen, und die Bonbons, Pralinen und Kaugummis kullerten über den Asphalt. Fábbio warf ihr eine Kusshand zu, öffnete jedoch nicht das Fenster. Beim letzten Mal, als er an einer Ampel ein Autogramm gegeben hatte, war er überfallen worden.

Beim Losfahren fürchtete er, die Süßigkeiten der Kleinen plattzuwalzen, aber was sollte er machen? Das Problem, dachte er, das Problem war, dass er Sehnsucht hatte, furchtbare Sehnsucht nach der Cayanne von damals, nach der freizügigen, energiegeladenen Cayanne der Anfangszeit, die mit ihm auf den Fotos zu sehen war, beim Joggen an der Strandpromenade, beim Abendessen in den Restaurants von Leblon, beim Sambatanzen in den

Logen des Sambodroms auf der Avenida do Marquês de Sapucaí. Er würde nie vergessen, wie sie ihn angeschaut hatte. Mit einem andächtigen Blick voller Bewunderung, als wäre er ein Superheld. Das war der Grund gewesen, weshalb er angefangen hatte, sie als »meine Frau« vorzustellen, noch bevor er überhaupt wusste, wie alt sie war. Was war aus dieser Cayanne geworden? Die seinen Schwanz in eine Mörderdampflok zu verwandeln schien, in einen rodenden Pfeil, wo war diese Cayanne abgeblieben? Die Cayanne, die sich auf die verrücktesten Dinge einließ? Djavan, dieser Dreckskerl, hatte über sie gesagt: »Sie ist die Muschi aller Muschis.«

Es tat weh, an den Abend zurückzudenken, an dem sie Hand in Hand den roten Teppich für den Großen Preis des brasilianischen Fernsehens betreten hatten. Bei dieser Gala, auf der es von Fotografen nur so wimmelte, war es gewesen, als würden sie vor den Altar treten und tatsächlich heiraten. Das schönste Paar des Abends, hieß es tags darauf. In sämtlichen Zeitschriften, auf sämtlichen Webseiten stand zu lesen: Das schönste Paar des Abends. Das seit inzwischen zwei Jahren nicht mehr vögelte, ergänzte er unfreiwillig. Und drehte den Ton lauter. *And sharp as a tack.* Soweit er sich erinnerte, hatte es sich nicht um einen schleichenden Prozess gehandelt, die Dinge waren nicht herangereift. Niemand hatte rückwärts gezählt: drei, zwei, eins. Es war fast ein Schreck gewesen, die Dreharbeiten zu der Telenovela hatten kaum begonnen, und peng, verflogen war der sexuelle Zauber. Von einem Augenblick auf den anderen. Allerdings nur für ihn. Asymmetrischerweise. Anfänglich hatte er gedacht, sein Begehren wäre lediglich unter dem tonnenschweren Gewicht der Szenen vergraben, die er tagtäglich drehen musste, doch die Zeit verging und es wurde immer schlimmer. Die blöde Idee mit dem Voyeur, noch dazu Djavan, war auf seinem Mist gewachsen. Das war der Anfang vom Ende gewesen. Inzwischen waren sie bei der Phase der »unverhohlenen Lüge« angelangt. Sie log ihm vor, sie würde verreisen. Und er log ihr vor, er würde wegen seiner Erektionsstörungen zum Arzt gehen. Er drehte den Ton noch lauter. *I want a girl with eyes that burn like cigarettes.*

Das Telefon klingelte, es war seine Tante. Er nahm nicht ab. Er wusste genau, was sie sagen würde, diese Irre. Wortsalven aus ihrem Maschinengewehr würde sie auf Cayanne abfeuern. Er hatte nicht die geringste Lust, sich das anzuhören. Diese Opportunistin. Diese Schlampe. Und Ratschläge, so als wüsste er nicht Bescheid, so als bräuchte er die Erfahrungen seiner Tante, um zu lernen, wie man das Ende einer Ehe überstand.

Loooooooooong jacket.

Als John McCrea seine Charakterisierung der Idealfrau beendet hat, bemerkte Fábbio hinter sich einen Geländewagen, einen Toyota. Er beschleunigte, blinkte, um in den Rebouças-Tunnel zu fahren. Der Toyota folgte ihm. Er wechselte die Spur, bog in die Gegenrichtung, wurde den Verfolger aber nicht los. Sie wollten ihm einen Schreck einjagen, dachte er und fuhr gleich am Anfang der Avenida Paulista über die Ampel. Im Rückspiegel sah er, dass der Geländewagen es nicht mehr geschafft hatte, hinterherzukommen. Vom Fahrer konnte er nur mehr dessen Ziegenbart erkennen.

Zur Vorsicht fuhr er in der Rua Haddock Lobo zweimal am Haus Nummer 57 vorbei, um zu prüfen, ob er in Sicherheit war. Beim dritten Mal bog er in die Parkgarage des Edifício Champs-Elysées ein, tippte den Zugangscode ein, der ihm per E-Mail zugeschickt worden war, und stellte den Wagen auf dem Parkplatz von Apartment 505 ab.

Als er im fünften Stock aus dem Fahrstuhl stieg, erwartete Melanie ihn schon in ultrakurzen Shorts und auf hochhackigen

Sandaletten im Flur. Sie zog ihn in die Wohnung und geradewegs ins Schlafzimmer.

Es war das fünfte Mal, dass sie sich trafen. Das erste Mal waren sie sich auf der Party des Fußballspielers Nico Sousa begegnet, den er in der Sonntagshow von Rede Espectacular, *Sie gegen ihn*, kennengelernt hat. Für die Party waren haufenweise Mädchen engagiert worden, allesamt sehr hübsch und bei irgendeiner Modelagentur der Stadt unter Vertrag, aber ihm gefiel Melanies Art, wie sie mit geschlossenen Augen tanzte, sich im Rhythmus drehte, sang, klatschte, als gäbe es niemanden sonst auf der Tanzfläche.

»Ich habe Acid genommen«, erzählte sie ihm später, nachdem sie ihm auf der Toilette einen runtergeholt und fünfhundert Real für den Blowjob kassiert hatte. Das Geld hatte er auf die Schnelle aus dem Bankautomaten ziehen müssen.

Dieses Mal legte er, noch bevor er sich ausgezogen hatte, die Hunderternoten auf den stummen Diener. Er war es nicht gewohnt zu bezahlen. Wenn es doch vorkam, fühlte er sich ein wenig gedemütigt. Er hatte tatsächlich verlernt, dass man bezahlen musste. Wenn man wirklich berühmt ist, sind die Leute ganz verrückt darauf, dass man zu ihnen ins Restaurant kommt. In ihr Geschäft. Dass man die Klamotten trägt, die sie herstellen. Sie betteln einen an, das neue Handy zu benutzen, das sie gerade auf den Markt bringen. Sie betteln, man solle alles nehmen, was sie zu bieten haben. Im Gegenzug muss man so tun, als wäre man ganz vertraut mit ihnen. Muss sich kurz auf ihrer Party blicken und die Fotografen ihre Arbeit verrichten lassen. Und wenn man ein Mikrophon vors Gesicht gehalten bekommt, muss man möglichst sagen, dass man das alles großartig findet, diese Uhr, dieses Design, dieses Jackett, diese Leute.

Das System der Tauschgeschäfte war einer der großen Vorzüge der Berühmtheit. Keiner seiner Freunde bei Rede Espectacular bezahlte etwas für Möbel, Kleidung, Haarschnitte oder Reisen. Aber Prostituierte gehörten zum Tauschsystem der Stars nicht dazu. Sie verlangten ihren Preis, und Melanie war jeden Centavo wert. Zum einen, weil sie sich in nichts von den Schauspielerinnen unterschied, die er kannte. Sie war ebenso hübsch wie Andriessa Velaskes oder Virna Borges, wenn nicht noch hübscher. Eigentlich war sie ihnen sogar überlegen, denn sie war nicht nach der fünften Klasse von der Schule abgegangen. Obendrein war sie eine Sexgöttin. Hatte eine süße Muschi, die komplett enthaart war bis auf einen schmalen Streifen auf dem Schambein, wie ein kleines Hitlerbärtchen. Ihr Mund war wie geschaffen für Sauereien aller Art: Blasen, Schlucken, Spucken. Sie flüsterte ihm Schweinereien ins Ohr. Gab sich wirklich Mühe, war beweglich, ritt auf ihm, schrie, zog ihn an den Haaren. Grub die Fingernägel in ihn hinein. Stöhnte. Reckte das Becken auf allen vieren in die Höhe. Und wenn sie fertig war, kletterte sie von ihm herunter, kniete sich hin, machte alles Erdenkliche. Und am Ende sagte sie fast zärtlich: »Wie süß, dein rosa Schwanz.« Dann blickte er erschöpft, entmutigt und in Schweiß gebadet auf seinen zur Rosine vertrockneten Penis, schob sie vorsichtig beiseite und ließ von ihr ab.

Nun lagen sie nebeneinander. Das war das Gute am Bezahlen, dachte er. Man brauchte sich nicht schuldig zu fühlen und musste auch nichts erklären. Und obendrein konnte man den Spieß umdrehen und fragen, warum ein so hübsches Mädchen …

»Das kannst du dir sparen«, antwortete sie. Und fügte hinzu: »Das Leben ist kompliziert, Mann. Vergiss es.«

Es war zehn nach drei Uhr morgens, und er hatte Hunger. Er wollte sich im Restaurant nicht alleine an einen Tisch setzen, und ihm war auch keineswegs danach zumute, zurück nach Hause zu fahren.

»Wollen wir in der Lanchonete Paulista einen Hotdog essen gehen?«, fragte er.

Melanie war einverstanden, warnte ihn jedoch: »Die Uhr läuft weiter.« Auf der Fahrt beeindruckte sie ihn mit ihren Kenntnissen über Hotdogs. Sie erklärte ihm, ein Baby sei ein »tierischer Hotdog mit einer Tomatensauce aus echten Tomaten«, und die besten Hotdogs seien die von General Prime Burger, die mit Würstchen der Marke Eder zubereitet würden. »Kennst du Eder-Würstchen?«

Ihm war so, als hätte er schon einmal Werbung für Würstchen gemacht, aber er konnte sich nicht erinnern, ob es für die Marke Elder gewesen war. »Eder«, korrigierte sie ihn, ehe sie ihm erklärte, das beste Brot sei das von Pedrinho Hot Dog in der Rua São Bento. »Kennst du Pedrinho Hot Dog?«

Er verneinte. Sie schüttete sich aus vor Lachen: »Du stammst aus São Paulo und kennst Pedrinho Hot Dog nicht? Mann, auf welchem Planeten lebst du eigentlich?« Auf dem Planeten Espectacular, dachte er, sagte aber nichts.

Die Lanchonete Paulista geriet in helle Aufregung, als die beiden sie betraten und sich an einen Tisch im rückwärtigen Teil setzten. Angetrunkene Nachtschwärmer, die soeben aus einem Technoclub gekommen waren, stießen sich gegenseitig an. »Er ist es.« Manche standen sogar auf, um ihn sich genauer anzuschauen. »Er ist es wirklich!«

Begierig, ihn zu bedienen, kam der Kellner angerannt, fast wäre er über seine eigenen Füße gestolpert. Er würde ihn um ein Autogramm bitten, Fábbio wusste es. Die Situation erinnerte ihn an das Higgs-Boson. Er hatte Melanies Sermon über Würstchen lange genug zugehört und wollte ihr zeigen, was er über das Gottesteilchen wusste. »Stell dir vor, dieses Lokal ist voller Elektronen und Atome«, sagte er.

»Ich hasse Atome und Elektronen«, erwiderte Melanie.

Aber er ließ sich nicht beirren. »Sie, die funktionslosen Atome, sitzen in der Lanchonete Paulista und trinken Bier, essen Hotdogs, haben kaum eine Existenzberechtigung. Dann werde ich, dass Higgs-Boson, aktiv, und was passiert? Alles bekommt einen neuen Sinn, denn ich bin das Zentrum der Aufmerksamkeit, verstehst du? Es findet eine Neuorientierung der Atome und Elektronen statt, die mich fotografieren und ein Autogramm von mir haben wollen.« Er versuchte, wie die Wissenschaftler auf YouTube zu reden, die als Beispiel George Clooney angeführt hatten, aber er fürchtete, dass er die Metapher nicht ganz verstanden hatte, und wusste nicht genau, was aus der Begeisterung der Atome für den Schauspieler folgte. Daher kam ihm der Geschäftsführer wie gerufen.

Die Anwesenheit des Schauspielers sei »eine Ehre für unser Lokal«, erklärte er feierlich. Er hatte das wohlerzogene, achtbare Erscheinungsbild eines Kinderschänders, dachte Fábbio. Er hatte immer geglaubt, Kinderschänder wären ungekämmte Gesellen, doch inzwischen wusste er: Bei denen lag jedes Haar dort, wo es hingehörte. Das zumindest hatte er auf diesen Fotos gesehen.

Am Nebentisch nahm jemand seinen ganzen Mut zusammen, stand auf und bat um ein Autogramm. Damit hatte er den Weg für all jene geebnet, die den gleichen Gedanken gehegt hatten.

Während Fábbio seinen Namen auf Papierservietten, Parkscheine und alte, in den Tiefen der Taschen vergessene Quittungen schrieb, überkam ihn tiefes Wohlbehagen. Das war etwas, das er gerne tat: Autogramme geben.

Die Babys kamen, mit Pommes frites als Beilage. Melanie war

beeindruckt von der Belagerung. »Ich wäre nicht gerne berühmt«, erklärte sie nicht sehr überzeugend.

Diese Art von leerem Gewäsch ödete ihn an. Alle Welt wollte berühmt sein, und wer das Gegenteil behauptete, der log. Erst der Ruhm machte den wahren Bürger und Menschen aus. Ohne Ruhm war man wie die Leute im Publikum, die Beifall klatschten und die Daheimgebliebenen grüßten, die auf dem Sofa saßen und zuschauten. Und die unter der Woche Schlange standen. In Wahrheit war Erfolg noch geiler als vögeln, dachte er. Aber das sagte er niemandem, und am allerwenigsten Melanie, deren wirklichen Namen er niemals erfahren würde.

Er schaute von seinem Hotdog hoch und wollte schon den Kellner rufen, um eine weitere Cola zu bestellen, als er zu seiner Rechten den Ziegenbart aus dem Toyota entdeckte, der wie wild auf seiner Digitalkamera herumklickte. Es konnte nur er sein. Wer mochte ihn beauftragt haben? Der Mann sah aus wie der Klempner, der Tage zuvor bei Fábbio in der Wohnung gewesen war. Oder hatte er den Bock bei Djavan im Fitnessstudio gesehen? Wenn sie ihn einschüchtern wollten, dann würde ihnen das nicht gelingen, dachte er. Mit pochenden Schläfen stand er auf und ging auf das Blitzlichtgewitter zu. Er wusste, eigentlich durfte er nichts tun. Auf halber Strecke blieb er also stehen und zog so die Aufmerksamkeit seiner Fans nur noch stärker auf sich, derweil er ununterbrochen fotografiert wurde. Schließlich stürzte er sich auf den Mann, lächelnd, denn er wusste, ein Foto blieb immer erhalten, und er wollte nirgendwo mit gefletschten Zähnen erscheinen. Er nahm ihm den Apparat aus den Händen, und während er versuchte, den Speicher zu löschen, sagte er bedacht leise – die Unterhaltung sollte besser nicht nach außen dringen –: »Bestell den Arschlöchern, dass ich keine Angst habe.«

Die Kellner eilten herbei, wie um ihn zu beschützen, aber er wusste, sie waren bloß auf ihren Spaß aus. Skandale mit Schauspielern waren stets eine Show. Atemlos kam der Geschäftsführer angerannt, versuchte die Gemüter zu beruhigen und führte ihn zurück an seinen Tisch. Aber weiter Hotdogs zu essen kam nun nicht mehr infrage. Er öffnete das Portemonnaie, obgleich er schon wusste, sie würden von ihm nicht verlangen, dass er bezahlte. Das fehlte gerade noch, äffte er sie im Stillen nach. »Es ist unserem Haus eine Ehre«, sagte der Geschäftsführer mit der Kinderschändervisage, nachdem er sich für den Zwischenfall entschuldigt hatte.

Melanie nahm den Hotdog in der Handtasche mit, er hingegen hatte nur noch eines im Sinn: so schnell wie möglich von dort wegzukommen. Der Appetit war ihm gründlich vergangen.

Von der Tragödie verschont geblieben war einzig das glänzend schwarze Fell. Nachdem er von seinem Vorbesitzer zwei Häuserblocks mit dem Auto mitgeschleift worden war, konnte man Godzilla kaum mehr als Hund bezeichnen. Er sah aus wie eine Missgeburt, wie ein misslungener Klon, bestehend aus einem Torso mit dem Kopf eines Einhorns. In der Mitte der Stirn hatte er ein »Ding«. Er konnte nur ein Auge öffnen. Und weder mit dem Schwanz wedeln noch knurren. Das Laufen fiel ihm schwer, den Stumpf seiner linken Hinterpfote zog er nach, und bei jeder unvermittelten Bewegung schrumpfte er vor Angst in sich zusammen. Fábbio hatte gedacht, er würde sich an das Monstrum gewöhnen, aber in letzter Zeit hatte er das Tier nicht einmal mehr anschauen können. Er stand vom Sofa auf und sperrte Godzilla in der Toilette ein.

Dann kehrte er zum Computer zurück und fuhr mit der Arbeit fort, die er im Morgengrauen begonnen hat. Er öffnete eine

Datei nach der anderen, überprüfte den Inhalt und kopierte die Dateien, die ihn interessierten, auf einen Stick. Einschließlich der verfluchten Fotos. Der Rest wurde gelöscht. Das Letzte, was ihm jetzt noch gefehlt hatte, wäre eine Spyware, die Informationen aus seinen E-Mails und seinem Kalender sammelte. Oder ein Hacker. Er hatte die Lektion inzwischen gelernt. Und hatte jetzt seine eigenen Waffen.

Er hätte versuchen sollen zu schlafen, aber obwohl es bereits neun Uhr morgens war, war er noch immer nicht müde. Als er nach dem Handy griff, um seine Mutter anzurufen, klingelte das Festnetztelefon.

»Hast du gesehen, was sie in *São Paulo Cultural* gebracht haben?«, fragte Olga am anderen Ende der Leitung.

Er verneinte, und seine Mutter fuhr fort: »Es ist nicht die Titelgeschichte, sondern ein halbseitiger Artikel auf Seite drei. Die Überschrift lautet: ›Narrenfeuer – Die intellektuelle Seite von Fábbio Cássio.‹ Ich weiß nicht, ob das ein Lob ist oder ob sie dich fertigmachen wollen.«

Fábbio wollte wissen, ob Fotos bei der Reportage dabei waren.

»Auf einem sieht man dich bei der Maske in deiner Garderobe. Und die Zitate von dir sind unterstrichen: ›Den romantischen Helden Fábbio Cássio gibt es nicht. Der romantische Superheld existiert nur in den Köpfen der Leute. Existent ist der reale Fábbio Cássio, der Konflikte hat und im Leben auch einstecken muss.‹ Was hast du damit gemeint?«

»Vergiss es.«

»Weiter heißt es: ›Ich habe mich der Figur von Drieu la Rochelle verschrieben. Uns eint die gleiche Ruhelosigkeit. Und das Älterwerden behagt mir nicht. So wenig wie ihm.‹«

»Ist das unterstrichen?«

»Und noch eines: ›Meine nächste Herausforderung ist Shakespeare. Jedes Mal wenn ich *Hamlet* lese, ist es, als würde Shakespeare mich zu einer Partnerschaft einladen.‹«

Das brachte ihn auf eine Idee, er musste Shakespeare lesen. Zumindest den *Hamlet*. Oder den Kaufmann von sowieso. In den Zeiten der Cholera.

Die beiden unterhielten sich noch eine Weile über den Artikel, bevor Fábbio von dem Zwischenfall mit dem Fotografen berichtete.

»Ich glaube, ich konnte einige Fotos löschen«, sagte er.

Nach einer kurzen Pause verabredeten sie, gemeinsam im Ritz in der Alameda Franca zu Mittag zu essen.

Der Lärm kam aus der Küche. Fábbio schreckte aus dem Schlaf. Es war halb zwölf Uhr vormittags. Neben der Tür wartete ein kleiner Koffer. Er stand auf, ging barfuß in die Küche und traf Cayanne vor dem Kühlschrank mit einem Glas Wasser in der Hand an.

»Gehst du gerade schlafen oder bist du gerade wach geworden?«, fragte sie mit belustigtem Gesicht.

»Ich hab auf dich gewartet.«

Cayanne hatte üppiges, schimmerndes Haar mit künstlich aufgehellten Strähnen im gleichen kupferfarbenen Ton wie dem ihrer Haut. Die Mandelaugen in ihrem frechen Gesicht hatten die gleiche Wirkung wie ein Weihnachtsmann in Badehosen. Sie waren ein Schock. Für Fábbio lag die Schönheit dieser Frau in ebendiesem befremdlichen Kontrast.

»Ich hab eine Neuigkeit«, verkündete Cayanne.

»Wie war es in Marília? Habt ihr euch versöhnt?«, fragte Fábbio. Er wollte wissen, wie weit sie es mit ihren Lügen treiben würde.

»Wenn es nach meiner Mutter ginge, wäre alles wieder in

Ordnung. Aber mein Vater ist ein Dickkopf. Er findet immer noch …«

»… dass du eine Hure bist«, ergänzte Fábbio heftig. Sofort wurde ihm klar, dass er einen taktischen Fehler begangen hatte. Er musste Konfrontationen vermeiden, wenn er nicht wollte, dass sie seine Impotenz überall ausposaunte. Nicht zu fassen, was diese Schlampen nach einer Trennung alles erzählten, dachte er. Als sie ihm den Rücken zuwandte, folgte er ihr durch die Wohnung und bat um Entschuldigung.

Im Wohnzimmer erklärte sie ihm mit müder Stimme in aller Deutlichkeit, dass sie die Trennung wolle. Das war die Vergeltung, dachte er. Für die »Hure«, die ihm ganz unbeabsichtigt herausgerutscht war. Nun hielt sie eine abendfüllende Rede darüber, wie leid sie es sei, »alles zu geben und nichts zu erreichen«. Wie leid sie es sei, wieder und wieder zu scheitern. Wie leid sie es sei, eine Hure geschimpft zu werden, wann immer sie sich stritten. Wie leid sie ihre Bemühungen sei, ihre Ehe zu kitten, Model zu sein, Schauspielerin zu sein, die Absolution ihrer Eltern zu erlangen, sie strenge sich maximal an, »gebe alles«, und am Ende, wenn »ich überglücklich nach Hause komme, um meinem Mann zu erzählen, dass ich für *Die Miezen und die Nerds* ausgewählt worden bin, muss ich mir anhören, wie er mich als Schlampe beschimpft«.

Sehr anrührend, dieses Geschwafel, dachte er, für jemanden, der nicht wusste, dass sie eine verlogene Hure war. Er wollte sehen, wie weit sie die Farce zu treiben imstande wäre. Er entschuldigte sich erneut und behauptete, er wäre gerne mit nach Marília gefahren, hätte gerne ihre Eltern kennengelernt und bei der Wiederannäherung geholfen. »Es macht mir nicht im Mindesten etwas aus, dass sie arme Kleinbauern sind.«

Sie seufzte, was hatte das jetzt zu bedeuten? »Hast du zufällig gehört, was ich gesagt habe? Ich bin für eine Realityshow ausgewählt worden, die in Wahrheit keine Realityshow ist, sondern eine Lebenserfahrung«, sagte sie.

»Zuerst möchte ich wissen, wie es um die Erdbeeren deines Vaters steht«, bohrte er weiter.

Sie runzelte die Stirn, als hätte er einen Witz gemacht.

»Baut dein Vater etwa keine Erdbeeren an?«, fragte er.

»Was interessiert dich das?«

»Ich liebe Erdbeeren. Ich will wissen, ob es eine gute Ernte geben wird.«

Sie antwortete nicht, wich seinem Blick aus.

»Dein Vater hat seine gesamte Erdbeerernte verloren«, schrie er mit einem Mal und beförderte mit einem Tritt einen mit Steinen verzierten marokkanischen Hocker, der auf Anraten der Feng-Shui-Beraterin dort stand, in weite Ferne.

Die am Boden verstreuten Korallen und Kristalle schienen ihm ein ganz mieses Omen zu sein, und er machte sich unverzüglich daran, sie aufzusammeln. In der Hocke, den Blick nach unten gewandt, berichtete er, wie er die Nummer ihrer Familie im Telefonbuch von Marília ausfindig gemacht und mit ihrer Mutter gesprochen hatte.

»Es war surreal«, sagte er. »Ich habe mich vorgestellt: ›Sehr erfreut, Dona Irina, ich lebe mit Ihrer Tochter zusammen.‹ Sie wusste bereits alles, aber natürlich nicht von dir. Seit dreieinhalb Jahren hat deine Mutter nichts von dir gehört. Ab und zu bringt eine Nachbarin ihr Zeitschriften vorbei, und sie schließt sich im Badezimmer ein, um sich uns auf den Fotos anzuschauen, hinter dem Rücken deines Vaters.«

»Das hast du nicht getan.«

»Sie hat mir das mit den Erdbeeren erzählt.«

Cayanne stützte den Kopf in die Hände.

»Hast du mir nichts zu sagen?«, schrie er.

»Was soll ich dir deiner Meinung nach sagen?«

»Wo du in diesen drei Tagen gewesen bist!«

»Dann antworte du mir: Bist du zum Arzt gegangen, wie du mir versprochen hast?«

Gleich würde sie wieder von den Erektionsstörungen zu faseln anfangen, dachte er.

»Du bist nicht beim Arzt gewesen. Natürlich nicht. Du interessierst dich nicht die Bohne für mich. Für unser Leben.«

»Du bist bei Cláudio gewesen.«

»Wovon redest du?«

»Von Cláudio, meinem Produzenten.«

»Großer Gott! Hat deine Tante sich diese Geschichte ausgedacht? Redest du jetzt etwa mit dieser Schlampe?«

Fábbio hatte unbändige Lust, Cayanne eine runterzuhauen. Das war es, was sie verdient hatte. Aber nach dem Streit mit dem Ziegenbart schien ihm das keine besonders gute Idee zu sein. Er wollte nicht so rüberkommen wie gewisse Schauspieler, die Bekanntheit erlangten, weil sie Kindermädchen und Fotografen verprügelten.

»Um hier eines mal ganz klarzustellen«, sagte Cayanne, »Cláudio hilft mir durch seine Kontakte.«

»Und um noch etwas anderes ganz klarzustellen: Auf Cláudios Arsch klebt ein Etikett, auf dem steht: ›Produzent von Fábbio Cássio‹. Das nämlich ist er. Seine Kontakte sind meine Kontakte. Ohne mich ist er nichts.«

Als Cayanne den Hund an der Badezimmertür kratzen hörte, stand sie auf.

»Ich bin noch nicht fertig«, erklärte Fábbio.

»Was ist das für ein Geräusch?«

»Setz dich hin, verdammt noch mal.«

Cayanne ging zum Bad, öffnete die Tür, und Godzilla hinkte heraus. »Du hast Godzilla eingesperrt?«, fragte sie fassungslos. »Du wagst es, diesen Hund im Dunkeln einzusperren, nach allem, was er durchgemacht hat? Mit dir stimmt doch was nicht«, sagte sie. »Du bist nicht ganz richtig im Kopf.«

Cayanne verließ mit ihrem Handkoffer das Wohnzimmer.

Bei dem Versuch, sie einzuholen, stolperte Fábbio über Godzilla, und als er das Schlafzimmer erreichte, hatte sie die Tür bereits hinter sich abgesperrt.

3

»Es stimmt, dieses Land ist dabei, sich zu verändern. Wir nehmen den einen oder anderen Korrupten fest. Haben Quoten für alles Mögliche. Melden die Hausangestellten an. Aber das ist noch nicht genug. Wir sind nicht Dänemark. Niemand bezeichnet die Schwarzen hier als Afroamerikaner. Und wir sind weit davon entfernt, Parkplätze für Körperbehinderte freizuhalten. Du, ich, alle Welt parkt auf Behindertenparkplätzen. Wir scheißen auf ›Parken verboten‹. Komm mir bloß nicht damit, ich sei wegen eines Behindertenparkplatzes aus dem Amt entfernt worden. Okay, sie haben Priorität, der Rollstuhlfahrer hatte recht, und ich hatte unrecht. Und ich habe ihm zwei Ohrfeigen verpasst, weil er mich beleidigt hat. Sicher, das hätte ich nicht tun sollen. Aber es war kein Schlag mit dem Gewehrkolben, wie in der Zeitung stand. Und es war auch nicht der Grund, weshalb man mich abgesägt hat. Es war ein Vorwand. Ich bin abgesägt worden, weil irgendwer auf dem Scheiterhaufen der Presse brennen musste. Du weißt ja, diese Journalisten wollen die Bürger glauben machen, dass wir hier im Gazastreifen leben. Sogar in Rio graut es den Leuten vor der Gewalt in São Paulo. Du kannst dir ja vorstellen, was ich für einen Anschiss bekommen habe. Deswegen bin ich gestürzt. Wir sind hier jetzt im Gazastreifen. São Paulo ist Gaza, nicht mehr und nicht weniger. Hier herrscht Krieg. Die Verbrecher haben das Sagen in der Stadt. Mein Sturz hat nichts mit den Ohrfeigen zu tun, die ich dem Rollstuhlfahrer verpasst habe. Ich habe dem Innenminister unsere Zahlen vorgelegt. Ja, die Mordrate ist gestiegen. Auch die Auftragsverbrechen haben zugenommen. Wir haben einige Männer verloren, all das ist richtig. Aber wer hat behauptet, dass Nachrichten etwas mit Wahrheit zu tun haben? Du machst dir keine Vorstellung davon, mit was für Fotos der Schwachsinn ausgeschmückt wird, den diese Idioten über die Gewalt schreiben. Der Innenminister hat morgens die Zeitung gelesen und mich entlassen, um nicht selbst entlassen zu werden.«

Der Anruf kam mitten in der Nacht zum Samstag, und es war Washington persönlich, der Azucena weckte, um ihr die Neuigkeit zu überbringen. Gleich darauf rief die oberste Chefin der Kriminaltechnik an und bat sie, so schnell wie möglich nach Brasilien zurückzukehren. »Das ist eine Bitte des Ministers«, sagte die Frau.

Nachdem Azucena die Koffer gepackt und ihren Flug umgebucht hatte, frühstückte sie mit der Familie im Hotelrestaurant. Sie berichtete von Washingtons Entlassung und erklärte ihnen, wie die weitere Reise ohne sie verlaufen würde. Sie blieben sowieso nur noch zwei Tage in der Stadt. Ihr Vater wollte jedoch Genaueres erfahren. Was denn los sei?

»Wozu willst du das wissen? Deine Tochter reist ab, das ist, was zählt«, antwortete Jandira ungeduldig.

Vom Nebentisch blickte ein Tourist missbilligend zu ihnen herüber. Nicht ganz zu Unrecht, dachte Azucena. Es war dumm, wie Jandira sich ihrem Mann gegenüber benahm. Laut wurde. Aber auch damit hatte Azucena umzugehen gelernt. Sie befolgte die Tipps der neuen Anti-Gewalt-Kampagne im Straßenverkehr von São Paulo. Autofahrer, aufgepasst! Nicht gleich die Waffe zücken, zuerst bis zehn zählen. Bis zehn zu zählen helfe, versicherten die Fachleute. Mit Jandira verfuhr sie genauso, eins, zwei, drei, und es funktionierte auch beinahe. Das Problem war nur der blaue Fleck, den sie jetzt auf Damasos Arm entdeckte. Ob Jandira den Vater womöglich mit ihren berüchtigten Kniffen traktierte, die schmerzhafter waren als Wespenstiche?

Als Kind waren ihre eigenen Arme ständig von Blutergüssen übersät gewesen. Selbst im Sommer war sie mit langen Ärmeln in die Schule gegangen. Sie hatte alles getan, damit Damaso die Flecken auf ihren Ärmchen nicht bemerkte. Wenn er sie dennoch entdeckte, konnten sogar die Nachbarn hören, wie die Eheleute sich stritten. Bei diesen Gelegenheiten hatte sie Mitleid mit der Mutter verspürt. Und Hass auf sich selbst. Es hatte eine Weile gedauert, bis sie die Wut dorthin packte, wo sie hingehörte. Erst nach ihrer Heirat, nachdem ihre beiden Töchter geboren worden waren, fiel ihr Jandiras Gewalttätigkeit wieder ein, die Ohrfeigen, die sie sich wegen nichts und wieder nichts eingefangen hatte, die Schläge auf den Kopf, auf die Arme. Als sie Mutter geworden war, kam die Vergangenheit plötzlich wieder in ihr hoch. Es war nicht zu übersehen, dass sie einen alten, nachträglichen Hass ausbrütete, der lange irgendwo in ihrem Keller vergraben und vergessen gelegen hatte und der endlich hervorbrach, als sie Mutter von zwei kleinen Mädchen geworden war, die sie abgöttisch liebte und denen sie niemals hätte zufügen können, was sie erlitten hatte, das war undenkbar. Dass Jandira sich mit einer

Hingabe um ihre Enkelinnen kümmerte, wie sie es gegenüber ihren eigenen Töchtern nie getan hatte, war ein mildernder Umstand, Azucena wusste das. Aber als sie jetzt sah, wie ihre Mutter ein Stück Käse mit den Fingern aß und ihre Lippen dabei auseinanderklafften, sodass man die Lücke des fehlenden Backenzahns erkennen konnte, wurde ihr bewusst, wie lächerlich es für eine Frau in ihrem Alter war, Probleme mit den Eltern zu haben. Diese Phase hatte sie hinter sich gelassen.

Deshalb blickte sie Jandira nur an, wortlos, und auf einmal fiel ihr der Brillantring wieder ein, den sie geschenkt bekommen hatte, als sie fünfzehn wurde. Eigentlich war es nur ein staubkorngroßer Diamant gewesen, aber ihr kam er vor wie ein außerordentliches Juwel, und in einem Anfall von Dankbarkeit hatte sie ihre Mutter ganz fest umarmt. Gefühlsausbrüche waren definitiv nicht das Markenzeichen der Familie. Sich zu umarmen und zu küssen war nicht die Sprache der Gobbi. Das begriff sie allerdings erst am Abend ihres fünfzehnten Geburtstags. Es war, als hätte sie einen verdorrten Baum ohne Lebenssaft umarmt.

Ihre Schwester fragte leise: »Müssen wir da wirklich hin?«

Azucena hatte den Faden verloren.

»Ich meine in die Oper. Papa hat doch schon zwei gesehen«, sagte Ana.

Darum also ging es. »Die Karten sind bereits gekauft«, antwortete Azucena.

»Ich kann sie verkaufen. Vor der Arena stehen die Leute Schlange.«

Azucena übergab ihrer Schwester die Flugtickets und die Pässe, die sie aus dem Safe geholt hatte, und erklärte ihr, dass sie am Montag mit dem Auto abgeholt und nach Mailand gebracht werden würden. In São Paulo würde sie sie am Flughafen erwarten. Zum Schluss sagte sie: »Und ihr geht mit Papa in die Oper, haben wir uns verstanden?«

Das Wetter war bewölkt und die Temperatur angenehmer als am Tag zuvor.

Nach dem Frühstück machten Ana und ihre Mutter sich auf den Weg, um das Haus der Julia zu besichtigen, und Azucena nutzte die Zeit, die ihr noch blieb, um sich mit ihrem Vater unter den Platanen im Innenhof des Hotels in die Segeltuchstühle zu setzen.

Als sie alleine waren, war Damaso wie ausgewechselt. Er erkundigte sich, was Washington zugestoßen sei.

»Du hast ihn bei der Sondereinsatzgruppe kennengelernt, weißt du noch?«, fragte sie.

»Mehr oder weniger. Er war nur kurze Zeit bei mir.«

»Er hat schon seit längerem angstlösende Medikamente eingenommen, ohne Rezept. Und stark getrunken. Jetzt muss man abwarten, wer als Nächstes kommt. Ich hoffe, dass es bei der Spurensicherung deswegen keine Probleme gibt.«

»Und was ist mit Giulia?«, fragte er.

Sie wusste, ihr Vater setzte hohe Erwartungen in das Praktikum, das Giulia in der Zentrale absolvierte. Abgesehen davon, dass Giulia nicht auf ihre E-Mails antwortete, seit sie in Verona angekommen waren, lief es gut mit ihr. Das sagte sie ihrem Vater.

Dann holte sie aus ihrer Handtasche den Bericht, den Washington ihr an diesem Morgen zugeschickt hatte. »Schau dir das hier mal an«, sagte sie. »Das habe ich gerade bekomme. Zweihundert Morde in den vergangenen drei Wochen. Viele der Toten sind Militärpolizisten. Aktive und pensionierte.«

Teilnahmslos blickte er auf das Stück Papier.

»Sieht aus wie eine Abrechnung«, fuhr sie fort.

Der alte Mann gab ihr den Bericht zurück. Das Gemetzel hatte sein Interesse nicht wecken können.

Eigentlich hatte Azucena das Thema nicht direkt ansprechen wollen, aber es blieb ihr nicht viel Zeit. »Verletzt Mutter dich?«

Damaso machte große Augen. »Natürlich nicht«, sagte er. »Was für eine Frage.«

Hand in Hand saßen die beiden schweigend da und lauschten dem Plätschern des Wassers im Brunnen neben ihnen. Dann bedankte Damaso sich für das Geburtstagsgeschenk.

Als sie ihrem Vater einen Abschiedskuss auf die Stirn drückte, spürte sie, wie ihre innere Alarmglocke schrillte. Ihre Intuition war fast so etwas wie eine Krankheit, dachte sie. Statt auf Raten zu leiden, hätte sie es auch auf einmal tun können, wenn sie plötzlich überrascht worden wäre. Von klein auf hatte sie jedoch dieses Feingefühl besessen, so als gäbe es in ihr ein besonderes Organ, einen biologischen Sensor, der die Realität im Voraus erfasste. Mit einem Mal sprang der Sensor an und schrillte los. Sie bekam weder Schweißausbrüche noch Herzrasen wie bei einer Panikattacke, nur das Gefühl einer unmittelbar bevorstehenden Tragödie. Achtung: Dein Vater wird sterben. Du darfst nicht nach São Paulo zurückkehren. Rühr dich nicht von der Stelle.

Mit diesem Gefühl in der Brust verließ sie das Hotel.

Auf dem Weg zum Bahnhof sah sie vom Taxi aus noch ihre Schwester und ihre Mutter an einer Ecke in der Nähe des Hotels mit einem der fliegenden Händler feilschen. Die Taschenimitate würden schließlich auch nach Brasilien gelangen.

Die Fahrt nach Mailand dauerte eineinhalb Stunden. Danach hatte sie weitere vierzig Minuten mit dem Bus zum Flughafen Malpensa zu bewältigen. Den schweren Koffer hinter sich herziehend und mit dem Laptop in der Handtasche erreichte sie erschöpft und mit einem flauen Gefühl im Magen das Terminal.

Bei der Gepäckkontrolle wurde sie Zeugin einer erniedrigenden Szene. »Können Sie nicht lesen?«, brüllte der Polizist eine Frau in einem bunten Sarong an, die unvorsichtigerweise über die gelbe Markierung getreten war. Die umstehenden Menschen sahen ebenso betroffen wie Azucena zu. Seit dem 11. September sind die Flughäfen Orte, an denen Bürgerrechte außer Kraft gesetzt sind, dachte sie. Die dunkelhäutige Frau wich erschrocken zurück, ohne zu begreifen, was sie falsch gemacht hatte.

Es war Juli, das Terminal stand voller Gepäck, sodass es nicht einfach war, zum Duty-free-Shop durchzukommen. Azucena wollte das Aftershave kaufen, das Luís, ihr Mann, bei ihr in Auftrag gegeben hatte. Fahrenheit. Das war neu: Seit er vor drei Jahren den Anwaltsberuf an den Nagel gehängt und dafür den vom Vater geerbten Geflügel-Schlachthof übernommen hatte, aß Luís kein Fleisch mehr und trug Aftershaves. Sammelte sie. Sie waren schon ein merkwürdiges Paar, dachte Azucena, als sie sich mit der Testflasche den Arm besprühte: Sie musste sich mit dem Geruch der Leichen herumschlagen und er sich mit dem toter Hühner.

Beim Bezahlen hatte sie den Eindruck, dass irgendetwas mit den Zeitungen nicht stimmte, die über die Finanzkrise in Europa berichteten. Woher kamen denn sonst all die Leute? Aus Russland? Aus irgendeinem korrupten Land? Standen sie auf einer neuen Liste der Zeitschrift *Forbes*? Azucena war eine Ausnahme. Die Unfähigkeit ihres Ehemannes in der Vergangenheit, mit Scheidungen Geld zu verdienen, hatte sich als proportional entgegengesetzt zu seiner Fähigkeit erwiesen, das Töten von Hühnern zu managen. In den letzten Jahren hatte Luís das Geschäft vergrößert und modernisiert und die Wachstumsblase der brasilianischen Wirtschaft ausgenutzt. Jetzt begann er zu exportieren. Zum ersten Mal verdienten sie Geld und konnten sich einigen Luxus leisten. Wie zum Beispiel diese Reise.

Das Aftershave kostete 49 Euro. Eine Stange Geld, bloß um den Geruch von Ammoniak und Blut zu kaschieren, der das Kühlhaus erfüllte.

In der Abflughalle gab es nicht genügend Sitzplätze, die Leute hockten dicht gedrängt am Boden. Wieder und wieder rief Azucena bei ihrem Mann an. Seit sie das Hotel verlassen hatte, versuchte sie, ihn zu erreichen. Sie vermutete, dass er, seit er die Kinder zu seiner Schwester nach Ubatuba geschickt hatte, im Büro war, wo das Handy keinen Empfang hatte. Als sie die Tonbandaufnahme mit seiner festen, geschäftsmäßigen Stimme vernahm, kam ihr die Idee, ihn zu überraschen. Sie rappelte sich auf, kehrte zum Duty-free-Shop zurück und kaufte den Wein, den sie am Tag der Ankunft mit ihrem Vater getrunken hatte. Zwar gab sie mehr aus, als sie wollte, dachte dabei aber an den Lichtblick, den der Sonntag auf diese Weise bekäme.

Gerne hätte sie mit Giulia gesprochen, sie um ein paar Berichte für die Besprechung mit dem neuen Leiter der Mordkommission am Montag gebeten, aber der Akku ihres Handys war fast leer. Außerdem wollte sie nicht, dass Giulia die Überraschung vermasselte, die sie ihrem Mann bereiten wollte.

Das Einsteigen begann pünktlich. Beim Anblick der Vielzahl der Passagiere war ihr sofort klar, dass sie nicht in den Genuss eines freien Platzes neben sich kommen würde.

Ecco: respiro appena. Über den Kopfhörer lauschte sie Maria Callas. *Io sono un'umile ancella.* Ein ebenso simples wie raffiniertes melodisches Fundstück von Francesco Cilea, das ihrer Ansicht nach besser war als jede endlose Leier Richard Wagners.

Es waren Dutzende Leichen. Verstümmelt, zerstückelt, verbrannt, zersiebt. Bilder in laufender Folge. Da sie nicht schlafen konnte, trank Azucena Wein neben einer Dame, die ihr vor dem

Einschlafen Fotos von ihren übergewichtigen Enkeltöchtern gezeigt hatte – jedenfalls waren sie auf dem besten Wege dahin –, und sah sich in einer Slideshow ihre Ermittlungsakten an. Es war ihr bereits zur Gewohnheit geworden. Sie nutzte jeden freien Moment, um sich die Fotos der ungelösten Fälle noch einmal anzuschauen. Ich unterhalte mich mit meinen Toten, pflegte sie zu sagen, wenn jemand sie fragte, was sie da machte. Ihre Töchter hatten sich schon daran gewöhnt. Mama redet schon wieder mit ihnen, sagten sie und verdrehten die Augen. Sie benahm sich den Mädchen gegenüber mit der gleichen Selbstverständlichkeit, mit der ihr Vater ihr Jahrzehnte zuvor die Bilder in den Büchern über Rechtsmedizin gezeigt hatte, die zu Hause die Bibliothek füllten.

Sie konnte sich noch an das erste Mal erinnern, als sie eine Leiche gesehen hatte. Eine Nachbarin war im Zentrum von Guarulhos von einem Müllwagen überfahren worden. Ein Stück Fleisch auf dem Asphalt, die Badelatschen waren in der Bäckerei an der Ecke gelandet. An dem Tag hatte sie die Tote mit dem gleichen erwartungsvollen Blick betrachtet, mit dem sie heute ihre Opfer ansah. Sie wollte, dass sie redeten. Dass sie irgendetwas sagten. Dass sie erklärten. Damals hatte sie noch nicht gewusst, dass das Schweigen der Toten nur eine andere Sprache war, mit einer eigenen Syntax und einer eigenen Semantik, so wie Englisch oder die Musik. Diese Sprache verstehen zu wollen hatte sie als Jugendliche dazu bewegt, dem Vorschlag ihres Vaters zu folgen und Biologie zu studieren und sich später dann auf Kriminologie zu spezialisieren und das Auswahlverfahren bei der Kriminaltechnik zu absolvieren.

Bei einem Mord ist es umso schwieriger, den Täter zu finden, je mehr Zeit vergeht. Deshalb hatte sie es sich zur Gewohnheit gemacht, Jair, den Fotografen ihres Teams, zu bitten, alle am Tatort anwesenden Personen abzulichten. Sie waren es, die sie sich nun in der Slideshow anschaute. Die Gaffer. Niemand konnte bei einem Verbrechen widerstehen, dachte sie, während sie sie aufmerksam betrachtete. Zwei rauchende junge Männer mit verschränkten Armen. Man konnte es sehen, der eine grinste sogar. Sie machten keinen Hehl daraus: Sie hatten echten Spaß an der Sache. Als wäre das alles nur ein Spektakel, dachte sie. Und wenn der dort der Täter war? Der, der auf die Leiche der Sechzehnjährigen im fortgeschrittenen Zustand der Verwesung blickte, die in der Serra da Cantareira in den dunklen Wald geworfen worden war?

Benommen vom Wein schloss sie die Augen und erschauerte bei dem letzten Ton, mit dem die Callas die Arie beendete.

Zehn Stunden später, als die Stewardess das Frühstück servierte, wurde sie wieder wach.

Das Auschecken ging schnell. Azucena konnte es kaum glauben, als sie ihren Koffer als ersten auf dem Laufband erkannte.

Es war Sonntag, der Verkehr floss reibungslos. Alles, was sie vom Taxi aus sah, gab es im Übermaß: Schilder, Müll, Häuser, Plakatwände, Favelas, Paneele, Schuppen. Jahrzehnte früher hatte sie bei diesem Anblick noch geweint, als die Familie der Arbeit ihres Vaters wegen gezwungen war, von Bom Retiro nach Guarulhos umzuziehen. Die Stadt war ihr wie eine Durchgangsstation vorgekommen, wie ein riesiges Terminal, an dem alles, von den Schulen bis zu den Kirchen, das Format eines Schuhkartons mit einem Asbestdeckel hatte. Sie würde sich niemals an die Hässlichkeit von Guarulhos gewöhnen.

Als sie den Taxifahrer bezahlte, fiel ihr das Auto von Giulia auf, das nebenan bei ihren Eltern in der Garage stand. Sie überlegte, ihr einen Zettel hinter den Scheibenwischer zu stecken, verwarf den Gedanken aber wieder, noch ehe sie in der Handtasche nach einem Stift suchte. Sie war zu müde, um auch nur zwei Zeilen zu schreiben.

Luís' Portemonnaie und seine Schlüssel lagen auf der Anrichte im Flur neben dem Foto ihrer Töchter, die darauf vom Riesenrad im Vergnügungspark lächelten. Sie stellte das Gepäck auf dem Boden ab und ging in die Küche.

Es waren die beiden leeren Weinflaschen auf der Spüle, die ihr verdächtig vorkamen.

Sie hätte sich noch mit anderen Indizien aufhalten können – eine auf dem Sofa liegende Damenhandtasche, eine Haarspange mit Jaguarmuster und ein Paar roter Turnschuhe –, aber sie stürmte bereits wie ein zielsicherer Pfeil ins eheliche Schlafzimmer.

Mit einem Stoß öffnete sie die Tür. In der Dunkelheit verfingen ihre Füße sich in den überall auf dem Boden verteilten Kleidern, und sie fiel hin.

Nun ging das Licht an. Sie hörte nichts, als Luís in seine Hose sprang und etwas stammelte. Sie sah nur Giulia, ihre Schwester, die das Zauberkunststück vollbringen wollte, zwischen den Laken zu verschwinden.

Wenige Sekunden später rannte Azucena schon die Straße entlang. Wie betäubt spürte sie nur noch ihren Atem.

Sie rannte, bis sie sich übergeben musste.

4

Er hieß Otávio, hatte sehr große, sehr weiße Zähne und Segelohren. Außerdem stämmige Unterschenkel, was Cayanne einigermaßen lächerlich fand, zumal diese halb von langen, über das Knie reichenden Bermudashorts bedeckt waren, die schon jungen und eleganten Männern nicht standen und für solche gedrungenen Männer wie Otávio geradezu vernichtend waren. Der Baumstumpf, so nannte sie ihn, wenn sie mit den Miezen sprach, die gegen sie angetreten waren: Keila, Eveline, Regina und Madlys. Und dann noch Tatiendi und Fernanda. Und Brunilde, die bereits in der ersten Woche rausgeflogen war. Sie waren unglaublich. Die besten Freundinnen. Sie konnten sich totlachen über Cayannes Bemerkungen über den Baumstumpf.

»Riesenkopf, untersetzter Oberkörper, unproportionale Arme, direkt unterm Becken tauchen plötzlich schon die Knie auf, und dann ist der Mann auch schon zu Ende«, sagte sie am Swimmingpool. »Dieser Typ in Bermudashorts, der aussieht wie bis zum Knie in die Erde eingepflanzt, wisst ihr?«

Die Mädchen bogen sich vor Lachen. Das war Otávio, ihr Partner im Krieg.

In der Woche zuvor war er beim Eliminierungstest gerade noch so davongekommen, und deshalb betrachtete sie ihn mit skeptischen Augen. Er wollte nicht ausscheiden. Er war dort, um zu siegen. Cayanne hatte ihn in der ersten Staffel der Realityshow *Die Miezen und die Nerds*, einer brasilianischen Kopie von *Beauty and the Geek,* die täglich auf dem Supersonic Channel ausgestrahlt wurde, als Partner gewählt. »Das hier ist nicht irgendeine Realityshow«, erklärte der Moderator. »Das hier ist ein gesellschaftliches Experiment.«

Die Regeln waren simpel: Die sechzehn ausgewählten Teilnehmer, acht Miezen und acht Nerds, wurden paarweise in einer neoklassizistischen Villa in Morumbi einquartiert. Die Paare mussten sich auf Prüfungen in Allgemeinbildung und sozialer Kompetenz vorbereiten, und pro Woche schied ein Paar aus. Mit ihrer Erfahrung auf dem Gebiet des gesellschaftlichen Lebens bereitete die Mieze den Nerd auf die Prüfungen in Tanz, Etikette und Stil vor. Im Gegenzug war er ihr Lehrer für Fragen aus den Bereichen Wirtschaft, Politik und Kunst. Das Siegerpaar durfte die Villa zwei Monate später mit 500 000 Real in der Tasche verlassen.

Das Geld war natürlich wichtig, aber für Cayanne war die Hauptsache, dass die Sendung ihr die Möglichkeit bot, sich zu präsentieren. Täglich vierzig Minuten lang gesehen zu werden, von Oiapoque bis Chuí. Und wenn man gestand, dass man es vor den Augen seines Ehemanns, dem Helden einer Telenovela, mit einem Callboy getrieben hatte oder dass der eigene Körper schon einmal als Sushi-Tablett benutzt worden war, und zwar auf Managerpartys, die in Sexorgien endeten, dann wurde man berühmt. Das zumindest hatte Cláudio ihr gesagt: »Deine Geschichte wird Brasilien aufrütteln.«

Ihr war nicht im Geringsten danach, die Sushi-Geschichte zu erzählen, und noch viel weniger die von der Nummer, die sie mit Djavan und Fábbio als Voyeur geschoben hatte. Wenn sie es tat, dessen war sie sich sicher, würde ihre Familie ihr das niemals verzeihen.

»So wirst du es nie zu was bringen«, hatte Cláudio ihr beim letzten Telefongespräch gesagt. »Wir befinden uns in einer ziemlich komplexen Phase der Realityshows. Was das Publikum heute hören will, sind Bekenntnisse, verstehst du? Du musst von der Zeit erzählen, als du magersüchtig warst, weil du von deinem Onkel missbraucht worden bist, du musst eine üble Geschichte präsentieren. Es gewinnt, wer die beste Kehrseite hat.«

»Hörst du mir überhaupt zu?«, fragte der Baumstumpf.

Die beiden waren im blauen Zimmer untergebracht. In Jeansshorts und rotem Strickoberteil lag Cayanne bäuchlings über eine Schreibunterlage gebeugt und notierte in ihrer Kinderschrift bestimmte Wörter und wie sie geschrieben wurden. Denn es gab auch eine Prüfung in Orthographie. Sie fragten, wie man Achse schrieb. Lotion. Versailles. Holocaust. Und Dinge, die die Miezen noch schwieriger fanden.

»Fokus, Spezialisierung und fachübergreifende Kenntnisse bilden die drei Säulen des beruflichen Erfolgs«, erklärte Otávio. »Du musst an deinem Fokus arbeiten.«

Sie versuchte es ja, aber es war alles andere als einfach. Ihre »Ehe« mit »diesem öden Idioten« stand kurz davor, sich in Luft aufzulösen. Sie gab zu, in letzter Zeit war sie nicht ganz bei der Sache. Statt weiter auf dem Kugelschreiberverschluss herumzukauen, sagte sie: »Der Zweite Weltkrieg ist nicht so meins. Churchill, Landung in der Normandie, Achsenmächte, da muss man viel Stoff verdauen. Ich glaube, Geographie liegt mir mehr.«

Das stimmte nicht. In der Woche zuvor hatte das Thema ihr nur Spott eingebracht. »Mich hat die Frage durcheinandergebracht, die der Moderator Gi gestellt hat«, hatte sie hinterher erklärt, als sich alle Teilnehmer am Pool amüsierten. »Er wollte wissen, wie der brasilianische Bundesstaat südlich von Mato Grosso do Norte heißt. Gi hat geantwortet: Paraná. Als er mich anschließend gefragt hat, welcher Staat südlich von Roraima liegt, habe ich gedacht: Roraima do Sul. Ich habe es für eine Fangfrage gehalten.«

Während die anderen Paare auf dem Rasen vor dem Haus Volleyball spielten, ging es jetzt mit dem Lernen nur langsam voran. Achsenmächte. Nationalsozialismus. Faschismus. Mussolini. Hitler. »Den kenne ich gut«, sagte sie.

»Hast du nie Geschichte gehabt?«, fragte er.

Möglich, dass er alles wusste, dachte sie. Möglich, dass er Mr. Computerhirn war. Aber er wusste nicht, was eine Schule auf dem Land in Marília war. Er hatte nie das T-Shirt von Edmila, der Lehrerin, gesehen, auf dem stand: Apotheker Hamilton in den Stadtrat. Er hatte nie gegen Mittag auf dem Nachhauseweg die verheißungslose Hitze gespürt. Er hatte auch nie die von den Reifen der Viehlaster auf dem heißen Asphalt hinterlassenen trockenen Lehmspuren zertreten. Eine Straße, so weit das Auge reichte. Das Ende der Welt. Vollgepflanzt mit Soja. Churchill schaffte es nicht bis in Schulen wie die, die sie besucht hatte.

Jeder im Haus konnte es sehen: Er war verrückt nach ihr. Sie lief, schüttelte sich, wiegte sich, und er dackelte wie hypnotisiert hinterher. War fasziniert von ihren Beinen, sie wusste es. Das war nichts Neues. Sie war es gewohnt, was ihre Anwesenheit bei den Umstehenden auslöste. Schönheit verwirrte. Am Tag zuvor hatte er vor dem Einschlafen nicht an sich halten können: »Dich anzuschauen tut weh.«

Sie gab zu, dass er einen großen Vorzug hatte: Er war ein geduldiger Lehrer. Im Gegensatz zu Fábbio. (Nie würde sie ihm verzeihen, was er zu ihr gesagt hatte, als er sich für die Aufführung des französischen Stücks entschieden hatte. Es sei ein existentialistisches Thema, hatte er gesagt, es habe keinen Zweck, es ihr zu erklären, sie werde es doch nicht verstehen!) Otávio war das Gegenteil. Und nun bat er sie, zu erklären, was die Achsenmächte waren. Sie hatte schon Schlimmeres geschafft.

In der ersten Woche hatte sie ein Buch lesen müssen, das tatsächlich eine große Herausforderung gewesen war. Der Titel lautete *Der Fremde*. Sie würde es nie vergessen. Extrem öde. Ein Araber mit Psychoproblemen. Oder mit einem Sonnenstich. Sie las nicht gerne. Das Problem bei den Büchern waren die Wörter. Sie las nur langsam und verwechselte manchmal die Buchstaben, was ihrer Ansicht noch schlimmer war, als nur B und P wie manche geistig Zurückgebliebene zu verwechseln. Sie vertauschte alle Buchstaben miteinander. Und hatte Schwierigkeiten mit etlichen Konsonanten.

Er gab keine Ruhe. Wie wurde Achse geschrieben? Mit chs, cks oder mit gs? Und Stalin?

Sie buchstabierte S-c-h-t-a-r-l-i-n, und er war eine Katastrophe beim Tanzen.

Nach dem Rollentausch war sie die Lehrerin und verlangte von ihm, sich zu bewegen, sich locker zu machen, dem Rhythmus der Musik zu folgen, während sie mit der Anmut der Fahnenträgerin einer Sambaschule durchs Zimmer schwebte. Er hingegen verrenkte sich beim Tanzen so krampfhaft, dass es eher wie ein Hustenanfall aussah. Sie warf sich vor Lachen aufs Bett.

»Pam, pam, pam, du musst auf den Rhythmus hören«, sagte sie, und dann ergriff sie seine Hände und sprang erneut neben ihm her. Er schwitzte nun, als wäre er in der Sauna. So ein Langweiler, dachte sie. Mit seinen Ohren sah er aus wie ein Kaninchen. Sie taufte ihn Karnickel. Es gab Menschen, die einfach nicht dazu geboren waren, zu brillieren, lautete ihr Schluss. Sie blieben unsichtbar hinter einem Schreibtisch und brüteten über Zahlen und anderen sinnlosen Dingen.

Es war Mittwoch, sie hatten gerade zu Mittag gegessen. Im Haus herrschte spürbare Aufregung. Es war der Kontakttag. Denn das gehörte ebenfalls zu den Regeln: Einmal pro Woche durften die Miezen und die Nerds fünf Minuten lang mit einem Familienangehörigen oder einem Freund telefonieren. Es war die einzige Verbindung zur Außenwelt. So konnten sie Kraft für die kommenden Tage schöpfen, vor allem aber war es eine Möglichkeit für die Teilnehmer, zu erfahren, wie sie beim Publikum ankamen. Wer war der Witzigste? Wen mochten die Zuschauer am wenigsten? Wer war der Sympathischste? Wer die Attraktivste? Der Entspannteste? Der Opportunist? Vorläufig war Cayanne in erster Linie die Frau von Fábbio Cássio. Die anderen Miezen, die wie sie bereits als Hostessen auf Automobilmessen und noch sehr viel dubioseren Veranstaltungen gearbeitet hatten, hielten diesen Umstand für vorteilhaft. So als würde Fábbio ihr zwei Extrapunkte einbringen. Sie hatte das zuerst auch gedacht, ihre Meinung aber geändert. Zumindest eine Lektion hatte sie in ihrer Ehe mit Fábbio gelernt: Es nützte nichts, der Freund von Madonna zu sein. Entweder man war Madonna, oder man war ein Niemand. Im Allgemeinen brachte Madonnas Ruhm einem nur eines ein: Schatten und frisches Wasser. Anfangs konnte man sogar auf den Gedanken kommen, man besäße eine gewisse Wichtigkeit. Aber nach einiger Zeit musste man der schrecklichen Wahrheit ins Gesicht sehen: Die Leute merkten sich noch nicht einmal den Namen von einem. Verwechselten ihn unter den Fotos. Schlimmer noch: Man wurde überhaupt nicht erwähnt. Man tauchte in der Zeitschrift irgendwo in einer Ecke am Rand auf, ohne Bildunterschrift. Im Schatten. Sie, Cayanne, war im besten Fall eine hübsche, exotische Schattengestalt, die einen Schritt hinter Fábbio Cássio herlief und allen Leuten zulächelte, nur dass es nicht ihr galt, wenn sie zurücklächelten, sondern ihm. Sie war so etwas wie ein niedliches Hündchen, das der Star auf dem Arm trug.

Während die anderen Mitwirkenden von *Die Miezen und die Nerds* mit ihren Angehörigen sprachen, gingen ihr beim Feilen ihrer Nägel auf dem Balkon des Hauses diese Gedanken durch den Kopf und öffneten die Schleusen für ein Gefühl, das sie als »Rückkehr nach Hause« bezeichnete. So als bestünde ihr wahres Wesen darin, die Abgelehnte zu sein. Als wenn sie, von außen betrachtet, nur so wirklich sie selbst wäre. Ihr wahres Ich, dachte sie. Das beschissene Marília-Ich. Das wirkliche Ich, das auf dem Markt Tomaten verkaufte. Das heranwuchs und zu einem Überraschungstorten-Ich auf Managerpartys wurde, der definitive Tiefpunkt auf ihrem Weg in die Berühmtheit. Sie erinnerte sich noch, dass sie ein paar Mal geweint hatte, bevor sie in die bunte Styroporschachtel eingesperrt und Männern übergeben worden war, denen es nichts ausmachte, sich eine Ohrfeige einzufangen, weil sie sie begrapscht hatten, als wäre sie ein Stück Obst aus dem Supermarkt. Wie absurd es auch erscheinen mochte, aber es war diese tiefe Grube, in der sie wie ein Fisch im Wasser schwamm. Hier, in der Abgeschiedenheit ihrer Bedeutungslosigkeit, in der sie vollkommen zu Hause war, überkam sie plötzlich der Hass. Ein Hass, der ausreichte für Fábbio und seine gesamte kranke Familie, für Olga, die Alte, die sich für im Geiste jung geblieben hielt, es aber gar nicht war, und für Telma, Fábbios Tante, eine wahrhaftige Giftschlange. Sie hasste sie alle. Hasste sie abgrundtief. Hasste viele Leute. Viele Orte. Viele Dinge. Sie hasste Marília, hasste rote Erde, hasste Märkte, hasste die Trübsal ihrer Mutter, sie war so voller Hass, dass sie sich plötzlich bis an die Zähne bewaffnet und bereit zum Angriff fühlte. Wäre sie ein Jugendlicher in den USA, würde sie die Sache vielleicht lösen, indem sie in eine Schule hineinginge und ein Dutzend Schüler tötete. Aber hier in Brasilien, so dachte sie, wäre es besser, berühmt zu werden. Das wäre die beste Rache. Sie würde ein Star werden, Moderatorin, Schauspielerin, was auch immer. Sie hatte sich ihren eigenen Ruhm stets als eine Form der Rache vorgestellt. Dann, wenn sie berühmt wäre, wollte sie das Gesicht ihres Vaters sehen. Das Gesicht von Olga. Ihr Ruhm wäre ein großer Radiergummi, der ihre gesamte Vergangenheit auslöschen würde. Mit ihrem Ruhm würde sie noch einmal bei null anfangen.

»Interviewer: ›Wie haben Sie Ihre Karriere begonnen?‹ Ich schlage die Beine übereinander. Werfe das Haar zurück. Ich: ›Nun, ich habe viel dafür getan, dorthin zu gelangen, wo ich jetzt bin. Viele Leute, die heute vor meiner Garderobe stehen und mich um ein Autogramm bitten, waren gegen mich.‹ (Gelächter).«

Besser noch: Sie würde diese Saftsäcke gar nicht erwähnen. Sie würde lediglich sagen: »Ein Talentscout hat mich zu einem Fotoshooting eingeladen.« Was nicht einmal gelogen war, außer dass der Talentscout ein Perverser gewesen war, der mit seiner Modelagentur nie vorangekommen war. »Interviewer: ›Wie ist es, wenn man der beliebteste Star Brasiliens ist?‹ Ich schlage die Beine wieder auseinander. ›Ich kann dazu nur eines sagen: Ohne die Unterstützung meiner Fans könnte ich nicht leben.‹«

Mit ihrem Phantasie-Interviewer hatte sie sich auch schon darauf vorbereitet, was sie in dem Interview sagen würde, wenn *Die Miezen und die Nerds* zu Ende wäre: »Es war eine wunderbare Erfahrung. Ich habe meine Komfortzone verlassen«, (ein Ausdruck, den sie von Fábbio Cássio gelernt hatte), »um mich Herausforderungen zu stellen, die mich zu einem besseren Menschen gemacht haben.« Das würde sehr gut ankommen. Sie wollte dort am Ende als Star, als die Gute hinausgehen, die es supertoll-fand-hier-in-Ihrer-Sendung-aufzutreten. So würde sie den Grundstein legen für ein späteres Exklusivinterview, in dem sie das Ende ihrer Ehe ankündigen und von den schwierigen Zeiten sprechen würde, die sie gerade durchmachte.

Die Miezen und die Nerds, die ihre fünf Minuten telefonischer Zuwendung bereits genossen hatten, gingen mit roter Nase und verquollenen Augen an ihr vorbei. Aber auch daran hatten die Produzenten gedacht: Wer wollte, durfte jetzt weinen. Dies war der einzige Moment, in dem nicht zwei oder drei Kameras auf sie gerichtet waren.

Cayanne betrat die Telefonzelle als Letzte. Auf dem Weg fragte eine der Miezen sie, ob sie mit Fábbio sprechen werde. Natürlich, sagte sie. Es stimmte aber nicht. Seit er gegen ihre Schlafzimmertür getreten und sie als Schlampe beschimpft hatte, wollte sie nichts mehr mit ihm zu tun haben. Sie hatte ihrem Mann drohen, und zwar richtig drohen müssen, mit einem Messer in der Hand, dass sie die Polizei rufen werde.

Lieber wollte sie mit Cláudio telefonieren, der letztlich der Einzige war, der in diesem Augenblick zu ihr hielt. Er war es gewesen, der sie an jenem verhängnisvollen Tag aufgenommen hatte. Und wenn sie jetzt hier war, dann weil Cláudio ihr zu dem Casting verholfen hatte. Anders als Fábbio glaubte Cláudio an ihr Talent und wollte ihr helfen. In Wahrheit erwartete er mehr, das wusste sie. Und das hatte er auch schon bekommen. Aber sie würde ihm nicht einen einzigen Zentimeter mehr zugestehen. Niemals würde sie sich in einen Glatzkopf verlieben, der rote Hosen und eine riesige Hornbrille trug, »um modern auszusehen«.

Am Telefon sagte er: »Gestern warst du super. Mach weiter so. Wir sind auf dem richtigen Weg. Es läuft großartig. Heute ist auf allen Star-Blogs und Webseiten von dir die Rede.«

Anfangs verstand sie nicht. Die überall im Haus installierten Kameras filmten die Teilnehmer vierundzwanzig Stunden am Tag. Aus diesem Material wurde dann die viertelstündige

Sendung zusammengeschnitten, die allabendlich ausgestrahlt wurde. Die Teilnehmer durften die Übertragungen nur samstags sehen und bekamen deshalb nicht mit, was Kontroversen auslöste und was nicht.

»Wovon redest du?«

»Von dem, was du gestern über Fábbio erzählt hast.«

Was hatte sie nur gesagt? Dass Fábbio in seinen eigenen vier Wänden nicht unbedingt dem entsprach, was die Leute sich vorstellten?

»Ganz genau. Das ist sehr gut angekommen. Und hat zu vielen Spekulationen geführt. Sexueller Art, verstehst du? Auf manchen Webseiten heißt es, du hättest angedeutet, dass Fábbio homosexuell ist.«

»Der Analyse des Senders zufolge bist du die meistgehasste Mieze«, fuhr er fort. »Die Leute sind stinkwütend auf dich. Sie finden, dass du grob gewesen bist. Und opportunistisch. Du bist jetzt das Bad Girl.«

Cayanne war betroffen. Das war nicht ihr Plan gewesen.

»Ich habe nur gesagt, dass Fábbio nicht der Hit ist. Mehr nicht.«

»Und dass er Stunden vor dem Spiegel verbringt. Dass er verwöhnt ist.«

»Ist das ein Grund, um mich zu hassen?«

»Wen interessiert schon, was das Publikum empfindet? Publikum ist Publikum. Wichtig ist, überhaupt ein Publikum zu haben. Du musst provozieren. Vertrau mir ruhig, meine Liebe, ich kenne dieses Metier. Wenn du nicht auf die eine Weise erfolgreich bist, dann eben auf die andere. Verstehst du, was ich damit sagen will? Sich an das vorgegebene Muster zu halten funktioniert nicht immer. Was glaubst du, weshalb Drew Barrymore sich dazu entschlossen hat, ihre frühere Drogensucht publik zu machen?«

»Wer?«

»Das Mädchen aus dem Film *E.T.* Sag bloß, du kennst *E.T.* nicht?«

»Wovon redest du?«

»Mein Gott! Wie ist es nur möglich, dass ich mich in ein Mädchen verliebt habe, das zu Zeiten von *E.T.* noch nicht geboren war?«

»Verdammt, natürlich weiß ich, wer *E.T.* ist.«

»Wie süß, mein kleiner Liebling, meine Prinzessin aus dem Orient, du hast *E.T.* also nicht gesehen? Gab es in Marília denn kein Kino? Du brauchst dich nicht zu schämen, Süße. Jetzt hör mir mal zu: Tu, was ich dir sage, und provoziere. Erzähl, was faul ist an deinem Leben mit Fábbio. Das ist gut für unseren Plan. Für deine Karriere. Das ist gut für uns zwei.«

Die Art und Weise, wie er »uns zwei« sagte, gefiel ihr nicht. So als hätten sie eine gemeinsame Firma.

»Du hättest Fábbios Gesicht sehen sollen, als er gestern hier ankam. Ich habe einen Supervertrag mit ihm geschlossen.«

Nun war sie ernstlich besorgt. »Was für einen Vertrag?«

Aber ihre fünf Minuten waren um, und die Verbindung wurde beendet, ehe sie auch nur im Entferntesten verstanden hatte, was los war.

Die Dinge passierten sehr schnell. Zu schnell für ihren Geschmack.

5

Canyons zwischen steilen Felsen, ausgetrocknete Flussbetten mit dicken Salzkrusten. Von oben erkannte man die Schönheit. Von nahem das Grauen. Schweigend, durstig, lediglich mit dem Geräusch der unter den Schuhen zerbröckelnden Erde im Ohr, gingen sie vorwärts. Eine Wüste. Irgendeine Wüste. In der Oper war es die Wüste von Louisiana. Azucena fragte sich, ob es in Louisiana überhaupt eine Wüste gäbe, aber das machte am Ende keinen großen Unterschied. In der Wüste wurde Manon verlassen. Dramatisch bäumte sie sich auf: Ich will nicht sterben.

Früher hatte Azucena sich gerne mit geschlossenen Augen die gnadenlose Sonne und die Macht der Wüste vorgestellt, wenn sie die Callas, Mirella Freni oder Montserrat Caballé *Sola, perduta, abbandonata* singen hörte. Manchmal hatte sie dabei geweint. Jetzt weinte sie nicht mehr. Seit Tagen konnte sie nicht mehr weinen. War ausgetrocknet wie die Wüste in *Manon Lescaut*. Sie konnte direkt die kleinen Verhärtungen spüren, die sich aus einem Stoff gebildet hatten, der in ihr abgestorben und zerfallen war, dort in der Tiefe, in ihrem Kern, und die jetzt die Basis für ihre Leere bildeten. Sie war hohl. Und lief. Auf dem Laufband hörte sie mit weit geöffneten Augen Opernmusik, die den Takt ihrer Herzschläge vorgab. Sie weinte nicht, sie genoss: die Callas auf der einen Seite und das Laufen auf der anderen.

So begann ihr Tag. Nach dem Duschen, nur in Slip und Büstenhalter, schminkte sie sich. Sie trug gerne Wimperntusche, Rouge, einen hellen Lippenstift. Dann zog sie den marineblauen

Wollpullover mit V-Ausschnitt an, den sie am Abend zuvor im Shoppingcenter gekauft hatte, Jeans, setzte die Sonnenbrille auf. In letzter Zeit fühlte sie sich ohne Sonnenbrille wie nackt.

Bevor sie in die Küche ging, weckte sie Duda und Vitória. Sie konnte sich nicht sattsehen an dem Anblick der beiden Mädchen mit dem goldblonden Haar, die friedlich schliefen. Ihr kam gar nicht in den Sinn, dass sie womöglich litten. Sie zog es vor zu glauben, dass die beiden noch nichts begriffen, was nicht das Schlechteste war. Es hätte nicht viel genützt.

In der Küche bereitete sie das Frühstück. Kakao und Butterbrötchen für die Mädchen, Fruchtsaft und schwarzen Kaffee ohne Zucker für sich selbst. Die Kinder wollten wissen, wann sie ihren Vater sehen würden.

»Später«, sagte sie.

Es waren die gewohnten Abläufe, die sie auch nach der Trennung beibehalten hatte. Das Leben ging weiter. Zusammen mit den Mädchen goss sie die Pflanzen auf der Terrasse. Für den Garten waren Palmen, Schmucklilien und Löwenmäulchen vorgesehen gewesen, doch es wuchs dort nur Gras. Und Unkraut. Sie hatte keinen grünen Daumen. Entweder goss sie die Pflanzen mehr als nötig oder zu wenig, sodass sie verkümmerten. Dann fütterten sie die Hunde. Am Tor wartete Nego, der Labrador, trübsinnig auf sein Herrchen. Die Hündin Pink hatte abgenommen und schnüffelte nach Spuren von Luís. Sie würden sich daran gewöhnen müssen, dass er nicht mehr da war. Mit der Zeit würden alle sich daran gewöhnen.

Im Fenster der Nachbarn zuckte pausenlos bläuliches Licht. Der Tag begann bereits mit laufendem Fernseher. Als Azucena mit den Kindern an der Hand eintraf, sah Damaso im Schlafanzug die Nachrichten. »In einer neuerlichen Nacht der Gewalt sind in

São Paulo weitere fünf Menschen Opfer von Morden geworden«, berichtete die Nachrichtensprecherin.

Jandira stand im Morgenmantel in der Küche. Hustend schimpfte sie über die Dusseligkeit der neuen Hausangestellten. Azucena nahm ihr die Zigarette aus dem Mund, machte sie unter dem Wasserhahn aus und warf sie in den Müll. Sie war zu träge, ihrer Mutter zu sagen, was sie ihr hätte sagen müssen. Sie war auch zu träge, sich zu ihrer Schwester Ana und deren Mann Ricardo an den Frühstückstisch zu setzen. Die beiden wohnten keine drei Häuserblocks entfernt, aber zu den Mahlzeiten waren sie immer bei den Eltern. Theoretisch war Ricardo Personal Trainer, praktisch jedoch hielt er die Trainingsgeräte in einem Fitnessstudio um die Ecke sauber. Ana zog keinerlei Nutzen aus ihrem Abschluss als Ernährungswissenschaftlerin, nicht einmal den, während ihrer Schwangerschaft nicht zuzunehmen. Azucenas Ansicht nach fielen die beiden Jandira zu sehr zur Last. Aber ihr war klar, dass das ein alberner Gedanke war. Sie halste ihrer Mutter ja selbst zu viel Arbeit auf. Jandira war diejenige, die ihre beiden Mädchen zur Schule und zu den außerschulischen Aktivitäten brachte und von dort wieder abholte. Darüber unterhielten sie sich nun. Das zweite Halbjahr hatte gerade begonnen, und Azucena teilte ihr den neuen Stundenplan für den Schwimmunterricht ihrer Töchter mit. Ohne ihre Mutter hätte sie sich nicht voll und ganz auf die Arbeit konzentrieren können, die sich bis in die Nacht und in den frühen Morgen zog. Wenigstens bezahlte sie die Putzfrau und sorgte dafür, dass es im Haus an nichts fehlte. Und was war mit den beiden dort? Die bald zu dritt sein würden?

Kindergesang. Vom Fenster drangen die Stimmen ihrer Töchter herüber, die mit dem alten Papageien spielten, der in den Jabuticaba-Baum geflogen war. Sie wollten ihm das Singen beibringen, doch der Vogel wiederholte nur Jandiras Leier: »Ach, so ein Kreuz!«

Azucena bereitete zwei Tassen Kaffee zu und setzte sich zu ihrem Vater ins Wohnzimmer. Während sie ihren Laptop hochfuhr, hörte sie, wie im Fernsehen berichtet wurde, die Regierung habe dem Bundesstaat angeboten, die Eskalation der Gewalt mithilfe der Armee einzudämmen. Azucena trank einen Schluck, ehe sie erzählte, was sie darüber wusste: Der Innenminister wollte das Angebot nicht annehmen, da er der Meinung war, dass den Drogenhändlern zu viel Bedeutung bei dieser Welle der Gewalt beigemessen wurde.

»Das ist eine Falle«, sagte sie. »Wenn wir das Angebot annehmen, gestehen wir damit unsere Inkompetenz ein. Wenn wir es ausschlagen, werden wir für verrückt erklärt, weil wir Hilfe in einem kritischen Moment ablehnen.«

Das war nicht die Art von Themen, über die ihr Vater sich gerne unterhielt.

»Schau dir das hier mal an«, sagte sie und öffnete die Datei mit den Fotos der ermordeten Jugendlichen aus der Serra da Cantareira. Die junge Frau trug einen Büstenhalter und lag auf dem Rücken, Arme und Beine gespreizt. Es gab auch Detailaufnahmen, die Unterlaufungen und von Fingernägeln verursachte Verletzungen im Halsbereich zeigten.

»Siehst du den Fleck dort?«, fragte sie. »Wonach sieht er dir aus?«

Nun wurde Damaso munter. Er betrachtete das Foto.

Deutlich erkennbar war eine Reihe von Punkten.

»Vielleicht Zähne? Es könnten Bissspuren sein.«

»Das habe ich mir auch gedacht.«

»Lass dir eine Vergrößerung geben. Was habt ihr sonst noch?«

»Vorerst nichts. Der Sachverständige, der sich um den Fall gekümmert hat, musste unter schwierigen Bedingungen arbeiten. Die Leiche wurde bei Nacht geborgen, und es hat stark geregnet.«

Die beiden waren noch dabei, sich über den Fall zu unterhalten, als Giulia mit einem Stapel Bücher ins Wohnzimmer platzte, gefolgt von Jandira, die darauf bestand, dass sie frühstückte. Giulia eilte zur Tür, warf ihrem Vater einen Kuss zu und ignorierte ihre Schwester.

Nachdem sie hinausgegangen war, fragte Damaso: »Was ist los mit dir und Giulia?«

»Nichts«, antwortete Azucena, ohne vom Bildschirm aufzublicken. Schweigend betrachteten beide das tote Mädchen.

Wenige Minuten später kam Azucena im Auto an der Haltestelle vorbei, wo Giulia auf den Bus zur Universität wartete. Azucena hupte, lehnte sich über den Nebensitz und öffnete die Beifahrertür.

»Steig ein«, sagte sie.

Giulia verdrehte die Augen.

»Das ist ein Befehl!«

Ihre Schwester gehorchte. Während sie abwartete, was als Nächstes kommen würde, starrte sie auf das Biologiebuch auf ihrem Schoß: *Wie wir denken*, von John Dewey.

Azucena sagte: »Das ist das letzte Mal, dass wir uns über die Sache unterhalten. Ich wiederhole nur, was ich dir bereits gesagt habe. Du hast zwei Optionen. Entweder, du erklärst den Eltern, was passiert ist, sagst ihnen, weshalb ich mich getrennt habe, und nimmst die Konsequenzen auf dich.«

Allmählich hielt der Wagen den Verkehr auf, die Leute hupten schon.

»Wenn du allerdings weiter zu Hause wohnen willst und möchtest, dass ich dein Studium bezahle«, fuhr sie fort, »dann behandelst du mich ihnen gegenüber gefälligst so, als wenn nichts geschehen wäre. Das haben wir schließlich so verabredet, oder etwa nicht?«

»Doch«, sagte Giulia mit dünner Stimme. »Bist du fertig?«

»Wenn du dich in ihrer Gegenwart noch einmal so aufführst, werde ich den beiden alles erzählen.«

»Bist du fertig?«

»Los, raus aus meinem Wagen.«

Giulia stieg aus und knallte die Tür zu.

Ein Lastwagenreifen trieb flussabwärts. Azucena wettete mit sich, wer schneller sein würde, er oder sie. Normalerweise waren es Sprudeldosen, Mülltüten, Matratzen, Holzteile oder sogar Möbelstücke, gegen die sie antrat. Einmal hatte sie gegen einen Sessel gewonnen, aber im Allgemeinen war der Müll der Sieger. Um diese Uhrzeit verlor ein Auto selbst gegen die Fußgänger.

Auf der Höhe des Carrefour-Supermarkts hätte ein Motorrad ihr beinahe den rechten Seitenspiegel abrasiert. Sie dachte an die Genugtuung, die sie verspüren würde, wenn sie sich die 38er mit dem kurzen Lauf schnappte, die sie am Gürtel trug, und dem Motorradfahrer in den Rücken schösse. Oder in den Kopf. Das war es, was ihr an Waffen gefiel: die Löcher, die sie verursachten.

Ihr Handy klingelte, aber sie ging nicht ran. Es war Luís. Das Ende ihrer Ehe war so verlaufen, wie sie es geplant hatte: ohne Szenen. Zwei Tage lang hatte sie gekotzt, mutterseelenallein in einem Hotel in der Nähe des Flughafens Guarulhos. Sie konnte sich kaum erinnern, wie sie es geschafft hatte, am folgenden, grauen Montag zu duschen und sich in der Zentrale zur Besprechung mit dem neuen Leiter der Mordkommission einzufinden. Sie hatte an dem Treffen teilgenommen, als wenn nichts gewesen wäre, hatte die neuen Regeln befolgt und war ins Hotel zurückgefahren, wo sie sich fast einen ganzen Tag lang weiter übergeben hatte. Mitten in dieser Phase war ihr ein Gedicht eingefallen, das ihr damaliger Lehrer der Klasse im Literaturunterricht vorgelesen hatte. An den Dichter konnte sie sich nicht mehr erinnern und auch nicht an die Verse, nur an ihre Härte: Er sagte, er werde den Tod nicht vervielfachen, indem er sich vor ihm fürchte oder auf ihn warte. Alles, was du von mir bekommen wirst, ist mein Körper, sagte der Dichter zum Tod. Sie hatte sich dafür entschieden, das Ende ihrer Ehe auf die gleiche Weise zu akzeptieren. Sie würde weder Erklärungen verlangen noch versuchen, irgendetwas zu verstehen, jetzt, wo sie die schreckliche Lektion über die Ehe gelernt hatte: Sie hatte keinen Sinn. Als sie zwei Tage später das Hotel verließ und nach Hause fuhr, rechtzeitig, um ihre Eltern vom Flughafen abzuholen, waren die Kinder schon von ihrer Reise ans Meer zurück.

Das Gespräch mit ihrem Mann war kurz und bündig. Sie hatte schon mit sämtlichen Arten von Mördern zu tun gehabt, aber mit keinem von ihnen war sie so verfahren und hatte die Worte so gewählt, als würde sie Steine nach einem räudigen Hund werfen. Sie befahl ihm, das Haus zu verlassen, sich weder Giulia noch ihrer Familie zu nähern und den Anruf ihres Rechtsanwalts abzuwarten, um die Vermögensaufteilung und das Umgangsrecht zu regeln. Ihn weinen zu sehen hätte ihren Ekel nur noch vergrößert.

Mit Giulia lagen die Dinge anders: Das wollte sie ihren Eltern ersparen.

Jetzt, einen Monat später, musste sie sich zwar nicht mehr übergeben, aber übel war ihr immer noch. Sie nahm weiterhin Tabletten, um schlafen zu können, denn am schlimmsten war es, die Augen zu schließen und dennoch wach zu bleiben. Sie musste sich einen Anwalt für Familienrecht suchen. Das würde sie in Kürze tun. Im Moment steckte sie jedoch im Verkehr fest und hatte nur eine Alternative: ins Shoppingcenter Norte zu fahren und zu warten.

Sie parkte und suchte nach einem Friseursalon. Als sie an der Reihe war, erklärte sie dem Friseur, was sie wollte: einen sehr kurzen Schnitt.

Eine Stunde und zwanzig Minuten später stellte sie ihren Wagen vor dem Schuhgeschäft in der Rua Plínio Macedo ab und ging die 400 Meter zur Zentrale der Mordkommission zu Fuß.

»Hast du deine Haare zu Hause vergessen?«, fragte Tenório, ein vierschrötiger Kerl mit Ziegenbart und Bäuchlein, der schon Bäcker und Gerichtsschreiber gewesen war und jetzt der Kollege, mit dem Azucena am liebsten zusammenarbeitete. Er beendete gerade seinen Bereitschaftsdienst.

»Wie war die Nacht?«, fragte sie und stellte ihren Laptop auf den Tisch im Büro, das gerade einmal Platz für einen Schreibtisch und einen Sessel mit knotiger Polsterung bot.

Tenório berichtete ihr im Detail: drei tote Jugendliche, ein erschossener Soldat und ein weiterer Toter, dem in einem Supermarkt in Capão Redondo eine Kugel in den Kopf gejagt worden war.

»Wir hatten ein Problem mit dem B-Team. Vininho hat lange für einen Fall von Widerstand mit Todesfolge gebraucht.«

»Wie lange?«

»Zwölf Stunden. Der Mann da oben ist außer sich«, sagte Tenório und meinte damit den Leiter der Dienststelle. »Er hat schon zweimal angerufen.«

Azucena hörte schweigend zu, als Vininho ihr am Telefon erklärte, was passiert war. Es hatte keinen verfügbaren Wagen gegeben. »Ich kann ja auch nicht zaubern«, sagte er.

Ehe sie in den fünften Stock hinaufging, um mit dem Chef

zu sprechen, schaute sie im Büro von Jair, dem Fotografen, vorbei, um weiteres Bildmaterial von der toten Frau aus der Serra da Cantareira anzufordern.

Männer seiner Generation und sozialen Schicht hießen Marcos, Renato, Guilherme, Rodrigo, Eduardo. Aber der Name, auf den er getauft worden war, lautete Procópio. Ohne den Zusatz Filho oder Neto. Welche Mutter wählte nur einen derartig anachronistischen Namen? Für den es noch nicht einmal eine Koseform gab? Wegen eines Gelübdes?

In ihrem Fall verhielt es sich nicht viel anders. Selbst als sie schon aus dem Teenageralter heraus war und Verdis *Azucena* kannte, von der sich ihr Vater zu ihrem Namen hatte inspirieren lassen, mochte sie ihn noch immer nicht. Bei Procópio war es vermutlich nicht anders. Das ging ihr durch den Sinn, als er darauf beharrte, sie habe nicht das Zeug, ihr Team zu leiten.

Im Sitzen hinter seinem Schreibtisch wirkte er größer. Als er aufstand, war es fast eine Enttäuschung. Es fiel ihr schwer, Sympathie für kleine Männer zu empfinden. Obendrein war da etwas an seiner Haltung, das sie auf der Hut sein ließ: Er schaute sie nicht an. Und wusste nicht, wie er sie anreden sollte. Eher förmlich? Eher vertraulich? Bei der ersten Besprechung, in der er die verhärteten Strukturen der Polizeiorgane attackiert hatte, als kandidiere er für das Amt des Innenministers, war es nicht anders gewesen, außer dass er sich über die Männer respektvoller geäußert hatte.

Sie war an dieses Verhalten gewöhnt. Als sie bei der Polizei angefangen hatte, gab es kaum Frauen in ihrem Job. Von den Männern wurden sie wie dumme Gänse behandelt. Einmal hatte ein Sachverständiger ihr sogar den Arm angeboten, um die Schnellstraße Fernão Dias zu überqueren. Jetzt lagen die Dinge anders,

Frauen bekleideten wichtige Positionen, machten die Abteilungen menschlicher, doch die Welt der Polizei war nach wie vor eine Welt der Machos und der Frauenhasser.

Er beklagte sich über das Team und die verspäteten Gutachten, aber erst als er auf den Platzmangel zu sprechen kam, begriff sie, worauf er hinauswollte. Theoretisch ging es ihm um die Optimierung der Ermittlungen und eine bessere Aufklärungsrate. Praktisch war es jedoch eine verschleierte Drohung, die Spurensicherung in das Institut für Kriminaltechnik von São Paulo zu verlegen und sie aus der Leitung der Abteilung zu entfernen.

Sie verließ das Büro in dem Bewusstsein, dass sie über vermintes Gelände ging. Washington war ein Partner gewesen. Loyalität war nicht Procópios Stärke. Auf den Fluren wurde bereits gemunkelt, dass der Innenminister mit der Entlassung des ersten und der Nominierung des zweiten einen erklärten Feind gegen einen unsichtbaren Feind eingetauscht hatte. Und mit dem musste sie nun arbeiten.

Am Nachmittag hatte sie eine Besprechung mit dem Sachverständigen für forensische Zahnmedizin ihres Teams, um ihm die neuen Fotos der ermordeten Frau aus der Serra da Cantareira zu zeigen. Anhand von Jairs Vergrößerung war es möglich, die Bissspuren im Nacken und an den Armen des Opfers deutlich zu erkennen. »Können wir ein Modell von dem Gebissbogen anfertigen?«, fragte sie. Die Antwort lautete ja. Azucena bat um schnelle Bearbeitung und rief anschließend den mit den Ermittlungen betrauten Kommissar an.

»Vorerst habe ich keine Verdächtigen«, sagte er.

Großes Engagement, den Fall zu lösen, war jedenfalls nicht zu erkennen, das war ganz klar.

Giulia kam mit Papieren, die sie unterschreiben sollte, in ihr Büro.

»Schöne Frisur«, sagte Giulia und setzte sich mit den Unterlagen in den Händen auf die Lehne des Sessels.

Azucena gab keine Antwort und schaute konzentriert auf den Bildschirm. Es war nicht das erste Mal, dass Giulia versuchte, sich ihr zu nähern.

»Ich habe über das nachgedacht, was du mir heute früh gesagt hast«, sagte Giulia. »Wir müssen miteinander reden. Wirklich.«

»Ich habe deine Papiere schon unterschrieben. Verschwinde.«

»Seit fast einem Monat steht mein Leben kopf. Ich muss dir meine Version erzählen.«

»Bist du blöd oder taub?«

Da Giulia sich nicht rührte, stand sie auf, nahm ihre Handtasche und verließ das Büro.

Es war bereits nach sieben, als sie zu Hause ankam, genau rechtzeitig, um mit ihren Töchtern zu Abend zu essen.

6

Am besagten Freitag traf Olga vor elf in der Wohnung ihres Sohnes ein.

Mit leerem, trübem Blick lag Godzilla unter dem Tisch.

Der Anblick, der sich Olga bot, gefiel ihr nicht: leere Wein- und Wodkaflaschen, schmutzige Gläser, in einem Aschenbecher im Wohnzimmer die Reste von zwei Joints. Was war mit Fábio los? Zwischen den Sofakissen entdeckte sie ein Handy und wurde wütend, als sie feststellte, wer es dort vergessen hatte. Sie kannte dieses Telefon nur zu gut, schließlich war sie nicht auf den Kopf gefallen und hatte bereits ihre Nachforschungen angestellt.

Noch bevor sie Fábbios Schlafzimmer betrat, wusste sie, dass er nicht zu Hause geschlafen hatte.

Seit Cayanne sich in der Realityshow *Die Miezen und die Nerds* einquartiert hatte, nutzte Olga die Vormittage, an denen sie keinen Geschichtsunterricht an der Dante-Alighieri-Schule erteilte, um ihren Sohn zu besuchen. Häufig schlief er noch, dann weckte sie ihn, genauso wie früher, als er noch ein Teenager war, mit einem Becher Kakao. Zwar empfand sie Verachtung für die Nostalgiker, die im Alter nur noch zurückschauten, aber sie sehnte sich jetzt immer öfter nach der Zeit, als Fábbio noch ein Kind gewesen war, nach dem tröstlichen Gefühl, den Sohn im Zimmer nebenan zu wissen, nach den Samstagmorgen, an denen sie sich gemeinsam ans Klavier gesetzt und Lieder von den Beatles gesungen hatten, oder danach, ihn mit dem Bus zu den Castings zu bringen, bei denen Darsteller für Reklamespots im Fernsehen ausgewählt wurden.

Einen Moment lang bereitete die Vorstellung eines Vormittags ohne Verpflichtungen ihr Unbehagen. Sie hasste den Gedanken, dass sie gerade dabei war, ihre Freizeit in Wartezeit zu verwandeln, um dann zur Arbeit zu gehen. Was tun bis zum Mittag? Spazieren gehen? Es machte ihr keinerlei Spaß, in der Gegend herumzubummeln, São Paulo war dafür nicht geeignet. Das Chaos ihres Sohnes zu beseitigen hatte sie ebenfalls nicht die geringste Lust.

Sie kehrte zurück ins Wohnzimmer und machte es sich am Klavier bequem, fühlte sich aber einsam. Godzilla blickte sie still und verschwörerisch an, das ärgerte sie. Wo war die Hausangestellte? Irgendetwas war verkehrt, dachte sie, während sie den Hund beobachtete, dessen Buckel wie ein zweiter Kopf aussah, weniger ungestalt als der echte. Er erinnerte sie an einen Wasserspeier und andere barocke Bilder. Sie war nicht abergläubisch, aber trotzdem ließ irgendetwas an diesem Tier sie erschaudern. Die Augen. Zwei abgrundtiefe Löcher.

Blitzartig schoss ihr ein Gedanke durch den Kopf. Jetzt wusste sie, was zu tun war.

Sie durchquerte die Wohnung und wühlte im Vorratsraum und im Wirtschaftsbereich in den Schränken, bis sie eine Leine fand. Zurück im Wohnzimmer, hörte sie es läuten, und als sie öffnete, stand der Sohn des Pförtners vor ihr. Sie wusste, worum es ging. »Er steht dort drüben«, sagte sie und deutete auf den Rechner und den Monitor, den Fábbio dem Jungen schenken wollte.

Beide gingen zu dem Computer. Begeistert nahm der Junge die Tastatur in die Hand. »Das ist ja alles ganz neu. Und das ist wirklich ein Geschenk?«

»Ja, aber nicht umsonst«, sagte Olga und deutete auf den Hund unter dem Tisch. »Du musst ihn für mich an die Leine nehmen.«

Sie wusste, die Bitte hätte selbst einen Hundedompteur eingeschüchtert.

»Was ist mit dem passiert?«, fragte der Junge. Er hieß Richard.

»Ein Unfall.«

»Der Ärmste.«

»Er ist harmlos.«

Die beiden schwiegen und betrachteten das Tier, das sie weiterhin starr anblickte, als wollte es sie herausfordern.

Es dauerte eine Weile, ehe der Junge Mut fasste und unter den Tisch kroch. Olga blieb in der Nähe und passte auf, aber Godzilla zeigte keinerlei Reaktion. Mit hängenden Ohren ließ er sich anstandslos an die Leine nehmen. Nur als Richard ihn in die Mitte des Wohnzimmers ziehen wollte, sträubte er sich.

Nachdem der Junge mit Fábbios altem Computer gegangen war, zerrte sie Godzilla in den Fahrstuhl und anschließend aus dem Haus. Es war gar nicht so einfach, ihn über das holprige Pflaster der Bürgersteige von Higienópolis zu schleifen, aber Olga gab nicht auf. Cayannes Beziehung zu dem Hund fand sie krankhaft. Ihrer Theorie zufolge gab es drei Arten von Menschen mit Hundefimmel: Entweder waren es Menschen, die ihren Mutter- oder Vaterinstinkt nicht hatten ausleben können und die deshalb einen Hund brauchten, oder es waren Menschen mit Problemen, die das Anderssein nicht ertragen konnten und die bedingungslose Liebe der Hunde brauchten. Cayanne gehörte zur dritten Kategorie: Sie identifizierte sich mit Hunden. Nicht mit allen, nur mit so elenden Kreaturen wie Godzilla, der hinkte und winselte, als wüsste er schon im Voraus, was ihn erwartete, während sie ihn an der Leine hinter sich herzerrte.

Auf Höhe der Rua Sabará bockte der Hund endgültig, sodass sie ihm einen leichten Tritt ins Hinterteil versetzen musste, um ihn zum Weitergehen zu zwingen. Was mochte dieser Wasserspeier nur getan haben, um einen derartigen Zorn in seinem früheren Besitzer ausgelöst zu haben? Hatte er vielleicht ein Kind angefallen? Ein paar Fußtritte später, und sie waren an der Ecke der Rua da Consolação und der Rua Piauí angelangt.

Ohne eine Ahnung, wie sie den zweiten Teil ihres Plans umsetzen sollte, ließ sie die Leine los. Sie wollte nicht das Risiko eingehen, vom Tierschutzverein gesteinigt zu werden. Aber es war gar nicht nötig, sich Gedanken zu machen. Plötzlich rannte der Hund hinkend und bellend los, direkt auf einen Lastwagen zu, der mit großer Geschwindigkeit die Avenida hochgerast kam.

Das Karnickel schloss die Augen, atmete tief ein und deklamierte, ohne sich bei einem einzigen Wort zu versprechen:

Blühn – ist Ergebnis – Blumen treffen
Und sehen nebenbei
Brächt einen kaum auf die Idee
Der kleine Umstand sei

Da hilfreich bei dem Wunderwerk
So kompliziert gemacht
Dann wie ein Falter als Geschenk
Dem Meridian gebracht –

Die Knospe füllen – Würmern trotzen –
Sein Teil vom Tau bekommen –
Die Hitze regeln – Wind ausweichen –
Dem Bienenstrolch entrinnen –

Dass nicht enttäuscht ist die Natur
Die heute auf sie zählt –
'ne Blume sein, heißt, dass man tief
Verantwortlich sich fühlt –

Cayannes Partner war der einzige Nerd im Haus gewesen, der den Überraschungstest der Woche bestanden hatte, bei dem man ein Gedicht auswendig aufsagen musste. Niemand hätte gedacht, dass die beiden Schlussverse, die vom Sender in Trailern und Programmankündigungen ausgeschlachtet wurden, so großen Erfolg beim Publikum zeitigen würden, dass sie in den sozialen Netzwerken vorübergehend Saint-Exupérys Bonmots aus dem *Kleinen Prinzen* von ihrem Spitzenplatz verdrängten.

Das trug dazu bei, dass die Popularität des Karnickels enorm gestiegen war. Viele Fernsehzuschauer glaubten, das Gedicht stamme von ihm – und nicht von Emily Dickinson, von der sie noch nie etwas gehört hatten –, und wollten wissen, wo man seine Bücher kaufen konnte.

Cayanne hielt seine Popularität für ihr Verdienst. »Wer gibt schon etwas auf ein Gedicht, in dem von Würmern die Rede ist?« Wäre sie nicht die große Gewinnerin der Prüfung gewesen, bei der alle Miezen einkaufen gehen und das Aussehen ihres Partners mithilfe von Profis aus verschiedenen Bereichen verändern und verbessern sollten, das Karnickel wäre nichts als ein »unsichtbarer, langweiliger Nerd« geblieben. Es war ihre Idee gewesen, »den Urwald zu roden«. Sie hatte ihm den Rücken, die Brust und sogar die Arme und Beine enthaaren lassen. Ganz Brasilien war beeindruckt von dem gut aussehenden Mann, der unter dem Fell zum Vorschein kam. Das Kopfhaar, das an ein Mäusenest erinnert hatte, bekam Form, die zusammengewachsenen Brauen wurden auseinandergezupft, um seine intelligenten Augen zu betonen. Das hatte Otávio plötzliche Beliebtheit eingebracht. Er galt nun nicht mehr nur als Computergenie, sondern er war auch der attraktivste Nerd des Hauses.

Das Karnickel hatte eine etwas andere Sicht der Dinge. Er fand, dass seine hervorragenden Leistungen in allen Bereichen den Misserfolg seiner Partnerin wettmachten, die behauptet hatte, der Nahe Osten sei ein Land in Mitteleuropa, und bei der Computerprüfung tatsächlich imstande gewesen war, das Netzkabel des Rechners in den Rechner selbst einzustöpseln. »Und woher soll der Computer deiner Ansicht nach den Strom herbekommen?«, hatte er sie nach der Prüfung entnervt gefragt. Noch schlimmer war, dass sie Konfuzius für einen französischen Philosophen gehalten hatte.

»Weil dein Gehirn nicht größer ist als eine Weintraube, müssen wir wieder an die Wand«, sagte er an diesem Freitagmorgen.

Das tat richtig weh.

Der Pool befand sich in der Mitte des Wintergartens, einer Art gläsernen Gewächshauses, in dem auch Laufbänder und andere Fitnessgeräte standen. Die Miezen und die Nerds verbrachten hier einen Gutteil ihrer Freizeit, weniger weil sie zusammen sein wollten, als vielmehr um zu vermeiden, dass sich Grüppchen bildeten. Es waren jetzt nur noch fünf Paare im Rennen, und wer fehlte, ließ Raum für Verschwörungen. Das Karnickel behauptete, dass sich die Männer in Realityshows wie Hunde benahmen: Im Rudel fletschten sogar die Schwachbrüstigen die Zähne. Er wollte, dass Cayanne es ihm gleichtat. Die Augen offen hielt. Die Ohren spitzte. Und ihm absolut alles erzählte, denn im Krieg konnte jede Information hilfreich sein. »Wir müssen strategisch vorgehen«, sagte er. »Wir müssen den Schwachpunkt unserer Gegner ausnutzen.«

Wie konnte er nur so unsensibel sein und sie als dumm bezeichnen und sich noch nicht einmal entschuldigen?

»Du hast grauenvolle Bildungslücken«, sagte er, als er merkte, dass sie nicht so bald wieder aufhören würde zu weinen.

Am Nachmittag verhalf die Nachricht von Godzillas Tod Cayanne zu einem Telefonat mit ihren Angehörigen. Cláudio war es, der sie tröstete.

Er hörte zu, wie sie erzählte, der Hund sei überfahren worden, schwieg einige Sekunden lang und fragte dann, ob sie mit Fábbio gesprochen habe.

»Er hat mir gestern über die Produktionsfirma eine Nachricht zukommen lassen, ich solle in der Sendung keine Bemerkungen mehr über unser Intimleben machen.«

»Das erklärt alles.«

»Was meinst du damit?«

»Fábbio ist mehr als stinksauer. Lass uns gemeinsam nachdenken. Was hast du getan, dass er so wütend ist und dir diese Drohnachricht schreibt?«

»Es war keine Drohung.«

»Natürlich war es das. Er hat gesagt: Halt deinen Mund. Warum? Was hast du getan? Überleg doch mal. Als wir das letzte Mal miteinander gesprochen haben, habe ich dir höchstpersönlich geraten, ihm ordentlich Zunder zu geben. Aber du bist ganz zurückhaltend gewesen. Als Madlys dich gefragt hat, wie es sich für dich anfühlt, mit einem Sexgott verheiratet zu sein, hast du geantwortet: ›Gott hätte sich bei der Größe etwas mehr anstrengen können.‹ Mehr nicht, du hast weder seine Erektionsstörungen erwähnt noch dass dein Ehemann impotent ist. Dich trifft keine Schuld, wenn die Klatschpresse schreibt, was sie will. Wenn man in der Öffentlichkeit steht, ist nichts vorhersehbar. Was ist die Öffentlichkeit, das Publikum? Ein Nichts. Die Öffentlichkeit ist wie der Wind, der weht, wie er will. Auf einmal liebt das Publikum das Karnickel. Bloß, weil er ein Kindergedicht aufgesagt hat. Du bist ehrlich und gibst zu, dass dein Mann einen kleinen Schwanz hat, und prompt wirst du gehasst. Aus dem gleichen Grund könnten sie dich auch lieben, das Publikum ist wie eine Herde Büffel, wenn sie losbricht, kann sie in jede Richtung laufen. Aber du warst schlau und hattest die witzige Idee für einen Miss-Popo-Wettbewerb, und das Publikum hat dich vor der Wand gerettet, aus lauter Freude darüber, wie du deinen Hintern an der Kamera reibst.«

»Ich habe meinen Hintern nirgendwo gerieben, ich bin zur Miss Popo gewählt worden. Von allen im Haus.«

»Du kommst an beim Publikum, das ist es, was ich dir zu erklären versuche. Ich sage dir, wie das Publikum im Allgemeinen tickt. Die Leute lieben oder hassen dich. Sie machen dich erfolgreich oder verdammen dich zur Namenlosigkeit.«

Cláudios Worte verwirrten sie. Was hatte das alles mit Godzilla zu tun?

»Er hat Godzilla getötet. Um sich zu rächen. Der Wind hat sich gedreht. Er bläst jetzt ihm ins Gesicht.«

»Aber es war Olga, die bei Godzilla war.«

»Er und Olga sind eins, mein Kind. Eine Einheit, mein Liebling. Ein Einklang. So wie wir beide. Wir kennen Godzillas Trauma. Wir wissen, dass er panische Angst davor hatte, das Haus zu verlassen. Sie haben das alles geplant. Ich glaube eher wieder an den Weihnachtsmann als daran, dass Olga, diese Schlange, plötzlich in einem Anfall von Großherzigkeit Godzilla zu einem Spaziergang auf der Rua da Consolação ausgeführt haben soll.«

Diese Möglichkeit hatte Cayanne noch gar nicht in Betracht gezogen, aber so, wie Cláudio die Dinge darstellte, hatte alles auf einmal etwas Erschreckendes.

»Glaubst du, dass sie Godzilla selbst überfahren hat?«

»Großer Gott, begreifst du denn nicht? Sie ist mit Godzilla auf die Rua da Consolação gegangen, um ihn überfahren zu lassen.«

Cayanne brach in Schluchzen aus. Der Gedanke, nicht dort gewesen zu sein, um den Hund zu beschützen, löste in ihr große Schuldgefühle aus. Menschen, die Tiere misshandelten, hatten den elektrischen Stuhl verdient. Fand sie.

»Jetzt nicht heulen, mein Kind. Ich werde nicht zulassen, dass irgendwer unser Leben zerstört. Hör zu, wie wir in Zukunft vorgehen werden.«

Cayanne lauschte aufmerksam, was Cláudio ihr zu sagen hatte, und musste plötzlich an ihren Vater denken, der seit über drei

Jahren nicht mehr mit ihr redete. Sie verspürte Sehnsucht. Die Männer in ihrem Leben waren kompliziert. Der eine beschimpfte sie als dumm, der andere verbot ihr zu reden. Und jetzt dieser Glatzkopf, der glaubte, er könne über sie bestimmen.

Um 18 Uhr parkte Fábbio den Wagen in der Theatergarage. Er wollte es sofort hinter sich bringen. Ratzfatz. Das jedenfalls war sein Plan, den Ort hatte er selbst ausgewählt. Um sich während des Wartens zu beruhigen, ging er im Geiste Passagen seines Monologs durch. »Die Nacht ist ein gewundener Weg, der von Ende zu Ende gegangen werden muss.«

Er sah die Szene geradezu vor sich, den Lastwagen, die Avenida, Godzilla tot. Und alles geschah gleichzeitig. Es war keine Angst, die er verspürte. Es war Wut. Vermischt mit Trauer.

Die Leute glaubten, berühmt zu sein wäre das Größte auf der Welt. Er war gerne ein Star, aber tatsächlich war Fábbio Cássio zu sein eine sehr komplexe Angelegenheit. Er hätte auf seine Numerologin hören sollen: »Du wirst zu deinem Schutz eine Drei-B-Barriere brauchen«, hatte sie gesagt. Dreimal B. Aber er hatte keinen quasi-deutschen Namen mit lauter Konsonanten haben wollen. Nun fehlte das dritte B. Das Furchtbare am Ruhm war, dass er auch eine Kehrseite hatte, dachte Fábbio. Irgendwann wollten die Fans die B-Seite von einem kennenlernen. Schließlich kam er tagtäglich zu ihnen ins Wohnzimmer. Daher fühlten sie sich auch dazu befugt, in seinem Leben herumzuspionieren.

Sicher, die Drecksarbeit übernahm dabei der Paparazzo. Der Stellvertreter der Fans. Wenn man seine Frau betrog, war er zur Stelle und registrierte es. Wenn man zu schnell fuhr, war er da, und klick. Hätte Fábbio einem jungen Schauspieler etwas mit auf den Weg geben sollen, dann das: Vorsicht vor dem Ruhm.

Und wenn er berühmt würde, dürfe er niemals vergessen: Der Ruhm würde ihn zu einem Mitspieler in der großen *Big-Brother*-Sendung des Lebens machen. Vierundzwanzig Stunden am Tag stand man unter Beobachtung, dachte er. Die Kameras des Ruhms gingen nie aus. Standen bereit, um vor allem den Sturz aufzuzeichnen, genau den Moment, in dem man am Boden zerschellte.

Zehn Minuten, aber nichts geschah. Die Mischung aus Erschöpfung und dem Joint, den er zur Beruhigung geraucht hatte, begann ihn schwer werden zu lassen. So als wäre sein Körper ein Reservoir und der Schlaf darin das Wasser. Das Wasser stand ihm bis zum Hals. Dazu das bisschen Marihuana. Deshalb setzte auch das Erinnerungsvermögen aus. Schlaf und Erinnerungsvermögen waren wie Guavenbrot und Käse, überlegte er, sie passten gut zusammen. Vor allem ohne Marihuana. Wenngleich Käse auch ohne Guavenbrot gut schmeckte. Er hätte am Nachmittag, als er vom Tierarzt zurückgekommen war, schlafen sollen. Er hätte seiner Mutter gegenüber weniger aggressiv sein sollen. Und er hätte etwas essen sollen, dachte er, als er einen Tucson bemerkte, der weiter vorn parkte. War es derselbe, der auf der Avenida Nove de Julho seine Aufmerksamkeit erregt hatte? Eigentlich war er sich nicht einmal sicher, ob es ein Tucson gewesen war.

»Die Drogensüchtigen sind die Mystiker eines materialistischen Zeitalters.« Er war dabei, die Reihenfolge innerhalb des Monologs zu verdrehen. »Sag das Wort, das dir quer im Mund liegt: Gott.« Oder kam zuerst die Verteidigung der Drogensüchtigen? Darüber dachte er nach, als das Reservoir vollständig gefüllt war.

Fünf Minuten später schreckte er vom Klingeln seines Handys aus dem Schlaf.

»Hallo?«

Was er vom anderen der Ende Leitung zu hören bekam, gefiel ihm gar nicht.

»Du hast fünfzehn Minuten Zeit, um in meine Garderobe zu kommen«, sagte er. »Ich scherze nicht.«

Die Tür zur Garderobe war nicht abgeschlossen. Aber es dauerte, bis er sich deswegen zu sorgen begann. Vor dem Spiegel überlegte er, dass er sich nicht zu schminken brauchte: Er sah schon von Natur aus kaputt aus. Seine Hand zitterte. »Seit zehn Jahren lebe ich in einer vergoldeten Mittelmäßigkeit«, rekapitulierte er und musterte die tiefen Ringe unter seinen Augen. Diesen Teil des Textes hatte er nie verstanden. Er fand, die Mittelmäßigkeit war schwarz. Richtig hätte es heißen müssen: Seit zehn Jahren lebte er in einer schwarzen Mittelmäßigkeit, aber Alfredo Marcos fand, den Text eines verstorbenen Autors zu verändern sei so wie einem lebenden Autor in den Rücken zu schießen.

»Er kann sich nicht wehren, verstehst du?« Er verstand. Fast jedenfalls. Aber er war nicht einverstanden.

Mit einem Mal bemerkte er, dass irgendetwas auf seinem Schminktisch nicht stimmte. Erst jetzt fiel ihm ein, dass er keinen Schlüssel gebraucht hatte, um in die Garderobe zu gelangen. Hätte die Tür nicht abgeschlossen sein müssen? War das nicht so mit der Garderobiere vereinbart gewesen?

»Wo ist Sônia?«, brüllte er. Irgendjemand hatte sich dort zu schaffen gemacht. Irgendjemand war in seine Garderobe eingedrungen. Er musste noch einige Male brüllen, ehe Cláudio erschien und ihn um Ruhe bat.

»Sônia hat gekündigt«, sagte er.

»Jemand ist in meiner Garderobe gewesen«, wiederholte Fábio. »Kannst du mir sagen, wer?«

Cláudio rannte wie ein kopfloses Huhn hin und her, hatte aber weder eine Erklärung noch konnte er sagen, wo der Revolver steckte, den Fábbio auf der Bühne benutzen sollte.

»Das Leben vergeht nicht schnell genug, aber ich beschleunige es. Die Kurve erschlafft, ich biege sie gerade. Ich bin ein Mann, bin Herr meiner Haut, ich werde es beweisen«, ging er seinen Text noch einmal laut durch, bis Cláudio mit der neuen Garderobiere zurückkam, die ebenfalls Sônia hieß. »Nein, hier ist bestimmt niemand hereingekommen«, sagte sie.

Die Waffe fand sich schließlich unter einem kleinen Handtuch. Nun musste er sich nur noch beruhigen. Und warten. Seine Mutter anrufen. Er wollte sich für die schrecklichen Dinge entschuldigen, die er am Nachmittag zu ihr gesagt hatte. Sie sollte wissen, dass er kein bisschen böse war, weil sie Godzilla ausgeführt hatte.

Tragödien passierten nun einmal.

22:01 Uhr. Ein grauhaariger Mann in Sportkleidung füllte verschiedene in Stücke geschnittene Früchte in einen Mixer, während er die Vorzüge des Geräts erklärte. Azucena saß vor dem Fernseher beim Wein und dachte, dass diese langen Werbespots im Bezahlfernsehen doch irgendwie krank waren. Und dass es auch durchaus etwas Pathologisches hatte, sich die endlosen Werbefilme über Mixer anzuschauen. Aber sie waren hypnotisierend. »Rufen Sie jetzt gleich an unter 0800–800800, und Sie erhalten als Geschenk ein Rezeptbuch«, schrie der Ansager. »Und eine Saftkaraffe.«

Sie nahm den Telefonhörer von der Gabel und rief den Kommissar an, der den Cantareira-Fall bearbeitete. »Du hast doch bestimmt einige Aufzeichnungen zu versuchten Vergewaltigungen in deinem Bezirk. Vielleicht sind Täterbeschreibungen dabei.«

»Was ist mit Sorengo? Warum gehst du nicht mit deinem Mann eine Pizza essen, anstatt mich zu nerven?«

Sie legte auf, schaltete den Fernseher aus und war schon auf dem Weg ins Schlafzimmer, als ihr Handy klingelte. Procópio war am Apparat und bat sie, zu einem Einsatz ins Alexandre-Herculano-Theater zu fahren.

»Wissen Sie, wer Fábbio Cássio ist?«, fragte er.

Sie sah zwar keine Telenovelas, aber in Brasilien den Helden einer Seifenoper nicht zu kennen war unmöglich.

Procópio fasste kurz zusammen, was vorgefallen war. »Wir wissen nicht, ob es Mord oder Selbstmord war«, sagte er fast schon euphorisch. »Das wird ganz schön Wellen schlagen.«

Nachdem sie ihre Mutter angerufen und sie gebeten hatte, bei ihren Töchtern zu bleiben, gelangte sie auf dem Weg ins Theater zu dem Schluss, dass Procópio am Telefon direkt glücklich geklungen hatte. Der Tod eines Prominenten brachte ganz schön Schwung in das glanzlose Leben der Zentrale.

TEIL II

1

Die Kurve entsprang am Kinn, erreichte ihren Scheitelpunkt in Höhe des Oberbauchs und endete am Schambein. Es waren etliche Fettschichten, die ihm beim Duschen, so vermutete Azucena, die Sicht auf seinen Penis versperrten. Jair war nicht nur Diabetiker, er litt zudem unter Bluthochdruck und hatte kaputte Knie. »Dicksein ist nicht so einfach. Ich muss eine Menge essen, um diesen Riesenarsch in Form zu halten«, witzelte er oft.

Wenn Azucena ihn zum Tatort eines Tötungsdelikts schickte, warnte er sie: »Sobald ich im Wald herumkriechen oder Treppen steigen muss, brauche ich die dreifache Zeit.« Das war nicht übertrieben. Jair litt, wenn er mit der Kamera in der Hand seine Arbeit erledigte. Aber seine Langsamkeit wurde fast immer durch eine gewissenhafte, umfangreiche Bilddokumentation wettgemacht.

Azucena mochte Jair. Das ihm eigene Phlegma und sein individueller Rhythmus bildeten das Gegengewicht zu dem hektischen Temperament des Ermittlungsbeamten Tenório.

»Gehen Sie doch bitte von der Leiche weg, Chef«, sagte sie. Jair wartete darauf, dass er weiterfotografieren konnte.

Wie Procópio sich in die Spurensicherung einmischte, störte sie. Sie bat ihn nun bereits zum dritten Mal, von der Leiche wegzugehen, sie wollte nicht, dass er auf den Fotos zu sehen war, die sie für ihr Gutachten verwenden wollte, sie wollte auf keinen Fall riskieren, dass wichtige Beweise dadurch unbrauchbar wurden.

Um ein Rätsel zu lösen, näherte sie sich ihm gerne in spiralförmigen Bewegungen von außen nach innen, bis sie bei der Leiche angekommen war. Sie ging dabei streng nach Plan vor. Gemeinsam mit ihrem Team und dem Polizeibeamten, der als Erster vor Ort gewesen war, hatte sie bereits die Lage der Ein- und der Notausgänge lokalisiert, war im Foyer herumgegangen und hatte den Bereich, der für die Spurensicherung abgesperrt werden musste, so weit ausgedehnt, dass er die Garderoben und die Toilettenräume ebenfalls mit einschloss.

Weniger als einen Meter von dem Toten entfernt hatte sie eine leere Kupferhülse mit der durchlöcherten Sprengkapsel gefunden. Auf dem Projektil stand »CBC.«. Das Kaliber konnte sie nicht entziffern. Sie hatte ihre Lesebrille zu Hause vergessen.

»Giulia!«, rief sie nach ihrer Schwester, die dabei half, die Leute ins Parkett zu bringen, um Informationen zu sammeln und Aussagen aufzunehmen. »Ich brauche mehr Asservationsmaterial.«

Sie versiegelte die Tüte mit dem Beweisstück und bat ihre Schwester, sie zu Tenório zu bringen.

Die Leiche hob sie sich bis zum Schluss auf. Trotz ihrer jahrelangen Erfahrung ging es ihr noch immer unter die Haut, wenn sie einen Toten untersuchte. Bevor sie ihn berührte, bat sie im Stillen um Erlaubnis. Als wollte sie ein Haus betreten. Es war eine alte Gewohnheit. Manchmal bat sie den Toten, ihr zu helfen, sein Geheimnis zu lüften. Sich mit den Toten zu unterhalten war ihr größtes Talent. Es stand im umgekehrten Verhältnis zu ihrer Fähigkeit, mit den Lebenden zu kommunizieren. Der Vorteil bei den Toten war, dass sie nicht logen, dachte sie. Und sie lagen schutzlos in ihrem Grab. Ihr gefiel die romantische Vorstellung, dass sie da war, um sie zu beschützen.

Sie ging neben dem Leichnam in die Hocke und untersuchte ihn sorgfältig. Der Mann war noch jung. An seiner rechten Schläfe klaffte eine von Schmauchspuren umgebene Wunde, Pulverbestandteile hatten sich ihm ins Gesicht gebrannt. Dennoch konnte sie seine harmonischen Züge erahnen und dachte, dass Tod und Schönheit doch ein ziemlich ungleiches Paar bildeten. Sie hatte das Kaliber der Waffe zwar noch nicht ermittelt, aber es musste ein großes sein, vielleicht Kaliber .40, sonst wären nicht Teile der Hirnmasse ins Parkett gespritzt. Sicherlich hatte er sich den Lauf nicht an die Schläfe gesetzt, sondern ihn in einem beträchtlichen Abstand von sechs oder sieben Zentimetern gehalten, was die verheerende Wirkung und das Pulver-Tattoo erklären würde.

Wie alle Selbstmörder hatte er Adlerkrallen. Aber sie war sich nicht sicher, ob sie es hier mit einem Suizid zu tun hatte. Selbstmörder brauchten Jahre, um den nötigen Mut zu sammeln, und einen Gutteil dieser Zeit widmeten sie sich dem eingehenden Studium der besten Art zu sterben. Alles wurde genau ausgetüftelt, um Fehler zu vermeiden. Sie fürchteten sich, ihr Vorhaben während der Ausführung zu bereuen, sie fürchteten sich davor, dass der Versuch misslingen könnte und sie mit schweren Behinderungen überlebten. Deshalb wurde die Tat im Allgemeinen schnell ausgeführt. Sie kam zu dem Schluss, dass Fábbio Cássio also, sofern er sich selbst umgebracht haben sollte, es ohne die selbstmordtypische Eile getan hatte. Der Umstand, dass er über eine Stunde lang auf der Bühne gestanden und einen deprimierten Künstler gespielt hatte, ehe er sich eine Kugel in den Kopf jagte, brachte sie auf zwei Gedanken: Entweder handelte es sich um ein Ritual und er war ein Märtyrer, nicht viel anders als ein Selbstmordattentäter. Oder es war Mord.

Tenório kam mit der Tüte, die Giulia ihm gegeben hatte, hinter der Bühne hervor und hockte sich neben sie. »Kaliber .40«, sagte er.

»Das hatte ich mir schon gedacht.«

»Ich habe eben mit dem Polizeioffizier gesprochen, der als Erster an Ort und Stelle war. Irgend so ein Hornochse aus seinem Team hat die Waffe mit in den 78. Bezirk genommen. Unglaublich, oder?«

»Irgendwann zeige ich einen von diesen Typen noch wegen Beihilfe zum Mord an«, sagte sie. Im selben Moment bemerkte sie, dass sich etwas in der Tasche des Bademantels befand, den der Schauspieler trug.

Mit der Pinzette holte sie einen Zettel daraus hervor, auf dem eine handgeschriebene Nummer stand: 9876.5.9872. Daneben war der Name des Schauspielers notiert, mehr als ein Dutzend Mal, zusammen mit unleserlichem Gekritzel.

Jair stützte sich auf den Schultern seiner Kollegen ab, um sich neben sie zu knien.

»Neun Ziffern«, sagte Tenório. »Das könnte eine Telefonnummer sein. Im Übrigen sieht es so aus, als wäre das während eines Telefongesprächs aufgeschrieben worden. Schau dir nur das Gekritzel an.«

»Aber was sind das hier für Punkte? So schreibt man doch normalerweise keine Telefonnummer auf«, sagte Azucena und steckte den Zettel in eine Asservatentüte.

Jair nahm sie, legte sie neben der Leiche auf den Boden und begann, sie zu fotografieren.

»Nur ein ausgemachter Narzisst ist so verliebt in den eigenen Namen«, kommentierte Azucena die Vielzahl der Unterschriften.

Einen Moment lang hielt Jair beim Fotografieren inne. »Ein ichverliebter Selbstmörder ist für mich das Gleiche wie die Geschichte vom Traumträumen.«

»Das ist ein Pleonasmus«, sagte Azucena.

»Was?«, fragte der Fotograf.

»Einen Traum träumen ist doppelt gemoppelt.«

»Ist doch mein Reden«, sagte Jair und fotografierte weiter. »Nur Schauspieler sind noch narzisstischer als Selbstmörder. So gesehen ist es eigentlich erstaunlich, wie wenig Schauspieler sich selbst töten. Der Logik nach müssten sich eigentlich mehr von denen umbringen.«

»Er zupft sich die Augenbrauen«, sagte Tenório und grinste.

»Und hat manikürte Patschhändchen«, säuselte Jair.

Azucena untersuchte die Hände. Daumen und Zeigefinger waren ineinander verschränkt. Sie wollte den Silberring vom Ringfinger der rechten Hand ziehen, stellte dann jedoch fest, dass sie keine Asservatentüten mehr hatte. Sie schaute sich um, aber Giulia war nicht in Sicht. Der Ring hatte eine netzartige Zeichnung, die ihre Aufmerksamkeit erregte.

»Diese Schwuchteln sind unglaublich«, flüsterte Tenório.

Während sie mit der Untersuchung fortfuhr, fingen die beiden an, mit unterdrücktem Lachen Witze zu reißen. Ihr gefiel das nicht. Sie versuchte, nicht darauf zu achten. Es war nicht leicht, tagtäglich mit dem Tod konfrontiert zu werden, sie wusste das. Jeder dort, sie eingeschlossen, hatte seine eigene Strategie, damit fertig zu werden. Zu Beginn ihrer Laufbahn hatte sie das Gefühl gehabt, dass jede Leiche, die sie untersuchte, eine Art Pfeil war, der auf ihre eigene Sterblichkeit hinwies. Ehe sie nach Hause ging, hatte sie sich jedes Mal übergeben müssen. Sie schloss sich dann auf der Damentoilette der Zentrale ein, um den »Verstorbenen auszukotzen«, wie sie zu sagen pflegte.

Es dauerte lange, bis sie sich das nötige dicke Fell angeschafft hatte, um ihren Toten gegenüberzutreten, aber sich einen echten Panzer zuzulegen, so wie Tenório oder Jair, war ihr in Wahrheit nie gelungen. Die Schutzschicht in ihr war brüchig. Seit der Geburt ihrer Töchter fühlte sie sich verletzlicher. Vor allem, wenn sie sich dem Schmerz der Mütter gegenübersah. Am Theatereingang hatte sie kurz zuvor einen Blick auf Fábbio Cássios Mutter erhascht, die aus dem Krankenhaus zurückkam, in das man sie gebracht hatte, als sie vom Tod ihres Sohnes erfuhr. Da war Azucena die Arie aus der Oper *Suor Angelica* in den Sinn gekommen, in der eine Mutter den Tod ihres Säuglings beweint. *Le tue labbra senza i baci miei, scoloriron fredde, fredde.* Diese Trauer war die schlimmste, daran bestand für sie keinerlei Zweifel. Sie hatte im wirklichen Leben schon sehr viel qualvollere Szenen miterlebt als die von Puccini. Eine Mutter, die mit der Leiche ihrer heranwachsenden Tochter im Auto geflüchtet war, damit das Mädchen nicht beerdigt wurde. Eine andere hatte den Helm ihres Sohnes umklammert und sich damit in den Rinnstein gesetzt, er war Bauarbeiter gewesen und von einem Gebäude gestürzt.

Wenn sie auch die blöden Witze ihrer Kollegen kein bisschen lustig fand, so wusste sie doch ganz genau, dass diese ebenfalls keinen Spaß daran hatten. Es war lediglich eine Strategie. Eine Art und Weise, dem Tod ins Gesicht zu lachen.

Sie war noch dabei, die Hände des Toten zu untersuchen, als sie sah, wie Procópio zurück auf die Bühne kam. Er hatte jetzt ein Handy dabei. Sie hatte keinerlei Anlass, ihn zu mögen, aber sie ahnte den Grund, weshalb er sie nicht mochte: Er duldete keine Frauen in Leitungsfunktion und brachte das auch deutlich zum Ausdruck. Ganz besonders störte es sie, wie er mit Journalisten umging. Speichelleckerisch. Unterwürfig. Vermutlich glaubte er, dass sie ihn verschonen würden, dachte sie, während sie die Leiche auf der Suche nach weiteren Beweismitteln leicht nach links drehte. Tatsächlich hatte sich nichts geändert, seit Washington geschasst worden war. In den Zeitungen war nach wie vor vom Versagen der Sicherheitspolitik des Staates die Rede. Die Schlagzeilen waren mehr als makaber. Sie griffen alle an. Behaupteten, die Summe zweier Sicherheitsorgane, der Zivilpolizei und der Gendarmerie, ergäbe nicht eine Polizei. Es fehle das Instrumentarium. Es gebe keinen Nachrichtendienst. Niemand lege Rechenschaft ab. Sie sprachen von einer Mafia, die sich innerhalb des Strafvollzugs gebildet habe und die die Kriminalität in der Stadt kontrolliere. Und sie sagten voraus, die Milizen würden nach São Paulo kommen. Das wäre der Preis, den die Bewohner der Stadt für eine Politik der öffentlichen Sicherheit bezahlen müssten, die die Macht des organisierten Verbrechens unterschätzte. Bald würde auch Procópio auf diesem Scheiterhaufen brennen.

Da entdeckte sie unter dem Opfer ein halb ummanteltes, deformiertes Projektil. Nachdem Jair es fotografiert hatte, verwendete sie einige Minuten darauf, die Oberfläche mit deutlich eingeprägten Linien zu studieren.

»Es ist eine halbautomatische Waffe«, sagte sie und zeigte Procópio und Tenório das in der Pinzette klemmende Projektil. »Ich brauche mehr Asservationsmaterial.«

Procópio hielt ihr das Handy hin und sagte: »Das hier können Sie gleich mit sicherstellen. Das Handy gehört der Mutter des Schauspielers. Vor Betreten der Bühne hat er sie angerufen. Und er hat eine Nachricht hinterlassen. Sie hört sich an wie ein Abschied.«

Sie nahm das Telefon. »Es wäre schön, wenn du heute Abend hier sein könntest«, sagte der Schauspieler mit fester, wohlklingender Stimme.

Sie fand nicht, dass es sich wie eine Abschiedsnachricht anhörte, und das sagte sie dem Dienststellenleiter auch.

»Wie sieht die Wunde aus?«, fragte er, ohne auf sie einzugehen.

»Einschusswunde rechts mit eingewölbten Rändern, am Saum

gequetscht und eingetrocknet. Das linke Hinterhauptbein weist nach außen gewölbte Ränder auf.«

»Technisch gesehen war es Selbstmord«, bemerkte Tenório. »Fragt sich nur, ob er wusste, dass er sich töten würde.«

»Einen Selbstmord mit Showeffekt hatte ich bisher noch nicht«, sagte Azucena. Dann berichtete sie, dass sie in der Garderobe Reste von etwas Verkohltem gefunden hatte, wahrscheinlich Plastik. Und dass der Schauspieler sein Handy zum Aufladen des Akkus in der Garderobe gelassen hatte. »So etwas würde ein Selbstmörder nicht tun.«

»Irgendwas Schriftliches?«, fragte Procópio.

Ihr fiel auf, dass der Kommissar, auch wenn seine Fragen an sie gerichtet waren, Tenório anblickte.

»Nein«, sagte der Ermittler. »Aber das hat nichts zu besagen. Nicht jeder Selbstmörder hinterlässt einen Brief. Eigentlich tun das die wenigsten.«

Procópio betrachtete die Leiche einige Sekunden lang. Dann fragte er Tenório: »Ziehen Sie Mord in Betracht?«

»Eine Garderobenfrau hat gesagt, er hätte sich beschwert, dass jemand in der Garderobe war und in seinen Sachen gewühlt hat. Ich habe bereits die Aufnahmen der Überwachungskameras angefordert. Wir werden alle Bewegungen im Theater auswerten.«

Es amüsierte sie, dass Procópio, ehe er ins Parkett zurückkehrte, um mit den Vernehmungen zu beginnen, davon sprach, den Fall rasch abschließen zu wollen. »Ich möchte der Bevölkerung von São Paulo das neue Profil der Zentrale vorführen.« Was dachte er sich bloß? Hielt er sich für einen Politiker, der auf der Tribüne stand und Reden schwang?

Jair gab ihr ein Zeichen, etwas weiter nach rechts zu gehen. »Ich will das Loch fotografieren, aus dem die Hirnmasse herausgespritzt ist.«

Tenório stand auf, um den Kommissar zu begleiten. Er bat Azucena nachzukommen, sobald sie mit der Arbeit fertig wäre.

Sie hatte es nicht eilig. Nachdem sie die Spuren an den Händen des Schauspielers analysiert hatte, blieb sie noch eine ganze Weile dort und untersuchte konzentriert den Körper des Toten. Oberhalb der rechten Ferse, genau auf Höhe der Achillessehne, befand sich ein kleiner Kreis mit einer Zeichnung, die ihr erst jetzt auffiel.

»Sieht aus wie eine liegende Acht«, bemerkte Jair.

»Oder wie das Symbol für die Unendlichkeit«, sagte sie.

Später ging sie, während sie auf den Wagen wartete, der den Toten ins Leichenschauhaus bringen sollte, zusammen mit Vininho noch einmal zurück in die Garderobe. Er war ein hervorragender Spurensicherer mit allen schlechten Angewohnheiten eines Beamten des öffentlichen Dienstes. Wenn er konnte, legte er sich auf die faule Haut. Er kam häufig zu spät, schob die Schuld immer auf die anderen und konnte das Blaue vom Himmel lügen. Setzte man ihn jedoch unter Druck, dann arbeitete er besser als jeder andere Daktyloskopie-Spezialist in ihrem Team. Sie hielt ihn an der kurzen Leine und wollte die Gewissheit haben, dass er alles erledigte, worum sie ihn gebeten hatte.

Als sie die Tür zur Garderobe öffnete, stand sie plötzlich einem Pressefotografen in Begleitung von Giulia gegenüber.

»Das ist ein Freund von mir«, sagte die junge Frau sichtlich verlegen, weil sie auf frischer Tat dabei erwischt worden war, wie sie einem Fremden Zugang zum Tatort verschafft hatte.

»Seine Schwester studiert an meiner Uni. Er möchte nur ein Foto für die Webseite 24 Horas machen.«

Azucena fragte: »Was ist bloß verkehrt mit dir?«

Vininho setzte den Fotografen vor die Tür, nachdem er zuvor sorgfältig die Fotos aus seiner Kamera gelöscht hatte.

»Ich schwöre, er hat nichts angerührt. Ich war die ganze Zeit über dabei. Es waren doch nur ein paar Fotos«, beteuerte Giulia.

»Du kannst nach Hause gehen«, sagte Azucena.

»Ich würde niemals deine Ermittlungen in Gefahr bringen. Ich bin doch nicht verantwortungslos.«

Azucena teilte Vininho mit, dass Giulia ab sofort nicht mehr zu ihrem Team gehörte. »Sag allen Bescheid.«

Giulia seufzte. »Klar, du musst mich natürlich richtig in die Pfanne hauen. Es tut wohl sehr weh, oder?«

Bevor Giulia hinausging, machte Azucena sie darauf aufmerksam, dass sie die Bescheinigung über die Ableistung der Pflichtstunden, die die Universität ihr zugeschickt hatte, nicht unterschreiben werde.

»Du willst also dafür sorgen, dass mir die gesamte Zeit, die ich hier gearbeitet habe, nicht angerechnet wird?«

Azucena konnte ihre Schwester auf dem Flur laut fluchen hören.

Auf der Toilette des Theaters wusch sie sich erleichtert das Gesicht. Giulia tagtäglich in der Spurensicherung zu sehen war mehr als eine Last gewesen. Ein Albtraum.

Es war bereits nach Mitternacht.

Einige Bühnentechniker des Theaters versicherten, dass Fábbio während der Aufführung nervös gewesen war. Andere behaupteten das Gegenteil. Es sei ihm nie besser gegangen, erklärte die Maskenbildnerin. Manche behaupteten, es seien zu dem Zeitpunkt, als der Schuss fiel, noch weitere Personen auf der Bühne gewesen. Oder zumindest im Bühnengraben. Andere sagten, der Sturm auf den Raum hinter der Bühne sei nach dem Tod des

Schauspielers erfolgt. Manche waren sich sicher, dass das Publikum die ganze Zeit über Ruhe bewahrt hatte. Wieder andere hatten keinerlei Zweifel, dass Teile des Publikums auf die Bühne gestiegen waren und dass es Leute gegeben hatte, deren Schuhe blutverschmiert waren.

Eine Dame aus dem Parkett sagte, alles habe »surreal« gewirkt. Ein Mann behauptete, er habe ein solches Stück schon einmal in New York gesehen. Eine schieläugige junge Frau erzählte, sie habe im Anschluss an den Schuss Schreie und Gelächter vernommen. Die Freundin neben ihr erklärte, das entspreche nicht der Wahrheit, es sei nur gelacht worden. »Wir dachten, es wäre eine Performance«, sagte sie.

Manche bestanden darauf, der Schauspieler sei nach links gefallen, andere waren sich sicher, dass es rechts war. Irgendjemand hatte es zweimal knallen hören.

Die neue Garderobenfrau berichtete, sie habe vor der Vorstellung den Geruch nach Verbranntem in der Garderobe wahrgenommen. »Ich dachte erst, dass es ein Macumba-Zauber wäre.«

»Am Nachmittag hat eine rothaarige Frau nach ihm gesucht«, sagte die Putzfrau.

»Sie war nicht rothaarig, sondern blond«, behauptete der Portier. »Es war auch so ein großer Kerl da. Ich glaube, es war ein Motorradkurier.«

Alfredo Marcos, der Regisseur des Stücks, war sich sicher, dass der Schauspieler gerade eine schwere Zeit durchgemacht hatte. »Er hatte noch nie etwas einstecken müssen. Und auf einmal wurde er von den Kritikern gelyncht. In der kommenden Woche wird der Preis für den schlechtesten der schlechten Schauspieler verliehen, der Prêmio Pé na Jaca. Er galt als großer Favorit. Die brasilianische Kritik hat etwas Militantes an sich.«

»Ich hatte lediglich das Gefühl, dass er nervöser war als sonst.

Vor kurzem hat er einen Fotografen angegriffen, vermutlich haben Sie davon in der Zeitung gelesen«, ergänzte Cláudio, der Produzent.

Azucena leistete Tenório Gesellschaft, bis Procópio entschied, dass die Aufnahme der Aussagen am darauffolgenden Tag in der Zentrale fortgesetzt werden sollte. Das Publikum und das Produktionsteam wurden entlassen.

Procópio erklärte: »Ich werde den Leichnam für das gerichtsmedizinische Institut freigeben.«

Als Azucena draußen neben dem Leichenwagen der Spurensicherung stand und auf den Abtransport des Toten wartete, kam Olga auf sie zu. Genau das hatte sie zu vermeiden versucht.

»Ich weiß, dass mein Sohn sich nicht umgebracht hat«, sagte Olga. »Er hatte keinen Grund dazu. Jemand hat die Waffe geladen.«

»Das ist eine der Richtungen, in die wir ermitteln.«

»Er hatte viele weibliche Fans«, fuhr Olga fort. »Ich möchte, dass er gut aussieht, wenn er zur Totenwache aufgebahrt wird.«

Schweigen. Azucena hasste diese Art von Stille. Sie wusste nie, was sie sagen sollte. Plötzlich verspürte sie großes Mitleid mit der Frau und nahm ihre Hände.

In dem Moment kamen die Beamten mit einer Bahre aus dem Theater, auf der Fábbio Cássio abtransportiert wurde.

Olga schloss die Augen und stützte sich leise weinend auf die Leiterin der Spurensicherung.

Azucena spürte, wie die Tränen durch den dünnen Stoff ihrer Bluse drangen und ihre Schulter benetzten.

»Sie müssen jetzt stark sein.« Das war das Einzige, was sie der am Boden zerstörten Mutter sagen konnte.

Die Uferschnellstraße war frei, als sie nach Hause fuhr. Das Fenster ihres Wagens stand offen, sie wollte ein wenig den frischen Wind im Gesicht spüren.

Sie hatte das merkwürdige Gefühl, in der gleichen Lage zu sein wie Olga. Auch sie war dabei, ihre Toten zu beweinen. Im Geiste sah sie immer wieder ihren Mann und Giulia vor sich. Sie hatte Albträume, in denen die beiden sich weiterhin trafen. Am schlimmsten aber war, dass sie ihren Mann vermisste. Auf eine unausgegorene, konfuse Weise zwar, aber sie vermisste ihn. Es wäre einfacher gewesen, wenn er tatsächlich gestorben wäre. Bei einem Flugzeugabsturz. Oder, besser noch, durch Krankheit. Sie hätte Zeit gehabt, sich an das neue Leben ohne ihn zu gewöhnen. Wie viel Zeit würde vonnöten sein, damit bestimmte Bilder aufhörten, in ihrem Kopf herumzuspuken? Wie viel Zeit, um den Kloß in ihrem Hals loszuwerden, von dem metallischer Geschmack in ihrem Mund zurückblieb? Oder würde sie nie mehr dieselbe sein? Würde sie enden wie eine dieser Figuren aus Schundromanen, die vor dem Traualtar sitzen gelassen wurden?

Ehe sie sich versah, stand sie vor dem Haus, das Luís angemietet hatte. Die Neuigkeit hatte ihr Damaso überbracht. »Er wollte etwas, wo er auch mit den Kindern sein kann, das wäre in einer Etagenwohnung nicht gegangen.« Ihr Vater hatte das gesagt, als ob er sie bitten wollte: Mach keine Probleme. Im Wohnzimmer war Licht. Am liebsten wäre sie ohne Vorwarnung hineingegangen. Eine Waffe und genügend Munition hatte sie dabei.

Sie betrachtete den gepflegten Garten. Im Müll lag die Verpackung eines neuen Fernsehers, was sie mit Hass erfüllte. Unvermittelt wurde sie von einem Weinkrampf geschüttelt. Gerne wäre sie so gewesen wie manche Frauen, gegen die sie in der Vergangenheit ermittelt hatte. Frauen, die sich, wenn sie betrogen wurden, mit einer Kugel rächten.

2

Einige Stunden zuvor hatte man Cayanne in die Produktionsfirma der Serie *Die Miezen und die Nerds* bestellt.

Die Besprechung fand im Büro des Regisseurs in einer ruhigen Straße im Stadtteil Pacaembu statt. Außer dem Regisseur selbst waren die beiden Produzenten anwesend.

Stehend, mit dem Rücken an die Wand gelehnt, weinte sie. Weder ihr volles schwarzes Haar noch die perlmuttfarben geschminkten Mandelaugen waren es, die Aufmerksamkeit erregten. Winzige Hotpants und extrem hohe Absätze streckten ihre Beine in beide Richtungen und betonten die unteren Gliedmaßen übertrieben stark.

Sie putzte sich die Nase, die nunmehr ein kleiner roter Fleck in ihrem Gesicht war, und fragte: »Kann jemand mal das Fenster aufmachen?«

Das Fenster wurde geöffnet. Ein eiskalter Wind wehte herein und milderte den Gestank nach Zigarettenrauch, der aus dem aschgrauen Filzteppich aufzusteigen schien.

Ihnen wäre lieber gewesen, die Nachricht von Fábbio Cássios Tod wäre ihr durch ein Mitglied der Familie überbracht worden.

»Wir haben noch bei deinem Vater angerufen«, sagte der Regisseur, ohne den Satz zu beenden.

Cayanne konnte sich lebhaft vorstellen, wie der alte Kohlbauer aus Marília reagiert hatte. Sie schloss die Augen und sagte mit Kinderstimme: »Ich hätte alles andere von Fábbio erwartet, nur nicht, dass er sich umbringt.«

Der Regisseur wusste nicht, wie er das Gespräch nun fortsetzen sollte. Die bereits in Umlauf gebrachte Vermutung, es könnte sich um Mord handeln, wagte er nicht zu kommentieren. Stand sie unter Verdacht? Wie denn, wenn sie sich nicht aus der Villa weggerührt hatte? In jedem Fall hasste er es, Frauen weinen zu sehen.

Das Schlimmste war zwar bereits gesagt, aber die Unterredung noch nicht zu Ende. Es war das erste Mal, dass während der laufenden Staffel einer Realityshow des Senders ein Teilnehmer eine private Tragödie erlebte, und die Entscheidung, eine neue Mieze zu besorgen – wenn möglich ebenfalls eine mit asiatischen Zügen –, die Cayannes Platz einnehmen sollte, war bereits gefallen. »Trauer hat in *Die Miezen und die Nerds* nichts zu suchen«, hatte der Intendant des Senders bei der Besprechung befunden, in der das Schicksal des Mädchens besiegelt worden war.

Deshalb fragte der Regisseur nun so taktvoll er konnte, wie sie sich gerne vom Publikum verabschieden würde.

Sie trocknete sich die Augen. Dabei lösten sich ihre künstlichen Wimpern, und eine blieb auf ihrer rechten Wangen kleben wie ein großes Insekt.

Ihr größtes Problem bestand darin, dass sie nicht formal geheiratet hatten, überlegte sie. Wenn sie die Show jetzt abbrach, würde sie auf der Straße stehen. Zweifellos würde sie sich mit Olga anlegen müssen, um in die Wohnung zu kommen, in der sie mit Fábbio Cássio gelebt hatte. Sie wusste ganz genau, dass sie nicht auf die Unterstützung ihrer Schwiegermutter zählen konnte. Andererseits wäre es nicht klug, sich bei Cláudio einzuquartieren. Marília war ebenfalls keine Alternative. Das Landleben war noch nie eine Alternative gewesen. Wirklich nie.

Der Regisseur machte eine Handbewegung, die sie nicht zu deuten wusste. Er sagte: »Deine Wimpern.«

Im Taschenspiegel, den sie aus der Handtasche holte, betrachtete sie ihr von Wimperntusche verschmiertes Gesicht. Sie wollte es mit einem Papiertaschentuch sauber wischen, aber das machte es nur noch schlimmer. Nun sah sie wie ein Pandabär aus, dachte sie. Der Mann ihr gegenüber sprach weiter, aber sie konnte ihm nicht richtig folgen. Das Mindeste, was sie von dem Programm erwartet hatte, war die Garantie auf die Titelstory im *Playboy*. So wenigstens erzählte man sich in der Szene: Bevor die Teilnehmerinnen aus den Realityshows ausschieden, hatten sie bereits Verträge in der Tasche, um für »seriöse« Männermagazine zu posieren. Sie hatte sich angestrengt, so sehr sie konnte, aber wie es schien, hatte es nicht gereicht.

»Werde ich hier gerade entlassen?«, fragte sie.

Genau das hatte der Regisseur befürchtet, dass das Gespräch auf die arbeitsrechtliche Ebene abgleiten würde. Nicht etwa, weil das Mädchen recht hatte, sondern weil die Presse diese Art von Verzerrung nur allzu gerne ausschlachtete. Als würde er auf Eierschalen gehen, erklärte er ihr, dass sie formal gar nicht angestellt war und deshalb auch nicht entlassen werde konnte. »Du bist zwar nicht im eigentlichen Sinn ausgeschieden, aber wir denken, das gebietet der gesunde Menschenverstand.«

Es war nicht nur Trauer, die an ihr nagte, sie war auch wütend. Die Herren hatten zahllose Argumente parat, sprachen von Unvermeidlichkeit, von einem Fall höherer Gewalt, aber Tatsache war, dass sie das Spiel nicht verloren hatte und trotzdem ausscheiden musste.

Es war schon fast ein Tick, dass sie sich, ehe sie etwas sagte, den Pony aus der Stirn strich: »Wisst ihr, wie ich mich fühle? So als würde mir das Leben auf einen Streich die beiden einzigen Dinge nehmen, die ich habe: Fábbio Cássio und diese Sendung.«

Die Schnelligkeit, mit der Cayanne sich wieder fing, machte

den Regisseur stutzig, und zwar so sehr, dass er dies in seiner Aussage bei der Polizei in der folgenden Woche erwähnte. Ihr Mann war noch nicht unter der Erde, und sie bilanzierte bereits die Verluste.

»Es wäre sehr schade für dich, wenn du bleiben würdest und so tun müsstest, als wenn nichts geschehen wäre«, sagte er. »Das ist eine Unterhaltungssendung.«

»Ich bin Profi«, sagte sie. »Ich kann mein Privatleben und die Arbeit voneinander trennen.«

Auch das wurde später bei der Polizei wiederholt.

Zu diesem Zeitpunkt hatte einer der Produzenten den Raum bereits verlassen und erstattete an höherer Stelle über den Dialog Rapport.

Parallel zum Gespräch mit Cayanne entspann sich eine Diskussion: Hier trat sie für ihren Verbleib ein. Sie war sich sicher, dass das auch der Wunsch von Fábbio gewesen wäre, »wo auch immer er sich jetzt befindet. Die einzige Ehre, die ich meinem Mann erweisen kann, besteht darin zu gewinnen«, sagte sie.

Dort herrschte Verblüffung unter den Krawattenträgern. Wie konnte es sein, dass sie diese Möglichkeit nicht früher in Betracht gezogen hatten? Wenn Scheidungen von Stars sich für die Medien als höchst rentabel erwiesen, warum dann nicht Profit aus Cayannes Trauer schlagen? Noch dazu in einer Sendung, die auf wackligen Beinen stand?

»Bei allem Respekt«, sagte die schwarz gepunktete Krawatte in Rot. »Die Trauer von unserem japanischen Star hier könnte die Einschaltquote enorm ankurbeln.«

Irgendjemand warf ein, sie sei gar keine Japanerin.

»Und auch kein Star«, berichtigte ein Dritter. »Zumindest nicht in dieser Woche. Unseren Umfragen zufolge gibt es bessere Miezen.«

Während Cayanne ihre Strategie änderte und nunmehr flehentlich darum bat, in der Sendung bleiben zu dürfen, legte der Programmdirektor seine Theorie dar. Nachdem er sich eine Zigarette angezündet hatte, sagte er: »Ich finde immer noch, dass wir uns in dieser Situation an die gute alte Erfolgsformel der Zeitschrift *People* halten sollten, auf die ich in einem sehr interessanten Buch gestoßen bin: ›Jung verkauft sich besser als alt, schön besser als hässlich, reich besser als arm, Fernsehen besser als Musik, Musik besser als Kino, alles verkauft sich besser als Politik, und nichts geht über einen frisch verstorbenen Star.‹ Praktisch gesehen hat dieses Mädchen die Rechte an Fábbio Cássios Tod. Sein Tod hat sie zum Star gemacht.«

Die Krawatten stimmten ihm zu. Die ersten Anrufe von Produzenten und Journalisten anderer Sender und Zeitungen, die wissen wollten, ob sie die Show verlassen würde, trafen ein.

Die grüne Krawatte war am widerspenstigsten: »Und was, wenn es kein Selbstmord war?«

»Mord verkauft sich besser als Selbstmord«, sagte der Spezialist.

Der Vorredner dagegen gab zu bedenken: »Wenn Cayanne bleibt, ist das den anderen Teilnehmern gegenüber nicht ganz gerecht«, sagte er. »Sie wird natürlich im Rampenlicht stehen.«

»Wen kümmert schon die Gerechtigkeit, Palhares?«, fragte die rote Krawatte ironisch. Führten sie nicht ein gesellschaftliches Experiment durch?

Damit war die Besprechung beendet.

Nun kehrte der Produzent mit dem Intendanten des Senders im Schlepptau in den Raum zurück, in dem sich Cayanne befand. Beeindruckt, dass sie in Wirklichkeit noch hübscher war als im Fernsehen, stellte er sich dem Mädchen mit festem Händedruck vor und sagte: »Von Anfang an war es unser Wunsch, dass Sie in der Sendung bleiben. Verstehen Sie uns bitte richtig: Wir wollten Ihnen die Freiheit lassen, ganz privat zu trauern.«

Am Ende fand sich für alles eine Lösung. Die Änderungen waren geringfügig. An Ort und Stelle wurde eine neue Strategie entwickelt, die im Wesentlichen darin bestand, während der Ausstrahlung der Sendung Anrufer live zu schalten und den Schwerpunkt auf Cayannes Mut zu legen, da sie trotz ihres Schmerzes »beschlossen hat zu bleiben«.

»Du bekommst heute einen Joker, einen Verweiltag, verstehst du?«

Sie wusste nicht, was es mit diesem Feiltag auf sich hatte, sie wusste nicht einmal, ob sie richtig begriffen hatte, aber sie war einverstanden. Hauptsache, sie konnte bleiben.

Die Kostümbildner wurden instruiert: Von nun an würde sie nur noch Schwarz tragen. Miniblüschen, Miniröcke, Bikinis, Tops, alles in Schwarz. Aus Respekt vor dem Verstorbenen.

Wenig später stand sie geschminkt in einem winzigen, ärmellosen schwarzen Minikleid für eine Sonderaufnahme im Studio.

»Du kannst ruhig nach Herzenslust weinen, wenn du möchtest«, sagte der Regisseur bei laufender Kamera.

Sie wollte weinen, aber was würde dann mit der Wimperntusche passieren? Also sagte sie: »Mein Herz ist mit Fábbio Cássios Herz verbunden. Ich weiß, dass er mir von da oben die Daumen drückt, damit ich weiterkämpfe. Die Arbeit wird mir helfen, die Trauer zu überwinden. Deswegen bin ich hier.«

Die Aufnahme sollte am Vor- und am Nachmittag des kommenden Tages ausgestrahlt werden. Und die Zuschauer waren tatsächlich begeistert, besonders, als sie die Hände wie zum Gebet faltete und bat: »Betet für ihn. Und betet für mich.«

Das Vormittagsprogramm verzeichnete einen Anstieg der

Einschaltquote um zwei Prozentpunkte, nur wegen Cayanne. Alle wollten hören, was sie zu sagen hatte. Aufgrund der Zunahme der Besucherzahlen ging die offizielle Webseite von *Die Miezen und die Nerds* nach acht Stunden vom Netz.

Gar nicht glücklich waren die anderen Miezen.

»Sie wird bevorzugt: Sie ist Witwe. Gegen eine Frau, die gerade ihren Mann verloren hat, kann man nicht konkurrieren«, sagte Eveline.

»Wir sitzen ganz schön in der Tinte«, beschwerte sich Madlys. »Wann immer wir von jetzt an Cayanne bei einer Prüfung besiegen, wird das Publikum uns hassen.«

Noch vor Ausstrahlung der Sendung am frühen Abend wuchs im Laufe des Tages die Unzufriedenheit im Haus. Die Lösung: Das Publikum sollte entscheiden.

Vor den 13-Uhr-Nachrichten verkündete der Ansager: »Cayanne hat sich bereits entschieden. Jetzt fehlen nur noch Sie. Wenn Sie meinen, dass sie bleiben und diesen schwierigen Moment mit uns teilen soll, rufen Sie die 0800–3554411 an. Wenn Sie finden, dass Cayanne aus der Sendung ausscheiden soll, wählen Sie die 0800–3554422.«

Das Publikum entschied, sie solle bleiben.

Doch bevor es dazu kam, wurde Cayanne von der Produktion für die Totenwache und die Beerdigung ihres Mannes »freigestellt«, was die anderen Teilnehmer erboste: »Sie erhält eine Sonderbehandlung, sie wird bevorzugt.«

Aus Angst, die Unzufriedenheit in der Villa könnte sich zu einer veritablen Krise auswachsen, machte die Produktion einen Rückzieher und ging auf die Forderung der Gruppe ein.

So wurden alle freigestellt, um zur Totenwache und Beerdigung von Fábbio Cássio zu gehen.

Die Visagistin war zwar gut, konnte aber keine Wunder vollbringen. Nachdem die Schädelknochen und die Gesichtshaut vom Präparator rekonstruiert worden waren, wurden die Ein- und Austrittsöffnungen des Projektils mit einem speziellen Wachs aufgefüllt und mit Make-up abgedeckt.

Neben dem Sarg verfolgte Olga, wie die Bestatter ihren aufgebahrten Sohn zurechtmachten. Sie bemerkte, dass die Schwellungen im Gesicht und am Oberbauch abgeklungen waren.

Was sie quälte, war vor allem der Umstand, nicht ans Telefon gegangen zu sein, als Fábbio sie angerufen hatte. Vielleicht hätte sie irgendetwas tun können. Aber was? Diese Frage konnte sie nicht beantworten. Wenigstens hätte unser Abschied nicht aus einem idiotischen Streit wegen eines Straßenköters bestanden, dachte sie. Allein der Gedanke an den teuflischen Hund ließ sie erschaudern.

Als sie das Haar ihres Sohnes berührte, musste sie an den Tag denken, an dem ihr Mann, ein Staatsanwalt, in einem abgewetzten, zerknitterten Anzug am Küchentisch leblos über einem Stapel unbezahlter Rechnungen zusammengebrochen war, während sie die Kartoffeln fürs Abendessen geschält hatte. Lange Zeit hatte sie anstelle des Schmerzes über den Verlust Empörung und Auflehnung verspürt, als wenn der vorzeitige Tod ihres Mannes kein Unglück, sondern Verrat gewesen wäre. Sie erinnerte sich an ein Buch aus der Bibliothek der Dante-Alighieri-Schule, in dem sie etwas gelesen hatte, das sich ihr für immer eingeprägt hatte. »Mitleid niemals. Wut ist alles.« Seither folgte sie der Philosophie dieses Autors, dessen Namen sie vergessen hatte. Und so hatte sie seit jener Zeit immer reagiert. Ihr Mann war gestorben, und sie war voller Hass. Jetzt nahm der Hass neuerlich von ihr Besitz. Der Groll war alles, woran sie sich klammern konnte. Er war ihre ganze Energie. Sie wusste, wer die Mörder ihres Sohnes waren, auch wenn sie es nicht beweisen konnte, und sie bedauerte, mit Cayanne und Cláudio nicht das Gleiche machen zu können wie mit dem Hund. Beklagte, dass es in Brasilien keinen elektrischen Stuhl gab wie in den Vereinigten Staaten. Die Vorstellung, im Parkett zu sitzen und dem Schauspiel der Erschießung der beiden Mörder oder ihrer Tötung auf dem elektrischen Stuhl beizuwohnen, als wäre sie in Florida oder Arizona, hatte etwas Belebendes.

Der Mann vom Beerdigungsinstitut hatte geschickte Hände und zog Fábbio mit raschen Bewegungen den hellgrauen Anzug mit Knöpfen aus Rinderknochen an, den Olga für die Beisetzung ausgewählt hatte. Sie wollte helfen, rührte sich aber nicht. Ihre Arme waren schwer. Die Gedanken gaben ihr keine Ruhe. Sie war ja nicht blöd. Sie glaubte nicht an die Justiz.

»In Brasilien kann man nach Lust und Laune töten«, hatte ihr Mann immer gesagt. »Es reicht, dass du weiß bist und das Geld hast, dir einen Anwalt zu nehmen.« Der verstorbene Oswaldo hatte sein kurzes Leben damit zugebracht, die Schikanen eines angeklagtenfreundlichen Justizsystems anzuprangern. Er war vor vielen Jahren gestorben, aber im Land hatte sich seitdem nichts geändert. Sie war es leid, in den Nachrichten Mörder aus der Mittelschicht zu sehen, die ein ganzes Arsenal von Rechtsmitteln, Instrumenten und Fristen ausnutzten, um nicht ins Gefängnis zu müssen. Und sie wusste ganz genau, auch wenn sie sie anzeigte, auch wenn sie Beweise beschaffte, auch wenn sie ihr gesamtes Geld für Anwälte ausgab: Cayanne und ihr Liebhaber würden viele Jahre lang ihre Freiheit genießen können. Vielleicht würden sie heiraten und in der von Fábbio gekauften Wohnung leben und das Geld verbraten, das ihr Sohn auf der Bank hinterlassen hatte.

Gerne hätte sie die weißen Blumen auf dem Sarg zurechtgezupft, aber jemand mit einer angenehmen Stimme holte sie zurück in die Wirklichkeit, und plötzlich war sie auch schon dabei, in ein Auto einzusteigen. Sie schloss die Augen und spürte die Last der vergangenen Nacht, die sie im Institut für Gerichtsmedizin zugebracht hatte. Der Motorenlärm dröhnte und setzte sich in ihrem Kopf fest. Ihr ganzer Körper vibrierte von dem Brummen, derweil der blutüberströmte Leib Godzillas ihre Gedanken verdüsterte.

Als sie Minuten später aus dem Albtraum erwachte, stand der Wagen umzingelt von Neugierigen und Fans vor der Kirche Nossa Senhora do Brasil. Viele trugen Plakate mit Solidaritätsbekundungen. »Wir sind bei dir.« »Fábbio Cássio ist nicht tot.«

Eine hysterische Jugendliche mit verweinten Augen drückte ihr Gesicht an die Wagenscheibe und erinnerte Olga an das berühmte Gemälde von Edvard Munch. Eine andere küsste die Windschutzscheibe und ließ den Abdruck ihres Lippenstifts auf dem Glas zurück. Noch bevor ihr das ein Trost hätte sein können, stellte Olga fest, dass auch sie zur Totenwache gekommen waren: die Geier. So bezeichnete sie die Presse. Vor langer Zeit hatte sie begriffen, wie diese Leute tickten. Der Ruhm hatte etwas von einem perversen Kreislauf. Zuerst beweihräucherten sie jemanden, weil er ein frisches, hübsches Gesicht hatte und neu in ihrer Szene war. Sie sprachen von der Natürlichkeit, von dem Feuer, das in ihm brannte, und boten ihm einen Vertrag für Seifenreklame an. Sie planten alles bis ins letzte Detail, einschließlich des Königswegs der Titelseiten, auf denen er glänzen sollte. Und dann, wenn er den Zenit erreicht hatte, aber an das Leben auf dem Ruhmesgipfel noch gar nicht gewöhnt war, hatten sie sich an seiner Frische und Schönheit bereits wieder sattgesehen. Dann begann der Abstieg. Die Demontage. Sie spotteten darüber, wie er gespielt hatte. Machten das Stück nieder. Behaupteten, der Autor sei ein Kollaborateur gewesen. Behaupteten, wer das Stück eines Kollaborateurs aufführe, habe sie nicht mehr alle. Behaupteten, er werde von seiner Mutter beherrscht. Deuteten an, er sei homosexuell. Nannten seine Frau Miss Popo. Machten einen Riesenskandal, bloß weil er einem Arschloch von Paparazzo einen winzig kleinen Schubs gegeben hatte. Sie übertrieben maßlos. Inzwischen wusste sie ganz genau, wie sie mit diesen Leuten umzugehen hatte.

Jemand von der Pfarrgemeinde öffnete die Wagentür. Olga stieg aus, ein Blitzlichtgewitter brach los. Ihr Blick war hart. Sie hörte sich alle Fragen an und ignorierte sie würdevoll. Dann zwängte sie sich durch die Menge und schob gewaltsam die Mikrophone beiseite. Einem besonders dreisten Kerl zischelte sie zwischen den Zähnen zu: »Insekt!« und schubste weg, wer sich ihr in den Weg stellte.

Beim Betreten der Kirche hörte sie einen Reporter rufen: »Können Sie die Geschichte mit dem Hund bestätigen?«

Nachbarn, Freunde und Lehrer von der Dante-Alighieri-Schule waren schon da, um sie in Empfang zu nehmen. Sie schlangen sich um sie wie Tintenfische. Zahllose Umarmungen. Jemand zeigte ihr die soeben eingetroffenen Blumenkränze. Keiner war schöner als ihrer. »Mein geliebter Sohn, ich sterbe mit dir.« Der junge Mann vom Beerdigungsunternehmen hatte versucht, ihr den Text auszureden, aber sie hatte genau das schreiben wollen. So fühlte sie sich. Tot.

Ein Riesenkerl mit saurem Mundgeruch stellte sich ihr vor. Es war der Pfarrer, der die Messe lesen sollte. Olga verstand nicht, was er sagte. Sie hatte Gott vor langer Zeit den Rücken gekehrt, in den achtziger Jahren, als ihr Mann gestorben war. Er wollte sie trösten? Sie wollte mit Gott nichts mehr zu tun haben. Und auch nicht mit seinen Dienern. Wichtig ist, wo der Sarg stehen wird, dachte sie. Sie ging auf den geschnitzten Hochaltar zu und blieb einige Sekunden lang schweigend davor stehen, um das Bildnis der Jungfrau mit indianischen Zügen zu betrachten. Das Kind auf ihrem Schoß war ein Mischling, bemerkte sie, ehe es sich in ihrem Kopf zu drehen begann.

Es mangelte nicht an Bekannten, die sie hinausbegleiten wollten, um »frische Luft zu schnappen«.

Vor der Kirche herrschte Verkehrschaos, die Autos parkten in Zweierreihen. Als Olga erschien, kam neuerlich Bewegung in die Menge. Irgendjemand sagte zu ihr, manche Fans seien bereits seit dem Morgengrauen dort. Viele seien von fern aus anderen Städten gekommen. »Der Geländewagen dort ist gerade aus Piracicaba eingetroffen«, erklärte Alves, der Chemielehrer aus der Gruppe, die sie umringte.

Eine pummelige junge Frau mit geglättetem Haar durchbrach den Ring und sagte: »Ich habe 305 Fotos von Ihrem Sohn gesammelt.«

Wie sollte sie diesen Leuten bloß danken? Die beiden umarmten einander. Der Chemielehrer versuchte, sie zu trennen, aber Olga gefiel die Berührung. In gewisser Weise lag hierin ihr Trost, das spürte sie. Eine weitere Jugendliche kam auf sie zu. Und dann noch eine, eine wachsende Bewegung, von oben sah es aus wie eine Zelle, die von einem Virus infiziert wird.

»Wir stehen hier neben der Mutter des Schauspielers, der in der vergangenen Nacht durch einen Kopfschuss zu Tode gekommen ist«, erklärte die Reporterin, die es geschafft hatte, sich ihr zu nähern.

Damit wollte Olga nichts zu tun haben. Rasch bahnte sie sich mithilfe einiger Polizisten einen Weg durch die Menge und ging zurück in die Kirche. Sie hatte bereits einen Plan für das sieben Tage später stattfindende Seelenamt im Kopf: Sie würde kleine

Heiligenbildnisse mit dem Konterfei ihres Sohnes anfertigen lassen. Im Dienstmädchenzimmer ihrer Wohnung bewahrte sie zahllose Schachteln voller Gedichte auf, die Fábbio in seiner Jugend geschrieben hatte. Vielleicht würde sie einige davon zusammen mit seinem Autogramm verwenden. Die Idee beruhigte sie aber noch nicht ganz, sie hatte das Gefühl, dass wegen der Fans dringend etwas geschehen musste. Sie musste diesen Menschen dort draußen in irgendeiner Form danken. Sofort.

»Ob sie wohl hungrig sind?«, fragte sie den Chemielehrer.

»Wie bitte?«

»Die Fans«, sagte sie.

Er hatte Verständnis dafür, dass Olga durcheinander war, sie hatte schließlich die ganze Nacht nicht geschlafen. Er wollte sie ablenken: »Mach dir keine Gedanken. Der Leichenwagen wird jeden Moment da sein.«

Sie öffnete ihre Handtasche, holte das Scheckheft heraus, unterschrieb einen Scheck und bat ihren Freund, Hamburger und Pizza zu besorgen.

»Für dich?«

»Um sie zu verteilen. Sie haben sicher Hunger.«

»Wovon redest du?«

»Von Big Macs für die Leute. Was meinst du, wie viele sind dort draußen?«

Der Lehrer drehte sich um und zerriss den Scheck.

Aufgrund dieses Vorfalls rief er seine Kollegen in der Nähe des Beichtstuhls zu einer Beratung zusammen, und sie entschieden, dass Olga eine in Orangensaft aufgelöste Tablette Rivotril verabreicht werden sollte, die die Mathematiklehrerin in ihrer Tasche dabeihatte.

Olga war jedoch von der Idee nicht abzubringen, und noch ehe das Medikament wirkte, sprach sie mit dem Pfarrer. »Ich muss irgendwas für die Fans tun. Gibt es hier in der Nähe eine Pizzeria?«

Der Leichenwagen mit dem toten Fábbio traf genau in dem Moment ein, als die Messdiener von den Seitentürmen der Kirche, die aussahen wie Minarette, Papiertüten mit Hamburgern in die Menge warfen.

Ob das Chaos durch das Eintreffen des Toten verursacht wurde oder durch die Verteilung des Essens, war nicht eindeutig auszumachen.

Die Polizei setzte Schlagstöcke ein, um die aufgeregtesten Fans fernzuhalten, die den Leichenwagen mit der gleichen Gier umzingelten, wie sie die Burger verschlangen. Der Boden war übersät von zertretenen Essensresten.

Am Nachmittag zeichnete die Presse die Prozession all der Schauspieler auf, die »darauf bestanden, Fábbio Cássios Abschied mit ihrer Anwesenheit zu beehren«.

Als die Reporterin ihnen das Mikrophon hinhielt, sagten sie Dinge wie: »Brasilien hat einen großen Schauspieler verloren. Ich war gerade in Bahia, als ich davon erfuhr. Es war mir ein Bedürfnis, herzukommen und mich zu verabschieden. Ohne ihn wird das Fernsehen nicht mehr das sein, was es war. Fábbio Cássio war für uns wie ein Bruder.«

Später sollte Olga diese Stellungnahmen sammeln und Nachmittage damit zubringen, sich die Hommagen anzuhören.

Jetzt aber stand sie, betäubt von der Wirkung des Rivotril, neben dem Sarg. Erst als sie Cayanne umringt von einer Schar Frauen mit riesigen, fast pornographisch anmutenden Lippen die Kirche betreten sah, tauchte sie aus ihrer Abstumpfung auf.

Das war ihre wahre Strafe: miterleben zu müssen, wie die Mörderin weinte, als wäre sie eine trauernde Witwe.

3

Bevor Azucena vom Laufband stieg, stellte sie fest, dass von fünf Nachrichtensendungen, die gerade liefen, vier über Fábbio Cássios Tod berichteten. In einer davon bestritt die Mutter des Schauspielers, dass dieser sich umgebracht habe. Sie beschuldigte seinen Produzenten, Cláudio Veríssimo, Geld aus den Einnahmen von *Narrenfeuer* unterschlagen zu haben. Auch ihre Schwiegertochter sei in die Sache verstrickt.

Um sieben war sie bereits geduscht und in der Küche. Einen Moment lang stand sie vor dem Spülbecken und wusste nicht mehr, wonach sie gerade gesucht hatte. Streichhölzer. Nicht immer konnten das Laufen und die Dusche ihre morgendliche Niedergeschlagenheit verscheuchen. Um diese Uhrzeit traf die Trennung sie mit voller Wucht, so als wäre sie eine neue Tatsache. Die Metapher, die sie in letzter Zeit für das Ende ihrer Ehe benutzte, war der Penfieldsche Homunkulus. Der Phantomschmerz. Die Erinnerung an früher. Sie spürte in ihrem Körper noch den amputierten Ehemann. Die Morgen schmerzten. Am Ende eines Arbeitstages nach Hause zu kommen schmerzte. Die Sonntage schmerzten. In das Zimmer ihrer Töchter zu gehen schmerzte. Alleinerziehende Mutter zu sein schmerzte. Milch erhitzen, den Tisch decken, Frühstück machen: Alles schmerzte. Sie beneidete inzwischen die Ehepaare, die in aller Selbstverständlichkeit verlotterten, so wie ihre Eltern.

Die Mädchen kamen angezogen in die Küche, die Kleine mit einer Puppe auf dem Arm. Die eine hatte keine Schuhe an, die andere wollte nichts essen. Es dauerte, bis sie ihren Kakao ausgetrunken hatten. Schweigend ließen sie die dünnen Beine baumeln. Spielten mit den Brotkrümeln. Sie hatten inzwischen gelernt, nicht viele Fragen zu stellen. Azucena hatte ihren Töchtern in letzter Zeit viel abverlangt. Manchmal empfand sie das Muttersein als eine zu schwere Last.

Sie holte die Zeitung herein und setzte sich wieder zu den Kindern. Im Hauptstadtteil war ein Foto von Fábbio Cássio, darunter die Schlagzeile: »Tod als Performance?« In Anspielung auf Chris Burden und Ana Mendieta, die sich vor Publikum verletzt hatten, fragte der Autor: »War der Tod Fábbio Cássios womöglich eine radikalere Form von Performance?« Neben dem Artikel stand die Geschichte von Timothy Leary und seinem wegen Prostatakrebs im Internet inszenierten »interaktiven Selbstmord«.

Während ihrer Jahre in der Zentrale hatte Azucena die verstiegensten Arten von Presseberichterstattung miterlebt. Den Tod als ästhetisches Projekt zu behandeln war für sie jedoch der Gipfel der Absurdität. Selbstmord als Performance. Und Procópio machte bei dem Affentheater auch noch mit und hatte ein bewegendes Interview gegeben.

»Der Fall Fábbio Cássio ist komplex«, hatte der Leiter der Mordkommission erklärt. »Deshalb arbeiten wir mit drei Hypothesen: Mord, Unfall oder Selbstmord.«

»Unfall?«, fragte die Reporterin.

»Die Waffe kann aus Versehen entsichert worden sein.«

»Aber warum sollte sie in einem Theaterstück geladen gewesen sein?«

Der arme Procópio. Er hatte kaum begonnen und lief schon in eine Sackgasse, dachte sie.

Sie war noch dabei, die Zeitung zu lesen, als ihre Mutter in Morgenmantel und Pantoffeln durch die Küchentür hereinkam und sich beklagte, dass Giulia ihr Studium abbrechen wolle.

»Du sollst nicht vor den Kindern rauchen«, sagte Azucena.

»Seit letzter Woche geht sie nicht mehr zur Universität.«

»Wo ist das Problem, wenn sie arbeiten geht?«

»Aber das Studium abbrechen?«

»Mach die verdammte Zigarette aus, bitte.«

Jandira hielt die Zigarette in Richtung Tür, damit der Rauch nicht in die Küche zog, und fragte mit heiserer Stimme, was zwischen den beiden Schwestern los sei. »Warum hat Giulia das Praktikum bei der Spurensicherung abgebrochen?«

Azucena blickte auf die Uhr. Sie war spät dran.

»Das soll sie dir selbst erzählen.«

Sie gab den Kindern einen Kuss, nahm Jandira beim Hinausgehen die Zigarette aus der Hand und warf sie in den Müll. Das wurde allmählich schon zur Gewohnheit.

Procópios Ausrutscher in der Zeitung war an diesem Morgen das Thema im dritten Stock. Vininho, der Daktyloskopie-Spezialist, stachelte das hämische Gelächter noch an, indem er mit einem Exemplar der Ausgabe unter dem Arm allen, die noch nichts davon gehört hatte, die Nachricht von der »Unfallhypothese« überbrachte.

Im Allgemeinen herrschte bei der Spurensicherung ein infantiler, schmutziger Humor. Sie dachten sich hässliche Spitznamen aus. Geschmacklose Spötteleien. Manchmal zwang sie sich zu lachen, sie wollte nicht als empfindlich dastehen. Aber sie war es. Alle boten Anlass, um Witze zu reißen, in der Regel waren die dran, die nicht da waren. So tickten die Spurensicherer: Ihr Nährboden war Gift.

In ihrem Büro überprüfte Azucena rasch die Fälle des Bereitschaftsdienstes. Eine Vergewaltigung mit Todesfolge in der Serra da Cantareira erregte ihre Aufmerksamkeit. Die junge Frau war in einem verlassenen Gebäude aufgefunden worden. Die Fotos zeigten Spuren von Kannibalismus an den Brüsten und am Rücken. Sie hatte so etwas schon einmal gesehen. Verärgert griff sie zum Telefon und rief den Kommissar an, der mit dem Fall befasst war.

»Du hast einen Psychopathen und Serientäter in deinem Distrikt«, sagte sie und legte die Fotos beiseite.

Dieses Mal witzelte der Kommissar nicht herum und schlug ihr vor, mit ihrem Mann eine Pizza essen zu gehen. »Ich bin dabei, sämtliche zu Protokoll genommenen Vergewaltigungen in der Gegend zu überprüfen«, sagte er und versprach, sie auf dem Laufenden zu halten.

Dann schaute sie sich bei einem lauwarmen Kaffee, den sie von Jairs Schreibtisch stibitzt hatte, den Umschlag an, der aus dem Labor gekommen war. Vorgang Cássio, Fábbio. Eilig. Drei neue Gutachten waren darin. Nichts brachte die Leute bei der Arbeit so schnell auf Trab wie der Tod eines Prominenten.

Sie las sich das erste Gutachten durch und tippte Tenórios Durchwahl in den Apparat. »Die Zahlungsein- und -ausgänge von *Narrenfeuer* sind in Ordnung«, sagte sie.

»Und was ist mit den Kontobewegungen des Produzenten?«

»Nichts Verdächtiges.«

»Und bei Cayanne? Das ist doch der Name seiner Frau?«

»Genau. Bei ihr ist auch alles in Ordnung. Willst du die Berichte sehen?«

»Komm auf einen Sprung vorbei, wenn du fertig bist«, bat er.

Sie legte auf und schlug das zweite Gutachten auf, das von einem Schriftsachverständigen unterzeichnet war, der zu dem Schluss gelangte, dass »mit hoher Wahrscheinlichkeit der Geschädigte Fábbio Cássio Salles Silva die Nummer 9876.5.9872 auf dem Zettel notiert hat, der in dem Bademantel gefunden wurde, den er an seinem Todestag getragen hat«.

Tenório hatte bereits herausgefunden, dass die Nummer zum Telefonanschluss eines sehbehinderten Jungen gehörte, der allem Anschein nach in keinerlei Verbindung zu dem Fall stand.

Trotzdem überprüfte sie, nachdem sie das nächste Gutachten, eine Auswertung des Telefons des Schauspielers, aufgeschlagen hatte, ob besagte Nummer auf der Liste der ein- oder ausgehenden Anrufe oder im Speicher des Handys auftauchte, was nicht der Fall war. Es schien eher so etwas wie ein Code zu sein.

Im Anhang zu dem Gutachten befand sich eine Mitteilung der Betreiberfirma mit den Namen der Anschlussinhaber. Bei den letzten Telefonaten stachen besonders zwei Namen ins Auge: Aline Rossi und Márcio Abreu. Es gab mehrere Anrufe von Cláudio Veríssimo, dem Produzenten des Stücks, und einen, der von einem öffentlichen Telefon in der Nähe des Theaters aus eingegangen war. Außerdem war eine Nummer auf den Namen von Neide Nascimento verzeichnet.

Azucena rief beim Melderegister in São Paulo an. Am Apparat war die für ihre chronisch schlechte Laune berüchtigte Zenaide.

»Sag schon«, forderte die Frau sie auf.

»Ich brauche die Daten von ein paar Leuten«, erklärte Azucena.

Minuten später rief Zenaide zurück.

»Márcio Abreu, neununddreißig Jahre, von Beruf Fotograf. Aline Rossi, achtzehn Jahre, stammt aus Osasco. Von ihr habe ich kein Foto. Mach dein E-Mail-Programm auf, ich bin gerade dabei, die Dateien an deine Adresse zu schicken. Fehlt nur noch Neide Nascimento. Es gibt 179 Personen auf diesen Namen, aber keine mit der Personalausweisnummer, die du mir genannt hast.

Frag mal nach, ob die Betreiberfirma dir nicht die falsche Nummer gegeben hat.«

Als sie zu Tenório ins Büro kam, um ihm die Neuigkeiten zu überbringen, saß dieser gerade am Computer und überprüfte die sozialen Netzwerke.

Seit einiger Zeit waren diese Medien der Zentrale eine große Hilfe. Manche Kriminelle brüsteten sich mit ihren Taten, und viele posteten sogar Fotos. Ein Wunsch, den sich die Gesellschaft der Zukunft erkaufen würde, wäre es, anonym zu bleiben, dachte sie, als sie ihrem Kollegen dabei zusah, wie er die Profile und Verbindungen von Cayanne und Fábbio überprüfte.

»Such mal nach diesen Namen hier«, bat sie ihn und übergab ihm das Telefongutachten, auf dem die Namen von Aline Rossi, Márcio Abreu und Neide Nascimento unterstrichen waren.

»Rossi?«, fragte er skeptisch. »Der Anschluss des blinden Jungen ist auf den Namen seines Vaters angemeldet. Gabriel Rossi!«

Allmählich begannen die Dinge zusammenzupassen.

Von den verschiedenen Profilen mit dem Namen Aline Rossi passte eines auf eine Psychologiestudentin der Katholischen Universität São Paulo, die in drei Gruppen von Sehbehinderten registriert war.

»Das Mädchen arbeitet auch als Model!«, sagte Azucena, als sie einen Blick über Tenórios Schulter auf den Bildschirm warf. »Sieh mal nach, ob Márcio Abreu auf der Liste ihrer Freunde steht.«

Das war nicht der Fall. Aber Sekunden später fand der Ermittler auf einer Seite mit Klatschnachrichten eine Notiz über den Streit des Schauspielers mit einem Paparazzo. Dessen Name: Márcio Abreu.

»Wir laden alle vor«, sagte er und griff nach dem Telefon, um mit dem Kommissar zu sprechen.

Die Hausdurchsuchung in der Wohnung des Schauspielers war für den Dienstag anberaumt, aber bevor Azucena aufbrach, wollte sie sich noch einmal die Fotos von Jair anschauen.

Sie fand ihn im Nebenraum. Er hatte eine Zeitschrift in den Händen und aß eine Teigtasche, die er bei einer der fliegenden Händlerinnen rings um das Polizeigebäude gekauft hatte. »Möchtest du?«, fragte er.

Sie lehnte dankend ab.

»Ich denke ernsthaft darüber nach«, sagte Jair und reichte ihr die Zeitschrift, in der er gerade eine Reportage über Adipositas-Chirurgie las. »Mein Neffe hat sich operieren lassen und 58 Kilo abgenommen.«

Was sie dort las, war erschreckend. Anlage eines Magenbandes. Entfernung von einem Meter Ileum. Korrektur des Dünndarms. »Wäre es nicht einfacher, eine Diät zu machen? Unter ärztlicher Aufsicht?«

Er machte ein ungläubiges Gesicht und wischte sich mit dem Einwickelpapier der Teigtasche den Mund ab. Die Idee, den Abfalleimer zum Basketballkorb umzufunktionieren, schlug fehl. Das fettige Papier landete auf dem Boden. Jair war viel zu dick, um sich zu bücken.

Azucena bat ihn um das Material, das sie brauchte. Jair deutete mit dem Zeigefinger nach oben. »Es ist bei ihm«, sagte. »Er hat schon zweimal angerufen und nach dir gefragt.«

Auf dem Flur begegnete sie Raul, dem Praktikanten, der für Giulia eingesprungen war und weitere, gerade eingetroffene Gutachten im Fall Fábbio Cássio bei sich hatte. Im Fahrstuhl unterwegs in den fünften Stock überflog sie rasch die Ergebnisse.

Procópio telefonierte mit dem Handy, als sie sein Büro betrat. Ordentlich gebügeltes weißes Hemd, schwarze Lederschuhe mit diskretem Absatz. Ein lächerlicher Versuch, seine klein geratene Statur wettzumachen, dachte sie.

Als er das Gespräch beendet hatte, fragte er: »Haben wir schon die Auswertung der Überwachungskameras vom Theater?«

»Nein, noch nicht.«

Er seufzte. Er legte Wert darauf, seine Unzufriedenheit unmissverständlich zum Ausdruck zu bringen. »Ich verstehe nicht, warum das so lange dauert.«

Am liebsten hätte sie laut aufgelacht. Pro Monat gab es über achtzig Ermittlungssachen. Wenn die Temperatur anstieg, so wie in dieser Woche, gingen die Leute mehr nach draußen und es gab mehr Todesfälle. Am Monatsanfang ebenfalls. Eine Gleichung, die jeder Anfänger der Zentrale kannte, lautete: Geld in der Tasche gleich höherer Alkoholkonsum gleich mehr Morde. Musste sie ihm das tatsächlich erklären?

Dann legte Procópio eine Reihe Fotos auf den Tisch, auf denen Fábbio Cássios Hände zu sehen waren. »Ich möchte, dass Sie sich das hier mal anschauen«, sagte er. Schweigend betrachtete sie die Fotos. Den Händen widmete sie für gewöhnlich besondere Aufmerksamkeit. Ihrer Meinung nach konnte man das Wesen eines Menschen an seinen Händen erkennen, sogar noch im Tod. Die Hände des Schauspielers sahen aus wie die eines Philosophiestudenten. Durchscheinend. Ein Schwächling, dachte sie. Geschlechtslos. Ihr Ex hatte die quadratischen Hände eines praktischen, virilen Mannes. Und Giulia, ihre Schwester, hatte konische Händen mit langen Fingern: Sinnlichkeit. Wo war sie bloß mit ihren Gedanken? Sie konzentrierte sich wieder auf die Arbeit. Und spürte plötzlich, wie sie rot wurde. Der Ring mit der netzförmigen Zeichnung, sie hatte vergessen, ihn sicherzustellen.

Procópio schien Gedanken lesen zu können. »Auf diesem Foto hier trägt Fábbio einen Ring.« Dann deutete er auf ein anderes

Foto. »Und hier hat er keinen. Ich hatte gedacht, der Ring wäre bei der Spurensicherung. Und war überrascht, als ich erfuhr, dass er verschwunden ist.«

Das Einzige, was sie tun konnte, war, den Fehler zuzugeben, und sie tat es, wie ihr schien, auf würdevolle Weise.

»Wenn Sie schon eine derartige Schlamperei verbocken, was soll ich dann erst von Ihren Untergebenen denken?«

Ihr Team hatte nichts mit ihren Fehlern zu tun. Genau das wollte sie ihm sagen, aber er ließ sie nicht zu Wort kommen.

»Dieser Fall ist von strategischer Wichtigkeit für das Innenministerium dieses Bundesstaates. Der Minister selbst hat mich angerufen, um sich nach dem Gang der Ermittlungen zu erkundigen. Soll ich ihm jetzt vielleicht erzählen, dass Sie mitangesehen haben, wie unsere berühmte Leiche am Tatort bestohlen worden ist?«

»Ich habe die Hoffnung, dass wir heute bei der Hausdurchsuchung ...«

»Hoffnung?«, fragte er und stemmte die Hände in die Seiten. »Ich werde dem Minister sagen, dass Sie Hoffnung haben. Er hat Verantwortung. Und ich werde in Kürze eine Gruppe von siebzehn Journalisten vor mir haben. Wir stehen wirklich großartig da. Wenn Sie gehen, sagen Sie bitte Dona Nilza, dass sie herkommen soll.«

So behandelt zu werden war sie nicht gewohnt. Sie stand da und fühlte sich wie eine Idiotin. Dann hielt sie ihm die Umschläge hin, die Raul ihr gegeben hatte, und sagte: »Ich habe gerade noch ein paar weitere Untersuchungsergebnisse bekommen. Die ballistische Analyse ...«

Wieder unterbrach er sie: »Die ballistische Analyse war positiv mit Hinweisen auf Kupfer am rechten Unterarm. Und das Ergebnis der toxikologischen Untersuchung hat Hinweise auf Kokain ergeben. Ich habe eine Person meines Vertrauens ins Labor geschickt.«

Das konnte sie nicht durchgehen lassen. Einer ihrer Techniker hatte sie bereits gewarnt, dass manche von Procópios Leuten persönlich ins Labor gingen, um nach den Ergebnissen der Untersuchungen im Fall Fábbio Cássio zu fragen.

»Ihre Einstellung gefällt mir nicht«, sagte sie.

»Ihr Problem.«

Sie wurde wütend. »Ich bin diejenige, die die Beweise der Spurensicherung erbringt.«

»Dann erbringen Sie sie doch. Legen Sie mir die fehlenden Gutachten auf den Tisch. Finden Sie heraus, was mit diesem Ring passiert ist. Ich brauche etwas Handfestes, wenn ich mit der Presse rede.«

»Die Uhr der Polizei tickt nicht wie die der Presse.«

Er setzte sich in seinen Drehstuhl und grinste sie zynisch an. »Ihr seid ein lahmer Haufen«, sagte er. »Ihr seid an Washingtons Tempo gewöhnt. Wann immer ich jemanden von der Spurensicherung brauche, bekomme ich das Gleiche zu hören: ›Die sind gerade beim Mittagessen.‹ Ich habe noch nirgendwo Kriminaltechniker gesehen, die so oft zu Mittag essen wie hier. Man hat den Eindruck, ihr werdet fürs Mittagessen bezahlt.«

Wutschäumend verließ sie das Büro. Vor allem war sie wütend auf sich selbst. Sie hatte ihm gegenüber Schwäche gezeigt und zugelassen, dass er auftrumpfen konnte. Es ist nur eine Frage der Zeit, bis er mich absägt, dachte sie.

Schon als der Wagen in die Rua do Maranhão einbog, konnte sie die Menschenansammlung sehen. Vor dem Gebäude, in dem der Schauspieler gewohnt hatte, standen Blumen und Kerzen auf dem Bürgersteig.

Zwei Kamerateams blockierten den Eingang. Tenório ging voran und bahnte ihnen den Weg.

Einer Reporterin gelang es, das Gebäude vor ihnen zu betreten. »Stimmt es, dass Cayanne in den Tod von Fábbio Cássio verwickelt ist?«

»Wird sie *Die Miezen und die Nerds* verlassen müssen?«

Mit seinem massigen Leib schob Jair die Mikrophone beiseite. Der Pförtner, ein schmächtiger Kerl mit schütterem Schnurrbart, fuhr mit ihnen im Fahrstuhl hinauf und beklagte sich über den Menschenauflauf. »So ist das hier jetzt, immer voller Leute. Die Mädchen weinen und singen. Gestern war sogar ein junger Mann da und hat Wasser verkauft. Und wenn die Leute abends weggehen, liegt der Bürgersteig voller Dreck.«

»Kommen Sie mit rein«, sagte Azucena, als er die Tür der Wohnung aufgesperrt hatte. Das Männlein blieb jedoch im Eingangsflur stehen.

»Bitte entschuldigen Sie, Madame, aber ich warte lieber hier. Ich gehe nie in die Wohnung von Verstorbenen.«

»Und hinterher kommen sie an und behaupten, alles Mögliche wäre verschwunden«, meckerte Jair, als sie sich bereits drinnen in der Wohnung befanden.

Die Inneneinrichtung hatte etwas von einem Hotelzimmer, dachte Azucena. Keine persönliche Note, alles quietschneu, alles aufeinander abgestimmt. Fotos von Fábbio Cássio überall, angefangen von der Wand hinter dem Sofa, auf die jemand in schreienden Farben das Porträt des Schauspielers à la Andy Warhol gemalt hatte. Cayanne hatte im Flur ebenfalls ihre Bildergalerie. Aufreizende Posen unter freiem Himmel, sicher für irgendein Männermagazin. Alles in der Wohnung deutete auf einen mehr als pathologischen Narzissmus hin, befand sie.

Das erste Zimmer rechts stand voller Fitnessgeräte. Im Seitenschrank zählte sie achtzig Paar Turnschuhe.

Nicht selten stießen sie im Haus vermeintlicher Selbstmörder auf Antidepressiva. Auf den Ablagen im Badezimmer fand sie jedoch nur ausländische Kosmetika und Parfüms.

Vininho kam aus dem Nebenzimmer. »Hier hat jemand sauber gemacht«, beschwerte er sich. »Ich kann hier keine Abdrücke nehmen.«

Azucena ging ins Schlafzimmer und hörte, während sie in die Schubladen der Nachtschränke schaute, wie Vininho sich mit dem Wachmann aus der Eingangshalle unterhielt. Im Schränkchen rechts fand sie den Prospekt einer urologischen Klinik: »Erektionsstörungen, vorzeitige Ejakulation, mangelnde Libido? Biochemie der Erektion. Erfahren Sie mehr über Ihr Problem.« Zwei Packungen Viagra zwischen Münzen und Scheckheften deuteten darauf hin, dass das Paar im Bett Probleme hatte. Im Nachtschrank auf der Seite gegenüber ein einziges Buch: *Wie Sie alles erreichen, was Sie sich wünschen.* »Vom Autor von *Die zehn Mantras des Erfolgs*«, stand auf der Innenseite des Buchdeckels.

»Mist«, sagte Vininho, als er zurückkam. »Seine Mutter hat hier sauber gemacht.«

Im Fernsehschrank entdeckte sie eine Dose mit Modeschmuck. Sie suchte eine Weile lang vergeblich nach etwas mit dem gleichen Muster wie der verschwundene Ring.

Cayannes Garderobe nahm fast alle Schränke im Schlafzimmer ein. Leopardenmuster, schreiende Farben, Shorts und Miniröcke. »Das nennt man sexuelle Kompetenz«, sagte sie zu Jair, der alles fotografierte.

»Hier gibt's noch mehr Schweinkram«, bemerkte er und deutete auf ein Regal voller Pornofilme.

Azucena nahm einige heraus. Pornographie war ihr immer

öde vorgekommen: Sex ohne Träume. Unter den DVDs lag ein zusammengefalteter Zettel. Es war die Rechnung für einen wenige Tage zuvor in einem Autohaus in der Avenida Sumaré gekauften Honda Civic.

»Was für eine Marke hatte noch mal Fábbios Auto?«, fragte sie Vininho.

»Hyundai. Auf dem Armaturenbrett habe ich einige Fingerabdrücke nehmen können, die weder von ihm noch von seiner Frau stammen. Da hat wenigstens keiner mit Möbelpolitur drübergewischt.«

Azucena sagte: »Er hatte gerade einen Honda Civic gekauft. Mit null Kilometern auf dem Zähler.«

Vom Badezimmer aus hatte Tenório mitgehört. Er kam zur Tür. »Was ist los?«

Sie gab ihm die Rechnung. »Ich glaube, es wäre gut, wenn du auf einen Sprung in die Garage gehst. Schau mal nach, ob der Wagen dort steht.«

Sie sah noch eine Weile lang die Regale durch. In einem Buch entdeckte sie ein altes Foto von Fábbio, auf dem er als präpubertärer Junge neben einer hübschen, etwas älteren Blondine am Strand in einem Liegestuhl lag. Auf die Rückseite war eine Widmung gekritzelt.

»War diese Frau bei der Beerdigung?«

Jair trat näher und nahm das Foto. »Ich kann mich nicht erinnern, sie gesehen zu haben. Aber ich glaube, dass ich im Labor herausbekommen kann, was unter dem Gekritzel steht«, sagte er.

»Im Theater hat doch irgendjemand erzählt, dass an Fábbios Todestag eine Frau mit ihm sprechen wollte«, fiel ihr ein.

Später, auf dem Weg zurück in die Zentrale, erhielt sie einen Anruf aus dem Labor.

»Die Riffelung des Projektils, das auf der Bühne gefunden

wurde, passt zu der Pistole, die die Kollegen sichergestellt haben.«

Insoweit nichts Neues, dachte sie. »Bitte überprüf auch die Munition. Woher stammt sie?«

Das konnte man ihr noch nicht sagen.

Um sechs Uhr abends rief sie ihre Mutter an und sagte Bescheid, dass es später werden würde. »Es ist wohl besser, wenn die Mädchen bei euch schlafen.«

Sie wollte sich noch einmal die Fotos von Fábbios Beerdigung anschauen, die Jair ihr auf den Laptop überspielt hatte, und bat Raul, ihr ein Käsesandwich zu besorgen.

Nach dem Schichtwechsel schloss sie die Bürotür ab und holte aus der Schublade ihres Schreibtischs ein Glas und eine Flasche. Dann legte sie *Il Trovatore* in ihren Computer ein. Sie liebte die Version von Riccardo Muti. Schnelle, lebhafte Verdi-Tempi. So sah sie ihre Toten gern. In Frieden.

Um Mitternacht rief sie Jair an. »Habe ich dich geweckt?«

»Nein, ich bin dabei, das Gutachten im Fall Marinês schon mal vorzubereiten.«

Sie wusste, wovon er redete. Ein Mann hatte seine Frau mit einem Schlag auf den Kopf getötet, den Wagen mit Alkohol übergossen und ihn dann mit der toten Frau darin eine Böschung hinuntergestoßen. Ihr war aufgefallen, dass der Zündschlüssel nicht im Schloss steckte.

»Mach mal den Ordner ›Fábbio Cássio‹ auf und geh auf Foto Nummer 14.«

»Bin so weit.«

»Hast du sie gesehen?«

»Die Rothaarige?«

»Genau. Erkennst du sie wieder?«

»Nein. Wer ist das?«

»Dieselbe Frau wie auf dem Foto, das wir in seinem Schlafzimmer gefunden haben.«

»Wirklich? Die Blonde?«

»Geh mal auf Foto Nummer 57 von der Beerdigung. Im Hintergrund kann man Cayanne und sie deutlich erkennen.«

»Wo denn?«

»Du musst das Foto vergrößern. Auf der rechten Seite. Sieht so aus, als würden die beiden sich streiten.«

»Mensch! Das ist sie wirklich. Mit rotem Haar ist sie noch hübscher.«

»Überprüf morgen die Aufnahmen von den Sicherheitskameras im Theater.«

»Wird gemacht.«

»Und schick jemanden vom unserem Team zum Seelenamt für Fábbio.«

Um sechs Uhr früh wurde sie vom Klingeln des Telefons wach. Sie war über dem Schreibtisch eingeschlafen.

»Doutora, hier ist ein junger Mann, der mit dem Team sprechen möchte, das im Fall des Schauspielers ermittelt.«

Sie war es leid, darum zu bitten, dass man sie nicht mit Doutora anredete.

»Ist Tenório schon da?«, fragte sie.

»Nein, noch nicht, und Dr. Procópio auch nicht.«

»Warten Sie zehn Minuten und schicken Sie ihn dann zu mir ins Büro hoch.«

Rasch verstaute sie die leere Weinflasche und das schmutzige Glas in der Schublade. Dann nahm sie ihre Handtasche und ging auf die Toilette, wusch sich das Gesicht, putzte ihre Zähne und malte sich die Lippen an. In der Handtasche hatte sie immer ein zweites T-Shirt und einen Deostift dabei. So fühlte sie sich wenigstens etwas wohler.

»Nehmen Sie bitte Platz«, sagte Azucena, als der Mann ihr Büro betrat. Er hatte intelligent wirkende Augen.

Umstandslos machte er es sich in dem alten Sessel von nicht mehr bestimmbarer Farbe bequem.

Ihr fiel auf, dass der junge Mann rechts einen Ohrring mit einem Stein darin trug, der sie stutzig machte, weil er so gar nicht zu seiner ansonsten schlichten, unauffälligen Kleidung passte.

»Wie heißen Sie?«, fragte Azucena.

»André Luís Salvador.«

»Und, was haben Sie uns mitzuteilen?«

»Ich bin gekommen, um mich zu stellen. Ich habe Fábbio Cássio umgebracht.«

4

Auf der Fußgängerinsel des Mittelstreifens jonglierten zwei schwarze Jungen ebenso waghalsig wie unbeholfen mit Plastikbällen. Sie schafften es nicht, sie in der Luft zu halten. Ehe die Ampel grün wurde, gingen sie zu den Autofahrern und bettelten.

Luís Sorengo saß in seinem Wagen und ignorierte die Appelle. Weder wollte er Herumlungerer sponsern noch Crackjunkies. Er stellte das Radio lauter und lauschte der Nachricht vom Sturz des Innenministers des Bundesstaates São Paulo.

Rings um die Praça do Rosário kam der Verkehr nur langsam voran. Wer weiter in Richtung der Rua Getúlio Vargas fahren wollte, hatte genügend Zeit, das träge Treiben der Menschen im

Rei do Café zu beobachten: die pummelige Angestellte, die gähnend die Theke schrubbte, den Mann mit der Schiebermütze, der von seinem Hocker aus wie ein Vogel auf der Stange auf den alten Fernseher oben an der Wand starrte, den dickwanstigen Gast, der die Rechnung bezahlte und im nächsten Augenblick schon an der Ampel war, lange vor den Fahrern. Die Ampel sprang auf Grün, aber die Autos bewegten sich nicht von der Stelle. Luís setzte seine Sonnenbrille auf und blickte auf die Uhr: Er war spät dran. Während ein zerlumpter Mann Bonbons feilbot, hörte er mit Interesse den Bericht über die Sicherheitsprobleme und gelangte zu dem Schluss: Es war die Chronik eines angekündigten Köpferollens. Schließlich gab es jedes Mal, wenn die Regierung die Drogenhändler in den Schwitzkasten nahm, einen Krieg zwischen korrupten Polizisten und den Verbrechern.

Es half nichts, dass er Nein zu dem schmächtigen Jungen sagte, der die Windschutzscheibe seines Wagens mit einem schmutzigen Lappen sauber reiben wollte. Um den Jungen loszuwerden, musste er den Scheibenwischer anstellen.

Als der Nachrichtensprecher anfing, die Zahlen der Raubüberfälle mit und ohne Todesfolge zu nennen, stellte er einen anderen Sender ein. Zu der Zeit, als Azucena und er noch an der Fakultät für Rechtswissenschaften studierten und die Abende damit verbrachten, zur Musik von Eric Clapton zu lernen, hatte er sich seine Zukunft als Anwalt in einer modernen Kanzlei – an der Eingangstür ein Schild mit dem Namen Sorengo & Partner – gerne als Vorbereitung auf eine politische Karriere ausgemalt. Er hatte sich in die Fußstapfen einiger berühmter Kriminologen des Landes treten sehen, die, nachdem sie mit aufsehenerregenden Fällen ihre Kassen gefüllt hatten, in Ämter im Bereich der öffentlichen Sicherheit aufgestiegen waren.

Nun jedoch, da sich auch die armen Leute Hähnchen leisten konnten, war sein Interesse für die öffentliche Sicherheit punktueller Art: Er wusste, dass der Wechsel an der Spitze des Ministeriums seine Exfrau in Atem halten würde. Das war alles, was er brauchte. Sie sollte in Arbeit ertrinken, wenn die Bombe hochginge.

Auf der Mauer des Parkplatzes der Bambolê-Kinderschwimmschule prangte ein riesiges Werbeplakat mit Affen und Giraffen auf einer Wasserrutsche.

Luís Sorengo parkte auf Platz sechs und dachte, seine Töchter seien zu früh Opfer einer Reklame geworden, die mehr versprach, als sie hielt. Eilig stieg er aus dem Auto.

Im Bereich für die Eltern herrschte feuchte Hitze. Außer ihm war kein anderer Mann dort. Trotz seiner vorzeitigen Glatze, wegen der er sich den Kopf mit dem Rasierapparat kahl schor, hatte er Charme, und normalerweise bemerkten ihn die Frauen. Im Augenblick war ihm allerdings der Gedanke lieber, dass er als ein Vater bewundert wurde, der sich kümmerte. In letzter Zeit hatte er sich Mühe gegeben, aber einfach war es nicht: Die Kinder hatten heutzutage einen komplizierten Terminkalender und vielfältige Aktivitäten, und der Alltag im Schlachthof ließ ihm nicht allzu viel freie Zeit.

Er ging ganz nahe an die Scheibe heran, die den Raum von der Schwimmhalle trennte, und winkte seinen Töchtern zu. Mit flehendem Gesicht streckte die jüngere ihm die Arme entgegen und schien gleich in Tränen auszubrechen. Am liebsten hätte er das Mädchen erlöst, aber er wagte es nicht, der jungen Lehrerin zu widersprechen, die ihm diskret ein Zeichen gab, er solle von der Scheibe weggehen.

Bisher hatte er dem Beispiel seines eigenen Vaters nachgeeifert: als abwesender Versorger. Nun aber versuchte er sich selbst – und vor allem seiner Exfrau – zu beweisen, dass er in der Lage war, auch den pragmatischeren Part des Vaterseins zu erfüllen. Hinbringen und abholen. Da sein, wenn sie im Schwimmunterricht versuchten, nicht zu ertrinken. Die Schnürsenkel zubinden. Ihnen sagen: »Mach den Mund zu beim Essen.« Ihnen, wenn sie Fieber hatten, zweieinhalb Milliliter Novalgin verabreichen. Pädagogisch sinnvolle Geschichten erzählen. Nicht immer gelang ihm das. Er war ängstlich besorgt, war durcheinander. Er wusste, man sollte Kinder mit bestimmten Fragen nicht behelligen. Sich nicht beklagen. Aber er beklagte sich und stellte Fragen. Was hat Mama euch gesagt? Hat Mama auf der Arbeit übernachtet? Hat Mama in letzter Zeit viel getrunken?

Vorläufig, dachte er, den Kopf an die Wand gelehnt, die Beine ausgestreckt, was absolut unbequem war, vorläufig war die allgemeine Lage lediglich mies. Aber sie würde sich verschlimmern. Die Wahrheit würde durchsickern, würde sich hier und dort zeigen, würde durch die Ritzen dringen, die Dämme würden brechen. Seine Schwester würde es erfahren. Sein Schwiegervater. Jandira. Die Mitglieder des Freizeitvereins Guarulhos. Und die Nachbarn, deren Antennen die Anzeichen des Niedergangs bereits aufgefangen hatten. Am Ende würde allen Leuten klar sein, warum er auf einmal ein rotes Motorrad gekauft hatte und jetzt hautenge T-Shirts trug. Alle würden hören, wie es, ganz klassisch, klick gemacht hatte: Ein Mann in den Vierzigern, verzaubert von einer Zweiundzwanzigjährigen, deren Schönheit dem gesamten Viertel den Atem raubte. Obendrein war sie seine Schwägerin – die er im Übrigen hatte heranwachsen sehen –, was ihn auf eine Stufe mit dem Neandertaler stellte. Wer würde schon glauben, dass sie es gewesen war, die ihn an einem öden Sonntagnachmittag, als die Familie vereint ein Spiel von Palmeiras anschaute, ins Badezimmer gezogen und ihm ihre eiskalte, nach Marihuana schmeckende Zunge in den Mund geschoben hatte?

Sein Handy klingelte. Es war der Anwalt, dem er an diesem Vormittag bereits fünf Nachrichten hinterlassen hatte. Er sagte: »Ich habe gerade eben mit dem Gerichtsdiener gesprochen. Ihre Frau wird noch heute vorgeladen.«

Nervös stand Luís auf. Er zögerte einen Moment. Am liebsten hätte er das Verfahren ausgesetzt. Mit der Entscheidung, die er da gerade traf, begrub er endgültig die Möglichkeit einer Wiederversöhnung mit Azucena. Andererseits musste er handeln. Schließlich wollte er nach fünfzehn Ehejahren nicht nur mit der Hälfte der Hähnchen dastehen. Wenn er sich nicht in Stellung brachte, würde er nicht nur einen Teil seines Vermögens verlieren, sondern auch seine Töchter.

»Heute?«

»Ja.«

»Muss es wirklich heute sein?«

Er machte sich Sorgen wegen des Gegenangriffs, denn er hatte es schließlich nicht mit irgendeiner x-beliebigen Hausfrau zu tun. Er kannte das explosive Temperament seiner Ex. Sie war praktisch mit dem gesamten Apparat der Zentrale verheiratet. Wenn die Stunde der Vergeltung kam, würde sie die volle Unterstützung der Spurensicherer und Kripoleute des Bundesstaates haben, so einfach war das. Er schloss nicht einmal aus, dass ein Auftragskiller ihm im Dunkeln auflauern könnte. »Getötet bei dem Versuch, einen Überfall abzuwehren«, würden die Zeitungen schreiben. Selbst Azucenas eigene Möglichkeiten waren beträchtlich. Was würde sie tun? Überall herumerzählen, wie sie den Schuft im Bett mit seiner Schwägerin angetroffen hatte? Ihren Töchtern verbieten, den Vater zu sehen?

Die Antwort des Rechtsanwalts lautete: »Ja, es muss heute sein. Wir haben über die Justiz nicht zu bestimmen.« Die Entscheidung war also gefallen. Der Krieg um das Sorgerecht für die Kinder würde beginnen.

Er legte auf. Eingemummelt in Kapuzenhandtücher stolperten die Kinder wie eine Schar farbenfroher Pinguine hinter der Lehrerin her.

Als Luís Sorengo Minuten später im Umkleideraum kniend die Badeanzüge in einem Disney-Plastikrucksack verstaute, überkam ihn ein schwindelerregendes Gefühl der Niederlage. Neben ihm kämmte seine ältere Tochter der jüngeren die Haare. Würde es ihm gelingen, sie vor Leid zu bewahren, wenn der Richter sie dazu zwänge, sich zwischen Vater und Mutter zu entscheiden? Er wusste, dass die Richter heute so verfuhren, sie hörten die Kinder an. Und fragten sie: »Möchtest du lieber zur Mama oder zum Papa?«

»Papa, weinst du?«, fragte seine kleine Tochter verwirrt. »Das kommt von der Bindehautentzündung«, sagte er und nahm sie auf den Arm.

Es stimmte, er konnte sehr viel für die Mädchen tun, er würde sogar für sie sterben, dachte er, als sie zum Wagen gingen. Aber er konnte nicht verhindern, dass sie litten, und er konnte weder anstelle von ihnen leiden noch hatte er Kontrolle über die Gegenseite. Selbstbezichtigungen und Flehen waren zwecklos, seine Noch-Ehefrau hatte nicht die Gabe zu verzeihen. Und jetzt, wo alles zu Ende war, stellte er fest, dass er sein jüngstes Verhaltensmuster wiederholte: hinterrücks angreifen. Die Mädchen der Mutter wegnehmen. Offenbar war das das Einzige, was er in letzter Zeit konnte: die Menschen verraten, die er liebte.

Draußen war noch immer ein schöner Tag. Wolkenloser, klarer Himmel. Luftverschmutzung: sehr hoch. 10:40 Uhr. Er durfte noch eineinhalb Stunden mit seinen Töchtern verbringen und hatte keine Ahnung, was er mit ihnen machen sollte.

Planlos stieg er ins Auto. Vater in einer Stadt wie Guarulhos zu sein war schwierig. Es gab keine Parks, nur Einkaufszentren, und er hasste die Kombination aus Hamburgern und Shopping, Barbies und Pommes frites. Als Kind hatte sein Vater ihn auf die Bauernhöfe mitgenommen, die das kleine Schlachthaus der Familie mit Geflügel belieferten. Damals hatte es noch Freilandhaltung gegeben. Die Hühner hatten Auslauf, scharrten in der Erde, und es war lustig, sie um die Wette rennen zu lassen. Nun waren die Bauernhöfe deprimierende Orte, und den Hühnern wurde früh der Schnabel mit einem heißen Eisen gekürzt, damit sie einander in den überfüllten Käfigen nicht auffraßen.

Der Verkehr wurde dichter. Am Ende fuhr er mit den Kindern in die Firma, wo Edna, seine neue Sekretärin, ihnen mit Buntstiften die Zeit vertrieb. Luís mochte Edna. Sie war ein hilfsbereites junges Mädchen mit frechen Augen und schönen Beinen. Auf ihre Beine zu schauen hütete er sich allerdings. Dafür war er zu abgeschlafft. Während er die Fertigungslinie entlangging, hatte er den Blick auf seine Mokassins geheftet, die nach Schuhcreme verlangten. Seitdem er in derartig peinlicher Lage erwischt worden war, hatte sich sein Verlangen schlicht und einfach verabschiedet. Auch sein Bedürfnis, beim São-Silvestre-Lauf mitzumachen und sich eine Zahnspange einsetzen zu lassen, hatte sich in Luft aufgelöst. Die Zeit des Sich-Austobens war nur von kurzer Dauer gewesen. Die extreme Gefahr, die ihm wie ein machtvolles sexuelles Stimulans vorgekommen war, hatte sich plötzlich als Liebestöter erwiesen.

Es war 11 Uhr und er stand vor dem Entbeinungstisch. Hier lag seiner Ansicht nach der Grund für den mysteriösen Rückgang der Produktion, und hierauf musste er sich konzentrieren:

22 Sekunden dauerte es, das Hähnchenfleisch von den Knochen zu lösen. Sein Vater war nie gut in der Prozessoptimierung gewesen, er hatte keinen Ehrgeiz gehabt. Bei ihm war es anders. Für ihn lag nicht der mindeste Reiz darin, nur ein Schlachter zu sein, der regelmäßig seine Rechnungen bezahlte. Das Geld war die einzige Befriedigung, die das Schlachten von Hühnern ihm geben konnte. Seine Begabung bestand darin, im Produktionsprozess kleine Verbesserungen einzuführen, die eine hohe Effizienz sicherten. Deshalb stoppte er jetzt heimlich die Zeiten, die die Angestellten für die Arbeit brauchten.

Plötzlich tauchte der Aufseher über die automatische Schlachtung auf, ein halsloser Kerl mit großen Ohren. Er nahm ihn beim Arm und führte ihn zu den Aufhängungen, an denen die Hühner baumelten. Energisch deutete er auf die Tiere: »Sie sind nicht richtig betäubt, wenn sie geschlachtet werden.«

Über das Thema hatten sie sich bereits früher gestritten. Luís schwieg eine Weile lang und starrte auf die Schürze des Aufsehers. Es war weniger Blut darauf als sonst. »Das ist keine Schlachtung«, fuhr dieser fort, »das ist eine Opferung.«

Der Streit war alt, und Luís war ihn leid. Sein Schwager, der Mann seiner Schwester und Buchhalter des Schlachthofs, hatte, um Strom zu sparen, die Stromstärke verringern lassen, die zur Elektrobetäubung der Hühner verwendet wurde. Der Aufseher prangerte dagegen das Leiden der Tiere an. Das Land war tatsächlich dabei, sich zu verändern, dachte Luís. Wer hatte sich zu Zeiten seines Vaters schon um die Gefühle von Hühnern geschert?

Er selbst fand die Vorstellung von humaner Schlachtung lachhaft. Der Fleischmarkt war brutal, und ein paar Volt mehr würden dem Leiden der Tiere auch kein Ende bereiten. Außerdem durfte er seinen Schwager nicht vergraulen. Er hatte bereits seine

Frau verloren und lief Gefahr, seine Töchter zu verlieren. Seine Schwester wollte er nicht auch noch verlieren. Das Einzige, was er tun konnte, war, den Aufseher zu entlassen, der nicht nur unflexibel war, sondern ihm zudem nachweisbar hohe Energiekosten verursachte. Er wollte sich nicht ins eigene Fleisch schneiden. Als Erstes würde er einen Ersatz suchen. So handelte ein guter Unternehmer.

Der Aufseher redete ungebrochen weiter: »Und was ist, wenn der Tierschutzverein vor dem Schlachthof eine Demonstration veranstaltet?«

Sollte das eine Drohung sein?

Auf der Brücke vom Zwischengeschoss erschien Edna. »Es ist Zeit, dass Sie die Kinder wegbringen«, sagte sie. Vom Gongschlag gerettet. Ja, das war wirklich eine gute Sekretärin.

Die Musik war schon von der Straße aus zu hören. *La ran la lera. La ran la la.* Der Alte mit seinem Operntick. *Figaro ... Figaro ...* In seiner neuen Behausung blieb er wenigstens von den Arien verschont, dachte Luís, nachdem er geklingelt hatte und wartete. *La ran la lera.* Diese Sänger, die ihre Stimme aus der Schamgegend hervorzuzerren schienen, hatte er noch nie ausstehen können. *Figaro ... Figaro ...* Als wenn sie die Stimme herausscheißen würden, dachte er. *Eccomi qua.* Ihm waren natürliche Stimmen lieber, João Gilberto, der sang wie im Schlaf.

Als er die schwerfälligen Schritte seiner Schwiegermutter vernahm, musste er an die tödlichen Sonntage zurückdenken – *tutti mi chiedono, tutti mi vogliono, donne, ragazzi* –, nach dem Mittagessen – *qua la parrucca, presto la barba* –, wenn der Alte und Azucena sich im Wohnzimmer niederließen und – *son qua, son qua* – den großen Architekten Verdi lobten, als würden sie zu den Freimaurern gehören. *Per carità.*

Wie es schien, hatte die Alte Schwierigkeiten, die Tür zu öffnen. »Wo ist der Schlüssel?«, hörte er sie fragen. Neuerliche Schritte. Jemand rüttelte am Türgriff, aber nichts passierte. Fünf Minuten Warten. Die Kinder begannen zu quengeln. »Oh, mein Kreuz!«, kreischte der Papagei im Garten. Endlich stand Jandira vor ihm. Sie roch so wie das ganze Haus: nach Beefsteak, nach Alter und nach Zigaretten.

»Willst du nicht mit uns zu Mittag essen?«, fragte sie. Wie sollte er sie nicht mögen, die Alte? Sie war es gewesen, die Azucena dazu überredet hatte, ihn die Kinder sehen zu lassen.

Allerdings wollte er kein Risiko eingehen. *Figaro ... Figaro ...!* Und was, wenn Giulia auftauchte? Seit neuestem lautete sein Lebensmotto: Bloß die Lage nicht verschlimmern. Wenn er schon nichts tun konnte, um sie zu verbessern, dann lieber abtauchen und nichts tun. Verschwinden. Nicht in der Scheiße ertrinken, damit wäre schon viel gewonnen, dachte er. Außerdem: Was sollte es nützen, die Rolle des idealen Schwiegersohns zu spielen? Von nun an wäre alles nur noch eine Frage der Zeit. Bald würde auch Jandira zu denen gehören, die ihn als Schuft beschimpften.

Die folgenden Tage waren voller Erwartung, aber nichts geschah. Anders als gedacht, gab Azucena kein Lebenszeichen von sich. Er war sich sicher, dass sie vorgeladen worden war. Aber warum dieses Schweigen?

Am Donnerstag teilte seine Schwiegermutter ihm mit, die Schwimmstunde der Kinder sei wegen einer Läuseplage abgesagt worden. Ein Trick? Die Telefonistin vom Bambolê-Kinderschwimmbad bestätigte die Angabe.

Als er am Freitagabend in seinem Wagen den Schlachthof verließ, wurde er von Giulia überrascht. Von der Rückbank aus ließ sie sich unvermittelt mit einer kunstvollen Rolle auf dem Sitz neben ihm nieder, sodass er für einen Moment die Kontrolle über das Fahrzeug verlor. Sie konnte gerade noch die Handbremse ziehen und den Aufprall auf einen Garagenpfeiler vermeiden.

Stolz und mit glänzenden Augen fragte sie: »Weißt du, wie ich ins Auto reingekommen bin?«

Es war bereits das dritte Mal innerhalb weniger Tage, dass sie sich trafen. Er wusste wirklich nicht mehr, was er tun sollte, damit sie ihn in Ruhe ließ. Er befürchtete, irgendein mit Azucena befreundeter Detektiv könnte ihn verfolgen. In seinen Albträumen wimmelte es nur so von Verfolgern. Sie zeichneten seine Gespräche auf. Filmten seine Bewegungen. Durchwühlten seinen Müll. Wenn die Stunde gekommen wäre, würden sie ihm bei Gericht vor allen Augen die Maske herunterreißen. Das würde seine Strafe sein: Die öffentliche Schande war die Guillotine der modernen Zeiten.

Giulia wiederholte mehrmals das Wort Überraschung, aber seine Gedanken waren nicht zu bändigen. Am liebsten hätte er jemanden um Hilfe gebeten. Vielleicht hätte ein Freund ihm zeigen können, wie er etwas Verstand in Giulias Hohlkopf hineinbekam. Aber wer? Bei der Trennung war ihm bewusst geworden: Er hatte keine Freunde.

Seine Aufmerksamkeit kehrte erst wieder zu dem Mädchen zurück, als sie ihm den Rücken zuwandte, das T-Shirt hochzog und die Tätowierung oberhalb des Steißbeins sichtbar werden ließ: *LS & GG – Forever.*

Er schwitzte, totenbleich. Er blickte auf die Initialen der beiden Namen – seine und ihre –, in einer Kalligraphie, die an Stacheldraht erinnerte, und wusste nicht, was er sagen sollte. Was war das? Der Beweis für sein Verbrechen? Voodoo? Gott im Himmel, dachte er, ich sitze wirklich in der Scheiße.

Die Füße auf dem Armaturenbrett, die Hände im Nacken verschränkt, erzählte sie mit zu viel Wortgeklingel, wie sie »Pablo Dellic, den abgefahrensten Tätowierer in ganz Brasilien« gefunden hatte. Die Tattoos seien, so erklärte sie, »eine total magische Nummer«. Das Wort »Tattoo« stamme von dem tahitianischen »tatu« ab, was so viel bedeute wie Prophezeiung.

»Gefällt es dir nicht?«

Er antwortete nicht.

Nun fing sie an, den Lack von ihren Fingernägeln abzunagen. Sagte, sie habe die Universität geschmissen und brauche dringend Geld. »Kannst du mir irgendeine Stelle bei deinem Schlachthof besorgen?«

Ein Splitter grünen Lacks landete auf seiner Glatze. Giulias fehlende Manieren hatte er einmal verführerisch gefunden. Jetzt nervten sie ihn. Widerlich.

Sie sagte: »Du siehst aus wie eine Mumie. Hat meine Schwester dir nicht nur das Vögeln verboten, sondern dir auch die Zunge abgeschnitten?«

Er antwortete mit einer Gegenfrage: »Hast du zu Hause irgendwas gehört wegen des Sorgerechts für die Kinder?«

Giulia setzte sich aufrecht hin. »Hat dir die Schlampe etwa eine Klage angehängt?«

»Woher weißt du das?«

»Ich weiß von gar nichts. Du hast das gesagt.«

»Ich habe Klage eingereicht. Ich glaube, sie ist schon vorgeladen worden.«

Giulias Gelächter war skandalös. Sie lachte und applaudierte, als säße sie im Theater.

Er fühlte sich miserabel. Er wollte nicht zu den Feinden der Mutter seiner Töchter gehören. Ihm gefiel nicht, wie Giulia über ihre Schwester redete.

»Sie hat es verdient«, sagte Giulia mit ernstem Gesicht und rückte näher heran. »Die Frau hat dich immer wie einen Schwächling behandelt.«

Das stimmte nicht. Aber sollte sie doch denken, was sie wollte.

Giulia rückte noch näher an ihn heran und gab ihm einen Kuss auf die Wange. »Findest du das Tattoo furchtbar?«, säuselte sie auf eine Weise, die ihn erschaudern ließ.

Er antwortete nicht, vermied es, sie anzublicken.

»Sag doch was, du Niete!«

Was sollte er schon sagen? Er wollte, dass sie ging. Mehr nicht.

»Leck mich doch«, sagte sie und stieg aus dem Wagen aus. Heftig knallte sie die Tür zu. Unter dem kurzen T-Shirt konnte er Teile der Tätowierung erkennen. Neuerliches Schaudern.

Er wartete ab, bis sie in den Fahrstuhl gestiegen war, ließ den Motor an und fuhr davon.

5

Sie war korrekt gewesen. Dabei hätte sie auch alles auf ihre Art machen können. Aber sie hatte Procópio Bescheid gegeben, hatte abgewartet, bis er in der Zentrale eingetroffen war, und als Dank für ihre Loyalität wollte der Kommissar nun, dass sie das Büro verließ, um die Vernehmung von André Luís Salvador alleine durchzuführen.

»Ich rede nur, wenn sie dabei ist«, sagte André, als er begriff, was dort ablief. Vielleicht glaubte er, sie könnte verhindern, dass Procópio ihm ein paar auf Fresse gab. Oder dass sie nicht imstande wäre, sich an Gewalttätigkeiten zu beteiligen. Wie auch immer, Procópio musste schlucken, dass sie dabei war, und das erfüllte sie mit Genugtuung.

Schweigend an ihrem Schreibtisch sitzend wohnte sie der Vernehmung bei. Der junge Mann hatte die zusammengekniffenen Augen eines Kurzsichtigen und ein albernes Dauerlächeln im Gesicht. Er war arbeitslos, lebte bei seiner Mutter. Keine Alkoholprobleme. Kein Drogenkonsum. Keine psychischen Probleme. Vor drei Jahren hatte man ihn »wegen Intrigen« aus dem Três-Estrelas-Theater entlassen, wo er als Platzanweiser gearbeitet hatte. Die Entlassung hatte Empörung und »Migräneanfälle« bei ihm ausgelöst. Er mochte das Theater, weil er dort »etliche sehr viel bedeutendere Schauspieler als Fábbio Cássio kennengelernt hatte, so wie Neiva Leal«. Obwohl arbeitslos, hatte er die Angewohnheit beibehalten, am Wochenende die Theater abzuklappern, um in letzter Minute Freikarten zu bekommen. Deshalb hatte er auch *Narrenfeuer* gesehen. Er hatte Fábbio Cássio kennengelernt, als er ihm nach der Vorstellung in dessen Garderobe Guten Tag sagen ging.

»Normalerweise werde ich hinter der Bühne gut behandelt, viele Leute aus der Szene wissen, dass ich eine Autogrammsammlung besitze, ich habe der Zeitschrift *Glamour* sogar schon mal ein Interview gegeben«, sagte er.

Azucena fiel auf, wie vollmundig er von der »Szene« sprach, so als wäre er Mitglied in einem Geheimclub. Er berichtete, Fábbio Cássio sei da keine Ausnahme gewesen. Er habe ihn gut behandelt, jedenfalls am Anfang. Und ihm habe der Schauspieler so gut gefallen, dass er noch fünfmal zu ihm hingegangen sei. Er besitze viele Fotos von dem Seifenoperhelden und lege Wert darauf, sie zu zeigen.

Bei seinem letzten Besuch in der Garderobe sei etwas Merkwürdiges passiert. Unmittelbar nachdem er den Schauspieler beglückwünscht hätte, habe dieser zwei Leuten in Schwarz zugeflüstert: »Bringt diesen Irren hier raus.« Da er sich geweigert habe zu gehen, sei er von einem Bediensteten, den er nicht beschreiben könne, gewaltsam entfernt worden. Schlimmer noch: Das alles sei vor den Augen anderer Prominenter, wie Mara Wânia aus der Telenovela *Zerstörte Liebe*, passiert.

Er gab zu Protokoll, dass ihm nach dieser Demütigung in einer schlaflosen Nacht – einem Übel, an dem er seit seiner Kindheit leide – plötzlich der Gedanke gekommen sei, dort im Theater gäbe es, falls er sich an dem Schauspieler rächen wollte, ohne sich die Hände schmutzig zu machen, die Gelegenheit dazu. Der Gedanke habe ihm keine Ruhe mehr gelassen. Anfangs habe er sich die Tat lediglich vorgestellt, wenn er im Bett lag, so wie man »Schäfchen zählt«, aber mit der Zeit habe er begriffen, dass »ich die Tat wirklich begehen wollte«, denn er habe eine »Riesenwut« verspürt. Dann berichtete er launig, wie er sich Woche um Woche ins Parkett gesetzt und die Hindernisse eingeschätzt habe. Er sei noch zwei weitere Male in der Garderobe gewesen, der Schauspieler sei zwar freundlich gewesen, aber »es war bereits zu spät«. Er habe alles vorbereitet wie eine »Aufführung«. Am Tattag habe er das Theater unbemerkt gegen 17 Uhr durch den Haupteingang betreten, sei durch das leere Parkett hinter die Bühne gelangt und habe sich dann heimlich in die Garderobe geschlichen und die Waffe geladen, die den Schauspieler getötet habe.

André erzählte die Geschichte nicht chronologisch. Er sprang hin und her, zögerte, geriet durcheinander. Der Kommissar unterbrach ihn mehrmals. Ein Fehler, dachte sie. Wollte er etwa die Quelle zum Versiegen bringen, den Deich schließen? Sollte er den Mann doch vor sich hin sprudeln lassen. Es gab da widersprüchliche Details, Teile, die nicht zueinanderpassten. Das war es, was sie interessierte.

Sie wartete ab, bis er mit seiner Schilderung bereits weit gediehen war, und fragte dann unvermittelt: »Wie sah die Waffe aus, die Sie geladen haben?«

»Es war eine Pistole, Kaliber .40.«

»Das ist allseits bekannt, das steht in den Zeitungen. Ich möchte, dass Sie die Waffe beschreiben.«

»Ich bin kein Fachmann in diesen Dingen. Es war eine Waffe. Eine normale schwarze Waffe.«

»Und wo haben Sie die Munition gekauft?«

»In einem Geschäft in der Nähe meiner Wohnung.«

»Wo genau?«

»In Pardinhos. Den Namen der Straße weiß ich nicht.«

»Was haben Sie gesagt, als Sie in den Laden gekommen sind?«

»Dass ich Munition für eine Pistole, Kaliber .40, haben will.«

»Und?«

»Sie haben sie mir verkauft. So war es.«

»Haben Sie die Quittung noch?«, fragte sie.

»Ich erinnere mich nicht, ob sie mir eine Quittung gegeben haben.« Pause. »Ich glaube, ich habe sie weggeworfen.«

»Was denn nun: Haben Sie die Quittung weggeworfen oder haben Sie keine bekommen?«

»Ich habe sie weggeworfen.«

»Wo?«

»Was?«

»Wo haben Sie sie weggeworfen?«

»Auf der Straße. Ich habe sie im Bus aus dem Fenster geworfen.«

»Im Bus? Dann war das Geschäft also doch nicht in der Nähe Ihrer Wohnung?«

»Mehr oder weniger.«

»Sie haben gesagt, es sei in der Nähe gewesen.«

»Zu Fuß ist es zu weit weg«, sagte er und fuhr sich vorsichtig mit der Hand übers Haar, so wie manche Frauen, die Haarspray benutzen und sich die Frisur nicht ruinieren wollen.

»Haben Sie einen Waffenschein?«, fragte Azucena.

»Nein.«

»Und trotzdem hat man Ihnen in dem Geschäft die Kugeln verkauft.«

»Ja.«

»Wussten Sie, dass der Verkauf von Munition kontrolliert wird?«

»In Brasilien? Das nimmt hier doch keiner ernst.«

»Da irren Sie sich. Das wird in Brasilien sehr wohl ernst genommen. Munition wird nicht ohne Waffenschein verkauft. Ihnen hat niemand etwas verkauft.«

André blickte sie herausfordernd an. Dann fing er an zu lachen.

Sie fuhr fort: »Sie waren an dem Tag, an dem er ums Leben gekommen ist, auch gar nicht im Theater, stimmt's?«

Nun stand Procópio auf, nahm ihren Arm und führte sie aus dem Büro. Auf dem Flur sagte er: »Sie behindern mich.«

»Er war es nicht.«

»Mag sein, dass er tatsächlich ein Spinner ist. Aber das bedeutet nicht, dass er die Tat nicht begangen hat. Wir müssen überprüfen, was er gesagt hat.«

»Die Mühe können Sie sich sparen. Er möchte doch bloß heute Abend mit seiner Autogrammsammlung in den Nachrichten erscheinen.«

Davon wollte Procópio nichts hören. »Sie sind freigestellt. Ich werde das Verhör zu Ende führen«, sagte er und ging zurück in ihr Büro, in dem André wartete.

Verärgert blieb sie auf dem Flur zurück. Wie bitte sollte sie arbeiten, wenn er sie aus ihrem eigenen Büro hinauswarf?

In diesem Moment stieg die hinkende schwarze Elvira mit den geschwollenen Fußknöcheln aus dem Fahrstuhl, in der Hand ein Tablett voller Schokoladen-Brigadeiros. Etwas Süßes würde ihr jetzt guttun, dachte Azucena und ging auf die Frau zu.

An diesem Nachmittag gab sie keine Ruhe, bevor sie nicht von den Technikern aus dem Labor den Nachtrag zu dem Ballistikgutachten über Fábbio Cássio bekommen hatte. Abgesehen von der Bestätigung, dass sie hinsichtlich Andrés richtiggelegen hatte, enthielt das Ergebnis neue Informationen: Die Kugel, die den Schauspieler getötet hatte, war bei einer Objektschutzfirma namens Concórdia gekauft worden.

Am folgenden Tag begleitete sie Tenório. Sie nahm gerne an Befragungen teil, obwohl sie nicht in ihre Zuständigkeit fielen. Aus Respekt oder Faulheit überließ Tenório es ihr, das Gespräch zu führen. Sie hatte ihre Mittel und Wege, die Wahrheit herauszubekommen. Die Praxis hatte gezeigt, dass jemand, der in einer nichtssagenden Plauderei die Wahrheit sagte, Schwierigkeiten hatte zu lügen, wenn es ernst wurde. Deshalb begann sie ihre Befragungen für gewöhnlich mit ganz profanen Fragen nach Persönlichem, nach Hobbys, nach dem Fußballverein und anderen banalen Dingen. Mitunter übertrieb sie und schmierte den Leuten Honig ums Maul, wie sie fand. Aber auf die Weise – die so gar nicht ihre Art war – gewann sie die Sympathie der Kriminellen.

In diesem Fall allerdings war es anders. Der Geschäftsführer der Firma, ein Mann mit großen Ohren voller dichter Büschel weißer Haare darin, empfing sie in einem Raum, dessen Wände von einer Waffensammlung geschmückt waren, und zeigte ihnen einen Zettel, auf dem der Ausgang der nummerierten Kartuschen festgehalten war.

Seiner Version zufolge hatten sie zwei Tage vor dem Tod des Schauspielers einen Telefonanruf von Fábbio persönlich erhalten, in dem dieser um die Kugeln für einen Fototermin bat. Die Bilder sollten einen Artikel über sein Stück illustrieren.

»Wer hat mit ihm gesprochen?«, fragte Azucena.

»Ich selbst. Wir hatten uns vorher schon mal unterhalten. Die Waffe, die er in dem Stück benutzt hat, gehört uns. Der Anruf aus dem Theater ist auf unserer Telefonanlage aufgezeichnet. Aber das hat unser Anwalt Ihnen bereits mitgeteilt.«

Die Inkompetenz der am Tatort eingesetzten Polizeieinheit war schuld daran, dass die Waffe noch nicht von der Kriminaltechnik untersucht worden war. Diese Information hatte Azucena jedoch nicht erhalten.

»Sie haben also die Waffe und die Munition zur Verfügung gestellt?«

»Wenn Sie in das Programmheft des Stücks schauen, werden Sie feststellen, dass wir dort als Sponsoren aufgeführt sind.«

»Und wer hat die Munition abgeholt? Fábbio?«

»Nein. Wir hatten vereinbart, dass er für die Abholung einen Motorradkurier schicken würde. Und so war es auch. Veríssimo hat den Kurier empfangen.«

»Der Produzent?«

»Nein, sein Vater, Marcelo Veríssimo. Er ist einer der Gesellschafter unserer Firma.«

Azucena und Tenório versuchten, sich ihr Erstaunen über diese Eröffnung nicht anmerken zu lassen. In dem Ermittlungsbericht von Tenórios Team tauchte der Name Veríssimo nicht auf. Und in seiner Aussage vom Tag des Unfalls hatte Cláudio die Firma seines Vaters mit keinem Wort erwähnt.

»Ist das nicht verdächtig?«, fragte sie Tenório auf dem Rückweg.

Noch im Auto erhielt sie einen Anruf von Procópio.

»Was ist das für eine Geschichte mit dieser Concórdia?«

Ihr war klar, dass er bei den Leuten von der Ballistik herumgeschnüffelt hatte.

»Darf ich erfahren, warum ich dieses Gutachten nicht erhalten habe?«, fragte er.

Sie erklärte, sie habe keine Zeit gehabt, ihn zu informieren. Das stimmte nicht. Es war ihre Retourkutsche. Sie konnte nicht vertrauensvoll mit jemandem zusammenarbeiten, der sie aus ihrem eigenen Büro warf.

Einige ihrer Leute steckten im Gutachtendickicht des Falls der vier in dieser Woche ermordeten Polizisten fest. Für sie, die die Abteilung leitete, war die Mehrheit der Opfer – und wenn sie von Mehrheit sprach, meinte sie »neunundneunzig Komma neun Prozent« – Kriminelle der schlimmsten Sorte, die hingerichtet worden waren, weil sie irgendeine Art von Abkommen mit der Unterwelt gebrochen hatten. Die unbeantwortete Frage wiederholte sich mit jedem neuen Fall: Was hatte ein Polizist in Zivil im Morgengrauen in so gefährlichen Favelas wie Ceilão oder Tradecenter zu suchen?

Als sie bei der Polizei angefangen hatte, erlebte São Paulo gerade eine barbarische Welle der Kriminalität. Bereits damals wurde von Bürgerkrieg gesprochen. Sie hatte das lächerlich gefunden. Noch heute, in einer sehr viel ernsteren Lage, fand sie diese Definition absurd, und wenn sie morgens die Zeitung las, hatte sie das Gefühl, es sei von Rio de Janeiro und nicht von São Paulo die Rede. Die Presse tat geradezu so, als ob es sich bei den kriminellen Kleingruppen, Hunderten an der Zahl, mit den unterschiedlichsten Interessen, um wenige, gut organisierte Banden wie in Rio handeln würde, die eine starke Führung hatten und zentral agierten. So wie die Dinge liefen, dachte sie, wäre es nicht verwunderlich, wenn der Innenminister des Bundesstaates São Paulo die Favelas besetzen lassen würde, so wie in Rio, um sich bei derselben Mittelschicht anzubiedern, die für die Todesstrafe eintrat.

Wegen des neuerlichen Gewaltausbruchs schleppte sich die Woche in der Zentrale so dahin. In ihren Augen arbeitete Procópio weder strukturiert noch hatte er eine Strategie oder etwas Verbindliches, und vielleicht war das der Grund, weshalb die Ermittler und die Spurensicherung mit den laufenden Fällen nicht vorankamen.

Über genau solchen offenen Fällen brütete sie auch am Donnerstag, als Jair in Begleitung von Tenório in ihr Büro kam.

»Dein Reißverschluss steht offen«, sagte sie.

Er ließ sich von der Bemerkung nicht aus dem Konzept bringen.

»Dicke Menschen und offene Reißverschlüsse sind als Paar unzertrennlich«, sagte Tenório. Er hatte eine Packung Maniokkekse in der Hand.

»Kannst du zu mir rüberkommen?«, fragte Jair.

Er hatte Neuigkeiten zu den Aufnahmen der Überwachungskameras des Alexandre-Herculano-Theaters. Tenório hatte sich das Material bereits angeschaut und mit Jair darüber gesprochen. Er sagte ihr das.

»Und ich glaube, wir kommen voran«, ergänzte Jair, als sie sich in seinem Büro befanden. Er deutete auf den Bildschirm. »An dem Tag, an dem Fábbio Cássio ums Leben gekommen ist, waren fünf Personen bei ihm.«

Sie zog den Stuhl näher und setzte sich vor den Computer.

»Vier haben bereits ausgesagt«, bemerkte Tenório.

»Ich möchte gerne die Vernehmungsprotokolle haben«, sagte

Azucena. »In dieser Woche habe ich es nicht geschafft, bei den Aussagen dabei zu sein.«

»Die Kamera, die sich gegenüber der Tür von Fábbios Garderobe befindet, war kaputt«, sagte Jair. »Die Aufnahmen hier stammen von der Kamera im Flur. Der Winkel und die Auflösung sind schlecht.«

Auf dem Monitor tauchte das Bild eines Mannes mit schütterem Bart auf.

»Kannst du dich noch an Márcio Abreu erinnern, den Fotografen?«, fragte Tenório. »Du hast gemeinsam mit mir eine Notiz in der Zeitung über einen Streit zwischen ihm und Fábbio in der Lanchonete Paulista gelesen.«

»Interessant. Was hatte er im Theater zu suchen?«

»Gestern in seiner Aussage hat er behauptet, er hätte Fábbio die Fotos verkauft, die er in der Streitnacht geschossen hatte«, antwortete Tenório. »So irres Zeugs. Aber ich habe sein Bankkonto überprüft. Es passt mit dem zusammen, was er sagt.«

»Auf den Fotos von Márcio Abreu ist Fábbio mit diesem Mädchen zu sehen«, fuhr Jair fort und vergrößerte das Bild einer jungen Frau in einem eng anliegenden, bauchnabelfreien Outfit auf dem Monitor.

»Aline Rossi?«, fragte Azucena. »Die von Facebook?«

»Genau. Mit ihr habe ich ebenfalls gesprochen. Ausgegangen bin ich von Zenaides Informationen, und siehe da, für Fábbio Cássio hieß sie Melanie«, sagte Tenório. »Die mysteriöse Nummer, die wir im Bademantel gefunden haben, ist damit erklärt. Als Sicherheitscode für die Tür des Apartments, in dem sie ihre Kunden empfängt, hat Aline die Handynummer ihres blinden Bruders verwendet. Fábbio hatte sie des Öfteren getroffen, deshalb hatte er den Code in der Tasche seines Bademantels.«

»Kennen sie und Márcio sich?«

»Die beiden behaupten nein. Sie haben sich auch zu keinem Zeitpunkt in Widersprüche verwickelt.«

»Und was hatte sie im Theater verloren?«

»Sie hat die Sonnenbrille abgeholt, die sie in Fábbios Auto vergessen hatte. Vininho hat ihre Fingerabdrücke auf dem Armaturenbrett gefunden.«

»Nun zur dritten Besucherin. Die Rothaarige«, sagte Jair und klickte das Bild der Frau an, die allen bereits bestens bekannt war. »Es ist mir gelungen, den durchgestrichenen Satz in der Widmung auf dem Foto zu entziffern, das wir in Fábbios Wohnung gefunden haben. ›Von deiner scharfen Tante‹, steht da.«

»Ihr Name lautet Telma, und sie ist die Schwester von Olga. Fábbio ist ihr Neffe.«

»Haben wir noch weitere Informationen?«

»Ja. Nachdem Jair mir dieses Material gezeigt hat, habe ich selbst mit ihr gesprochen. Sie arbeitet in einem Touristikunternehmen und hat behauptet, sie sei ins Theater gegangen, weil Fábbio eine Versicherung abschließen wollte und ihren Rat brauchte.«

»Wenn eine Versicherung im Spiel ist, fängt die Sache langsam an, interessant zu werden«, sagte Azucena.

»Ich bin schon an der Geschichte dran.«

»Cláudio Veríssimo war ebenfalls in der Garderobe. Und zwar drei Mal«, bemerkte Jair.

»Hat er schon ausgesagt?«, fragte sie.

»Nein, noch nicht«, sagte Tenório. »Er schiebt gesundheitliche Probleme vor.«

»Und wer ist der hier?«, fragte Azucena und meinte damit einen Mann mit Schirmmütze und Sonnenbrille, der auf dem Bild etwas unscharf zu erkennen war.

»Das ist der Punkt. Procópio will mir einreden, dass diese Gestalt hier André Luís Salvador ist«, sagte Jair.

»Hat er das Material gesehen?«

»Der Kerl weicht mir nicht von der Pelle.«

»Das ist nicht André«, sagte sie, nachdem sie das Bild vergrößert hatte. »André hat eine ganz andere Statur.«

»Es ist eine schlechte Aufnahme, jeder sieht darin, was er will. Procópio behauptet steif und fest, es sei André.«

»Und das Abzeichen dort auf dem Rucksack?«

Sie zeigte auf das Logo der Tasche, die der Mann vom Bild auf dem Rücken trug: eine gelbe Linie in Form eines in der Mitte durchtrennten Sechsecks.

»Wenn man bloß was erkennen könnte ...«, sagte Tenório.

»Außen auf dem Rand steht was ...«, stellte sie fest.

Schweigend betrachteten die drei eine Weile lang das Bild.

»War Cláudio Veríssimos Vater schon hier, um auszusagen?«, wollte sie wissen.

»Ja«, sagte Tenório. »Bestens beraten von einem Anwalt, der ihm nicht erlaubt hat, den Mund aufzumachen. Er hat die Version des Geschäftsführers wiederholt und keinerlei Angaben zu dem Kurier gemacht, dem er die Munition übergeben hat.«

Neuerliches Schweigen. Das Logo auf dem Rucksack ließ ihr keine Ruhe.

»Könnte es nicht dieser Mann hier sein?«

»Wer, der Kurier?«, fragte Jair.

»Lass uns mal die Motorradkurierfirmen überprüfen, die für das Theater und für Concórdia arbeiten«, sagte sie. »Und du, Jair, druck mir bitte dieses Bild aus. Aber vorher sieh zu, ob du das Logo auf dem Rucksack vergrößert bekommst.«

Die gute Nachricht der Woche traf tags darauf ein, sie kam direkt aus der Serra da Cantareira. Einer Verkäuferin war es gelungen, einer versuchten Vergewaltigung zu entgehen, und sie hatte im für die Gegend zuständigen Kommissariat Anzeige erstattet. Auf ihre Beschreibung hin wurde ein Phantombild des Täters erstellt. Azucena ging damit zu Procópio ins Büro und bat um Erlaubnis, es zu verteilen.

»Ehe ihm noch weitere Frauen zum Opfer fallen«, sagte sie und berichtete anschließend von ihrem Verdacht, dass es in der Gegend einen Serienvergewaltiger gebe. »Ich habe bereits die Gutachten aus drei ähnlich gelagerten Fällen gesehen, sie wurden von unterschiedlichen Kriminaltechnikern angefertigt. Er beißt die Frauen, wir haben einen Abdruck von seinem Gebiss.«

Procópio war höflich. Bot ihr Kaffee an.

»Ich glaube, wir sollten die Ermittlungen bündeln«, verkündete er. »Geben Sie der Bereichsleitung Bescheid, damit in der Gegend alle Distrikte davon Kenntnis erhalten. Von jetzt an kümmern Sie sich um die Fälle.«

Sofort war ihr klar, was er mit so viel Freundlichkeit erreichen wollte.

»Ich brauche Ihre Hilfe«, sagte er. »Bis spätestens morgen muss ich eine Rekonstruktion von André Luís Salvadors Version von Fábbio Cássios Tod haben«, fuhr er fort, während er Süßstoff in die Tasse gab und sie ihr dann reichte. »Mit Ihrem Gutachten kann ich den Fall spätestens am Samstag abschließen. Das wird gut für uns sein.«

Für uns? Wer sollte das sein?, hatte sie Lust zu fragen. Sie erwiderte: »Das wäre unvorsichtig. Bei den Ermittlungen ist noch vieles offen.«

»Ich weiß, was Sie meinen«, sagte er. »Tenório hat mir ein paar

Dinge erzählt. Aber Sie haben die Aufnahmen von der Überwachungskamera ja gesehen. André ist deutlich zu erkennen.«

»Wir sind uns da nicht so sicher.«

»Mein Gott, wenn ich es Ihnen doch sage! Er hat das Geständnis unterschrieben.«

Sie unterbrach ihn: »Unter welchen Umständen er es unterschrieben hat, weiß ich nicht.«

Schlagartig schlug das Klima zwischen ihnen um.

»Sie waren doch bei der Vernehmung fast bis zum Schluss dabei«, sagte Procópio und machte ein erstauntes Gesicht. »Wir brauchen nur ein Gutachten, das seine Version bestätigt.«

»In Ordnung, ich habe verstanden. Aber solch ein Gutachten erstelle ich nur, wenn ich selbst eine neue Vernehmung durchführen kann. So arbeite ich nun mal.«

Procópios wütender Blick sagte alles, das wusste sie. Wenn er sie hätte entlassen können, er hätte es getan. »Sie verkomplizieren die Dinge«, sagte er.

Aber sie ließ sich nicht beirren. Beim Hinausgehen musste sie daran denken, dass sie vor über zwanzig Jahren, als sie das Studium beendet hatte, genauso gewesen war, ganz und gar von sich und ihrer Autorität überzeugt. Und dass sie bluffen könnte, hatte sie auch geglaubt. Dabei hatte sie sich die Hörner so lange abstoßen müssen, bis sie ihre Lektion gelernt hatte. Procópio kannte seine Grenzen noch nicht, dachte sie. Aber sie wurde nicht dafür bezahlt, ihm etwas beizubringen.

Der Sonntag war ein schwieriger Tag. Sie hatte kaum die Augen aufgemacht, da hätte sie am liebsten auch schon wieder weitergeschlafen. Ihr war nach Untertauchen zumute, danach, im Schaumstoff der Matratze zu verschwinden. Vielleicht war die Niedergeschlagenheit ja nur eine Nebenwirkung ihrer Trennung, dachte sie. Oder des Frontals, das sie nun schluckte, rezeptfrei. Sie hätte mit ihren Töchtern irgendwo in den Park gehen, die Wohnung sauber machen, den Hund ausführen sollen, aber sie zog sich nicht einmal an. Nach dem Frühstück schaltete sie das Kinderfernsehen ein, damit den Mädchen nicht langweilig wurde, kehrte zurück ins Schlafzimmer und lud sich ihre Toten auf den Laptop.

Als sie an diesem Morgen ihre Dateien durchsah, musste sie an die Geschichte einer Frau denken, die sie vor vielen Jahren gelesen hatte. Ihr Radio hatte versehentlich das unappetitliche Privatleben der Bewohner ihres Hauses übertragen. Ihr Name war Irene. Sie war jung und glücklich. Bald schon wich ihr ehrliches Erstaunen über das Elend und die Bösartigkeit ihrer Nachbarn einer morbiden, lähmenden Neugier, die nach und nach ihre Arglosigkeit und ihre Antriebskraft zersetzte.

Ihr Verbrechenskatalog war nicht viel anders als Irenes Radio, dachte sie. Er kündete vom Horror der Welt. Vom Bodensatz des Lebens. Vielleicht zersetzte die Zentrale ihren Lebenswillen genauso, wie der Verrat, die Kleinkariertheit und die ehelichen Sickergruben ihrer Nachbarn diese Irene zugrunde gerichtet hatten. Vielleicht waren am Scheitern ihrer Ehe nur sie selbst und ihr perverses Radio schuld. Sie war kein normaler Mensch mit einer normalen Arbeit. Sie verbrachte die Sonntage damit, die von Mördern zurückgelassenen Brosamen auszuwerten. Was an diesem Sonntag ihre Neugier weckte, war das Logo auf dem Rucksack des mysteriösen Mannes. Vergrößert erinnerte es an ein stilisiertes geschlossenes Auge. Möglich, dass der Geschäftsführer von Concórdia die Wahrheit über den Kurier gesagt hatte, der die Munition in der Firma abgeholt hatte. Aber welcher Kurierdienst hatte als Markenzeichen ein geschlossenes Auge?

Als sie am Montagmorgen bei ihren Eltern in der Küche Kaffee trank, wurde sie von der Schlagzeile in der Zeitung überrascht. »Mutmaßlicher Schauspielermörder verhaftet.« Das Foto zeigte einen lächelnden André Luís Salvador hinter Gittern. »Ich hatte schon mit dem Gedanken gespielt, den Gouverneur zu töten«, erklärte er wie ein Star, der sich dazu bekannte, dass er gekifft hatte.

»Ist der Typ nicht ganz dicht?«, fragte sie Tenório am Telefon.

»Besser, du fragst ihn nicht direkt.«

»Procópio hat seinen eigenen Plan, er will um jeden Preis Ergebnisse vorweisen.«

Sie war noch dabei, die Reportage zu lesen, als Damaso in schmuddeligen Pantoffeln in die Küche geschlurft kam. Er setzte sich neben sie.

»Willst du wissen, was in der Zeitung steht?«

Er schien nicht interessiert. »Jetzt haben wir unseren Chapman, den Killer unseres John Lennon«, sagte sie und deutete auf den Artikel.

Er holte sich eine Tasse Kaffee.

»Jedes Land hat den Chapman, den es verdient. Dieser hier ist noch falscher als mein unechter Brillant.«

Sie bemerkte die langen Fingernägel ihres Vaters und holte eine Nagelschere aus der Handtasche. »Darf ich?«

Er freute sich über ihre Umsicht und hielt ihr die rechte Hand hin. Dann sagte er: »Ich werde unser Grundstück in Monte Verde verkaufen.«

Das Grundstück war klein, vermutlich war es nicht viel wert. »Du hast mir gar nicht gesagt, dass du Geld brauchst«, bemerkte sie.

»Giulia geht nach Boston, um Englisch zu lernen.«

Azucena blickte ihren Vater an. »Boston? Als Belohnung, weil sie ihr Studium abgebrochen hat?«

»Ich dachte, du würdest dich über die Nachricht freuen«, sagte er.

Sie bedeutete ihm, ihr die linke Hand zu geben.

»Ich werde nicht zulassen, dass Giulia Verkäuferin in einem Shoppingcenter wird«, fuhr der alte Mann fort.

Azucena sah hoch. »Es ist doch nichts dabei, Verkäuferin in einem Shoppingcenter zu sein.«

»Du hast mir nie den wahren Grund für deine Trennung verraten.«

Sie hätte weitere Lügen über das Ende ihrer Ehe erfinden können, aber besser war es, sie schwieg.

Ehe sie ging, nahm sie die Pantoffeln ihres Vaters und ging damit durch die Küche nach hinten in den Wirtschaftsbereich im Garten. »Giulia, komm runter!«, krächzte der Papagei.

Sie nahm sich einen Eimer Wasser, schüttete Waschpulver hinein und ließ dann die Pantoffeln darin einweichen.

Ihre Mutter kam zur Küchentür. »Du kennst doch jemanden bei der Bundespolizei. Giulia hat keinen Reisepass.«

Sie kannte einen Haufen Leute bei der Bundespolizei. Aber sie würde niemanden um einen Gefallen bitten. Sollte ihre Schwester doch Schlange stehen, so wie alle anderen auch. Genau das sagte sie zu ihrer Mutter und fügte hinzu, bevor sie aufbrach: »Vater braucht saubere Pantoffeln.«

Grußlos rauschte Procópio an ihr vorbei. Und als sie kurz darauf mit einem Stapel Gutachten, die bewiesen, dass der Fall Fábbio Cássio nicht abgeschlossen werden konnte, in das Büro des Kommissars hinaufging, wurde sie nicht vorgelassen. Später erfuhr sie von einer Besprechung bei der Direktion, zu der sie nicht eingeladen worden war. Sie wusste, jetzt ging die Demontage los. So war das Leben, wenn man im öffentlichen Dienst arbeitete. Man würde sie in irgendein mieses Loch stecken, weil sie nicht still sein konnte wie Tenório oder Jair, dachte sie. Sie kochte, als sie hörte, mit welcher Unverfrorenheit Procópio über Fábbio Cássio sprach.

Doch im Laufe des Tages begann der Wind sich zu drehen. Als Erstes tauchte die Nachricht auf einer Webseite mit Polizeimeldungen auf: Die Mutter von André hatte ihren Sohn für unschuldig erklärt und angegeben, er habe fünf Jahre zuvor ein Schädel-Hirn-Trauma erlitten und seither bereits mehrere Verbrechen gestanden, die er nicht begangen hatte.

Später rief dann der Leiter der 34. Dienststelle an, um das Gerücht zu bestätigen. »André ist bei uns aktenkundig. Ein Verrückter. Er steht gerne in der Zeitung.«

Es dauerte keine zwei Stunden, bis die Zentrale von Journalisten belagert war.

»Ja, wir haben einen Fehler begangen, wo ist das Problem?« Dieser unbedachte Satz, den Procópio von sich gab, nachdem er während der Freilassung Andrés einen Reporter beiseitegeschubst hatte, verbreitete sich wie ein Virus. Das Problem sei, so verkündeten die Journalisten verschiedener Sparten, die Ineffizienz der Zivilpolizei. Das Problem sei die mangelnde Funktionsfähigkeit der Zivilpolizei. Auf einmal schien die Untätigkeit der Zivilpolizei das einzige Thema der Presse zu sein. Und André kostete seinen plötzlichen Ruhm aus und erzählte allen, die es hören wollten, wie er die Polizei hinters Licht geführt hatte.

Noch am selben Tag wurde Procópio abgesetzt. Leidenschaftslos wohnte Azucena alledem bei. So war das Leben in der Zentrale. Am einen Tag liefen die Dinge schlecht. Am nächsten Tag änderte sich alles. Nicht unbedingt zum Besseren.

6

Sobald sie hier raus wäre, würde sie Dampf ablassen, dachte Cayanne. Sie würde sagen: Man muss jeden Tag den Mount Everest besteigen. Sie würde sagen: Das ist nichts für Amateure.

Und wirklich, die, die weiterkamen, befanden sich stets im Auge des Orkans. Die Sendung hatte eine perverse Logik. Egal, ob man in den vorangegangenen Episoden eine gute Figur gemacht hatte, für den Fernsehzuschauer gab es kein »gestern«. Egal, ob der »Ehemann« von einem gerade eine Kugel in den Kopf bekommen hatte und gestorben war. Und ob das Publikum einen liebte oder hasste, hatte auch nicht viel zu besagen. Mit jeder Runde konnte sich alles ändern: Es gab zwar immer die Möglichkeit, eine Stufe weiterzukommen, aber wahrscheinlicher war, dass man abstürzte und ausschied.

An diesem Vormittag erfüllte sie ihren Part. Während aus der antiquierten Anlage, die ihnen von der Produktion zur Verfügung gestellt worden war, Gloria Gaynors »It's raining men« ertönte, wackelte Cayanne mit den Hüften und ließ die Hände in der Luft kreisen, als hätte sie einen Hula-Hoop-Reifen um die Taille. Rhythmisch, magnetisch, klatschte sie in die Hände und riss sich plötzlich das T-Shirt vom Leib, sodass sie nur noch im Top dastand, um Otávio zu zeigen, wie man es machen musste.

»Los, beweg dich«, sagte sie und warf ihm das T-Shirt zu.

Otávio stand weiter regungslos in der Mitte des Raumes. Manchmal hatte die Schönheit dieser Frau, die da um ihn herumflatterte, auf ihn die gleiche Wirkung wie Betäubungsgas. Als wäre ihre Anmut ein Pfeil, der auf seine eigene Hässlichkeit zeigte. Sie strahlte. Er war blass. Die Chemie zwischen ihnen war die von Wasser und Öl. Er wusste: Frauen wie sie waren nicht für Männer wie ihn bestimmt. Und nun verlangte sie, die sich grazil wie ein Schwan bewegte, dass er all seine körperliche Bedeutungslosigkeit, all seine Tollpatschigkeit vergaß und auf seinen dünnen Straßenköterbeinen herumhopste?

Endlich ließ sie sich erschöpft aufs Bett fallen.

Otávio musste an die vergangene Nacht zurückdenken. Als sie beim Wahrheitsspiel um das Lagerfeuer herum auf dem Rasen vor dem Haus zusammensaßen, hatten die Miezen, angeheizt von einer Runde Punsch, Cayanne hart kritisiert.

»Du bist nicht die brasilianische Madonna«, hatten sie gesagt, »du kannst aus deiner Trauer keine Realityshow machen.« Sie hatten sie beschuldigt, die Atmosphäre im Haus mit ihrem morbiden Gejammer zu verpesten. Hatten sie aufgefordert, sie solle aus Respekt vor Fábbio und dem Publikum die Sendung von sich aus verlassen.

Cayanne hatte sich die herbe Kritik regungslos und mit gesenktem Kopf angehört. Und dann hatte sie ihn unvermittelt mit dem flehenden, verzweifelten Blick eines Kindes angeschaut, das angesichts einer unbekannten Situation um Hilfe bat. An dieses schutzlose Mädchen musste er jetzt denken. Ein Mensch, der nichts gemein hatte mit dem erotischen Vulkan, der gerade eben noch Lava im Zimmer versprüht hatte. Er hatte sie verteidigt, nicht zum ersten Mal. In den vergangenen Tagen war er ihr Beschützer gewesen. Und hatte sich damit im Haus unbeliebt gemacht. Keiner erinnerte sich mehr daran, dass Blume sein »heißt, sich tief verantwortlich zu fühlen«.

»Wie geht der Text von dem Lied?«, fragte sie, nachdem sie den Kopf bequem in die bunten Kissen gelegt hatte.

Otávio setzte sich ans Bettende und hatte unverzüglich Cayannes winzige Füße mit den pinkfarben lackierten Nägeln auf dem Schoß.

Er übersetzte ihr den Text: »Es regnet Männer/ Halleluja/ Es regnet Männer/ Amen/ Männer aller Art/ Groß, blond, dunkel und schlank.«

Die beiden lachten. Sie sagte, das Englischlernen falle ihr schwer. Sie hatte bereits einen Kurs bei Yázigi besucht, aber die fremdländischen Worte schienen sich in ihrem Mund in Pflastersteine zu verwandeln. Und außerdem verwechselte sie *she* und *he*. »Sprachen zu beherrschen ist ein Zeichen von großer Intelligenz«, stellte sie fest.

Bei dem Lob benahm sich das Karnickel gleich wie ein Pferd, das ein Stück Zucker bekommen hatte. So behandelte sie ihn: Ab und zu warf sie ihm einen Krümel hin, ein nettes Wort, einen Blick. Oder weinte engelsgleich an seiner Schulter. Diese Extrabonbons nahm er gerne an.

Für sie ging es um etwas anderes. Das Karnickel war nicht nur ein öder Langweiler. Er war auch ein geschlechtsloser Trampel. Als Nächstes stand eine wirkliche Herausforderung bevor: An diesem Abend sollte er auf eine echte Bühne in einem echten Club steigen und zusammen mit den anderen Nerds vor einem Publikum aus lauter Frauen, die von der Produktionsfirma engagiert worden waren, an einem Striptease-Wettbewerb teilnehmen. Wichtig dabei war, dass das Publikum abstimmen würde. Gemeinsam mit den Fernsehzuschauern würde die auserwählte Weiberschar entscheiden, wer in der Sendung bleiben durfte und wer rausflog. Und auf diese Aufgabe musste Cayanne ihn nun vorbereiten.

Sie sagte: »Du machst dir Sorgen wegen des Striptease, aber sich die Klamotten auszuziehen ist nicht das Schwierigste und auch nicht das Wichtigste. Die Schwierigkeit heute Abend wird darin bestehen, das Publikum dazu zu bringen, auf dich zu achten.«

Er war anderer Ansicht. »Mich auszuziehen ist sehr wohl das Problem. Ich schäme mich für meinen Körper.«

Diese Art von Problemen war ihr unbekannt. Sie war zwar in vielerlei Hinsicht benachteiligt, war arm geboren, in Marília, einer Stadt, in der es nicht einmal für die Reichen schön war. Sie hatte sich anstrengen müssen, um Marília zu entkommen, und wenn ihr irgendetwas im Leben dabei geholfen hatte, dann der Körper, den Gott ihr gegeben hatte. Er war ihr Kapital, ihr Vermögen. »Willst du noch einen Tipp?«, fragte sie und stand auf.

Er nickte.

»Mach dir einen Gürtel ans Kostüm und benutz ihn als Peitsche. Schlag damit auf den Boden. Mach Krach. Die Tanzstange ist auch eine große Hilfe. Du musst dir vorstellen, dass sie deine Partnerin ist. Weißt du, was ich meine? Tu so, als hättest du Sex mit der Stange. Frauen stehen total auf so was.«

Die Probe dauerte noch den ganzen Nachmittag und brachte ein wenig Fortschritt. Aber am Abend im Nachtlokal hätte es schlimmer nicht kommen können: Als Feuerwehrmann verkleidet betrat Otávio mutig die Bühne, den Kopf gesenkt und damit beschäftigt, den Gürtel abzunehmen. Beim ersten Hieb stolperte er über den Saum seiner schlackernden Hosen und lag auf einen Schlag halb nackt am Boden. Als er wieder aufstand, sah er mit seinen dunklen wadenlangen Strümpfen und den riesigen Schuhen fast aus wie ein Clown. Das Publikum johlte und buhte, während seine Konkurrenten um ihn, der wie paralysiert war, herumtanzten und sich ungeniert auszogen.

So war das Showgeschäft: In fünf Minuten war alles vorbei, und das Karnickel und Cayanne waren ausgeschieden.

»Ich habe noch nie so gelacht«, hörte sie jemanden im Publikum sagen.

Der Moment des Abschieds war gekommen. Für die Zuschauer zu Hause vor dem Fernseher war er rasch vorüber. Es folgte der Abspann, die Erkennungsmelodie der Sendung, während die Miezen und die Nerds sich noch an Ort und Stelle auf der Bühne kameradschaftlich vom Karnickel und von Cayanne verabschiedeten, so als gehörten sie alle zur selben Familie. Wenige bemerkten, dass Cayanne das Karnickel nicht umarmte. Und nur er hörte, was sie ihm ins Ohr flüsterte: »Du Null, du hast mir mein Leben zerstört.«

Nachdem sie sich vorerst in einem Apartment in der Alameda Santos einquartiert hatte, wollte sie schnellstens den in der Sendung erlangten Ruhm nutzen und ein Buch über Schönheitspflege schreiben. Sie überlegte, ob sie dafür nackt posieren sollte, wollte aber Nein sagen, wenn sie danach gefragt würde. Das war die Regel: erst ablehnen, dann zusagen. So hatte sie es von den Frauen gelernt, die sie bewunderte. Bis auf weiteres bestand ihr Plan darin, einen Schauspielkurs zu absolvieren.

»Ich finde, das ist echt ein toller Beruf. Fábbio wollte immer, dass wir zusammenarbeiten«, sagte sie, strich sich den Pony aus den Augen und blickte ins spärliche Publikum in dem Veranstaltungsraum, den die Hotelleitung für das Interview zur Verfügung gestellt hatte.

Die Journalisten interessierten sich allerdings nicht die Bohne für ihre Zukunftspläne. Sie wollten wissen, ob es stimmte, dass ihre Schwiegermutter sie einige Tage zuvor aus dem Luxusapartment hinausgeworfen hatte, in dem sie mit Fábbio Cássio gelebt hatte.

Sie spürte, wie sie rot wurde. Woher die das erfahren hatten, war ihr schleierhaft. Jetzt verstand sie, was es bedeutete, mit Uranus kämpfen zu müssen, wenn er sich ihrer Sonne entgegenstellte. Uranus würde gnadenlos zuschlagen. Hatte die Astrologin ihr nicht genau das prophezeit? Naiv wie sie war, hatte sie geglaubt, dass der Skandal, den Olga im Morgengrauen vor der Haustür veranstaltet hatte, nicht publik werden würde. Jetzt aber hatte sie Gewissheit: Das war der Uranus-Test. Was sie zu der Anschuldigung ihrer Schwiegermutter sage, sie habe Fábbios Tod geplant? Was konnte man dazu schon sagen?, dachte sie. Sie fühlte sich wie die alte Jacke im Maul des Ziegenbocks. Wenn sie ihn ließ, würde der Bock sie auffressen, wenn sie an der Jacke zog, würde diese zerreißen.

Es fiel ihr nicht leicht, weiterzulächeln. Im Kopf hatte sie sich alles vorher zurechtgelegt. Zum Beispiel hatte sie erzählen wollen, dass ihr Gott Buddha war, und dass die täglichen Yoga-Übungen ihr die Disziplin und die Kraft gaben, die Trauer zu bewältigen. Dass sie nur Bio-Produkte esse, um gesund zu bleiben, und dass sie Milch aus ihrer Ernährung verbannt habe. »Milch bringt mir gar nichts«, hätte sie gerne gesagt.

Die Reporter waren gemein, dachte sie. »Stimmt es, dass Sie zum Zeitpunkt des Todes Ihres Mannes eine außereheliche Beziehung geführt haben?«

Klick. Klick. Einige schossen Fotos.

Eine Reporterin mit schlechter Haut und schlecht frisiertem Haar fragte laut: »Was sagen Sie zu der Kritik, dass Sie nach dem Tod Ihres Mannes in der Sendung *Die Miezen und die Nerds* geblieben sind?«

Das mit der Pressekonferenz war wirklich keine gute Idee gewesen, dachte Cayanne. Leider konnte sie niemandem die Schuld dafür in die Schuhe schieben. Sie selbst hatte sie anberaumt. Das Wort »Pressekonferenz« hatte schon immer eine gewisse Faszination auf sie ausgeübt. Und nun war gleich ihre erste ein Fiasko ohne jeden Glamour. Der Ort war auch nicht eben hilfreich. Alles in dem Raum roch wie die Teppiche in Marília. Aber Fehler macht doch jeder einmal. Dafür werde ich schon nicht gelyncht werden, dachte sie, während sie aufstand und das Interview für beendet erklärte.

In den folgenden Tagen lernte Cayanne, dass die Welt der Presse sich nicht groß von der Welt der Fernsehserien unterschied. Alles, was die Reporter brauchten, war eine gute Story, eine saftige Frucht, die sie bis zur Neige auspressen konnten. Jetzt hatten sie zusätzlich zu einem toten Star auch noch eine telegene Mutter, die ihre Schwiegertochter des Mordes bezichtigte. Entscheidende Momente, dachte sie. Während der Tage, die sie in Slip und T-Shirt im Schlafzimmer verbrachte, konnte sie mitansehen, wie die Geschichte ihres Lebens sich gleich einer Wolke Heuschrecken verbreitete und mit eindrucksvoller Geschwindigkeit die Seiten und Magazine der Klatschpresse und das Fernsehprogramm vergiftete. Früher hatte sie die Mutter ihres »Ehemannes« immer wie den Papagei eines Piraten gesehen, wie die Trittbrettfahrer der Stars, die sich als Friseur oder Cousin der echten Superstars ein wenig in deren Ruhm sonnten. Nun begriff sie, dass sie sich geirrt hatte. Ihre Schwiegermutter war die geborene Schauspielerin. Eine echte Schauspielerin. Ob Montag, Dienstag, Mittwoch, an jedem Tag, morgens oder abends, zu jeder Uhrzeit, auf jedem Sender, war sie zu sehen und behauptete: »Mein Sohn hat sich nicht umgebracht.« Sie verkaufte ihr Trauerspiel auf die bestmögliche Weise. In gewisser Hinsicht wurde Fábbios Tod wie ein Produkt vermarktet, dachte sie, wie ein Gefühlsduselei-Shampoo. Dem Publikum gefiel das. Es war doch immer schön, fremdes Leid anzuschauen. Komisch, dachte sie. Sie selbst schaffte es ja auch nicht, umzuschalten. Als die Tänzerinnen ins Studio kamen, um die Werbung anzukündigen, versprach der Moderator, nach der Pause werde es weitergehen. Sie wartete. Obwohl sie wusste, dass Olga abermals über die Inkompetenz der Polizei sprechen würde. »Selbst ein ausgemachter Irrer schafft es, unsere Polizei hinters Licht zu führen. Unterdessen sind die Mörder meines Sohnes nach wie vor auf freiem Fuß. Die Polizei hat es noch nicht mal fertiggebracht, diese Frau zu einer Aussage vorzuladen.«

»Diese Frau«, das war sie.

Es gab keinen anderen Ausweg, als sich einen Anwalt zu suchen und eine Verleumdungsklage gegen die Schwiegermutter anzustrengen. Sie würde auch um das von Fábbio hinterlassene Vermögen kämpfen müssen. Dass sie kein Kind bekommen und nicht formal geheiratet hatte, verschlechterte ihre Lage nur noch mehr.

Der Anwalt, den sie beauftragte, war keine Koryphäe, aber einen anderen konnte sie sich nicht leisten. Sie trafen sich mehrmals in ihrer Wohnung, er redete ihr ein, die Sachlage in ihrem Fall sei eindeutig. Es dauerte nicht lange, bis sie begriff, dass sie sich auch vor ihm schützen musste. Auf dem Weg zur Polizei, wo sie nun doch aussagen sollte, ließ der Mann, der stets in Anzüge von undefinierbarer Farbe gekleidet und ihr so distinguiert vorgekommen war, seine blöde Hand vom Schaltknüppel zu ihren Beinen hinübergleiten. Ihr war danach, ihm eine runterzuhauen, aber wer wusste schon, was in Zukunft noch alles passieren konnte?

Was sich anschließend im dritten Stock der Mordkommission abspielte, lehrte sie etwas Neues: Journalisten und Kripoleute waren vom gleichen Schlag. In der Welt hing doch alles eng zusammen, dachte sie.

Sie war kooperativ, wollte mit der Polizei zusammenarbeiten.

Allerdings wurde sie das Gefühl nicht los, dass bereits über sie gerichtet und dass sie verurteilt worden war, noch ehe sie den Mund aufgemacht hatte. Bloß weil sie weitergearbeitet hatte, als sie vom Tod ihres Mannes erfuhr? »Das ist doch kein Verbrechen«, sagte sie. »Aber auch nicht normal«, erwiderte der Spitzbart. Er war der Schlimmste. Lüsterne Augen, sie kannte sie gut, diese Art von Perverslingen. Es hätte sie nicht überrascht, ihn im Auto mit einem Transvestiten zu erwischen.

Er war derjenige, der die Vernehmung führte. »Ich sehe hier, Sie hatten ja schon mal mit der Polizei zu tun.« Gezwungenermaßen musste sie das bestätigen. Sie verstand jedoch nicht, was eine derartige Bagatelle wegen eines »läppischen Joints« mit dem Tod ihres Mannes zu tun haben sollte.

Daran biss der Spitzbart sich fest: »ein läppischer Joint«. Sie begriff einfach nicht, wie er ihre Worte so verdrehen konnte, dass sie nun als drogenabhängige Prostituierte dastand, die aus der verdammten Torte gestiegen war und sich aus Berechnung einen Star geangelt hatte. Sie war eine Opportunistin, die eine außereheliche Affäre mit dem Angestellten ihres »eigenen Ehemannes« hatte.

Für ihr Gefühl besaß der Kerl die Fähigkeit, ihre Worte in reines Gift zu verwandeln. Sie war verwirrt. Stotterte, schwieg. Bestritt, was sie gerade gesagt hatte.

Der Spitzbart pflanzte sich neben ihr auf. »Sie haben eben behauptet, Sie würden die Firma Concórdia nicht kennen. Jetzt sagen Sie, Sie kennen sie doch.«

»Nur dem Namen nach«, antwortete sie mit dünner Stimme. Sie konnte beim besten Willen nicht erklären, wie eine Kugel der Firma, die dem Vater ihres mutmaßlichen Liebhabers gehörte, in Fábbios Gehirn hatte landen können. »Muss ich das denn erklären können?«, fragte sie den Anwalt.

Der Anwalt war überhaupt keine Hilfe. Das Einzige, was er, außer übermäßig zu schwitzen, tat, war ständig zu wiederholen, dass sie das Recht habe zu schweigen.

Was genau lief da gerade ab? Wollte man sie verhaften?

»Sie können ganz beruhigt sein«, versicherte der Anwalt, aber sie war alles andere als beruhigt. War sich nicht einmal mehr sicher, ob sie auf ihn hören sollte. Und was, wenn der Spitzbart recht hatte? Könnte sie tatsächlich für dreißig Jahren ins Gefängnis kommen?

So wie es aussah, steckte sie wirklich in Schwierigkeiten. Sie konnte sich kaum entscheiden, wem sie glauben sollte. Wer hatte nun recht? Der Spitzbart oder ihr Anwalt? Sollte sie reden oder den Mund halten?

Plötzlich wurde ihr bewusst, dass sie völlig alleine dastand. Ohne Fábbio. Ohne Cláudio. Ohne die Miezen, ohne die Nerds, alleine.

Von Angst gepackt, brach sie in Schluchzen aus.

»Ich bin ein Fan von Ihnen«, sagte die Frau, die unvermittelt neben dem Spitzbart auftauchte, eine hübsche Blondine mit modischem Kurzhaarschnitt. Sie wirkte feminin, gar nicht wie eine Polizistin, dachte Cayanne, als sie den rosafarbenen Kaschmirpullover mit V-Ausschnitt bemerkte, den die Frau trug. Sie war mehr als schick. Sie war ungekünstelt. Geradeaus. Wenn sie den Mut dazu hätte, würde sie sich ebenfalls die Haare kurz schneiden.

»Sie können Azucena zu mir sagen«, sagte die Frau. »Ich habe Ihnen bei der Sendung sehr die Daumen gedrückt.«

Das ließ ihre Tränen versiegen. Sie nahm das Glas Wasser und das Taschentuch, die ihr Fan ihr reichte. Cayanne gehörte nicht zu dieser Art von Prominenten, die ihre Fans mit Verachtung strafen, nein, so war sie nicht, sie gehörte zu denen, »die ihren

Fanclub gut behandeln«, und das sagte sie auch zu – »Wie war noch gleich Ihr Name?« – Azucena. »Ihr Haarschnitt ist toll, Azucena. Ich sage immer, hübsch sein reicht nicht, um das Haar kurz zu tragen. Man braucht den Mut dazu.«

Ehe sie sich versah, redete sie schon wie ein Buch, sprach über Buddha, Karriere, Nichtrauchen, Zukunftspläne und Intimes.

Ihr Anwalt warf ihr ununterbrochen furchterregende Blicke zu. Warum? Was hatte sie denn Falsches gesagt? Dass sie und Fábbio oft gestritten hatten? Dass Cláudio, jawohl, in sie verliebt war?

»Hatten wir nicht vereinbart, dass Sie Ihre Beziehung zu Cláudio abstreiten würden?«, fragte der Anwalt später, auf dem Rückweg zum Apartment.

Sie war fassungslos angesichts dessen, was passiert war. War das alles ein Albtraum? Sie verstand rein gar nichts mehr. Bedeutete es denn, dass man etwas zugab, wenn man sagte, dass man ein paar Mal in Cláudios Wohnung geschlafen hatte?

»Deshalb gibt es das Aussageverweigerungsrecht«, erklärte der Mann, ehe er sie an der Haustür absetzte. »Wer viel redet, verplappert sich viel.«

Es dauerte nur ein paar Minuten – die Zeit, die sie brauchte, um in die Wohnung zu gelangen und den Fernseher einzuschalten –, dann musste sie dem Anwalt recht geben. Sie erschrak über die Kommentare der Journalisten zu ihrer Aussage. War sie etwa verrückt, hatte sie mehr gesagt, als sie sollte? Oder hatte ihr Fan vielleicht nichts von dem verstanden, was sie auf dem Kommissariat gesagt hatte?

Cayanne glaubte eher, dass die Journalisten ihr übel mitspielen wollten. Ihr Fan schien doch sehr in Ordnung zu sein. Nur wegen ihr hatte sie zugegeben, dass sie mit Cláudio geschlafen hatte. Und weil sie ihr Fan war, hatte sie sie gewarnt. »Es ist ein sehr netter Zug von Ihnen, dass Sie Cláudio in Schutz nehmen, aber Sie sollten wissen, dass er Ihnen gegenüber nicht so rücksichtsvoll ist.«

Tatsächlich ließ Cláudio nicht die geringste Wertschätzung für sie erkennen. Er ging nicht einmal ans Telefon.

In dieser Nacht vermochte sie kein Auge zuzutun. Und auch nicht den Fernseher auszuschalten. Auf sämtlichen zweihundert Kanälen, durch die sie sich zappte, hieß es über sie nur: die mutmaßliche Mörderin.

Was ihr allerdings nicht aus dem Kopf ging und ihr den Schlaf raubte und auch den Appetit, war die Erinnerung an den Moment, als sie das Polizeigebäude verlassen hatte und der Presse und den Gaffern gegenübertreten musste. Der Anwalt und zwei Polizisten hatten sie eskortieren müssen. Als sie im Auto saß, hatte sie deutlich gehört, wie jemand rief: »Mörderin!«

7

Morgens um zehn zeigte die Digitaluhr an: Luftqualität sehr schlecht. Azucena fuhr eilig die Rua Feliciano Marcondes entlang, bis sie einen alten Mann überholte, der einen Karren voller Altpapier hinter sich herzog. Für einen Moment hörten die beiden ausgehungerten Hunde an seiner Seite auf, in dem am Straßenrand aufgetürmten Müll zu wühlen, und beobachteten, wie sie ein einfaches Stadthaus betrat. Auf einem Schild stand: W. Oliveira – Anwalt für Familienrecht – Scheidung, Eheähnliche und gleichgeschlechtliche Partnerschaften, Vermögensaufstellungen, Erbangelegenheiten und sonstige Familiensachen.

Washington erwartete sie oben auf der Treppe, die Hände in die Hüften gestemmt. »Unser Müllrecycling«, sagte er und meinte damit die Hunde und den Alten auf dem Bürgersteig.

Das Büro war schlicht: ein Schreibtisch mit Computer, zwei Stühle und ein Metallregal, vollgestopft mit Fachbüchern. Durch das Fenster, durch das man ein Gewirr von Telefon- und Stromleitungen erkennen konnte, wehten Kohlenmonoxidschwaden von den zahlreichen Bussen herein, die in dem Viertel verkehrten.

Es war das erste Mal, dass Azucena Washington besuchte, seit man diesen aus der Zentrale geschasst hatte.

Er freute sich, seine Freundin empfangen zu können. In der Vergangenheit war er durchaus hinter ihr her gewesen. Heute fühlte er sich gefeit. Von hübschen Frauen hielt er Abstand. Ihm waren die normalen lieber, die waren wenigstens nicht so kostspielig.

Als sie einander gegenübersaßen, berichtete er ohne große Begeisterung von seiner Rückkehr zum Familienrecht, ein Abenteuer nach so vielen Jahren bei der Kripo. Er arbeitete alleine, ohne Sekretärin, Assistentin oder Botenjungen, und ging zu Fuß zum Gericht, ganz wie zu Beginn seiner Laufbahn.

»Möchtest du einen Kaffee?«, fragte er.

Ohne die Antwort abzuwarten, stand er auf und öffnete die Türen eines Wandschranks, in dem eine kleine Espressomaschine zum Vorschein kam, die quietschend, pfeifend, röchelnd und dampfend den Kaffee bereitete.

Sie nahm dankend auch noch einen zweiten, der die restliche Wirkung des Frontals aufhob, das noch vom Morgen in ihrem Blut zirkulierte.

Freudestrahlend erzählte er von der Einigung mit dem Mann, mit dem er sich wegen des Parkplatzes gestritten hatte. »Am kommenden Samstag essen wir gemeinsam bei mir zu Hause zu Mittag. Ist das nicht zivilisiert?«

Azucena war schon von Natur aus eine gute Zuhörerin, doch durch ihren Beruf hatte sich diese Fähigkeit enorm gesteigert. Sie war davon überzeugt, dass die Ermittlungsarbeit vor allem im Beobachten bestand, und Beobachtung war ohne Stille nicht möglich. Wer viel redet, sieht wenig. Aus reiner Gewohnheit vermochte sie sich selbst Freunden gegenüber nicht anders zu verhalten. Sie hörte lieber zu. Lauschte aufmerksam, als Washington ihr seine Erleichterung darüber gestand, sich das Verfahren vom Halse geschafft zu haben. Bevor er die schmutzigen Kaffeebecher zusammenknüllte und in den Müll warf, sagte er: »Allein bei dem Gedanken, dass ich den Mann hätte töten können, bricht mir der Schweiß aus.«

Sie glaubte nicht, dass es so weit gekommen wäre. Warum nicht?

»Weil du kein Mörder bist. Bei unserer Arbeit vertreten wir das Gesetz. Wir haben ein Ideal.«

Er war anderer Ansicht. »Die Zentrale ist ein Mahlwerk für Ideale. Du wirst nach und nach darin zerkleinert und merkst es nicht einmal. Sie lässt dich abstumpfen, du verlierst deine Kritikfähigkeit, deine Grenzen, deine Geduld, deine Moral, und plötzlich bricht irgendein Rohr in deinem verrotteten System und am Ende bringst du wegen so einem beschissenen Parkplatz einen Rollstuhlfahrer um.«

Sie unterhielten sich noch eine Weile über die Sache, bevor Azucena ihm ein Schreiben übergab, das sie seit Tagen in der Tasche trug.

Er rieb sich schweigend mit der rechten Hand die Schläfe, während er es durchlas. Dann sagte er: »Ich wusste nicht, dass ihr euch getrennt habt.«

Sie lächelte resigniert.

»Ihr wart ein tolles Paar.«

»So toll nun auch wieder nicht.«

»Gibt es eine Möglichkeit für ein Zurück?«

»Nein, keine. Null.«

Erneutes Schweigen.

Schließlich erklärte Washington: »Ich behaupte nichts Falsche, wenn ich sage, dass Väter, die sich mit mustergültigen Müttern wie dir um das Sorgerecht für die Kinder streiten, gar nicht die Kinder wollen. Sie wollen sich rächen.«

»Ich bin keine mustergültige Mutter, aber er hat trotzdem keine Chance.«

»Da irrst du dich. Die Justiz hat sich verändert. Inzwischen will jeder popelige Richter von 28 Lenzen hören, was ein Sechsjähriger über seine Eltern zu sagen hat. Sorengo wird anführen, dass das Leben der Mädchen durch deine Arbeit gefährdet ist. Erinnerst du dich noch, wie du damals am Telefon bedroht worden bist? Das wird er gegen dich vorbringen. Die Mädchen werden vor Gericht erscheinen müssen. Sie werden sich zwischen dir und ihrem Vater entscheiden müssen. Willst du die Sache wirklich weiterbetreiben?«

»Sie werden lieber bei ihrer Mutter bleiben wollen, so einfach ist das.«

»Der Schaden wird dadurch nicht kleiner. Es geht nicht um dich und auch nicht um Sorengo. Wer weiß, was du angestellt hast, dass er so wütend auf dich ist.«

»Das kannst du dir nicht vorstellen«, sagte sie und lächelte gequält. Sie hatte nicht den Mut, sich ihm zu offenbaren und zu erzählen, was passiert war. Würde sie deswegen Krebs bekommen? Das nämlich war ihre Theorie: Eine bestimmte Art von Schweigen verwandelte sich am Ende in Krebsgeschwüre.

Washington fuhr fort: »Wenn du eine x-beliebige Mandantin wärst, würde ich nur an mein Portemonnaie denken. Aber du bist meine Freundin.«

»Er erfüllt nicht die geringsten Voraussetzungen, um die Kinder zu behalten.«

»Es gibt eine viel einfachere Lösung für das Problem.«

Sie seufzte ungläubig. Der Tod wäre eine gute Lösung, dachte sie. Wenn Luís im Schlachthof zusammen mit den Hähnchen abgestochen würde. Was er getan hatte, war unverzeihlich. Nicht nur ihre Ehe war dadurch beendet worden. Er hatte ihr Vertrauen in die Menschen zerstört.

»Willst du sie hören?«

Sie atmete tief durch. »Ja«, sagte sie dann.

Am Nachmittag wurde sie zu einer Besprechung in das Büro des neuen Leiters der Dienststelle gerufen und war überrascht, Leandro Vargas dort anzutreffen, einen alten Bekannten von der Universität. Damals war er 38 Kilo schwerer gewesen. Am Ende des Studiums, kurz vor dem Abschluss, war er spurlos verschwunden.

»Ich bin nach Brasília gezogen, habe dort den Abschluss gemacht und bin dann hängen geblieben«, erzählte er.

Nie im Leben hätte sie ihn wiedererkannt. Auch an seine blauen Augen konnte sie sich nicht mehr erinnern.

»Du bist noch hübscher geworden«, sagte er und hielt ihre Hände länger fest, als ihr lieb war.

Erst nachdem sie Platz genommen hatten, fragte er nach Sorengo.

»Wir haben uns getrennt«, erklärte sie.

»Tatsächlich? So ein Zufall, ich habe mich auch gerade scheiden lassen.«

Sie mochte es gar nicht, wenn Gespräche in diese Richtung liefen.

»Das ist eine schwierige Phase«, fuhr er fort und versuchte, ihre Tür einen Spaltbreit zu öffnen.

Es war nicht das erste Mal, dass ein Kollege aus der Zentrale seine Begeisterung für sie so offen zeigte. Sie wusste, was geschehen würde, wenn sie ihn gewähren ließe. Zu Beginn ihrer Laufbahn war sie unsicher gewesen und in Verlegenheit geraten, wenn sie in eine derartig verzwickte Lage kam. Jetzt ging sie locker damit um. Sie musste noch nicht einmal unangenehm werden. Es war eine Frage der Haltung, eine stillschweigende Art, zum Ausdruck zu bringen: Hier läuft nichts.

Auch er war smart genug, die rote Linie rasch zu erkennen, und fing an, seine Vorstellungen von den Aufgaben der Zentrale zu erläutern. Ausgangspunkt war für ihn die aus den USA stammende »Theorie der zerbrochenen Fensterscheiben«, und welche erfolgreichen Maßnahmen gegen die Verwahrlosung einzelner Stadtviertel getroffen werden mussten.

»Sieh dir unsere U-Bahnen an«, sagte er. »Warum werden sie nicht vollgeschmiert und verwüstet? Weil sie ordentlich in Schuss gehalten werden und sauber sind.« Deshalb glaubte er, dass durch Schaffung einer »gewissen Ordnung« an den Brennpunkten der Stadt die Kriminalitätsrate um vierzig Prozent gesenkt werden könnte.

Sie hatte noch kein genaues Bild davon, was eine »gewisse Ordnung« beispielsweise in Elendsvierteln wie der Favela Paraíso beinhalten könnte. Neue Schulen? Kanalisation? Asphalt? Die Realität in den USA hat nichts mit der unseren zu tun, dachte sie. Sie glaubte auch nicht daran, dass es eine direkte Beziehung zwischen einem gepflegten Straßenbild und der Kriminalitätsrate eines Viertels gab. Andererseits war die Erfahrung, einen Vorgesetzten zu haben, der mit seinem Team neue Strategien diskutierte, durchaus interessant.

So war es immer. Sie wusste, sobald die Direktion wechselte, kamen tausend Projekte auf. Doch aus den meisten wurde nichts. Daher hütete sie sich davor, in Begeisterungsbekundungen auszubrechen. Aber als er davon sprach, eine kriminaltechnische Zentralstelle für den Bundesstaat als Exzellenzinitiative zu schaffen, »mit dir an der Spitze«, konnte sie nicht mehr an sich halten.

»Für alle Arten von Straftaten gegen Leib und Leben?«.

»Einschließlich der Fälle, bei denen die örtliche Polizei oder die Feuerwehr eingeschritten ist.«

»Und was ist mit dem neuen Innenminister? Wird er seine Zustimmung geben?«

Er glaubte ja. Er habe viele Argumente, die ihn überzeugen sollten. Aber sie war schon zu lange bei einer Behörde, um noch an Verbesserungen zu glauben.

Eine Stunde später stand Azucena vor dem einzigen Hochhaus einer belebten Straße im Stadtteil Pinheiros.

»Sie behindern die Arbeit der Justiz«, sagte sie zu dem Portier. Tenório neben ihr hatte bereits die Geduld verloren.

»Für so was werde ich nicht bezahlt, verdammte Scheiße«, sagte er zu Jair, der seinen massigen Körper an einen alten roten Transporter gelehnt hatte, der vor dem Gebäude parkte.

Ein Stück entfernt schrie jemand durch ein Megaphon: »Mangos, süße Mangos, Mangos von der Fazenda.«

Sie hatten einen Durchsuchungsbeschluss für die Wohnung des Produzenten Cláudio Veríssimo, aus der sie Buchhaltungsunterlagen, Dokumente, Computer, Verträge, Kalender und andere mögliche Beweisstücke mitzunehmen gedachten, die für die Ermittlungen im Fall Fábbio Cássio von Nutzen sein könnten.

Der Portier behauptete jedoch hartnäckig, er dürfe sie erst hereinlassen, wenn er sie gemeldet hätte. »Ich habe Anweisung, niemanden ohne vorherige Ankündigung hinaufzulassen.«

»Sie dürfen mit dem Bewohner keinen Kontakt aufnehmen«, antwortete Azucena. »Das hier ist eine Amtshandlung.«

»Hä?«

»Ist der taub?«, fragte Tenório.

Mit einer kaum merklichen Handbewegung bedeutete sie dem Kollegen, sich nicht einzumischen. »Das hier ist eine Amtshandlung, wir können Ihnen die Wohnung nicht nennen.«

»Als würde dieser Simpel wissen, was eine Amtshandlung ist«, bemerkte Tenório, während er von der Tür wegging und sich zu Jair gesellte, unter dessen zu kurzem Hemd ein Stück seiner fetten Wampe hervorlugte. Er hatte einen Schokoriegel in der Hand und schien sich nicht im Mindesten für das zu interessieren, was gerade vor sich ging.

»Du haust dir echt gerne den Bauch voll, was?«, fragte Tenório.

»Kann schon sein«, antwortete der Fotograf, nachdem er sich die Lippen geleckt hatte.

Endlich ging die Tür auf, und die drei wurden in die Eingangshalle geführt. Sie waren schon im Begriff, in den Fahrstuhl zu steigen, als der Portier fragte: »Sind Sie wegen dem Wagen hier?«

Daraufhin fuhr Tenório alleine in die Wohnung von Cláudio Veríssimo hinauf, während Azucena und Jair in Begleitung des Portiers zum Metropolitan Park, einem Parkplatz eine Ecke weiter, gingen, auf dem die Bewohner des Viertels, die keine Garage besaßen, für gewöhnlich ihre Autos abstellten.

Als sie die Abdeckung vom Wagen zogen, kam darunter ein Honda Civic zum Vorschein.

»Ist er das?«, fragte Jair.

»Sieht so aus«, erwiderte sie.

Über Funk gab sie der Zentrale Bescheid, dass sie ein Fahrzeug gefunden hatten, das zu der Rechnung aus der Wohnung des Schauspielers passte. Bisher war der Wagen nicht geortet worden. Dann rief sie Tenório an und verabredete mit ihm die Strategie.

Der Wachmann des Parkplatzes erschien mit dem Schlüssel. »Ist der Wagen gestohlen?«

»Das überprüfen wir gerade.«

Jair fotografierte das Auto zunächst von außen. Auf Azucenas Anweisung hin durfte niemand ins Wageninnere, bevor nicht Vininho gekommen war, um die Fingerabdrücke zu sichern.

Plötzlich schlug das Wetter um, und bleierne Wolken zogen am Himmel auf. Ein kalter Wind, gefolgt von Sprühregen, veranlasste Azucena dazu, zum Auto an der Ecke zu rennen und ihre Jacke zu holen.

Auf dem Rückweg sah sie, dass der Portier noch immer dastand und ein ängstliches, misstrauisches Gesicht machte. Er wollte wohl etwas sagen, musste aber erst Mut fassen.

Sie erleichterte ihm die Sache. »Cláudio Veríssimo hat Sie gebeten, den Wagen nicht zu erwähnen, stimmt's?«

Er nickte.

»Sie werden zu einer Aussage vorgeladen.«

Azucena drückte auf die Klingel. Neben ihr stand Jair.

Cláudio Veríssimo, in Jeans und T-Shirt, öffnete selbst die Tür. Tenório, der im Hintergrund auf einem Sofa saß, stand auf und sagte: »Das ist Azucena Gobbi, die Leiterin der Spurensicherung der zentralen Mordkommission. Jair, unser Fotograf, wird bei der Durchsuchung behilflich sein.«

Sie schüttelten einander die Hände.

»Fühlen Sie sich bitte wie zu Hause«, sagte Cláudio.

Jair ging durch die Wohnung, während sie im Wohnzimmer blieb. Cláudio deutete auf einen Sessel neben Tenório. Die drei machten es sich bequem.

»Cláudio hat mir gerade von der Inszenierung des Stücks berichtet«, erklärte der Ermittler.

»Ich sagte eben, dass heutzutage niemand mehr wegen eines bestimmten Autors oder Stücks ein Theater besucht. Die Leute gehen aus zwei Gründen ins Theater: um sich zu amüsieren und um berühmte Leute zu sehen. Das ist der Markt. Und nach dem richte ich mich. Ich suche mir erfolgreiche Fernsehschauspieler und bringe sie auf die Bühne. So ist auch meine Verbindung zu Fábbio Cássio zustande gekommen. Allerdings haben diese berühmten Fernsehschauspieler Riesenerwartungen, wenn sie zum ersten Mal auf der Bühne stehen, wenn sie ihren ersten Shakespeare spielen sollen, sie verhalten sich, als würden sie eine Kirche betreten, verstehen Sie, was ich meine? In die Welt des Theaters eingeladen zu werden und gute Kritiken zu bekommen ist für sie, wie in eine Topmannschaft der brasilianischen Fußballliga aufgenommen zu werden. Sie stecken nicht etwa nur Geld in die Produktion. Nein, sie hängen sich mit Leib und Seele hinein, machen sich zu Sklaven ihrer Regisseure und sind extrem fleißig. Das war bei Fábbio Cássio genauso. Er ist sogar nach New York geflogen, bloß um sich eine Ausstellung von Man Ray anzusehen, weil er wusste, dass der ein enger Freund von Drieu la Rochelle gewesen ist. Sie ahnen sicher, was in seinem Kopf vor sich ging. Er hat gedacht: Ich befolge ganz genau die Anweisungen, die ich bekommen habe, verbrate einen Haufen Geld, mache alles richtig, also muss es klappen. Ganz so war es aber eben nicht. Haben Sie zufällig die Kritiken gesehen? Nein? Eine trug den Titel: ›Fábbio Cássio oder die Kunst, nichts darzustellen.‹ Ein anderer schrieb, Schauspieler sollten genau wie Autofahrer einen Führerschein haben, der ihnen auch wieder abgenommen werden kann. Am Tag der Premiere hatte ich das Pech, neben einem alten Kritikerpapst zu sitzen, der immer an allem etwas auszusetzen hat. Wissen Sie, was er mich gefragt hat? Ob Fábbio Cássio wohl irgendeinen Schimmer – er benutzte diesen Ausdruck – von dem hätte, was die Worte bedeuten, die da aus seinem Mund kamen. Was glauben Sie, wie Fábbio Cássio auf diese Verrisse reagiert hat?« Cláudio Veríssimo hielt sich die Hand wie einen Revolver an den Kopf.

»Komisch, wir haben mit seiner Psychoanalytikerin, Dr. Vera, gesprochen«, bemerkte Tenório, »aber davon hat sie uns nichts erzählt.«

»Sie müssen verstehen, Sie ermitteln hier nicht wegen des Todes eines gewöhnlichen Menschen. Sie ermitteln wegen des Todes eines Schauspielers. Und nur damit Sie Bescheid wissen, Schauspieler stammen nicht von denselben Affen ab wie wir. Ich arbeite seit Jahren in diesem Metier, ich weiß, wovon ich spreche.«

Tenório zog eine Zigarette aus seiner Brusttasche und zündete sie sich ohne zu fragen an. Cláudio fühlte sich sichtlich gestört, sagte aber nichts und fuhr fort: »Deren Leben funktioniert nicht so wie Ihres oder meines. Diese Leute sind ständig von allen möglichen Menschen umgeben, die sie umgarnen. Agenten, Schmeichler, Fans, Einfaltspinsel, und sie finden das toll. Das Wort ›normal‹ haben sie vergessen. Alles Natürliche im Leben dieser Leute wird durch den Erfolg zerstört. Nur damit Sie verstehen, was ich sagen will: Sie kennen doch bestimmt diese Berichte in den Klatschzeitschriften, in denen ein prominentes Paar der Presse sein Haus zeigt und vorführt, wie glücklich es ist? Sie posieren in der Küche, im Bad, mit ihren kleinen Kindern, mit den Kindern aus früheren Ehen, und man denkt: So viel Glück auf einmal. Irrtum. Heute weiß ich, solche Berichte sind die Vorboten der Trennung. Drei Monate später sind sie geschieden. Das hat schon Tradition. Vorher muss man glückstrahlend in einer Klatschzeitschrift erscheinen, vielleicht weil diese Blätter so etwas wie das Familienalbum der Prominenten geworden sind. Ihre ganze Lebensgeschichte steht darin, in mehreren Ausgaben. So sind sie. Gehen ungekämmt joggen und tun so, als wären sie dabei überrascht worden. Dabei verwuscheln sie sich das Haar extra und joggen ganz bewusst auf der Promenade, damit sie fotografiert werden. Es gibt Schauspieler, die nur dort joggen gehen, wo die Paparazzi Wache stehen. So sind unsere Fernsehstars. Wenn Sie sich das nicht vergegenwärtigen, werden Sie bei Ihrer Suche nicht fündig werden.«

»Wenn ich Sie richtig verstehe, glauben Sie, dass Fábbio Cássio die Niederlage nicht ertragen konnte und deshalb seinen Tod auf der Bühne geplant hat?«, fragte Azucena.

»Ich habe daran keinerlei Zweifel. Schauspieler benehmen sich anders als Sie, wenn sie deprimiert sind. Sie verziehen sich nicht in ihr Kämmerlein und blasen Trübsal. Wenn die schlecht drauf sind, verprügeln sie die Kinderfrau, werden wegen Marihuana-Besitzes am Flughafen verhaftet, fahren betrunken sechs Leute über den Haufen oder bekommen im Flugzeug einen hysterischen Anfall. Verstehen Sie, was ich meine? Fábbio hatte beschlossen, sich umzubringen. Und bei einem Typen wie ihm konnte der Wunsch, sich selbst zu töten, natürlich nicht kleiner sein als sein Narzissmus. Sich einfach nur umzubringen wäre für Fábbio Cássio zu wenig gewesen. Er musste es auf der Bühne tun. Ich weiß, es ist nicht so einfach zu verstehen, wie diese Leute ticken.«

Azucena fragte sich, ob sie Cláudio wohl glauben würde, wenn sie nicht von dem Wagen in der Garage wüsste. Sie war sich da nicht so sicher. Sie holte das Foto von dem jungen Mann aus der Tasche, der von der Überwachungskamera im Theater gefilmt worden war, und zeigte es Cláudio.

»Das habe ich doch schon erklärt«, sagte er und schaute Azucena an. »Ich habe von dem Kurier durch meinen Vater erfahren.«

»Wir sind uns nicht sicher, ob es sich um einen Kurier handelt. Sagt Ihnen das Abzeichen auf dem Rucksack nichts?«

»Nein. Wer auch immer das sein mag, ich habe ihn nicht beauftragt. Er gehört nicht zu unserem Produktionsteam. Ich habe niemanden Munition besorgen geschickt. Das ist absurd. Ich wiederhole: Von diesem Kurier habe ich erst nach dem Selbstmord gehört.«

Schließlich fragte sie, warum Fábbios Honda Civic in seiner Garage stehe.

Der Mann wurde puterrot im Gesicht, seine Körperhaltung angespannt. Zuerst behauptete er, der Schauspieler habe ihn selbst darum gebeten, den neuen Wagen dort abzustellen. Dann sagte er, er habe ihn ihm geschenkt.

»Aus welchem Grund hat er Ihnen ein so teures Geschenk gemacht?«, fragte sie.

»Dank für meine Arbeit.«

Sie hatte Geduld. Die Dynamik der Vernehmung verlief zyklisch, mühsam, und mit jeder neuen Runde änderte sich Cláudios Version.

»Wir haben eine Abmachung getroffen«, sagte er schließlich. »Ich habe Fábbio versprochen, ihn vor der Presse abzuschirmen.«

»Das müssen Sie näher erklären.«

»Die Nachricht von der Trennung. Er wollte sie erst nach Ende der Laufzeit des Stücks bekannt geben.«

»Das ergibt doch keinen Sinn bei jemandem, der sich mit dem Gedanken trägt, sich umzubringen. Hatte er nicht außerdem einen PR-Berater? Warum sollte er Ihnen ein Auto für eine Arbeit schenken, die normalerweise ein PR-Berater macht?«

Lügen waren an vielerlei Anzeichen zu erkennen, und genau darauf konzentrierte sie sich. Lügner schwitzten, zögerten, husteten. Cláudio stotterte. Er blickte an die Decke, als versuchte er, sich an Einzelheiten zu erinnern.

»Wissen Sie, was passiert, wenn zwei Menschen ein Geheimnis miteinander teilen? Einer von beiden macht irgendwann den Mund auf«, sagte sie.

Cláudio tat so, als würde er sie nicht verstehen.

»Cayanne war bereits bei uns«, ergänzte sie, »und ich kann Ihnen eines sagen: Ihr ist egal, was mit Ihnen passieren wird.« Er schwieg weiterhin. »Hier denkt niemand, dass Sie ein Mörder sind«, fuhr sie fort. »Ich werde Ihnen erzählen, was passiert ist: Sie haben sich von Cayanne bezirzen lassen. Das ist nur allzu verständlich. Ganz Brasilien ist fasziniert von ihr. Cayanne ist eine attraktive Frau, und Sie haben sich von ihr einwickeln lassen. Es ist nichts Schlimmes dabei, wenn Sie das zugeben.«

Noch widerstand er.

»Wissen Sie, was das große Problem bei all dem ist? Ihr Vater. Für Ihren Vater sieht die Geschichte schlecht aus. Sie werden Ihren Vater ins Gefängnis bringen ...«

Daraufhin räumte Cláudio doch ein, dass er »eine Affäre« mit

Cayanne hatte. Er gab auch zu, dass die Sache mit dem Auto ein Gentlemen's Agreement war. Cayanne und er wollten sich nicht öffentlich zueinander bekennen, solange das Stück noch lief.

Das war kein Geständnis, er war vielmehr in die Falle gegangen. Tenório freute sich und schrieb den Erfolg ihres Einsatzes Azucena zu. Sie war jedoch anderer Ansicht. Unsere Mittelschicht, dachte sie, ist so in der Vorstellung verhaftet, dass nur die Armen ins Gefängnis kommen, dass sie sich keine Sorgen macht, wenn ein Polizeibeamter an ihre Tür klopft. Cláudio hätte besser den Mund halten und seinen Anwalt anrufen sollen. Dann wäre er vielleicht nicht verhaftet worden. Wenigstens nicht in dem Moment.

Der nächste Tag begann sehr früh im Wald der Serra da Cantareira. Azucena hatte das gleiche Szenario schon auf Fotos gesehen: Die Frau war jung, nackt. Dekubitus durch Rückenlage, Arme und Beine gespreizt. Der für den Bereich zuständige Kommissar hatte sie angerufen. Er war ebenfalls an Ort und Stelle und beobachtete neben dem Reporter einer Stadtteilzeitung stehend die Arbeit der Spurensicherung. Sie ärgerte sich über die Schwerfälligkeit der Kollegen. Hatte sie nicht davor gewarnt, dass es wieder passieren würde? Hatte sie nicht ein Phantombild des Vergewaltigers verbreitet?

Das Verbrechen wird irgendwo unten auf der Seite eines unbedeutenden Käseblatts stehen, dachte sie. Unsere Gesellschaft ist untröstlich, wenn die Tochter eines Zahnarztes, wenn ein Student aus der Mittelschicht umgebracht wird, aber wenn die Opfer arme Leute sind, ist das egal.

Vorsichtig ging sie weiter, sie hatte bereits darum gebeten, das Gelände abzuriegeln.

Ein kalter Wind fuhr durch die Bäume und verursachte ein Rauschen, das in der Stadt nur selten zu hören war. Der Himmel war bedeckt und düster.

Sie zog sich Handschuhe über und ging neben dem Mädchen in die Hocke. Sechzehn, achtzehn Jahre? Kaum mehr. Mitten im Flug niedergestreckt, dachte sie, während sie ein billiges Armband mit lauter kleinen Glücksbringern aufhob.

Mit einem Glasröhrchen nahm sie einen Abstrich von den Insekteneiern in der Mundhöhle des Opfers und erklärte dabei dem Kommissar, die Anwesenheit von Hausfliegen deute darauf hin, dass die junge Frau nicht an diesem Ort ermordet worden sei.

In den Wunden an den Beinen befanden sich zudem Larven der *Cochliomyia hominivorax*, einer Schmeißfliegenart. »Sie hat ihren Mörder gekannt. Wahrscheinlich hat er sie nach einer Gewaltorgie in seiner Wohnung umgebracht. Diese Larven findet man häufig bei Fällen von Misshandlung.«

Es war nicht so einfach, eine Leiche zu transportieren, das wusste sie. Wenn der Mörder seine Opfer in den Wald schleppte, musste er in der Nachbarschaft wohnen. Oder zumindest dort in der Nähe arbeiten.

In der Zentrale herrschte eine Aufregung. Leandro Vargas verkündete persönlich die Neuigkeit: »Cayanne ist die einzige Begünstigte einer Versicherung über eineinhalb Millionen Real. Die noch nicht abgerufen worden sind. Der Versicherungsdetektiv von Casabranca Seguros hat gerade das Gebäude verlassen.«

Tenório und sie hatten diese Möglichkeit bereits in Betracht gezogen. Das Problem war, dass die Polizei nicht sämtliche Versicherungsgesellschaften um Hilfe bitten konnte. Normalerweise waren sie es, die die Polizei um Hilfe baten.

»Wir erlassen noch heute Haftbefehl«, versicherte Leandro.

Sie stimmte ihm zu, dass ausreichend Beweise gegen Cayanne und Cláudio vorlagen. Aber ihrer Ansicht nach war es wichtig, weitere Voraussetzungen für die Einleitung eines Verfahrens zu schaffen.

»Es gibt noch viele lose Fäden. Vieles, das nicht zusammenpasst.«

»Zum Beispiel?«

»Die Bilder von der Überwachungskamera im Theater.«

»Weißt du, was passieren wird, wenn wir die Ermittlungen nicht bald abschließen? Der Gouverneur wird beim Justizminister ganz offiziell beantragen, dass die Bundespolizei übernehmen soll. Das versuche ich gerade zu verhindern.«

Leandro bat sie, sich die Ermittlungsakte ein letztes Mal durchzulesen. »Ich habe den Fall ja nicht von Anfang an verfolgt. Ich möchte deine Meinung hören.«

Ehe er sich verabschiedete, ging er auf sie zu und überschritt die rote Linie. Sie versuchte, ihm auszuweichen, und streckte ihm die Hand entgegen, aber er war schneller und gab ihr einen Kuss auf die rechte Wange.

Sie hasste das, diese Küsse ins Gesicht. Zu viel Nähe.

Am Samstag wachte Azucena zeitig auf. Und sie tat alles, was Washington ihr geraten hatte.

Zu den Vorbereitungen hatte auch ein Besuch in einem Hundezwinger gehört, den sie am Spätnachmittag des Vortages mit zwei kleinen schwarzen Hundedamen verlassen hatte.

An diesem Morgen war es schwer, die Kinder dazu zu bewegen, sich an den Frühstückstisch zu setzen. Beide Mädchen hatten ein Handy bekommen, damit sie im Notfall Hilfe rufen konnten. Und aufgeweckt wie sie waren, konnten sie es bereits bedienen.

Die Koffer waren gepackt. Alles war besprochen und erklärt, in der Luft lag Abenteuerstimmung. Und die Hunde sollten mit.

Bevor sie losfuhren, verabschiedeten sich die Kinder, jedes mit seinem Hündchen auf dem Arm, von den Großeltern, während Azucena in der Zwischenzeit die Koffer im Taxi verstaute.

»Bist du dir sicher, dass das eine gute Idee ist?«, fragte Jandira sie am Wagenfenster.

Sie war sich überhaupt nicht sicher. Als sie abfuhren, sah sie ihre niedergeschlagenen Eltern auf dem Bürgersteig stehen und dachte, dass ihre Entscheidung für sie selbst schon schrecklich genug war, aber für ihre Eltern war sie eine Gemeinheit.

Eine halbe Stunde später wurde Sorengo vom Türklingeln geweckt und sprang aus dem Bett.

Als er die Tür öffnete, standen seine Exfrau und seine Töchter vor ihm. Die Mädchen umarmten ihn und rannten hinter den Hunden ins Haus.

»Du willst verreisen?«, fragte er. »Die Kinder können nicht bei mir bleiben.«

»Hier ist das Hundefutter«, sagte sie und drückte ihm die Packung in die Hand. Dann fügte sie hinzu: »Du musst mir helfen, die Koffer aus dem Taxi zu holen.«

»Ich habe eine Besprechung im Schlachthof. Wann holst du die Mädchen wieder ab?«

Barfuß und im Sweatshirt trug Sorengo das Gepäck von der Straße ins Haus und dachte darüber nach, was sie damit gemeint hatte, als sie sagte: »Die Mädchen können so lange bleiben, wie sie wollen«.

»Was soll das heißen?«

»Bezahl das Taxi.«

Erst als sie zurück im Wohnzimmer waren, erklärte sie, sie

habe nicht die Absicht, sich um das Sorgerecht für die Kinder zu streiten.

»Schau dich doch bloß mal um. Ich habe noch nicht einmal ein Sofa gekauft«, klagte er. »Ich habe keine Möglichkeit, sie bei mir zu behalten. So können die Dinge nicht entschieden werden.«

Sie hörte nicht weiter hin. Auf dem Tisch lag ein Schlüsselbund. Sie nahm einen Schlüssel davon ab und ergriff die danebenliegenden Motorradpapiere.

»Und wer soll die Kinder in die Schule bringen? Ich habe keine Hausangestellte«, jammerte Sorengo.

Doch Azucena war bereits in der Garage. »Mit meinen Eltern brauchst du nicht zu rechnen«, entgegnete sie.

Als sie losfuhr, rief er ihr nach: »Wo fährst du denn hin? Ich brauche das Motorrad.«

Sie bog rechts in die Straße Richtung Shoppingcenter ein. Von nun an hatte sie freie Fahrt. Sie musste nur noch einen Helm kaufen, ehe sie zur Arbeit fuhr. Aber die Tränen verschleierten ihr die Sicht. Beim nächsten Block musste sie notgedrungen anhalten. Zum Glück hatte sie die Sonnenbrille dabei.

Am Abend wohnte sie zu Hause frisch geduscht Cayannes Verhaftung bei. Live.

Eines war gewiss: Die neue PR-Beratung für die Zentrale war bereits engagiert worden. Und sie war effizient. Eine Gruppe von Journalisten und Reportern stand vor der Tür des Apartments und filmte den Moment, als Cayanne in Handschellen aus dem Haus geführt wurde.

Azucena war sich sicher, dass ihre Töchter jeden Moment anrufen würden, aber sie taten es nicht. Die Stille im Haus war bedrückend.

Sie fühlte sich innerlich leer. So wie jedes Mal, wenn sie einen Fall abschloss. Nie war sie imstande, fremdes Unglück zu feiern.

8

»Sieh zu, wie du zurechtkommst. Das musst du selbst lösen.« Jedes Mal, wenn ihr Exmann sie anrief und um Hilfe bat, sagte sie das Gleiche. Hatte er nicht das Sorgerecht für seine Töchter haben wollen? Dann sollte er seine Besprechungen eben absagen. Eine Kinderfrau suchen. Den Terminkalender der Mädchen verdammt noch mal auf die Reihe kriegen. Azucena verspürte bei diesen Gelegenheiten ein geradezu boshaftes Vergnügen, wie jemand, der die Maus in die Falle laufen sieht.

Die Vergeltung folgte am Samstag. Sie war schon im Gehen begriffen, um die Mädchen zum ersten gemeinsamen Wochenende abzuholen, hatte schon einige Gutachten angefangen, den Kühlschrank gefüllt und Eintrittskarten für eine Kinovorstellung gekauft, als Luís anrief und mitteilte, dass er mit den Kindern im Zoo sei und die drei erst gegen zwei Uhr nachmittags nach Hause zurückkommen würden.

Sie war stinkwütend. Da ihre Abteilung nicht genügend Leute hatte, konnte sie ihren freien Tag nicht in letzter Sekunde verschieben.

Den restlichen Vormittag vertiefte sie sich in Gutachten und Untersuchungsberichte und versuchte, nicht an die Kinder zu denken. Kurz vor zwei beschloss sie, ihren Vater zu fragen, ob er sie zu Luís nach Hause begleiten wollte.

»Deine Mutter hat Kopfschmerzen, sie hat sich hingelegt«, sagte er.

Wortlos ging sie zum Schlafzimmer, klopfte an die Tür und trat ein. Jandira lag in ihrem abgewetzten, verschossenen Hausmantel bäuchlings auf dem Bett.

»Mutter«, sagte sie und setzte sich zu ihr. Jandira gab keine Antwort. Als sie sie umdrehte, stellte sie fest, dass ihre Lippen blau angelaufen waren und ihr Herz aufgehört hatte zu schlagen.

Sie war es gewohnt, den Tod als einen vielschichtigen Prozess zu betrachten, als multiples Versagen, als reichhaltige Informationsquelle. Jetzt, fern der Skalpelle und des Luminols, sah sie die überraschende Seite des Todes, die Guillotine, die mit einem plötzlichen Schlag auf das zart pulsierende Leben niederfuhr.

Die Totenwache fand in der Kapelle des Santa-Bárbara-Friedhofs statt. Gemeinsam mit Giulia, ihrem Vater, Ana, Ricardo und einigen Nachbarn ging Azucena zu Fuß durch die Alleen bis zu dem in aller Eile gekauften Grabmal.

Auf dem Weg konnte sie sich nicht des Gedankens erwehren, dass ihre Mutter die Reihenfolge der Ereignisse umgedreht hatte. Wie oft hatten sie Weihnachten gefeiert, als wäre es »Papas letztes Mal«? Und nun war plötzlich sie diejenige, die nach einem vollkommen überraschenden Herzinfarkt als Erste gegangen war.

Die Friedhofsdiener waren schon dabei, den Sarg ins Grab hinunterzulassen, als Luís mit ihren Töchtern eintraf. Jede legte eine Rose nieder.

Dann ging alles ganz schnell. Auf die Blumen folgten die Erde, der Zement und die Grabplatte.

»Ob sie wohl gelitten hat?«, fragte Giulia später.

»Mama ist im Schlaf gestorben.« So tröstete Azucena die Angehörigen. Als ob im Schlaf zu sterben von Vorteil wäre.

Azucena hatte gedacht, dass ihr Vater zusammenbrechen würde. Aber er brach eigentlich nur ein klein wenig zusammen. Mit jedem Tag, der verging, kam der Mann sichtlich zu Kräften, besonders, nachdem sie Ana und deren inzwischen arbeitslosen Mann dazu überredet hatte, bei ihrem Vater einzuziehen. Das Baby der beiden sollte in zwei Monaten zur Welt kommen, das munterte den alten Mann auf.

Sie hatte sich immer vorgestellt, dass Giulia in einer schwierigen Lage für die Familie eine wichtige Stütze sein würde. Deshalb sorgte sie sich wegen der bevorstehenden Reise ihrer Schwester nach Boston. Doch dann war es Ana, die Ordnung ins Haus brachte. Sie und ihr Mann gingen einkaufen, kochten, putzten und kümmerten sich um das Wohl ihres Vaters.

Das ist der Vorteil, wenn man eine Schwester und einen Schwager hat, die zu nichts taugen, dachte sie, wenn sie sich zur Arbeit aufmachte.

Eines Sonntagabends saß sie mit ihrem Vater im Wohnzimmer. Mit geschlossenen Lidern trank er Yakult und hörte *Il Trovatore*. Plötzlich schlug er die Augen auf und sagte: »Sie wusste es.«

Mühsam, als müsste sie ihm die Worte aus der Nase ziehen, erzählte er schließlich, dass Jandira eines Tages, als Giulia gerade duschte, ins Bad gekommen war und die Tätowierung auf ihrem Rücken gesehen hatte. »Giulia hat ihr dann alles erzählt«, sagte er.

Sie schwieg.

»Warum hast du uns nie etwas davon gesagt?«, fragte er.

Sie blieb stumm. Das war das Beste, was sie tun konnte.

»Deine Mutter hat Giulia gezwungen, sich die Tätowierung weglasern zu lassen.«

Sie wusste nichts von einer Tätowierung und wollte auch nichts davon wissen. Das Einzige, was sie interessierte, war zu erfahren, ob ihr Vater wollte, dass Giulia die Reise nach Boston verschob.

»Das hätte nicht den geringsten Sinn«, antwortete er.

Widerwillig brachte sie daher Giulia am darauffolgenden Sonntag zum Flughafen. Die Fahrt verlief schweigend und der Abschied ohne jeden Körperkontakt, so als wären sie nur Bekannte und nicht Blutsschwestern.

TEIL III

1

Es war der 1. Januar. Azucena stand in der Küche und spülte Geschirr. Das Jahresende feierte die Familie traditionsgemäß bei ihr zu Hause, eine Last, die sie klaglos trug, auch wenn die Vorbereitungen sie zahllose Nächte kosteten und ihr unendlich viele Erledigungen abverlangten. Dieses Mal hatte sie sich besonders anstrengen müssen, um die Festtage trotz der traurigen Umstände für die Kinder so schön wie möglich zu gestalten. Als sie vorüber waren, war sie erleichtert.

An diesem Morgen klingelte schon früh das Telefon. Die ältere der beiden Töchter nahm ab. »Papa ist dran«, sagte sie, nachdem er ihr offenbar etwas mitgeteilt hatte, das sie jubeln ließ. »Er will mit dir sprechen.«

Sie trocknete sich die Hände an der Schürze ab und nahm den schnurlosen Apparat entgegen. Das Jahr hatte kaum begonnen, und schon sabotierte er sie, dachte sie, als sie seinen Vorschlag hörte. So war es in der letzten Zeit ständig gewesen.

Sie hatten vereinbart, dass die Mädchen die Schulferien bis zum 10. Januar bei ihr verbringen durften, aber natürlich hielt er sich nicht an Abmachungen: Er hatte ein Trampolin gekauft und wollte die beiden abholen.

Frust kam in ihr auf. Sie hatte gehofft, dass die Verantwortung und die Mühen des Vaterseins Sorengo mit der Zeit abschrecken würden. Stattdessen hatte er das Haus eingerichtet, eine Hausangestellte und einen Chauffeur engagiert und den Alltag der Töchter effizient organisiert.

»Ich will mit ihnen ins Kino gehen«, log sie.

»Kannst du zur Abwechslung deinen Egoismus nicht einmal hintanstellen und sie fragen, was sie gerne möchten?«

Das war gar nicht nötig. Die Ältere hatte ihre kleine Schwester schon aus dem Wohnzimmer geholt, und nun hingen die beiden an ihrem Rockzipfel und bettelten, auf dem Trampolin springen zu dürfen.

Zwar wollte Azucena Sorengo das Leben nicht erleichtern, aber den Schuh der versagenden Mutter wollte sie sich auch nicht anziehen. Unter der Bedingung, dass die Kinder am Abend wieder zurück wären, vereinbarte sie mit ihm, sie zu ihm zu bringen.

Auf der Fahrt legte sie sich die Worte zurecht, die sie zu sagen beabsichtigte und die seit einigen Wochen in ihr reiften: Sie wollte zumindest das gemeinsame Sorgerecht.

Offenbar hatte Luís den Silvestertag damit verbracht, sich um den Garten zu kümmern, wie sie feststellte, als sie mit den Mädchen aus dem Auto stieg. Lavendel, Hängegeranien, Wandelröschen. Wie schaffte er es bloß, dass alles so rasch blühte?

Als sie auf die Klingel drückte, bemerkte sie, wie ein Wagen hinter ihrem parkte und zwei lachende junge Frauen ausstiegen. Mit Befremden beobachtete sie, wie ihre Töchter sich Leuten in die Arme warfen, die sie noch nie in ihrem Leben gesehen hatte.

Mit einem Weinglas in der Hand öffnete Luís die Tür. Aus dem Haus drangen Partylärm, Gelächter und Kindergeschrei. Es brodelte dort drinnen, und ihre Töchter, die jungen Frauen und Luís verschwanden im Gewühl.

Sie blieb noch eine Weile vor den Geranien stehen und dachte, dass sie ihren Kindern letztlich nicht das bieten konnte, was sie bei Luís erlebten. Ihr Dasein verlief schematisch, bei ihr zu Hause war es monoton, ihre Gedanken kreisten ständig um ballistische Berechnungen, Blutproben, Verletzungsarten. Sie arbeitete mehr, als sie sollte. In ihrem Leben gab es mehr Tote als Freunde. Sie musste sich eingestehen, dass sie weit entfernt davon war, eine ideale Mutter zu sein.

Als am Abend das Telefon klingelte, wusste sie schon, worum es gehen würde: Die Mädchen wollten nicht zurück zu ihr. »Was soll ich denn machen«, fragte Luís, »wenn sie lieber bei mir bleiben wollen?«

Am Montag erhielt sie einen Anruf von Arnaldo, einem alten Freund aus Studientagen, der von Zeit zu Zeit auftauchte und sie bei Ermittlungsverfahren manchmal um Hilfe bat.

»Ich habe gerade die Verteidigung von Cayanne übernommen und hätte da ein paar Dinge, die ich dir gerne zeigen würde.« Er erklärte, er sei von dem Sender beauftragt worden, der *Die Miezen und die Nerds* produziert hatte.

Sie vereinbarten ein Treffen noch am selben Abend in einer Bar in der Nähe der Rua da Consolação.

Als sie eintraf, war Arnaldo schon da und telefonierte mit dem Handy.

»Einen Moment«, sagte er zu ihr.

Es war laut in der Bar, einem Treffpunkt junger Anwälte und Referendare. Der Boden vibrierte unter ihren Füßen, und in diesem Augenblick wurde ihr bewusst, wie isoliert sie in letzter Zeit lebte.

Während ihrer Ehe hatte sie noch ein wenig am gesellschaftlichen Leben teilgenommen. Und jetzt? Wen hätte sie an einem dieser Abende, an denen sie keine Lust hatte, nach Hause zu fahren, auf ein Glas einladen können? Der Gedanke löste nicht gerade Begeisterung in ihr aus. Sie war weder ein Herdentier und noch viel weniger eine Schwätzerin. Außerdem wusste sie ganz genau, welche Rolle sie in Freundschaften zu spielen hatte: In ihr Ohr ergoss sich jede Menge häuslicher Müll. Ob sie wohl so enden würde wie manche alten Frauen, einsam, in einer Wohnung mit einem von Brotkrümeln übersäten Fußboden?

Ein junger Mann mit roter Krawatte lächelte ihr vom Nebentisch aus zu. Wollte er flirten? Sie wusste nicht einmal mehr, wie das ging. Sollte sie zurücklächeln? In letzter Zeit hatte sie das Gefühl, dass ihr Gesicht einen Sprung bekam, wenn sie lächelte. Und in sich zusammenfiel.

»Möchtest du etwas trinken?«, fragte Arnaldo, als er das Gespräch beendet hatte.

»Ein Glas Wein.«

Er gab dem Kellner die Bestellung auf und erzählte dann, dass er gerade dabei war, sich zu trennen.

Die Art und Weise, wie er ihr seine Abgründe anvertraute, war merkwürdig. Als wäre sie gar keine Frau.

War es das, was gerade passierte? Die ganze Zeit über hatte sie in der Zentrale Gleichbehandlung eingefordert. Wurde sie jetzt einfach von der Männerwelt, die bei der Polizei vorherrschte, absorbiert?

»Was wolltest du mir sagen?«, fragte sie, indem sie ihn absichtlich bei seiner Schilderung der Scheidung unterbrach.

Der Anwalt holte aus seinem Lederkoffer einen Umschlag und übergab ihn ihr. Sie öffnete ihn und fand darin fünf Fotos, auf denen Telma, Fábbio Cássios Tante, und Márcio Abreu zu sehen waren.

»Ich habe einen Detektiv auf Telma angesetzt und herausgefunden, dass sie und der Fotograf, mit dem Fábbio Cássio sich gestritten hat, miteinander befreundet sind. Sie haben sich in den letzten zwei Wochen viermal getroffen.«

Auf einem der Fotos schien eine gewisse Vertraulichkeit zwischen den beiden zu herrschen.

»In den Vernehmungsprotokollen wird diese Beziehung nicht erwähnt«, fügte er hinzu. »Mit keinem Wort. Es sieht aus, als wären sie ein Paar.«

»Welches Interesse hat der Sender daran, dass das Ermittlungsverfahren wieder aufgenommen wird?«

»Man will eine Serie über Fábbio produzieren. Das Drehbuch ist schon in Arbeit, und Cayanne soll die Hauptrolle spielen.«

»Diese Fotos beweisen nichts. Das Mädchen sitzt ganz schön in der Patsche.«

»Du musst das in der Gesamtheit sehen«, sagte er und holte ein kleines Aufnahmegerät aus seinem Koffer. »Ich möchte, dass du dir das hier anhörst. Es handelt sich um ein Gespräch zwischen Olga und Telma.«

Er drückte auf die Play-Taste.

»Telma: ›Hast du dich schon entschieden?‹

Olga: ›Habe ich dir nicht gesagt, dass du nicht mehr anrufen sollst?‹

Telma: ›Ich verlange nicht viel. Sei doch vernünftig.‹

Olga: ›Denk bloß nicht, dass deine Drohungen mich erschrecken.‹«

Nach einem Klicken folgte ein weiteres Gespräch.

»Olga: ›Es ist mir vollkommen egal, was du tun wirst. Nichts wird mir meinen Sohn zurückbringen.‹

Telma: ›Du weißt, was ich tun werde.‹

Olga: ›Natürlich, das ist typisch für dich. Du warst schon immer verantwortungslos.‹

Telma: ›Alles hat seine Grenzen. Provozier mich nicht.‹«

Arnaldo schaltete das Aufnahmegerät aus. Er blickte sie gespannt an. »Und?«

»Ist das alles?«, fragte sie.

»Es ist eine ganze Menge. Sie reden nicht über Geld. Es geht um etwas anderes. Olga fühlt sich in die Enge getrieben. Es gibt ein Geheimnis in dieser Familie. Meine Frage lautet: Was hat dieses Geheimnis mit Fábbios Tod zu tun? Und in welcher Beziehung steht Telma zu diesem Fotografen?«

»Hast du eine richterliche Genehmigung?«, erkundigte sie sich.

»Für das Abhören des Telefons? Nein, natürlich nicht. Ich versuche, einen neuen Ermittlungsansatz für diesen Fall zu entwickeln. Ich will euch nicht drohen, aber am Ende wird das auf euch zurückfallen. Ich möchte euch nur vorwarnen, die Medien werden in diesem Fall wieder Druck machen. Das wird unsere Strategie sein. Und ich bin nur hier, weil du meine Freundin bist. Die Ermittlungen weisen grobe Lücken auf.«

Der Kellner kam mit den Getränken.

Sie verstand, worauf Arnaldo hinauswollte. Bei den Ermittlungen der Polizei hatte es immer schon Nachlässigkeiten gegeben, selbst bei Fällen, die große Aufmerksamkeit erregten. Als sie noch an der Polizeiakademie unterrichtete, pflegte sie ihre Studenten mit Statistiken zu erschrecken. In Brasilien werden achtzig Prozent der Mordfälle nicht aufgeklärt, hatte sie gesagt. Wenn Sie ein Verbrechen begehen wollen, brauchen Sie nur diese einfachen Regeln zu befolgen: Töten Sie keine Weißen, töten Sie in der Dunkelheit, und vermeiden Sie es, auf frischer Tat ertappt zu werden. Wenn Sie so vorgehen, liegt das Risiko, für Ihre Tat zur Verantwortung gezogen zu werden, unter fünf Prozent. Das war damals die Wahrheit gewesen, und so war es heute noch. Und, jawohl, es hatte mit Schlamperei bei den Ermittlungen zu tun. Es hatte auch damit zu tun, dass es einen zweigeteilten, schizophrenen Polizeiapparat gab. Sie aber war nicht nachlässig. Der Ton, den das Gespräch angenommen hatte, gefiel ihr nicht. »Das Problem ist, dass eine Versicherung auf Cayannes Namen existiert. In so einem Fall braucht man nicht allzu viel Phantasie«, sagte sie.

»Ich habe die Unterlagen der Versicherungspolice überprüft. Mir geht die Frage nicht aus dem Kopf, warum Fábbio die Versicherung nicht bei der Gesellschaft seiner Tante abgeschlossen hat.«

»Telma arbeitet in der Tourismusbranche.«

»In einem Unternehmen, das auch in der Versicherungssparte tätig ist.«

Das war ihr neu. Sie schaute sich die Fotos noch einmal an.

Der Rechtsanwalt fuhr fort: »Anhand von Cayannes Telefonrechnung kann man sehen, dass sie und Fábbio während ihrer Teilnahme an der Realityshow praktisch nicht miteinander gesprochen haben.«

»Sie hat nur ihren Liebhaber angerufen. Und zwar von dem Telefon der Produktionsfirma aus.«

»Cayanne behauptet, sie sei in letzter Zeit von Fábbio bedroht worden. Er war schockiert, weil sie angedeutet hatte, er sei impotent.«

»Wo sollen sich diese Drohungen befinden? Meine Leute haben auf ihrem Computer nichts gefunden. Und keine Nachricht auf dem Telefon.«

»Wir haben auf ihrer Telefonrechnung eine Nummer entdeckt, die wir noch niemandem zuordnen konnten. Es ist eine Prepaid-Nummer. Cayanne konnte sich daran erinnern, merkwürdige Anrufe bekommen zu haben von jemandem, der schwieg und am anderen Ende der Verbindung nur schnaufte wie ein erschöpftes

Tier. Dieselbe Nummer taucht auch auf Fábbios Telefonrechnung auf. Ich weiß, dass ihr dem nachgegangen seid, allerdings ohne großen Erfolg.«

»Ehrlich gesagt, habe ich keine Ahnung, wie ich helfen kann«, entgegnete Azucena.

»Was ist Leandro für ein Typ?«

»Wir sind nicht miteinander befreundet, falls du das wissen willst. Aber er ist derjenige, mit dem du sprechen musst, wenn du möchtest, dass die Ermittlungen wieder aufgenommen werden.«

»Er geht nicht ans Telefon. Ist er seriös?«

»Ich denke schon. Er hat eine sehr gute Ausbildung. Vielleicht fehlt ihm ein bisschen die Erfahrung.«

»Warum nimmt er nicht ab, wenn ich ihn anrufe?«

»Woher soll ich das wissen?«

»Ich habe da ein paar schräge Geschichten über die Zentrale gehört. Scheint so, als wenn es da Leute gibt, die einen auf Charles Bronson machen wollen.«

»Wovon redest du?«

»Nichts, vergiss es. Ich möchte, dass du Leandro diese Fotos und Tonbänder für mich übergibst. Hilfst du mir?«

»Was ist das für eine Geschichte von Charles Bronson?«

»Ich habe auf dem Schießstand ein paar Sachen gehört. Vielleicht ist das alles Unsinn.«

»Red schon.«

»Es geht das Gerücht um, dass es innerhalb des Apparats ein Tötungskommando geben soll.«

»Was hat Leandro damit zu tun?«

»Ich beschuldige niemanden.«

»Wurde sein Name erwähnt?«

»Mensch!«

»Jetzt mach's nicht so spannend.«

»Nein, wurde er nicht. Ich hätte den Mund halten sollen. Vielleicht ist es ein Gerücht. Fakt ist, dass der Kerl nicht rangeht, wenn ich ihn anrufe. Das ist das Einzige, was mich nervt. Im Ernst, mir geht es nur darum, dass du ihm dieses Material zukommen lässt. Wir haben eine Grundlage, um die Wiederaufnahme der Ermittlungen zu beantragen.«

»Überprüf mal diese Gerüchte«, sagte sie, nahm die Unterlagen an sich und versprach, ihm zu helfen.

»Innerhalb des Polizeiapparats hat es schon immer einen Todeskult gegeben«, sagte sie und schenkte sich ein zweites Glas Wein ein.

Es war bereits nach zehn. Sie aß mit ihrem Vater Pizza, die sie unterwegs gekauft hatte.

»Ich habe unsere IT-Abteilung gebeten, Nachforschungen anzustellen.« Sie wischte sich den Mund ab, ehe sie fortfuhr. »Die offiziellen Berichte sind zumindest verdächtig, es befinden sich darin verfälschte Morddarstellungen.«

Azucena wollte die Meinung ihres Vaters hören. Aber Menschen, die von Polizisten wie Ratten eliminiert wurden, waren kein Thema mehr, das den alten Mann bewegte. Schon lange nicht mehr. »Möchtest du *I Puritani* hören?«, fragte er.

»Es ist spät. Ana schläft schon«, entgegnete sie und korkte die Weinflasche zu.

»Nur den ersten Akt. Wir machen die Tür zum Flur zu.«

Schließlich gab sie nach. Sie war ohnehin nicht müde. Als sie den Kühlschrank öffnete, um die Flasche hineinzustellen, erschrak sie. Im oberen Fach standen über dreißig Becher Yakult. Wer sollte das alles trinken? Der fitnessversessene Schwager? Ihre schwangere Schwester?

»Was ist das hier, Vater?«

»Lebende Laktobazillen.«

Im nächsten Moment hatte sie auch schon eine Plastikschüssel in der Hand und sortierte die abgelaufenen Joghurtbecher aus.

»Das da«, sagte sie und deutete auf den von Joghurtbechern überquellenden Mülleimer, »ist Verschwendung.«

Er zuckte mit den Schultern.

Anschließend hörten sie sich im Wohnzimmer schweigend den ersten Akt von *I Puritani* an. Er saß da, die Augen geschlossen, in der starren Haltung eines alten Kriegers. Seine Trauer war dabei, ebenso schnell zu vergehen wie ein Sommersturm. Ohne Jandira in seiner Nähe blühte ihr Vater auf wie eine Aasblume. Er hörte jetzt wieder öfter Musik, so wie in der Vergangenheit. Und sah weniger fern. Achtete mehr auf seine Hygiene. Und ging im Viertel spazieren. Sogar die Hanteln, die jahrelang vergessen unter dem Bett gelegen hatten, waren nun wieder in Gebrauch. Merkwürdig, diese Umkehrung der Rollen in der Spätphase mancher Beziehungen, dachte sie. Im Alter hatte ihre Mutter sich von ihrer Funktion einer Gehilfin, die sie stets gehabt hatte, befreit und keine Gelegenheit ausgelassen, einen Stein nach dem zahnlosen Löwen, in den ihr Mann sich verwandelt hatte, zu werfen. Jetzt war er derjenige, der zuletzt lachte.

Als sie zwei Stunden später zu Hause war und sich zum Schlafengehen fertig machte, rief ihr Vater an, um ihr mitzuteilen, dass Anas Baby zur Welt kommen würde. Und sie war diejenige, die ihre Schwester und ihren Schwager in die Entbindungsklinik fahren musste.

Zwei Tage später.

Formal gesehen war es illegal, was Azucena da tat. Eigentlich hätte sie abwarten müssen, bis die Staatsanwaltschaft die Ermittlungsakte an den Kommissar zurückschickte, weil sie die Beweise für unzureichend hielt. Oder zumindest hätte sie auf einen neuen Beschluss des Kommissars warten müssen. Aber nichts dergleichen war geschehen, und ohne das inoffizielle Vorgehen, an das ihr Team gewöhnt war, hätte die Zentrale nicht einmal eine Aufklärungsrate von läppischen fünf Prozent der Mordfälle erreicht.

Die meiste Arbeit kostete es, Tenório zu überreden. Sie hatte tags zuvor mit ihm zu Mittag gegessen und ihm die Fotos und die Tonbandaufnahmen gezeigt, die Arnaldo ihr gegeben hatte. Vorher hatte sie selbst das Material analysiert. Ein Bild, auf dem Olga neben Telma auf irgendetwas am Boden deutete, hatte ihre Neugier geweckt. Es sah aus, als hätten sie Streit. Auf einem anderen Bild war Telma beim Verlassen einer Hautklinik zu sehen.

Das war nichts sonderlich Handfestes, Tenórios Ansicht nach. »Bei wieder aufgewärmten Fällen überkommt mich die ganz große Faulheit«, sagte er, nachdem er die neuen Hinweise begutachtet hatte.

Aber jetzt war er mit ihr zusammen in der Agentur.

Das Büro war in mehrere Nischen unterteilt. In einer davon saß Telma hinter einem Schreibtisch, auf dem sich Aktenordner stapelten. Ihr rotes Haar war zu einem Knoten hochgebunden. Sie wollte schon sagen, dass sie sie nicht empfangen könne, änderte dann aber ihre Meinung, als sie das Foto erblickte, auf dem sie neben Márcio Abreu zu sehen war. »Ich wollte ihm die Fotos, die er von meinem Neffen in der Lanchonete Paulista gemacht hatte, abkaufen. Ich wollte verhindern, dass sie irgendwann veröffentlicht würden. Eine Vorsichtsmaßnahme.«

Tenório kam gleich zur Sache: »Wir wussten nicht, dass Sie auch Versicherungen verkaufen. Bei Ihrer Vernehmung haben Sie lediglich Ihre Arbeit hier angegeben.«

»Pace ist ein Unternehmen, das in beiden Bereichen tätig ist, in der Tourismus- und der Versicherungsbranche. Damals habe ich mich mehr mit Reisen befasst.«

»Wir verstehen nicht, warum Ihr Neffe nicht Ihre Dienste in Anspruch genommen hat, als er sich entschieden hat, eine Versicherung abzuschließen«, hakte Tenório nach.

»Er hat sich zwar meinen Rat angehört, aber er war sehr unabhängig. Ich kann mich im Übrigen erinnern, Ihnen gesagt zu haben, dass er mich um Rat gefragt hat.«

Das Telefon auf ihrem Schreibtisch klingelte, sie nahm ab. Als sie aufgelegt hatte, sagte sie: »Ich habe Kunden, die auf mich warten. Wenn Sie mit mir sprechen wollen, müssen Sie einen Termin mit meiner Sekretärin vereinbaren.«

Als Telma aufstand, bemerkte Azucena das Pflaster oberhalb ihrer rechten Hacke. Ihr Herz begann sofort schneller zu schlagen. War es womöglich das, worauf Olga auf dem Foto zeigte?

Als sie draußen unter glühender Sonne zum Wagen gingen, fragte sie Tenório: »Hast du das Pflaster bemerkt?«

»Welches Pflaster?«

»Das über ihrer Ferse. Hast du es nicht gesehen?«

»Hat das irgendeine Bedeutung?«

»Vielleicht schon«, antwortete sie.

Am selben Nachmittag zeigte sie Tenório in der Dienststelle das Gutachten über den Tod des Schauspielers, in dem eine Passage unterstrichen war: »... am rechten Bein befindet sich direkt oberhalb der Hacke ein Tätowierung, die an eine liegende Acht erinnert ...«

»Das hatte ich gar nicht mehr in Erinnerung«, sagte Tenório.

»Ich versuche gerade, Arnaldo zu erreichen, er dürfte wissen, wo sich die Hautklinik befindet, in die Telma geht.«

»Glaubst du, dass sie sich genauso eine Tätowierung hat machen lassen?«

»Ich denke, dass sie sich die vielleicht gerade wegmachen lässt.«

Schweigend gingen die beiden das Gutachten durch.

In dem Augenblick betrat Quá-quá das Büro. Er war Computersachverständiger, aber was er tatsächlich machte, erzählten sich seine Freunde nur hinter vorgehaltener Hand: Er war ein Hacker. Zwei Tage zuvor hatte Azucena ihn darum gebeten, die Datenbank der Mordkommission unter die Lupe zu nehmen.

»Ich habe Neuigkeiten«, sagte er. »Kannst du einen Augenblick mitkommen?«

Minuten später präsentierte er an einem Bildschirm voll Codes und Zahlen die Ergebnisse: »Mir ist aufgefallen, dass am Donnerstag drei verschiedene Leute in unserer Datenbank nach denselben Informationen gesucht haben.«

Auf dem Monitor öffneten sich mehrere Fenster und zeigten die Datensätze geflohener Drogendealer. »Sagt euch das irgendwas?«, fragte Quá-quá.

Dann hatte Arnaldo also recht, dachte sie. »Das sind die sieben Opfer des Massakers vom vergangenen Donnerstag in der Favela Paraisópolis«, erklärte sie.

Quá-quá riss erstaunt die Augen auf. »Also ehrlich, halt mich da raus«, sagte er.

Sie bat ihn, die Datensätze und den Nutzungsverlauf der Datenbank auszudrucken. Mit diesen Unterlagen in den Händen fuhr sie hinauf in den fünften Stock.

»Keiner hier ist so blöd, dabei an einen Zufall zu glauben«, sagte sie.

Leandro blickte unverwandt auf das Blatt mit den Informationen von Quá-quá. »Im Bericht steht etwas von einem Kampf, aber es war eine Hinrichtung«, erklärte sie. »Mein Team konnte am Tatort keine Spuren sichern. Als wir dort ankamen, lag nicht eine einzige Patronenhülse in dem Areal. Kannst du dir das vorstellen: Leichen, durchsiebt von fünfzehn oder zwanzig Kugeln, und ringsherum keine einzige Patronenhülse? Irgendjemand hat den Tatort gereinigt.«

Er saß hinter seinem von Akten überquellenden Schreibtisch, Krawatte, Mokassins an den nackten Füßen, die Beine übereinandergeschlagen. Im Grunde sah er eher wie ein Universitätsprofessor aus, dachte sie, einer von denen, die sich mit den Studenten anfreunden. Anfangs hatte sie geglaubt, dass er ein Büromensch ohne große praktische Begabung wäre. Jetzt aber befürchtete sie, jemandem zu unterstehen, der die Augen vor kriminellen Handlungen innerhalb des Polizeiapparats verschloss. Hatte Arnaldo das nicht angedeutet?

Außerdem lag das Material, das Arnaldo sie gebeten hatte, dem Kommissar zu übergeben, seit Tagen offenbar unangetastet auf seinem Schreibtisch.

»Ich glaube, ich brauche einen Kaffee«, sagte Leandro und stand auf. Es war nicht das erste Mal, dass er sie auf diese Weise ansah. Als ob sie vertrauter miteinander wären, als es in Wirklichkeit der Fall war. All das gefiel ihr nicht.

»Da hängen noch mehr Leute mit drin«, sagte sie. »Wenn du gestattest, werde ich die Terminals des externen und internen Computernetzes überprüfen lassen. Anschließend vergleichen wir die Daten mit denen der verschiedenen Abteilungen und mit den verdächtigen offiziellen Berichten.«

»Ich werde über die Sache nachdenken.«

»Das sind gezielte Operationen. Wir können ihnen zuvorkommen und die ganze Gruppe erwischen. Auf frischer Tat.«

Doch seine Antwort machte ihre Hoffnung, Arnaldo hätte sich geirrt, endgültig zunichte. »Du kannst ganz beruhigt sein, kein Unschuldiger wird sterben. Wir reden hier nicht von irgendwelchen armen Schluckern.«

»Wenn das nächste Mal ein Journalist hier auftaucht«, entgegnete sie, »kannst du ihm ja erzählen, dass unser Team eine sehr effiziente und schmerzlose Methode für die Todesstrafe gefunden hat: den Kopfschuss. Der Vorteil bei diesem staatlich verübten Mord ist, dass kein Zeuge anwesend sein muss.«

Er schwieg. Stand reglos da, ein leichtes Grinsen im Gesicht.

»Ich habe weitere Neuigkeiten im Fall Fábbio Cássio mitgebracht«, sagte sie. »Hier sind sie.«

»Ich habe im Augenblick 356 Ermittlungssachen auf dem Tisch, für die ich verantwortlich bin. Soll ich jetzt auch noch die Arbeit der Staatsanwälte erledigen?«

Man wird tatsächlich immer wieder enttäuscht, wenn man bei der zentralen Mordkommission arbeitet, dachte sie, als sie sich umdrehte und hinausging.

2

Den freien Sonntag nutzte sie dazu, mit einigen Ermittlungen voranzukommen.

Auf dem Esstisch lagen etliche Gutachten im Fall Fábbio Cássio. Aber es gab auch noch andere Tote, einen ziemlich undurchsichtigen Massenmord in Capão Redondo, ein weiteres Opfer des Vergewaltigers aus der Serra da Cantareira sowie Material aus der Kriminaltechnik, das sie besser nicht mit nach Hause hätte nehmen sollen. Aber sie hatte ihre eigene Theorie über Gerechtigkeit: Schleppend geübte Gerechtigkeit war keine Gerechtigkeit.

Als ihre Augen zu brennen begannen, legte sie eine Lesepause ein und ging zu ihrem Vater hinüber, um Anas Baby anzuschauen. Das war der angenehme Teil des Tages. Die Wärme des Kindes auf ihrem Arm weckte ein altes Gefühl in ihr, das beinahe an Gottgläubigkeit grenzte. Sie liebte es, wenn sich die winzigen Finger instinktiv um ihren Zeigefinger schlossen. Aber sie konnte sich, vielleicht aus einer berufsbedingten Deformation heraus, des Gedankens nicht erwehren, dass auch dieses makellose kleine Wesen wie in einer mathematischen Gleichung bereits den Keim des Todes in sich trug.

Gleich nach der Entbindung war Ana in einen Zustand der Erschöpfung verfallen, der Azucena Sorgen bereitet hatte. Inzwischen hatte ihre Schwester sich jedoch erholt. Dem Arzt zufolge hatte es sich um ein zeitweiliges Hormontief gehandelt.

Ins Haus war neue Lebenskraft eingekehrt.

Am Nachmittag bekam sie Besuch von ihren Töchtern. Sie wurden von einem hübschen Mädchen gebracht, das sich als Angestellte Sorengos vorstellte und draußen im Auto wartete. Vielleicht seine neue Freundin, dachte Azucena mit einer Spur Groll.

»Das ist eure kleine Cousine«, sagte sie und legte dem älteren der beiden Mädchen das Kind in den Arm.

»Warum hat sie keine Haare?«, fragte die Jüngere.

»Du bist auch mit einer Glatze zur Welt gekommen.«

Als sie später in der Küche den Orangenkuchen aßen, den sie in der Bäckerei gekauft hatte, schlug sie den Mädchen vor, ein paar Tage bei ihrem Opa zu verbringen, um »Tante Ana zu helfen, sich um das Baby zu kümmern«. Die Ältere rekelte sich und streckte die Arme so gekünstelt in die Luft, dass sie die ablehnende Antwort damit schon vorwegnahm.

Wollte sie nicht? Oder durfte sie nicht? Die Kleine kaute weiter abwesend auf dem Kuchen herum und baumelte mit den Beinen.

»Ist es wegen eurem Vater? Will er nicht, dass ihr bei mir seid?«

Nicht zum ersten Mal musste sie feststellen, dass sie ihnen ein Bündnis gegen den Vater vorschlug. Sie fühlte sich nicht gerade gut dabei. Aber Sorengo war auch nicht loyal.

Der nächste Schritt war ein Fehler. Sie rief ihren Exmann an und verlor die Beherrschung. Schrie und warf ihm vor, sie ausstechen zu wollen. Bleich verfolgten die Mädchen das Gespräch und zogen erschrocken von dannen. Es war furchtbar, aber sie musste es sich eingestehen: Sie war dabei, die Schlacht zu verlieren.

Am Abend versuchte sie erneut, Arnaldo zu erreichen, jedoch ohne Erfolg. Gegen neun fuhr sie in die Zentrale. Sie wollte sich das Protokoll von Telmas Vernehmung holen und sich die jüngsten Ermittlungsberichte über die Massenmorde anschauen, doch vom Bereitschaftsdienst des Archivs bekam sie zu hören, sie müsse zuvor den Kommissar um eine Genehmigung bitten.

»Das sind laufende Fälle, an einigen davon arbeite ich«, erklärte sie.

»Bringen Sie mir die Genehmigung, und Sie bekommen die Berichte.«

»Was für eine Scheiße läuft hier eigentlich?« Sie hinterließ eine Nachricht auf Tenórios Handy. Auf einmal schien keiner mehr ans Telefon zu gehen. Nicht einmal Jair.

Sie wollte nicht zurück nach Hause, aber dortbleiben wollte sie auch nicht. Sie wollte spüren, dass sie in irgendeinem Bereich ihres Lebens nicht auf der Stelle trat. Ein weiteres Mal rief sie bei Arnaldo an. »Ich muss mit dir reden. Melde dich, sobald du diese Nachricht hörst.«

Schließlich fuhr sie wieder in die Bar der Rechtsanwälte, in der sie sich das erste Mal getroffen hatten. Ihr war eingefallen, dass er erwähnt hatte, dort häufiger einzukehren. Am Wochenende waren allerdings weder Krawatten noch Referendare in adretten Anzügen dort.

Sie setzte sich an einen Tisch ganz hinten im Raum, bestellte Rinderfilet in Senfsauce und Ofenkartoffeln und wählte dazu einen chilenischen Wein. Während sie wartete, rotierten ihre Gedanken. Wie sollte sie Leandro gegenüber vorgehen? Was war der nächste Schritt? Zur Justizaufsichtsbehörde gehen? Sie wusste, sie war dabei, in einem Hornissennest herumzustochern. Das Einzige, was sie jetzt tun konnte, war, Daten zu sammeln, Munition.

Der Kellner hatte gerade ihr Essen gebracht, als ein junger Mann bat, sich an ihren Tisch setzen zu dürfen. Sie erkannte ihn. Er war schon beim letzten Mal in der Bar gewesen, der Mann mit der roten Krawatte. Er war nicht schön, aber er versprühte einen gewissen männlichen Charme.

»Du bist wiedergekommen«, sagte er.

»Und wie es scheint, bist du einer der Inhaber der Bar.«

»Darf ich?«

Zu einem anderen Zeitpunkt hätte sie Nein gesagt. Aber an diesem Abend machte es ihr nichts aus. Tatsächlich formte sich in ihrem Kopf allmählich ein Gedanke. Allerdings ging er es falsch an. Sie interessierte sich nicht im Geringsten für philosophische Betrachtungen über Wein, aber nach weniger als fünf

Minuten wusste sie, dass er ausgeprägter Weinliebhaber war und sogar Weinseminare gab. Ein echter Önologe. Sein Name war João. Anwalt für Familienrecht. Aber er hatte Humor und eine gewisse Anziehungskraft.

Nachdem sie zum dritten Mal das Wort »hübsch« gehört hatte, wischte sie sich mit der Serviette den Mund ab und fragte: »Versuchst du gerade, mich ins Bett zu bekommen?«

»Verdammt, ich wollte nicht plump sein.«

»Du bist nicht plump.«

»Ich habe wohl zu viel getrunken.«

»Es ist ganz schön frustrierend, wenn ein Mann sich hier hersetzt und dann auf halber Strecke stecken bleibt.«

»Wie bitte?«

»Du bist sehr schnell. Deine Art gefällt mir.«

»Ich glaube, ich kann nicht ganz folgen. Das Familienrecht gibt mir, gibt meinen … den Rest, weißt du, was ich meine?«

»Deinen Synapsen? Wenn du mir etwas vorschlagen willst, komm ruhig direkt zur Sache.«

Er machte ein verdutztes Gesicht und stand auf. Sie musste lachen, als sie fragte: »Wo wohnst du?«

»Gehen wir zu mir?«

»Kommt drauf an. Ist deine Mutter zu Hause?«

Jetzt war er es, der lachte. »Wie alt schätzt du mich?«

»Du hast es schon gesagt. Dreißig. Meine Schwester ist fast genauso alt und wohnt bei meinem Vater.«

Er setzte sich wieder hin. Aber nur für einen kurzen Moment. »Ich bin nicht so, wie du denkst. Ich bin keine betrunkene Nervensäge. Das heißt, ich bin zwar betrunken, aber ich nerve nicht. Ich werde dich wie ein Kavalier in Ruhe zu Ende essen lassen«, sagte er und stand auf.

»Und deine Adresse?«

»Machst du mich gerade an?«

»Ich glaube, wir verstehen uns.«

»Normalerweise interessieren sich hübsche Frauen nicht für mich.«

»Wie lautet deine Adresse?«

Sein Lachen gefiel ihr.

»Itambé, 1204, Apartment 52«, sagte er.

»Ich heiße Wanda.«

»Wanda?«

»Ja, genau.«

»Mit V oder mit W?«

»Mit W. In einer halben Stunde bin ich bei dir.«

»Ich werde auf dich warten, Wanda mit W. Beeil dich«, erwiderte er, nahm sein Weinglas und verschwand gleich darauf in der Dunkelheit der Bar.

Sie hatte keine Eile. Nach dem Essen bestellte sie einen Whisky. Der Alkohol verschaffte ihr ein wohliges Gefühl der Entspannung. Als sie bezahlte, merkte sie, dass sie nicht mehr fahren konnte. Besser, sie nahm ein Taxi.

Wegwerfpenisse. Im Ozean schwimmend. Nach dem Geschlechtsakt explodieren die Männchen. Oder verschwinden im Meer, während ihr nutzloses Geschlechtsorgan dahintreibt, bis es von der Meeresfauna verspeist wird. Seit sie einen Dokumentarfilm über das Geschlechtsleben einer Unterwasserspezies gesehen hatte, an deren Namen sie sich nicht mehr erinnern konnte, hatte sie eine klare Vorstellung vom idealen Liebesleben im Kopf: Sex ohne Bindung und ohne Konsequenzen.

Als sie aus dem Taxi stieg, hatte sie das Gefühl, dass ein Blitz sie durchzuckte. Sie konnte ihr Herz schlagen hören. Es pochte bis in ihre Schläfen.

Der Portier teilte ihr mit, João sei nicht zu Hause. Sie blickte auf die Uhr, die halbe Stunde war schon vorbei. Versetzte er sie etwa? Oder hatte er nicht geglaubt, dass ihr Vorschlag ernst gemeint war? Vielleicht machte er sich auch nur einen Spaß mit einer einsamen Frau, die ihm über den Weg gelaufen war.

Sie winkte ein Taxi heran, das aus der Rua Dona Antônia de Queirós kommend um die Ecke bog. Als sie gerade einsteigen wollte, sah sie ihn ohne Eile näher kommen.

Er öffnete die Wagentür und sagte zu dem Taxifahrer: »Sie bleibt hier.«

Im Fahrstuhl hielten sie sich an den Händen und schütteten sich aus vor Lachen. »Das ist mir noch nie passiert«, sagte er.

Normalerweise hatte sie dieses befremdliche Gefühl beim Betreten einer Wohnung, wenn es um ihre Toten ging. Jetzt war das Opfer lebendig. Es war in der Küche und suchte nach einem Korkenzieher.

Auf dem Tisch stand ein Computer, vom Bildschirm leuchtete eine geöffnete Datei. »Es steht zu vermuten, dass einem Umgang mit dem Vater der Vorzug gegeben werden wird« und so weiter und so fort. Umgangsregelung. Er kam mit der frisch entkorkten Flasche Wein aus der Küche zurück, aber sie wollte nichts trinken. Sie hatte schon genug. Lieber wollte sie etwas Neues erleben.

Er ergriff die Fernbedienung des Fernsehers. »Spielst du gerne Tennis? Ich habe ein erstklassiges Wii-Menü.«

Der Altersunterschied zwischen ihnen war wirklich groß, dachte sie, während er über *Super Monkey Ball: Banana Blitz*, *Super Smash Bros.* und *Donkey Kong Country Returns* redete.

Sie schlang ihre Arme um seinen Hals. »Ich will jetzt ins Bett.«

Im Schlafzimmer bat sie ihn, das Licht anzulassen. Vor dem Sex fiel ihr die Leichtigkeit auf, mit der er sich das Präservativ überstreifte. Wie viele Jahre mochte er jünger sein als sie? Zehn? Zwölf?

Er war nicht so forsch wie ihr Mann. Sie mochte sein Tempo und seinen Geruch. Auch wenn sie vielleicht nicht in himmlische Höhen vordrang, konnte man dennoch nicht behaupten, dass es schlecht war.

Als sie später im Taxi nach Hause den kühlen Wind spürte, überkam sie ein wohliges Gefühl wie nach einer langen Joggingtour auf dem Laufband. Ein Wegwerfpenis war sehr viel besser als einer, der einem problematischen Mann gehörte.

Am Montag rief sie, nachdem Arnaldo ihr am Telefon die entsprechenden Informationen durchgegeben hatte, Tenório an und verabredete sich mit ihm.

Vierzig Minuten später standen sie im Wartezimmer der Hautklinik von Adriana Beltrão. Die Patienten fühlten sich von Tenórios Ungeduld sichtlich gestört. Schon zum dritten Mal drängelte er die Sekretärin.

»Sie haben mir bereits mitgeteilt, dass Sie von der Polizei sind«, sagte die junge Frau hinter dem Pult und machte ein verärgertes Gesicht. »Und ich habe Ihnen bereits erklärt, dass gerade jemand bei ihr in der Sprechstunde ist.«

Die Dame, die sie eine halbe Stunde später empfing, kam Azucena wie ein Kunstwesen vor. Voluminöse Lippen.

Tenório konnte sein Erstaunen nicht verbergen. »Der Mund sieht aus, als würde er ein Eigenleben im Gesicht führen. Als könnte man ihn abnehmen, weißt du? Wie einen Schnuller«, sollte er später mit einem Lachanfall bemerken.

Azucena erklärte, weshalb sie gekommen waren. Sie zeichnete das Symbol der Unendlichkeit auf einen Block und zeigte es der Ärztin.

»Was soll das mit dem Tod des jungen Mannes zu tun haben?«, fragte die Dermatologin.

»Das versuchen wir gerade herauszufinden.«

»Steht meine Patientin unter Verdacht?«

»Die Tätowierung lenkt die Ermittlungen in eine neue Richtung.«

»Es ist gegen die Regeln, Einsicht in Patientenakten zu gewähren«, sagte die Frau und erhob sich. »Ich bitte Sie daher um Diskretion.«

Im Aktenschrank zu ihrer Rechten fand sie Telmas Unterlagen und kam damit zum Schreibtisch. »Ich mache für gewöhnlich Aufzeichnungen von den Sitzungen, damit die Patienten die Fortschritte verfolgen können.«

Auf den ersten Fotos war das Unendlichkeitssymbol klar und deutlich zu erkennen. »Die Tätowierung störte Telma, wenn sie einen Rock trug«, erklärte die Ärztin.

Auf der Rückfahrt zur Zentrale fragte Azucena: »Denkst du das Gleiche wie ich? Ein Pakt?«

»Ich glaube, wir haben einen neuen Ermittlungsansatz«, entgegnete Tenório. »Ich werde einen Bericht für Leandro schreiben.«

Aber sie hatte kein Vertrauen mehr zu Leandro. Inzwischen hatte sie ganz allgemein eine sehr klare Meinung über die Kommissare, die die Mordkommission leiteten. Wenn sie etwas im Polizeiapparat des Landes zu sagen gehabt hätte, dann hätte sie vorgeschlagen, studierten Juristen die Leitung der Ermittlungen zu entziehen. Eine Ermittlung war ein logischer Prozess. Und Juristen wie Leandro konnten, wollten oder wussten nicht, wie man die juristischen Kenntnisse mit dem logischen Gedanken einer Ermittlung verknüpfte.

»Es ist besser, die Sache von der Staatsanwaltschaft aus anzugehen«, sagte sie bei der ersten Gelegenheit zu Arnaldo. »So würde ich es machen.«

Wenn es um das Thema Gerechtigkeit ging, lautete das Zauberwort: Sichtbarkeit. Oder: Medienwirksamkeit. Sicher, auch die soziale Stellung des Opfers spielte eine Rolle bei der Frage, welche Priorität ein Fall hatte.

Als Arnaldo ihr gegen Ende der Woche am Telefon erzählte, dass die Sendung ausgestrahlt werden würde, wusste sie folglich, dass der Fall Fábbio Cássio wieder in der Zentrale landen würde.

Als sie den Fernseher anstellte, dachte sie zunächst, sie würde einer weiteren Geschmacksverirrung beiwohnen müssen, einem dieser Produkte krankhaftester Unterhaltung, die eine Symmetrie von Berühmtheit und Infamie erzwingen wollte, indem sie auf der Grundlage von Niedertracht und Grausamkeit das Zerrbild eines Stars zu schaffen versuchte, eine Madonna, die nicht sang und nicht tanzte, sondern deren Kunst darin bestand, ein grausames Verbrechen zu begehen, um die morbiden Bedürfnisse einer immer gewalttätigeren Gesellschaft zu befriedigen.

Doch was sie dann sah, war etwas völlig anderes. Eine Stunde lang ging Cayanne in Anstaltskluft und ganz unglamourös durch die Gänge des Gefängnisses, stellte »Freundinnen« vor, erklärte den eintönigen Tagesablauf der inhaftierten Frauen, sprach über die Mengen von angstlösenden Medikamenten und Antidepressiva, die viele einnahmen, »um hier drinnen kein Feuer zu legen«, und führte vor, wie man sich aus dem weichen Inneren eines Brötchens einen Tampon bastelte.

An den darauffolgenden Tagen gelangte die Sendung in die sozialen Netzwerke und verbreitete sich wie ein Virus. Sie wurde Hunderte Male angeklickt, was die Zeitungen zu Spekulationen und Gerüchten veranlasste, die wiederum die sozialen Netzwerke befeuerten und weitere Nachrichten erzeugten in einem perversen Kreislauf, dessen Ironie auf der Hand lag: Dieselben Medien, die die junge Frau verteufelt hatten, wollten sie nun heilig sprechen. Cayanne stand nicht einfach nur im Verdacht, ihren Mann ermordet zu haben. Sie war jetzt auch die Muse der Bewegung, die bessere Haftbedingungen in den brasilianischen Gefängnissen forderte.

3

Feststellung der Nutzer von Prepaid-Nummern
Vernehmung von Márcio Abreu
Vernehmung von Aline Rossi
Vernehmung von Telma Salles Silva
Vernehmung von Neide Nascimento

Auf dem Schreibtisch lag die Liste der von der Staatsanwaltschaft beantragten Maßnahmen, die als Anhang in die Ermittlungsakte Fábbio Cássio aufgenommen werden sollte.

Die Besprechung fand im Büro des leitenden Kommissars statt. Tenório sah müde aus, seine Kleidung zerknittert. Hatte er womöglich wieder zusammengerollt auf dem Sofa geschlafen? Azucena wusste, in letzter Zeit hatte ihr Kollege zu Hause Probleme. Eine weitere Ehe, die den Bach hinunterging.

Sie vermied es, Leandro anzusehen, als sie ihm die Unterlagen der Spurensicherung auf den Schreibtisch legte.

»Die Nummer, deren Nutzer auf Antrag der Staatsanwaltschaft festgestellt werden soll, taucht auf Fábbios und Cayannes Telefonrechnungen auf«, sagte sie.

»Ich weiß. Dein Freund war so nett, uns das mitzuteilen«, antwortete Leandro und meinte damit offenbar Arnaldo.

Die Bemerkung gefiel ihr nicht. Sollte das vielleicht eine Kritik sein? Sie fand, dass er durchaus nicht in der Position war, was auch immer zu kritisieren, nicht er, der Manager der informellen Todesstrafe in der Stadt. Man konnte sich leicht vorstellen, wie dieser geduldete Genozid funktionierte, der ihr von Tag zu Tag mehr gegen den Strich ging. Sie hatte gesehen, welche Lücken die offiziellen Berichte über Mehrfachmorde enthielten. Es gab sogar Ermittler, die Morde ganz unterschlugen und als »Leichenbeseitigung« oder »Leichenfund« titulierten, um Nachforschungen zu verhindern.

»Fakt ist«, fuhr sie fort, »dass wir diese Information schon zu Beginn unserer Recherchen hatten. Was wir nicht wussten und was die neuen Tatsachen ans Licht gebracht haben, ist, dass diese Nummer auch auf der Telefonrechnung von zwei unserer Zeugen auftaucht: auf der von Márcio Abreu, dem Fotografen, und auf der von Aline Rossi, der Studentin.«

Tenório lachte. »Studentin ist gut. Auf einmal sind jetzt alle Prostituierten Studentinnen. Zu meiner Zeit haben wir die Nutten noch als Nutten bezeichnet.«

Den Kopf gesenkt, die Stirn gerunzelt, blätterte Leandro in den Unterlagen. Ihm missfiel, was er sah. Sie hatte das schon zahllose Male mit zahllosen Dienststellenleitern erlebt. Sie tappten in die Falle, gaben dem Druck der Medien nach und übergingen Indizien, schlossen Fälle ab, ehe sie genügend Beweise gesammelt hatten, und dann ärgerten sie sich, wenn sie schlucken mussten, dass es in die zweite Runde ging.

Nachdem er die Papiere beiseitegeschoben hatte, sagte er: »Die beiden hier möchte ich noch einmal vernehmen.«

»Márcio und Aline. Sie sind schon vorgeladen worden«, erklärte Tenório. »Ich habe auch Telma, die Tante des Schauspielers, herbestellt.«

Azucena legte dem Kommissar ein weiteres Dokument vor. »Das Prepaid-Handy ist auf den Namen von Neide Nascimento angemeldet. Die Telefongesellschaft hat eingeräumt, dass bei der Aufnahme der Kundendaten ein Fehler unterlaufen ist. Die beim Kauf angegebene Personalausweisnummer gehört zu keiner der 179 Personen auf den Namen Neide Nascimento, die uns vom Bürgerregister São Paulo genannt worden sind.«

Leandro blickte zu Tenório. »Und was ist mit Cayanne? Wenn die Nummer auf ihrer Rechnung auftaucht …«

»Habe ich schon überprüft«, antwortete der Ermittler. »Sie behauptet, keine Neide Nascimento zu kennen.«

Nun wandte der Kommissar sich an Azucena. »Was ist mit der Lebensversicherung?«

»Ich habe bei einem anderen Schriftsachverständigen ein neues Gutachten angefordert. Zur Sicherheit.«

»Vorläufig werde ich nicht mit den Journalisten reden«, verkündete Leandro und beendete damit die Besprechung.

Als sie das Büro mit Tenório verlassen wollte, bat der Kommissar sie jedoch, noch einen Moment zu bleiben.

Das war keine gute Idee. Es war keine Zeit für Plauderstunden. Aber das Problem war nicht nur er. Sie war stinksauer auf sich selbst. Warum bezog sie nicht Stellung? Warum ging sie nicht geradewegs zur Justizaufsichtsbehörde und teilte ihren Verdacht mit? Vor ein paar Jahren hätte sie das hoch erhobenen Hauptes getan. Jetzt zögerte sie. War das der Nebeneffekt einer Tätigkeit, die sie dazu zwang, sich im Blut zu suhlen? Trägheit? War sie etwa auch schon dem Club der tauben, blinden und stummen Affen beigetreten?

»Unsere Justizaufsicht reagiert nur«, hatte Washington gesagt, als sie ihn angerufen und um Rat gebeten hatte. »Die werden überhaupt nichts untersuchen. Wenn du tatsächlich in die Tiefe gehen willst, musst du Beweise in der Hand haben. Und ihnen dann alles schön vorgekaut präsentieren.«

Die Datenüberprüfungen in den Computern vor dem Massaker waren kein Beweis. Sie waren ein Indiz. Sie wusste, wenn sie Beweise wollte, würde sie tiefer im Schlamm graben müssen. War sie dazu wirklich bereit?

Die Stille vor dem Gespräch war unbehaglich. Leandro amüsierte sich darüber, wie sie sich an dem Aktenordner festhielt, als wäre er ein Schild.

»Ich möchte, dass du bei den weiteren Vernehmungen dabei bist«, sagte er.

»Das hast du schon gesagt. Komm zur Sache.«

»Du hast Quá-quá angewiesen, die Liste der Zugriffe auf unsere Computerzentrale zu überprüfen. Du hast ihm eine Liste mit Namen gegeben, die er überprüfen sollte.«

Neuerliche Pause.

»Hatte ich dich nicht gebeten, dich da nicht einzumischen?«, fragte er dann.

Sie hielt seinem Blick stand. Er sollte wissen, dass er sie nicht einschüchterte.

»Jetzt ist es ein Befehl«, fuhr er fort. »Zu deinem Besten: Lass künftig die Finger von der Sache, haben wir uns verstanden? Halt dich da raus.«

Beim nächsten Mal würde sie das Gespräch mit Leandro mit dem Handy aufnehmen. Was sie in Zukunft brauchen würde, waren Fakten.

Als sie am Abend zu Hause die Gutachten und Unterlagen studierte, die in die Fallakte des Schauspielers neu aufgenommen worden waren, fiel ihr eine interessante Information auf, die ihr bei der ersten Durchsicht entgangen war: Telmas Handy wurde bei denselben Mobilfunkmasten registriert wie die von Neide Nascimento benutzte Nummer. Und was, wenn Telma noch eine geheime Nummer hatte?

Während sie bei Tenório anrief, sah sie durchs Fenster, dass auf der gegenüberliegenden Straßenseite ein dunkler Wagen parkte. Hatte er schon dort gestanden, als sie angekommen war?

»Hallo?«, meldete sich Tenório mit einer Stimme, die klang, als wäre er gerade in Stumpfsinn versunken. Der Fernseher lief, sie konnte es hören. Und den Geruch von gebratenem Steak konnte sie förmlich riechen. »Ich wusste gar nicht, dass du Telenovelas magst«, sagte sie. »Stell den Mist mal leiser.«

»Hier läuft kein Fernseher. Meine Frau streitet sich gerade mit unserer Tochter.«

Sie lachte. Dann erzählte sie ihm von ihrer Entdeckung und löschte dabei das Licht im Wohnzimmer, um den Wagen gegenüber zu beobachten.

»Kann sein, dass es nur ein Zufall ist«, sagte Tenório, »aber dann wäre es schon ein sehr großer Zufall. Es handelt sich um Anrufe in denselben Gegenden und zu fast identischen Zeiten, was mich auf den Gedanken bringt, dass womöglich Telma die Besitzerin dieser Nummer ist. Irgendetwas an dieser Geschichte ist merkwürdig.«

»Vielleicht würde es sich lohnen, jemanden auf sie anzusetzen. Um sie zu beschatten.«

Bevor sie das Gespräch beendete, überlegte sie, ob sie ihm von dem verdächtigen Wagen erzählen sollte, der gegenüber von ihrem Haus parkte. Aber der Gedanke, dass Tenório sie beschützen könnte, war Blödsinn. Dafür hatte sie eine 38er mit kurzem Lauf stets griffbereit in ihrer Nähe liegen.

Am nächsten Morgen sah sie gleich beim Betreten ihres Büros die Zeitung auf dem Schreibtisch liegen. Mit einer Tasse Kaffee, die sie sich aus Jairs Büro geholt hatte, und einem weiteren Müsliriegel machte sie es sich an ihrem Tisch bequem und las: »Die Gutachter machen Fehler, die Ermittler machen Fehler, die Kommissare machen Fehler, die Staatsanwälte machen Fehler, die Armenanwälte machen Fehler, und unsere Justiz ist ein unfähiges Konstrukt, das dazu da ist, die Fehler auszubügeln. Ein obsoletes, bürokratisches Konstrukt, das die Zeit als Treibstoff benutzt. Die Zeche bezahlen die Unschuldigen.«

Die Erklärung stammte von Arnaldo, der die Untersuchungen im Fall Fábbio Cássio als ein »Lianendickicht aus Widersprüchen« bezeichnete und auf die Ermittlungspannen hinwies, die zur ungerechtfertigten Inhaftierung seiner Mandantin geführt hätten. Am Ende des Artikels wurde der Name Neide Nascimento erwähnt.

Vor nicht allzu langer Zeit waren Gerichtsprozesse noch öffentliche Spektakel gewesen. Die Guillotine auf den Hals der Verurteilten niedersausen zu sehen stillte den Hunger der Menschen nach Katastrophen. Heute haben wir den gleichen widerwärtigen Hunger, aber das Spektakel muss noch öffentlicher, noch medienwirksamer sein, dachte sie. Klatsch und Tratsch und Verleumdungen: die virtuelle Lynchjustiz.

Den restlichen Vormittag über beschäftigte sie sich mit dem Fall des Schauspielers. Sie mahnte Gutachten an und ging nochmals die Unterlagen und Fotos in der Ermittlungsakte durch. Besondere Aufmerksamkeit widmete sie den Fotos, die den im

Leichenschauhaus abhandengekommenen Ring am rechten Ringfinger des Schauspielers zeigten.

Vor dem Mittagessen rief Leandro sie an. »Hast du den Artikel gelesen, den ich dir auf den Schreibtisch gelegt hatte?«

»Ich weiß nicht, wer das durchgestochen hat, falls du das von mir wissen willst.«

»Neide Nascimento? Aus dem Mund deines Freundes? Verdammt, wir hätten ihm zuvorkommen können.«

»Ich habe nicht mit ihm gesprochen«, sagte sie. »Sonst noch was?«

»Wenn ich um Verschwiegenheit bitte, dann um diese Art von Debakel zu vermeiden«, schimpfte er, bevor er den Hörer aufknallte.

Der Anruf war kaum beendet, als das Telefon erneut klingelte. Dieses Mal war es Paulo von der Dokumentenuntersuchungsstelle.

»Kannst du mir noch weitere Vergleichsunterschriften von Fábbio Cássio besorgen?«, fragte er.

»Irgendwelche Neuigkeiten?«

»Es sind Zweifel aufgetaucht. Wenn du das noch heute für mich erledigen würdest, könnte ich das Gutachten schnell abschließen.«

Die Zeit schleppte sich dahin. Mitunter tauchte wie aus dem Nichts ein Bild auf: ein Raumschiff, das an die Station andockte. Eine Erschütterung, ein Schaudern. Wo mochte der Mann sein? Sie war noch nicht gänzlich verloren, dachte sie. Noch verspürte sie so etwas wie Begehren.

Für den Nachmittag waren zwei Vernehmungen anberaumt: Telma und Márcio Abreu sollten aussagen. Bis dahin war noch Zeit, im Restaurant von Careca, dem Kahlkopf, etwas essen zu gehen. Sie fragte Jair, ob er mitgehen wolle.

»Nur, wenn du bezahlst«, erwiderte er. »Ich habe schon zu Mittag gegessen, aber ich kann noch etwas vertragen. Mir fehlen sieben Kilo, um als hochgradig fettleibig eingestuft zu werden.«

Sie wollte sich an dem Projekt Adipositas-Operation ihres Freundes nicht beteiligen und ging schließlich alleine los. Als das Essen kam, bereute sie es jedoch. Beim Anblick der Hände der Köchin, einer stämmigen Frau mit welligem Haar, verging ihr der Appetit. Hände, rot wie rohes Fleisch. Halb gar gekocht bei kleiner Flamme. In Gedanken sah sie, wie die Finger kratzten, bohrten, rieben. Bakterienkolonien unter den Nägeln. Angewidert legte sie das Besteck beiseite, was durchaus absurd war. Denn oft genug waren ihre eigenen Hände sehr viel verseuchter als die jeder Köchin. Von sehr viel Schlimmerem. Von Leichengiften. Putrescin und Diaminopentan.

Jedenfalls warf sie hier bloß ihr Geld zum Fenster hinaus. Einmal mehr kostete sie lediglich von dem Reis. Die Bohnen rührte sie nicht an, und von dem Geruch des gebratenen Fleischs drehte sich ihr der Magen um. Sie ernährte sich von Tomaten. Von gekochten Eiern. Und von Coca-Cola.

Mit Schokolade und zwei Dosen Sprudel in der Tasche kehrte sie in die Zentrale zurück. Damit beabsichtigte sie, den Hunger für den Rest des Tages zu überlisten.

Als sie den Flur hinunterging, sah sie Telma in einem ärmellosen, goldgelben Kleid in Tenórios Büro sitzen. Auch wenn manche Leute das Gegenteil behaupteten, die Klasse einer Frau zeigt sich an ihren Armen, nicht an den Beinen, dachte sie. Telmas Arme waren straff und wohlgeformt, vermutlich dank Gymnastik.

Dieses Mal schien Tenório von Telma entzückt zu sein. Die Frau bemerkte es, schlug die Beine übereinander, nicht ahnend, dass die Macht ihrer Anziehungskraft vom Oberkörper kam, und versicherte, dass sie Neide Nascimento nicht kenne und niemals ein anderes Handy als ihres benutzt habe. »Wie viele Telefone in dieser Stadt werden von denselben Funkmasten versorgt?«, fragte sie und lächelte. Dann sagte sie, dass ihre Schwierigkeiten mit Olga von dem Bedürfnis ihrer Schwester herrührten, andere Menschen zu kontrollieren. »Das ist fast schon krankhaft. Ich habe es überlebt. Aber Fábbio ist von seiner Mutter gequält worden. Sie hat sein Leben mit Cayanne zerstört. Es würde mich nicht wundern, wenn das arme Ding eine irre Dummheit begangen hätte.«

Sie hatte auch eine Erklärung für die Beseitigung der Tätowierung parat: »Ich war für Fábbio so etwas wie eine große Schwester. Als ich mir die Tätowierung habe stechen lassen, wollte er sofort die gleiche haben. Er hat mich bewundert, wissen Sie? Nach seinem Tod konnte ich das Unendlichkeitssymbol auf meinem Bein nicht mehr sehen, ohne in Tränen auszubrechen. Da habe ich beschlossen, es mir wegmachen zu lassen.«

Zu dem Umstand, dass sie davon bei ihren früheren Vernehmungen nichts gesagt hatte, bemerkte sie: »Ich habe auch meine Erstkommunion nicht erwähnt. Verschlechtert sich meine Lage bei Ihnen dadurch sehr?«

Am späten Nachmittag war Márcio Abreu an der Reihe auszusagen. Nun führte Azucena die Vernehmung. Mit verschränkten Armen begann sie, Neuland zu betreten. »Bitte erzählen Sie noch einmal von Ihrer Beziehung zu Telma.«.

»Es gibt nichts, was ich nicht schon gesagt hätte. Telma hat mich aufgesucht, um die Fotos von ihrem Neffen zu kaufen. Mehr nicht.«

»Wie viele Fotos hat sie gekauft?«

»Sechs oder sieben.«

»Ich dachte, Sie hätten für die Fotos kein Geld genommen.«

»Das habe ich auch nicht.«

»Eben haben Sie gesagt, sie hätte die Fotos gekauft.«

»Nein, ich habe sie ihr so gegeben. Sie wollte sie mir abkaufen, aber ich fand es nicht richtig, Geld dafür zu nehmen.«

»Warum nicht?«

»Weil sie auch so schon sehr litt.«

»Nehmen Sie nie Geld für Ihre Arbeit, wenn Sie sehen, dass die betroffenen Menschen leiden?«

»Das ist was anderes.«

»Warum? Sie haben sicher schon etliche Ehen zerstört, nehme ich an. Dafür sind Paparazzi ja bekannt. Sie verfolgen die Prominenten und haben die Kamera ständig parat, um Ehebrecher in flagranti abzulichten. Ich kann mir vorstellen, dass Sie viele Leute dabei geknipst haben, wie sie über einen Zaun geklettert sind. Die Veröffentlichung dieser Art von Fotos stürzt zahlreiche Menschen ins Unglück. Haben Sie in solchen Situationen etwa nicht kassiert?«

»Das sind Personen des öffentlichen Lebens. Wenn sie nicht so exponiert sein wollen, sollen sie doch was anderes machen.«

»War Telma eine Ausnahme?«

»Sie hat ihren Neffen verloren.«

»Nehmen Sie Geld von Ihren Freunden?«

»Das kommt darauf an.«

»Worauf?«

»Manchmal fotografiere ich zum Vergnügen. In so einem Fall nehme ich kein Geld.«

»Dann darf ich daraus schließen, dass Sie Fábbio in der Lanchonete Paulista zum Vergnügen fotografiert haben?«

»Das habe ich nicht gesagt.«

»Dann erklären Sie mir bitte, was ich nicht verstanden habe.«

»Telma ist keine Freundin von mir, das habe ich schon gesagt.«

»Sie nehmen also kein Geld von Leuten, die leiden, und von Freunden nehmen sie auch kein Geld.«

»Nein, das stimmt so nicht. Ich habe keine festen Regeln. Ich nehme von allen Geld.«

»Telma ist eine hübsche Frau. Vielleicht haben Sie sich für sie interessiert.«

»Sie war in Trauer. Fábbios Tod hat sie sehr mitgenommen.«

»Hier«, sagte sie und deutete auf ein Foto, auf dem die beiden Wein tranken und lachten, »da sieht sie nicht so aus, als ob sie leiden würde.«

Er kratzte sich am Kopf und rutschte auf dem Stuhl hin und her. »Mein Gott! Wir haben uns am frühen Abend getroffen. Ich habe etwas zur Entspannung bestellt, und sie hat mitgetrunken. Mehr nicht.«

»Trinken Sie mit Ihren Kunden immer Wein?«

»Nein. Es war eine Ausnahme.«

»Klar. Normalerweise trinken Sie Wein mit Ihren Freunden.«

»Telma ist keine Freundin von mir.«

»Nicht? Wir denken, dass Sie Ihren Freunden gegenüber so loyal sind, dass Sie Unschuldige für sie ins Gefängnis gehen lassen.«

Dieses Mal antwortete Márcio nicht. Auf seine Stirn trat eine tiefe Falte.

»Sie lesen doch sicher Zeitung. Wir haben mittlerweile schlagkräftige Beweise dafür, dass Fábbio nicht von Cayanne und Cláudio ermordet wurde.«

Es folgte eine lange Pause. Schließlich fuhr sie fort: »Sie kennen Telma schon eine ganze Weile, oder?«

Er schwieg weiter.

»Sie haben noch eine Chance, die Wahrheit zu sagen. Deshalb sind Sie hier. Telma hat von Ihnen verlangt, dass Sie lügen, nicht wahr?«

Márcio wollte aufstehen, aber sie bedeutete ihm mit einer Handbewegung, sitzen zu bleiben. Etwas konfus begann er zu sprechen. Er gab zu, dass er Telma lange vor dem Tod des Schauspielers kennengelernt hatte. »Mein Zusammentreffen mit Fábbio in der Lanchonete Paulista war kein Zufall. Telma hatte mich um die Fotos gebeten. Sie glaubte, dass ihr Neffe in Schwierigkeiten steckte.«

»In Schwierigkeiten stecken jetzt Sie. Sie hätten uns nicht anlügen sollen. Wie lange kennen Sie Telma schon?«

»Seit vier Jahren. Wir hatten eine Beziehung. Ich habe mich mit ihr eingelassen.«

»Wie kommt Fábbio in die Geschichte hinein?«

»Telma und ich hatten uns lange nicht mehr gesehen. Aber dann hat sie mich aufgesucht und mich gebeten, die Fotos von ihrem Neffen zu machen. Aber sie hat das nicht als Freundschaftsdienst von mir verlangt, sie hat mich engagiert. Am vereinbarten Tag habe ich vor seiner Haustür gewartet und bin ihm dann durch die Stadt gefolgt. Es lief von Anfang an schief. Als Fábbio in dem Imbisslokal bemerkte, dass er fotografiert wurde, hat er mich angegriffen. Trotzdem ist es mir gelungen, einige Bilder zu retten. Als ich zu Telma gegangen bin, um ihr die Fotos zu übergeben, war sie stinkwütend und sagte, ich hätte ihren Neffen attackiert und er würde mich vor Gericht bringen. Sie sagte, sie würde nicht bezahlen. Ich habe Angst bekommen, einen weiteren Prozess am Hals zu haben, deshalb habe ich beschlossen, den Vorfall anzuzeigen. Gleich danach kam Fábbio zu mir. Er hatte unseren Streit nicht, wie Telma behauptet hat, bei der Polizei gemeldet, und versicherte mir, dass er mir die Fotos abkaufen würde, wenn ich meine Anzeige zurückzöge. Wir hatten uns in seiner Garderobe verabredet, aber er war nicht da. An dem Abend kam dann die Nachricht von seinem Tod. Ich bin darüber sehr erschrocken. Vor kurzem ist Telma zu mir gekommen, um mir die Fotos abzukaufen. So ist es gewesen.«

»Sie haben uns nicht die Wahrheit gesagt, obwohl Sie wussten, dass womöglich unschuldige Menschen für Fábbios Tod würden bezahlen müssen?«

»Als ich gehört habe, dass eine Versicherung auf den Namen seiner Frau existiert, dachte ich, alles wäre geklärt. Ich habe versucht, mich da rauszuhalten.«

»Aber jetzt sind Sie drin.«

»Telma ist es nicht gewesen. Ich weiß es. Kann sein, dass sie labil ist, aber sie war ganz verrückt nach ihrem Neffen. Fábbio war für sie das Wichtigste im Leben.«

Ehe Márcio gehen durfte, riet Azucena ihm, die Stadt nicht zu verlassen, ohne vorher der Mordkommission Bescheid zu geben.

»Ich glaube, die Neuigkeiten werden Leandro gefallen«, sagte Tenório, als sie wieder alleine waren.

»Vertraust du ihm?«

»Wem, Leandro? Ja, selbstverständlich. Warum?«

Tenório war erstaunt. Sie bemerkte es und bereute bereits ihre unverblümte Frage. Es fiel ihr schwer, die Sache zu überspielen.

Später auf dem Heimweg kam es ihr so vor, als würde sie von einem dunkelblauen Wagen verfolgt. Sofort beschleunigte sie und änderte ihre Route. Sie war wirklich zu unvorsichtig und sollte besser bei geschlossenem Fenster in einem Auto sitzen und eine kugelsichere Weste tragen. Wenigstens parkt niemand vor meinem Haus, dachte sie, als sie mit dem Motorrad in die Garage fuhr.

4

Es war niemand zu sehen. Die Aktion dauerte fünfzehn Sekunden. Aus dem Auto steigen, sich den Müll vom Bürgersteig schnappen und ihn im Kofferraum verstauen.

Eine Stunde später kippte sie den übel riechenden Inhalt der Plastiktüte auf den zuvor mit Zeitungspapier ausgelegten Fußboden und erklärte ihren Plan: »Ich werde die Gutachten selbst verfassen, du musst sie nur unterschreiben.«

Jair blickte auf die Joghurtbecher und die Verpackungen von Hamburgern und Schokolade und wusste nicht, was er sagen sollte.

»Es ist überhaupt kein Obst dabei«, stellte sie fest.

»Meinst du das im Ernst?«

»Wo ist der Reis? Der Salat? Heutzutage sind die Familienrichter empfänglich für diese Art von Argumenten. Meine Töchter dürfen nicht ohne Gemüse aufwachsen.«

»Ich dachte, du hättest aufgehört, um das Sorgerecht für die Kinder zu kämpfen.«

Sie fühlte sich ganz elend dabei, wie Jair sie ansah. War es Mitleid, was aus seinem Blick sprach? So als wäre sie eine von diesen Müttern, die durchdrehen, wenn sie das Sorgerecht für ihre Kinder verlieren? Sie kannte diesen Blick nur zu gut. Genau wie bei den Nachbarn. Eine Mischung aus Mitgefühl und Voreingenommenheit, als ob der Umstand, dass sie nicht mit ihren Töchtern zusammenlebte, als solcher schon eine Bestätigung für mangelnde Liebe, für Schmach und Schande wäre.

»Sie brauchen eine gesunde Ernährung, zum Beispiel …«, sagte sie wenig überzeugend und ohne den Satz zu beenden. Sie hatte keine Ahnung von gesunder Ernährung und in letzter Zeit selbst nur Mist gegessen. »Möhren«, fügte sie rasch hinzu und wusste nicht, wie sie aus der Sache wieder herauskommen sollte, »Brokkoli.« Sie kam sich immer lächerlicher vor.

Sie kehrte an ihren Schreibtisch zurück und tat so, als würde sie etwas suchen. Weshalb musste sie sich wieder so bloßstellen? Sie sah schon vor sich, wie Jair dem Team davon berichtete. Die ganze Abteilung würde sofort wissen, dass sie im Müll ihres Exmannes herumwühlte.

Als sie sich wieder umdrehte, sah sie Jair auf Knien alles einsammeln. Er schnaufte, stöhnte und prustete, aber seine Anstrengung nahm sie als Geste der Wertschätzung. Sie war ihm dankbar, dass er wortlos hinausging und den ganzen Dreck mitnahm. Nur der durchdringende Müllgestank blieb zurück und verpestete die Luft.

Gut. Die Peinlichkeit des Tages hatte sie also hinter sich. Nun hieß es, die Gutachten zu unterzeichnen, die auf ihrem Schreibtisch lagen. Sie unterschrieb eines nach dem anderen, nahm einen Anruf entgegen, unterschrieb ein weiteres und rief fünfmal bei Quá-quá an, aber ohne Erfolg. Sie wusste, er mied sie. Er hatte schon begriffen, dass sie ihn zur Justizaufsichtsbehörde schleifen und ihn dazu bringen wollte, Leandros Clique anzuzeigen.

Tenório erschien und reichte ihr ein Blatt Papier. Es war die Kopie eines vergrößerten Fotos. »Es ist mir gelungen, Neide Nascimento zu identifizieren.«

Es war eines jener alten, mit Datum versehenen Fotos, die früher für die Personalausweise verwendet worden waren. Vielleicht könnte es nützlich sein, dachte sie. Sie ging zur Tür und rief: »Jair!«

»Das mysteriöse Handy, das in der Ermittlungsakte von Fábbio herumgeistert, gehört dieser Dame«, bemerkte Tenório.

Mit einer Packung Hähnchennuggets in der Hand kam Jair gemächlich ins Büro geschlendert und hörte schweigend zu.

»Wie hast du das herausgefunden?«, wollte sie wissen.

»Indem ich mir die Liste der Angestellten angeschaut habe, die in jüngster Zeit bei der Casabranca vom Dienst suspendiert worden sind. Ein Freund von mir ist Privatdetektiv, er arbeitet manchmal für den Laden.«

Jair verstand nicht, worum es ging. Sie erklärte ihm, dass Casabranca die Gesellschaft war, bei der Fábbio vor seinem Tod eine Lebensversicherung abgeschlossen hatte.

Hähnchengeruch breitete sich im Büro aus. »Möchtet ihr?«

»Vielleicht, wenn du herausgefunden hast, woraus das gemacht ist …«, antwortete sie und gab ihm die Fotokopie.

Tenório probierte ein Nugget. »Aus Regenwurmfleisch?«

»So was in der Art«, gab sie zurück und sagte zu Jair: »Wer hat bei der Messe einen Monat nach Fábbios Tod observiert?«

»Jurandir. Aber ich habe die Datei.«

»Schau mal nach, ob du auf den Fotos jemanden findest, der dieser Frau ähnelt. Aber mach mir vorher eine Kopie.«

Jair legte das Bild auf den Tisch und schaute es an, während er kaute. Kaute und schaute wie eine konzentriert weidende Kuh.

»Wann ist sie bei Casabranca suspendiert worden?«

»Nach Fábbios Tod, und zwar wegen ihrer vielen Anrufe bei Olga, bei Márcio, bei der Prostituierten …«, erklärte Tenório.

»Bei Aline«, fügte Azucena hinzu.

»Genau, bei Aline. Ich frage mich letztlich, ob diese Neide nicht zu diesem Typ durchgeknallter Fans gehört, die prominente Kunden tyrannisieren.«

Azucena war anderer Meinung. »Ein Mörder, der ein so ausgeklügeltes Verbrechen plant wie im Falle Fábbios, ist nicht so unvorsichtig und ruft hemmungslos bei Menschen an, die mit dem Opfer in Verbindung standen. Außerdem würde Neide als jemand, der bei Casabranca gearbeitet hat, Fábbio nicht einen Tag nach dem Abschluss einer Versicherung umbringen. Das ergibt keinerlei Sinn. Sie weiß, dass die Versicherung Verdacht schöpfen und der Sache rigoros auf den Grund gehen würde.«

»Wie lautet deine Theorie?«

»Derjenige, der den Plan ausgeheckt hat«, sagte sie, »hat diese Frau benutzt. Er hat ihr Telefon benutzt.«

Die Kopie des Fotos befand sich nun in den Händen von Aline Rossi.

»Ich habe keine Ahnung, wer das ist«, sagte sie. Sie kenne die Person nicht, habe sie nie gesehen. Und könne auch nicht erklären, warum Neides Nummer auf ihrer Telefonrechnung auftauchte.

Seit die junge Frau gekommen war, stand Tenório in einer Ecke des Büros und telefonierte mit dem Handy. Jahre zuvor hätte Azucena die Vernehmung unterbrochen. Jetzt bemühte sie sich um Nachsicht und fuhr fort: »Schauen Sie, alle Gespräche sind in derselben Woche geführt worden, in der Fábbio ums Leben gekommen ist. Vielleicht hilft das Ihrer Erinnerung auf die Sprünge.«

Es dauerte ein paar Sekunden, bis Aline sich erinnerte, dass sie seinerzeit tatsächlich einige anonyme Anrufe erhalten hatte.

»Ich habe dem keine große Bedeutung beigemessen. Es war eine Frau. Einmal hatte ich den Eindruck, dass sie betrunken war.«

»Was hat sie gesagt?«

»Dummes Zeug. Beleidigungen.«

»Haben Sie jemanden im Verdacht?«

»Nein«, sagte sie. Sie habe keinen Freund und auch keine Feinde. »Und wer immer es gewesen ist, es waren nur ein paar wenige Anrufe.«

Bevor Azucena eine CD in den Computer legte und Aline bat, sich die Aufnahmen anzuhören, die Arnaldo ihr gegeben hatte, war Tenório aus dem Büro verschwunden.

Aline tat, was von ihr verlangt worden war. Sie könne es nicht garantieren, sagte sie dann, aber die Stimme der Frau, die sie angerufen habe, ähnele der von den Tonbandaufnahmen. »Es war so eine dünne Stimme wie die von der Frau, die dort Forderungen stellt«, sagte sie und meinte damit unwissentlich die Stimme Telmas.

Am darauffolgenden Morgen hatte Jair Neuigkeiten und bat Azucena, in sein Büro zu kommen. Auf dem Computerbildschirm war in Vergrößerung die Aufnahme des Theaterparketts zu sehen. Neide befand sich genau in der Mitte des Bildes, mit weit aufgerissenen Augen.

»Neide war bei Fábbios letzter Vorstellung. Ich selbst habe dieses Foto aufgenommen, gleich nachdem wir mit der Spurensicherung im Theater angekommen waren.«

»Kann man es noch mehr vergrößern?«

Das Bild wurde dadurch zwar unschärfer, aber man konnte Neide dennoch erkennen. Aus ihrem Gesicht sprach Entsetzen. Genauso wie bei den Menschen rings um sie herum.

»Es gibt noch mehr Aufnahmen«, sagte er, während er das Bild von Telma, wie sie ins Auto stieg, auf den Monitor lud. Neben ihr befand sich eine Frau in einem grünen Kleid. Es war schwer zu sagen, ob die beiden sich verabschiedeten oder ob die Frau im grünen Kleid Telma daran zu hindern versuchte, in den Wagen zu steigen.

Ein weiteres Bild erschien auf dem Monitor. Jetzt war zu erkennen, dass es sich um Neide handelte, in demselben grünen Kleid. Sie stritt sich mit Telma vor der Tür einer Kirche.

»Das ist bei der Seelenmesse sieben Tage nach seinem Tod«, erklärte Jair.

»Verdammt. Die beiden kennen sich.«

Auf dem Weg zurück in ihr Büro erstand Azucena auf dem Flur bei einem Verkäufer ein Stück Schokoladenkuchen. Das war ihr Mittagessen an diesem Tag: trockener Kuchen mit warmer Coca-Cola. Nachdem sie einen Termin bei der Justizaufsichtsbehörde vereinbart hatte, erhielt sie einen Anruf von dem Schriftgutachter.

»Ich möchte gerne, dass du dir das hier mal anschaust«, sagte er, als sie das Labor betrat.

An der Wand befand sich eine Leuchttafel, auf der eine Folge von mehreren Unterschriften des Schauspielers zu sehen war, die von Schecks und verschiedenen Verträgen stammten.

»Anfangs sieht es so aus, als wäre die Schreibbewegung bei allen die gleiche«, erklärte er und drehte die Tafel auf den Kopf. »Sieh mal, was passiert, wenn ich die Schrift umdrehe.«

Er zeigte nun auf die Buchstaben s und b. »Wenn du genau hinschaust, gibt es eine Verbindungslinie zwischen den beiden ›s‹ und den beiden ›b‹, die sich bei allen Unterschriften wiederholt.«

Eine weitere Reihe mit Unterschriften von Fábbio erschien auf der Tafel.

»Das hier sind die Unterschriften, die ich den Versicherungsunterlagen entnommen habe. Vergleich mal die Buchstaben ›s‹ und ›b‹ mit denen davor.«

»Es gibt Unterbrechungen?«

»Fast unmerkliche, hast du sie gesehen?«

Der Gutachter holte eine Lupe hervor, unter der die Unterschriften besser zu erkennen waren.

»Sieh dir die Punkte in der Unterschrift an. Sie wurde nicht in einem Schwung geschrieben.«

»Das ist nicht Fábbios Unterschrift?«

»Der Sachverständige, der das vorherige Gutachten erstellt hat, ist gerade gegangen, aber er stimmt mit mir überein. Es ist eine gut gemachte Fälschung.«

Der Kommissar und Tenório waren nicht in der Abteilung, um die Neuigkeiten zu erfahren. Wie auch immer, sie wusste, was zu tun war. Es war zwar weder ihre Pflicht noch hatte sie die Erlaubnis dazu. Aber sie würde es riskieren.

Während sie auf dem Sofa mit den von bunten Tüchern bedeckten Lehnen saß und auf den Kaffee wartete, fragte Azucena sich, wie oft sie Derartiges schon gesehen hatte. Es gab Mütter, Witwen, Söhne und Töchter, Menschen, die tragische Verluste erlitten und es schafften, ihre Lebendigkeit zu bewahren, die sich in einem grimmigen Kampf für Gerechtigkeit einsetzten, die sich an die Zeitungen wandten, anklagten, Protestmärsche organisierten, mit Politikern redeten. Woher nahmen sie die Kraft dazu? Sie wusste: Der Hass gab sie ihnen. Am Anfang des Trauerprozesses stand die Wut, eine Vorbereitung auf den wahren Schmerz. Nach einer kurzen Phase wurde das Gefühl der Auflehnung porös, und schließlich begann die Trauer durchzusickern, dann überflutete sie die Trauernden bis ins Mark. Danach bauten sie ab. Ein Abbau, beeindruckend wie ein Erdbeben: Sie alterten, wurden gebeugt, erkrankten von einem Tag auf den anderen. Manche starben. Viele hielten nicht bis zu dem Moment durch, in dem der Mörder des geliebten Angehörigen ins Gefängnis kam. Kurzes Leben, langsame Justiz. Fábbios Mutter könnte eine Nachhilfestunde über das Thema geben, dachte sie, als sie die Frau mit dem Kaffeetablett ins Wohnzimmer kommen sah. Ein Häufchen Elend in ihrem zu großen, zerknitterten Pyjama.

»Zucker?«, fragte sie, nachdem sie das Tablett auf dem Sofatisch abgestellt hatte. Ihre Fingernägel hätten sauberer sein können.

»Nein danke, schwarz.«

Olga reichte ihr die Tasse und sagte, dass sie sich von der Schule hatte beurlauben lassen. Sie sprach davon, dass sie reisen wolle, sie wusste nur noch nicht, wohin. Zuerst wollte sie die Beendigung des Ermittlungsverfahrens abwarten, das ihrer Ansicht nach nicht hätte wiederaufgenommen werden sollen. »Es gibt keine neue Tatsachen«, sagte sie.

»Doch, die gibt es«, erklärte Azucena. »Kennen Sie eine Neide Nascimento?«

»Nein. Warum?«

»Auf Ihrer Telefonrechnung finden sich einige Anrufe von ihr.«

»Ich weiß nicht, wer das ist.«

»Es sind zwanzig oder dreißig Minuten lange Gespräche. Mit wem, außer mit Ihrer Schwester, sprechen Sie so lange?«

»Ist sie vielleicht die Mutter von einem Schüler?«

»Nein. Neide Nascimento arbeitet in der Versicherungsbranche, genau wie Ihre Schwester. Sie hat Fábbios Versicherung abgeschlossen.«

»Vielleicht hat Fábbio vom Handy einer Freundin aus mit mir telefoniert. Mein Sohn hat sein Telefon ständig irgendwo vergessen. Kann es nicht das sein?«

»Dem Zeitpunkt der Gespräche nach zu urteilen nur, wenn Ihr Sohn eine intime Beziehung zu der Frau gehabt hat.«

»Es gibt so manches im Leben von Kindern, das die Eltern besser nicht wissen.«

Nun kam der schwierigere Teil, dachte sie, ehe sie die Tasche öffnete und Olga das neue Gutachten überreichte. »Die Versicherung ist nicht von Ihrem Sohn abgeschlossen worden.«

Olga erschrak. »Ein Sachverständiger hat doch das Gegenteil behauptet. Wie kann das angehen?«

»Wir haben die Untersuchungen vorsichtshalber wiederholt. Es ist eine sehr gut gemachte Fälschung, sie war nicht leicht aufzudecken. Beide Sachverständigen haben das Gutachten unterschrieben.«

»Nur Cayanne hat ein Interesse an der Versicherung. Sonst niemand.«

»Die neuen Beweise deuten auf einen anderen Verdächtigen hin.« Nach einer kurzen Pause fuhr Azucena fort: »Vielleicht können Sie etwas zu der Tätowierung sagen, die Ihre Schwester sich gerade entfernen lässt. Sie ist praktisch identisch mit der von Fábbio. Das Symbol der Unendlichkeit.«

Azucena war so taktvoll wie möglich, aber das änderte nichts an der Tatsache, dass sie eine Anschuldigung aussprach. »Ich weiß, es ist nicht leicht, worum ich Sie bitte«, sagte sie, »aber wir sind an einem Punkt angelangt, an dem nur Sie uns weiterhelfen können.«

Neuerliche Pause.

»Ich frage mich die ganze Zeit, ob Ihre Schwester nicht genauso einen Ehering hat wie den, der von Fábbios Hand verschwunden ist«, fuhr sie fort.

Ehering, genau dieses Wort hatte sie gebraucht.

Sie wurde noch deutlicher: »Gibt es irgendetwas über die Beziehung der beiden, das Sie uns erzählen möchten?«

5

Sie hatte das noch nie verstanden: Beim Aussteigen aus dem Wagen versuchte er trotz der Handschellen, das Gesicht vor den Kameras zu verbergen, als ob es kein anderes Foto von ihm gäbe, das man nicht sowieso schon bald im Internet und in den Zeitungen sehen würde. Mörder, Korrupte, Vergewaltiger, Drogenhändler, allen machten es so.

Die Reporterin erklärte: »Unter den 22 im Zuge der Operation verhafteten Polizisten befindet sich auch der Leiter der strategischen Abteilung der zentralen Mordkommission, Paulo Hernandez.«

Azucena sprang vom Laufband, um den Rest der Meldung mitzubekommen, und machte es sich auf den am Fußende des Bettes zusammengeknüllten Laken bequem.

»Sie werden beschuldigt, an mit der Força da Periferia in Verbindung stehende Kriminelle geheime Informationen verkauft zu haben. Die Operation, die auf den Namen *Norvegicus* getauft wurde, die wissenschaftliche Bezeichnung für Wanderratte, wurde von dem leitenden Kommissar, Dr. Leandro Vargas, geführt, der hier neben mir steht«, fuhr die Reporterin fort.

In dem nun folgenden Interview erläuterte der Kommissar das Muster, nach dem die Polizisten vorgegangen waren, die für die Informationen über Razzien und Beschlagnahmungen von Drogen von den Dealern Geld kassiert hatten. Er berichtete weiter, dass die Bande von der Strategieabteilung der Polizei identifizierte Polizistenmörder hingerichtet hatte.

Sie war von der Nachricht noch ganz benommen, während sie

zusah, wie die Nachrichtensprecherin im Studio ein Gespräch mit dem Innnminister führte, einem halslosen Männlein, das mit seinen fetten kleinen Händen in der Luft herumfuchtelte, wobei es erklärte, wie schwierig es sei, in Brasilien die Todesrate bei der Polizei in den Griff zu bekommen. »Unsere Mittelschicht ist für die Todesstrafe. Sie ist für die Hinrichtung von Verbrechern im Schnellverfahren.«

Was bei dem Bericht deutlich wurde, war die Feinabstimmung zwischen der Leitung der zentralen Mordkommission und dem halslosen Mann.

Der einzige Schluss, zu dem sie in diesem Moment gelangen konnte, lautete: Sie hatte einen Riesenbockmist gebaut. Tags zuvor war sie zur Justizaufsichtsbehörde in der Avenida Operária gegangen und hatte Leandro angezeigt. Dem Leiter der Behörde hatte sie gesagt: »Er deckt die Verbrecher im Polizeiapparat.«

Auf den Fernsehbildern hatte sie Tenório gesehen, wie er etlichen Polizisten Handschellen anlegte. Wie konnte es nur sein, dass sie nichts geahnt hatte?

Sie ging ins Bad, zog sich aus, stieg unter die Dusche und spürte, wie ihr das warme Wasser den Rücken hinunterlief. Sie war immer stolz gewesen auf ihre Begabung, die unterschwelligen Feinheiten zu bemerken, die unterschiedlichen Signale miteinander in Verbindung zu bringen. Jetzt hatte sie danebengelegen. Hatte die Signale falsch gedeutet. Hatte die falschen Schlüsse gezogen. Die Frage war: Was würde dieser Fehler sie kosten?

Minuten später saß sie am Küchentisch bei einer Tasse Kaffee und las die Post, die sich im Laufe der Woche angesammelt hatte. Ihr Konto war im Dispo. Zwischen den Reklameblättern fand sie einen Brief von Sorengos Rechtsanwalt, der wissen wollte, von welcher Kanzlei sie vertreten wurde. »Mein Mandant möchte die

Scheidung unter Dach und Fach bringen und die Vermögensaufteilung vereinbaren.«

Die Hunde kratzten von draußen an der Tür zum Garten. Es war Zeit für ihr Futter. Als die Kinder zum Vater gezogen waren, hatte sie gedacht, dass sie es nicht schaffen würde, sich um die Hunde zu kümmern, aber es war anders gekommen. Die Gesellschaft der Tiere machte ihr immer mehr Freude. Sie füllte neues Wasser in den einen Napf und Futter in den anderen. Der ältere der beiden Hunde hatte einen allergischen Ausschlag an einer Pfote. Damit er fressen konnte, musste sie ihm die Halskrause abnehmen, die er in den letzten Tagen trug.

Ihr Handy piepte und verkündete den Eingang einer SMS. Sie war von Tenório. »Vernehmung von Neide Nascimento um zehn Uhr. Ich brauche dich dabei. Komm früher, Besprechung im Büro von Leandro.«

Als sie auf das Motorrad stieg, traf sie ihren Vater. Er trug einen roten Anorak und Turnschuhe und unterhielt sich an der Ecke mit der Yakult-Verkäuferin.

Nun verstand sie die plötzliche Leidenschaft des Alten für lebende Laktobazillen.

Im fünften Stock herrschte Siegesstimmung. Sie stieg aus dem Fahrstuhl, zusammen mit Tenório, der selbstgefällig an den Kollegen vorbeistolzierte und Lobesworte einsammelte. »Du hättest mal das Gesicht von Hernandez sehen sollen«, wiederholte er bei jedem neuen Schulterklopfen.

Sie war überrascht, dass Leute, die Hernandez noch in der Woche zuvor im Restaurant von Careca um den Bart gegangen waren, sich jetzt darüber freuten, dass er am Boden war. »Ich habe dem Kerl noch nie über den Weg getraut«, hörte sie jemanden sagen.

Der Kommissar empfing sie in Unterlagen vertieft in seinem Büro. Gelbe Krawatte, frisch nach Aftershave duftend, schaute er kaum hoch, als die beiden eintraten.

»Herzlichen Glückwunsch«, sagte sie verlegen.

Er streckte die Hand aus, aber nicht, um sie zu begrüßen, sondern um ihr ein Abhörprotokoll zu zeigen. »Das wurde in deinem Büro aufgenommen. Hernandez' Leute hatten dich im Visier.«

Während der Kommissar erklärte, dass sie in den vergangenen Wochen unter Schutz gestanden hatte – »Ist dir vor deinem Haus kein Wagen aufgefallen?« –, versuchte sie sich einzureden, dass sie nichts Verkehrtes getan hatte. Sie war keine Denunziantin, dachte sie im Stillen. Sie hatte ihre Arbeit getan. Es war ziemlich egal, ob er wusste, dass sie zur Justizaufsicht gegangen war. Das hätte vermieden werden können, wenn man sie über die Operation Wanderratte informiert hätte. Vielleicht hatte sie übereilt, vielleicht hatte sie leichtfertig gehandelt, aber Leandro war nicht kollegial gewesen.

»Erstens hatte Hernandez die ganze Abteilung verwanzt. Zweitens wusste er, dass du in der IT-Abteilung herumgeschnüffelt hast, und hat zwei und zwei zusammengezählt. Und drittens hat Hernandez zwei Kerle engagiert, um dir ›die hübsche kleine Fresse zu polieren‹.«

Das Gleiche hatte Tenório ihr kurz zuvor in der Bäckerei erzählt, während sie Käsebrötchen aßen.

Sie sah die Sache anders: Reines Machotum. Sie hatten sie ausgeschlossen, obwohl sie selbst sie darauf aufmerksam gemacht hatte, dass Daten der Zentrale für kriminelle Zwecke missbraucht wurden, ganz so, als ob sie beschützt werden müsste, als ob sie selbst dazu nicht in der Lage wäre.

»Verdammt, Mädchen, du hättest deine Zähne eingebüßt. Sie hätten dir eine eindrucksvolle Nasenoperation verpasst«, hatte

Tenório gesagt und dabei so geklungen, als wenn sie obendrein auch noch undankbar wäre. Und wer sagte, dass es ihnen gelungen wäre, ihr die Fresse zu polieren? Konnte sie sich etwa nicht verteidigen?

»Du kannst mich mal mit deiner Nase«, hatte sie erwidert, als sie den Fahrstuhl betraten.

Als sie nun vor Leandro standen, überlegte sie, wie sie sich entschuldigen konnte. Sie hörte kaum, was er von ihr verlangte: ein Altersgutachten über einen Mann aus armen Verhältnissen, der zwei Tage zuvor tot aufgefunden worden war. Warum brauchte sie so lange, um die Ergebnisse vorzulegen? »Ich akzeptiere keine weiteren Ausflüchte«, sagte er. »Die Formulierung ›ist in Arbeit‹ ist unter meiner Leitung verboten.«

Für die kriminaltechnischen Gutachten gab es feste Fristen, sie war es jedoch nicht gewohnt, dass man sie auf diese Weise von ihr einforderte. Unter anderen Umständen hätte sie sich verteidigt. Aber sie fühlte sich tatsächlich als Denunziantin. Sie war voreilig gewesen. Und vor allem ungerecht. Wenn er Bescheid weiß, dachte sie, hat er das Recht, sich zu beschweren. Und je stärker er sie kritisierte, desto sicherer war sie, dass er Bescheid wusste. Sie verstand nur nicht, woher. Hatte vielleicht der Leiter der Justizaufsicht selbst mit ihm gesprochen?

»Und was ist mit Fábbio Cássio?«, fragte er schließlich.

Tenório lieferte ihm eine Zusammenfassung des Falls, die sie mit der Nachricht von der gefälschten Unterschrift vervollständigte. »Jair hat im Archiv diese Fotos gefunden«, sagte sie und legte ihm die Bilder von Telma und Neide Nascimento auf den Schreibtisch.

»Wir stehen kurz davor, ein Verfahren gegen Telma zu eröffnen«, sagte Tenório.

»Warum sollte jemand eine Versicherungspolice fälschen,

wenn er nicht der Begünstigte dieser Versicherung ist?«, fragte Leandro.

»Um jemand anderen zu belasten«, antwortete sie. »Zum Beispiel Cayanne.«

Der Kommissar stand auf und ging zum Fenster. Er war sichtlich müde.

Tenório bat sie, ihre Theorie darzulegen. Die beiden hatten sich bereits in der Bäckerei darüber unterhalten. Also zählte sie die Reihe der Fakten auf, die für ein mögliches amouröses Dreieck zwischen Telma, Fábbio und Cayanne sprachen.

Tenório unterbrach sie: »Du musst das richtig erklären, sonst denkt er gleich an Gruppensex.«

»Ich glaube, dass Telma und Fábbio mehr waren als Tante und Neffe. Das stärkste Indiz für diese Verbindung ist eine Tätowierung, die beide an der gleichen Stelle hatten.«

Schweigend hörte sich Leandro alles an. Sie bemerkte, dass er es vermied, sie anzuschauen. Azucena fuhr fort und sprach von ihrer Hoffnung, dass Olga bei den Ermittlungen mitwirken werde. Als sie von ihrem Besuch bei der Mutter des Schauspielers berichtete, war der Kommissar empört.

»Du willst mir also erzählen, dass du ohne Durchsuchungsbeschluss in Olgas Wohnung warst?«

»Ich habe geklingelt, und sie hat mich hereingebeten.«

Der Fehler, den sie begangen hatte, rechtfertigte ihrer Meinung nach nicht Leandros Reaktion. Alle verfuhren so.

»Willst du mein Ermittlungsverfahren zunichtemachen? Willst du, dass die Staatsanwaltschaft über mich herfällt? Ich versuche, seriöse Arbeit zu leisten, versuche, in der Abteilung feste Regeln einzuführen, und du handelst illegal und auf eigene Faust?«

Tenório wollte sie in Schutz nehmen, aber Leandro schnitt

ihm das Wort ab: »Wir reden hier von illegalen Methoden. Darum nämlich handelt es sich. Sie kann hier nicht einfach machen, wonach ihr der Sinn steht.«

Die Besprechung wurde von Nilza, der Sekretärin, unterbrochen, die mitteilte, Neide Nascimento sei bereits in Tenórios Büro und warte.

»Du bist aus der Sache raus. Ich bin es leid, den Mist zu bereinigen, den die alten Hasen verzapfen«, sagte Leandro, ehe er, gefolgt von Tenório, das Büro verließ.

Sie war ebenfalls schon im Hinausgehen begriffen, als sie einen neuen Gegenstand auf dem Schreibtisch bemerkte: einen Bilderrahmen mit einem Foto, auf dem Leandro eine Blondine im Arm hielt. Sie hatte diese Frau schon einmal gesehen. Die Erinnerung kam schnell: Es war die Sekretärin des Leiters der Justizaufsichtsbehörde, mit der sie am Nachmittag zuvor gesprochen hatte. Natürlich, dachte sie. Wir haben eine alte Klatschtante in unserem Bereich.

Später las Azucena das Vernehmungsprotokoll:

»Um xx Uhr am Soundsovielten erschien in der Zentrale der Mordkommission usw. usw., in Anwesenheit von soundso, soundso sowie mir, dem Protokollführer der Polizei, als Zeugin Frau NEIDE NASCIMENTO, Personalausweisnummer xx, wohnhaft in xy. Sie ist des Schreibens und Lesens mächtig, bla, bla, bla, und erklärte nach Belehrung über die gesetzlichen Rechte und Pflichten auf Befragen usw. usw.

(…)

Leandro: Wie lange arbeiten Sie schon bei der Versicherungsgesellschaft Casabranca Seguros?
Neide Nascimento: Seit sechs Jahren.
L: In welcher Funktion?
NN: Ich bin Leiterin der Verkaufsabteilung.
Tenório: Aus der Akte geht hervor, dass Sie für die gefälschte Versicherungspolice des Schauspielers Fábbio Cássio verantwortlich sind.
NN: Ich habe die Versicherung abgeschlossen. Der Betrug wurde nach dem Tod von Fábbio Cássio festgestellt.
T: Wann sind Sie vom Dienst suspendiert worden?
NN: Im vergangenen September. Die Nachforschungen zu der Police sind noch im Gange. Wenn der Fall abgeschlossen ist, kann ich wahrscheinlich wieder anfangen.
T: Es ist naheliegend, dass die Casabranca Sie verdächtigt, in den Betrug verwickelt zu sein.
NN: Ich spreche nicht im Namen des Unternehmens.
T: Ist es üblich, dass ein Unternehmen im Fall von Versicherungsbetrug denjenigen, der die Police abgeschlossen hat, während der Ermittlungen von der Arbeit suspendiert?
NN: Jedes Unternehmen hat seine eigenen Regeln.
T: Ich frage Sie nach Ihrem Unternehmen.
NN: Das müssen Sie schon die Casabranca fragen.
(…)

T: Wir wissen, dass Sie die Inhaberin des Telefonanschlusses 912345638 sind.
NN: Diese Nummer habe ich nur für Kundengespräche verwendet.
T: Benutzen Sie sie nicht mehr?

NN: Ich habe das Handy verloren. Was hat das mit der Versicherungspolice zu tun?

T: Wann?

NN: Wie bitte?

T: Wann haben Sie das Handy verloren?

NN: Ich glaube, im März oder April vergangenen Jahres.

T: Sie haben ein Handy verloren und können sich nicht mehr erinnern, wann das gewesen ist?

NN: Es war ein billiges Handy. Ich verstehe nicht, was das mit dem Fall Fábbio Cássio zu tun hat.

T: Sie haben das Telefon verloren, und anders als der Rest der Welt und die Fans im Maracanã-Stadion haben Sie den Vorfall nicht der Telefongesellschaft gemeldet.

NN: Es war eine Prepaid-Nummer mit wenig Guthaben darauf. Das Telefon war wertlos. Deshalb habe ich beim Betreiber nicht Bescheid gesagt. Was ist denn los damit?

T: Lassen Sie uns eines vereinbaren: Die Fragen stellen wir.

L: Tenório, lassen Sie bitte mich mit der Senhora sprechen. Wir freuen uns sehr über Ihre Hilfsbereitschaft. Ihre Mitarbeit ist sicherlich von großem Wert für unsere Ermittlungen. Die Fakten sprechen in der Tat nicht gerade für Sie. In den Unterlagen über den Kauf dieses Telefons taucht eine andere Personalausweisnummer auf als Ihre. Es war schwer für uns, Sie ausfindig zu machen.

NN: Davon habe ich nichts gewusst.

L: Wir möchten Sie bitten, sich diese Aufzeichnungen hier einmal anzusehen. Sie werden bemerken, dass in der Spalte für die Personalausweisnummer statt 333 die Zahl 887 steht.

NN: Das ist doch lächerlich. Das ist ein Problem der Be-

treiberfirma. Ich kann doch nichts für die Fehler eines schlampigen Angestellten.
T: Nein, natürlich nicht. Wir möchten nur, dass Sie uns erklären, warum die Nummer Ihres abhandengekommenen Handys mehrfach auf den Telefonrechnungen von Fábbio, von Fábbios Freunden und von verschiedenen mit ihm in Verbindung stehenden Leuten im Juni, Juli und August vergangenen Jahres auftaucht.
NN: Ich habe diese Anrufe nicht getätigt. Ich habe nicht mit Fábbio gesprochen, nicht einmal in der Zeit, als ich die Versicherung mit ihm abgeschlossen habe.
T: Die Anrufe sind eine Tatsache. Eine Tatsache, die Sie in ziemliche Bedrängnis bringt.
NN: Darf ich mal sehen?
T: Was?
NN: Die Rechnungen.
(…)

NN: Wenn jemand diese Nummer benutzt hat, um mit diesen Leuten zu sprechen, dann kann das nur Telma Salles Silva gewesen sein. Wahrscheinlich hat sie mein Telefon gestohlen.
T: Seit wann sind Sie mit Fábbio Cássios Tante befreundet?
NN: Mein Anwalt hat mir geraten, keine Angaben zu machen, aber angesichts dieses neuen Umstands bin ich zur Kooperation bereit.
T: Großartig. Kooperieren wir also?
NN: Das tue ich doch. Ich habe das Recht zu schweigen, und trotzdem bin ich hier, und zwar ohne meinen Anwalt. Ihr Ton gefällt mir nicht.

L: Wir freuen uns über Ihre Haltung, Dona Neide. Seit wann kennen Sie Telma?

NN: Seit den neunziger Jahren. Damals habe ich bei der Steuerberatung Fratimes und Partner zu arbeiten begonnen. Telma und ich hatten acht Jahre lang eine Liebesbeziehung. Aber auch nach unserer Trennung sind wir befreundet geblieben. Wir haben uns erst kürzlich wegen der Versicherung von Fábbio überworfen.

T: Hat die Beziehung von Telma und Fábbio Sie gestört?

NN: Mich nicht, aber Olga hat sie gestört.

T: In welcher Hinsicht?

NN: Rückblickend gesehen denke ich, dass die beiden um Fábbios Liebe gekämpft haben. Telma fand jedoch, dass Olga ihn ausnutzte, besonders, nachdem sie Witwe geworden war. Fábbio hat Werbespots gemacht, und bevor Olga eine feste Stelle als Lehrerin bekam, war er der Brotverdiener. Das heißt, Telma trug mit ihrem Sekretärinnengehalt ebenfalls zum Haushalt bei. Aber es waren die Werbespots, mit denen Olga ihre Ausgaben bestritt.

L: Haben Sie und Telma auch einmal zusammengewohnt?

NN: Ja, sieben Jahre lang.

T: Sieben? Ich dachte, ich hätte gerade etwas von acht gehört.

NN: Acht Jahre hat die Beziehung gedauert, sieben Jahre haben wir zusammengewohnt. Als wir uns verliebten, wohnte Telma noch bei ihrer Familie, also bei ihrer Schwester und Fábbio, der damals noch ein Jugendlicher war.

T: Wusste die Familie von Ihrer Beziehung?

NN: Offiziell nicht. Aber keiner von denen ist auf den Kopf gefallen. Das Problem war, dass Telma sich nie dazu bekannt hat, und ich glaube, das hatte auch mit Fábbio zu

tun. Ich war selten bei ihnen zu Hause, tatsächlich wohl nur drei- oder viermal zu Fábbios Geburtstag.
L: Wann genau haben Sie zusammengewohnt?
NN: Wir sind nach einem Riesenkrach der beiden Frauen zusammengezogen, ich glaube, nachdem Olga Fábbio die Haare gefärbt hatte. Olga war dabei, eine Mappe für ihn zusammenzustellen, wissen Sie, was ich meine? Diese Fotobücher, die man bei den Modelagenturen abgibt. Olga ging bei diesen Agenturen ständig ein und aus. Fábbio musste alle möglichen Tests machen, das war bestimmt ermüdend für den Jungen. Als er dann auf einmal mit blonden Strähnchen ankam, ist Telma in die Luft gegangen. Sie und Olga haben sich heftig gestritten. Das war Mitte der neunziger Jahre.
L: Erzählen Sie bitte weiter.
NN: Genau. Olga hat Telma rausgeworfen, und wegen dieses Streits haben wir dann beschlossen zusammenzuziehen.
T: War Telmas Beziehung zu Fábbio sehr eng?
NN: Sie war unglaublich um ihn besorgt. Ich kann mich noch erinnern, dass Fábbio während der Dreharbeiten zu einer Margarinewerbung einmal ohnmächtig wurde, da wohnten wir gerade zwei oder drei Monate zusammen. Die Diagnose der Ärzte lautete Burn-out. Telma zog danach in Erwägung, beim Gericht das Sorgerecht für den Jungen zu beantragen. Von da an begann Olga, die Beziehung der beiden zu hintertreiben. Wenn Telma Fábbio sprechen wollte, musste sie in seiner Stepptanzschule oder bei den Nachbarn anrufen oder ihn an der Straßenecke abfangen, wenn er Gesangsunterricht hatte. Es war eine schwierige Zeit, die beiden hatten wenig Kontakt. Eigentlich hatte Telma erst wieder eine einigermaßen nor-

male Beziehung zu Fábbio, als er schon 23 war, und da hatten wir uns bereits getrennt.
T: Wann haben Sie sich getrennt?
NN: Vor über zehn Jahren. Es war eine einvernehmliche Trennung. Ich wollte gerne eine Familie haben und Kinder adoptieren, aber für sie kam es nie infrage, sich zu unserer Beziehung zu bekennen. Deshalb haben wir uns getrennt. Aber wir sind miteinander befreundet geblieben.
T: Wusste die Casabranca von Ihrer Beziehung zu Telma?
NN: Wir waren gar nicht mehr zusammen, als ich bei der Casabranca anfing.
T: Aber Sie haben eine Versicherung für Ihre Freundin abgeschlossen.
NN: Nein. Mein Kunde war ein berühmter Schauspieler.
T: Warum hat Fábbio die Versicherung nicht bei Telma abgeschlossen? Ist Ihnen dieser Gedanke nicht gekommen, als sie bei Ihnen auftauchte?
NN: Doch, natürlich. Sie sagte mir, dass bei ihrer Versicherungsgesellschaft, der Pace, Vertragsabschlüsse mit Angehörigen der Angestellten nicht erlaubt seien.
T: Und? Stimmt das?
NN: Jedes Unternehmen hat seine eigenen Statuten. Für uns, die Casabranca, war Fábbio ein sehr interessanter Kunde. Wir haben ihm Sonderkonditionen gewährt. Telma hatte mir gesagt, dass Fábbio sehr beschäftigt sei und sie den Papierkram abwickeln würde.
T: Und du hast trotz der vielen Jahre Praxiserfahrung keinen Verdacht geschöpft?
NN: Ich möchte nicht, dass Sie mich duzen, ich bin nicht mit Ihnen befreundet. Was wissen Sie denn über den Versicherungsmarkt?

L: Bitte, Tenório, lassen Sie mich die Vernehmung führen.

NN: Ich habe schon für viele wichtige Leute Versicherungen abgeschlossen, für Manager, die wegen ihres Terminkalenders eine Sekretärin oder jemanden aus der Familie damit beauftragen, sich um die nötigen Unterlagen zu kümmern. Das ist gang und gäbe. Im Übrigen hatte ich keinerlei Grund, misstrauisch zu sein. Telma war gar nicht froh darüber, dass Cayanne die Begünstigte sein sollte. Ihre Beziehung zu Cayanne war seinerzeit wirklich sehr, sehr schlecht.

L: Warum?

NN: Ich weiß nicht genau, was da passiert ist. Anfangs, als Fábbio mit *Eisen und Feuer: Auf Biegen und Brechen* groß rauskam, waren Cayanne und Telma ganz eng miteinander. Es war eine Phase, in der Telma sich ihrem Neffen sehr angenähert hatte. Sie war fast jedes Wochenende bei den beiden, manchmal hat sie sogar dort geschlafen.

T: Ging die Beziehung zwischen Telma und ihrem Neffen womöglich über das Familiäre hinaus?

NN: Sie liebte Fábbio wie einen Sohn.

T: Und Cayanne?

NN: Ich möchte eine Garantie, dass ich nicht angeklagt werde.

T: Glaubst du, dass das hier ein Verhandlungstisch ist?

NN: Sie. Ich möchte, dass Sie mich siezen.

T: Sie hält uns wohl für Idioten, Kommissar.

L: Lassen Sie, Tenório. Wir sind Ihnen dankbar für Ihre Mitarbeit, Dona Neide. Bitte erzählen Sie weiter, was Sie über Cayanne und Telma wissen. Das ist das Beste, was Sie tun können, um sich von jedem Verdacht zu befreien.

NN: Ich glaube, und das vermuten wir, Telmas Freundinnen, alle, dass sie sich in Cayanne verliebt hatte. Ich weiß nicht, ob es eine platonische Liebe war. Ich weiß auch nicht, ob Fábbio etwas davon mitbekommen hat. Aber dass irgendetwas passiert ist, daran habe ich nicht den geringsten Zweifel. Irgendetwas an der Beziehung der drei hat sich von Grund auf verändert. Auf einmal hat Telma Cayanne gehasst. Und Fábbio ist ihr von da an aus dem Weg gegangen.

(…)

T: Ich frage mich, warum Sie sich darauf eingelassen haben, die Versicherung abzuschließen, obwohl Sie bemerkt haben, dass zwischen den dreien schlechte Stimmung herrschte?

NN: Weil das eine nichts mit dem anderen zu tun hatte. Ich habe Telma nie misstraut. Sie ist immer korrekt gewesen. Ich hätte nie gedacht, dass sie mich betrügen könnte. Sie hat mir erzählt, Fábbio sei wegen des Stücks im Stress und sie habe sich bereit erklärt, ihm den Vertrag zur Unterschrift ins Theater zu bringen. Das war mein Fehler. Eine goldene Regel der Versicherungsgesellschaften lautet: Die Verträge müssen im Beisein eines Vertreters der Versicherungsgesellschaft unterzeichnet werden. Ich bin hintergangen worden.

T: Und deshalb sind Sie bei der Casabranca vom Dienst suspendiert worden?

NN: Man verdächtigt mich. Ich bin mir der Folgen meiner Aussage hier durchaus bewusst. Mir ist sehr viel lie-

ber, ich werde entlassen, als dass ich mit Fábbios Tod in Verbindung gebracht werde. Ich bin hier, um mit Ihnen zu kooperieren.
L: Haben Sie Fábbios Unterschrift auf dem Versicherungsvertrag überprüft?
NN: Die Unterschrift stimmte mit der auf den Unterlagen überein, die ich vorliegen hatte.
T: Und warum haben Sie nach Fábbios Tod auf der Bühne das Theater so schnell verlassen?
NN: Das war der schrecklichste Tag meines Lebens. Abgesehen von der Tragödie ist mir klar geworden, dass die Casabranca Opfer eines Betrugs geworden war.
L: Haben Sie mit Telma gesprochen?
NN: Ja, aber nicht an dem Abend. Mein erster Gedanke war, dass Fábbio sich umgebracht und vorher die Versicherung abgeschlossen hat, damit Cayanne versorgt wäre. Viele Leute lesen sich die Verträge nicht durch und wissen nicht, dass die Versicherung bei Selbstmord nicht zahlt. Ich dachte, dass das bei Fábbio der Fall gewesen sei.
T: Aber es gab doch von Anfang an den Verdacht, dass es Mord war. Sie haben davon bestimmt in der Zeitung gelesen.
NN: Ja, aber ich bin trotzdem nicht auf den Gedanken gekommen, dass Telma die Unterschrift unter dem Vertrag gefälscht haben könnte. Das hätte keinen Sinn ergeben. Sie liebte den Jungen doch. Wie einen Sohn. Warum sollte sie ihn umbringen?
T: Aus dem gleichen Grund, aus dem Mütter ihre Kinder ermorden. Und Kinder ihre Eltern. Und Liebhaber ihre Nebenbuhler.

NN: Ich habe Telma tausendmal gefragt, ob sie gesehen hat, wie Fábbio die Police unterschrieben hat. Sie hat es mir versichert. In Wirklichkeit bin ich das Opfer. Genau wie die Casabranca. Telma hat mich benutzt. Ich bin hier, um mit Ihnen zu kooperieren.

T: Das haben Sie schon gesagt.

NN: Ich gebe zu, es war ein Fehler. Aber das habe ich erst begriffen, als Telma mich einige Zeit später anrief und mich unter Tränen bat, zu ihr nach Hause zu kommen. Ich habe kein Auto und musste mir ein Taxi rufen, und als ich bei ihr ankam, merkte ich, dass sie betrunken war. Sie trank weiter, und irgendwann begann sie dann, furchtbare Dinge zu sagen. Als Erstes gestand sie, dass sie Fábbios Unterschrift gefälscht hatte. Sie sagte, sie hätte geplant, mit dem Vertrag zu Fábbio zu gehen und die Fälschung Cayanne in die Schuhe zu schieben, um so den endgültigen Bruch zwischen den beiden herbeizuführen und zu beweisen, dass Cayanne ›berechnend und gewöhnlich‹ ist. Als ich das hörte, musste ich zur Toilette laufen und mich übergeben.

T: Waren Sie auch betrunken?

NN: Betrunken nicht, aber ich hatte natürlich ebenfalls etwas getrunken. Aber Telma war betrunken, und zwar so betrunken, dass ich Angst hatte, sie alleine zu lassen. Unter Schluchzen erklärte sie, sie hätte Fábbio getötet und würde sich umbringen. Wissen Sie, das Ganze war so absurd, dass ich gar nicht glauben konnte, was sie da sagte.

L: Was sagte sie denn?

NN: Es war wirr, ich konnte es nicht richtig verstehen, aber als ich nachfragte, brach sie nur wieder in Tränen aus. Ich habe so etwas noch nie erlebt. Und dann war sie plötzlich wie erloschen. Ich habe die ganze Nacht kein Auge zugetan. Als sie am nächsten Tag wach wurde, wollte ich die Sache unbedingt klären. Sie sollte mir sagen, was genau passiert war. Aber da wurde es nur noch schlimmer. Sie stritt alles ab, was sie mir erzählt hatte. Behauptete, ich sei verrückt geworden. Das war das Ende unserer Freundschaft.

(…)

Es wurden keine weiteren Angaben gemacht usw. usw.«

Als Azucena das Protokoll zu Ende gelesen hatte, machte Telma im Büro nebenan gerade ihre Aussage.

Sie selbst war von dem Fall abgezogen worden, in die Schranken ihrer Funktionen verwiesen. Sie wusste, das war der Preis dafür, dass sie zur Justizaufsicht gegangen war.

Für sie gab es an diesem Abend in der Zentrale nichts weiter zu tun. Als sie später mit ihren Töchtern in einer Pizzeria zu Abend aß, erhielt sie einen Anruf von Tenório, der ihr mitteilte, dass Telma immer noch verhört wurde. Der Haftbefehl gegen sie lag der Zentrale aber bereits vor.

»Von hier aus kommt sie direkt hinter Gitter«, sagte Tenório.

6

Am folgenden Morgen klingelte es noch vor sieben an der Tür. Sie wusste, es war ihr Vater. Am Abend zuvor hatte sie einen Lachanfall bekommen, als ihre Schwester ihr die Szene beschrieben hatte: Er und die Yakult-Verkäuferin hatten auf dem Sofa sitzend *La Bohème* gehört. »Kannst du mir mal erklären, was da los ist?«, hatte Ana gefragt.

Nun würde sie sicherlich Damasos Version zu hören bekommen. Er würde sich über Ana beschweren, darüber, wie sie seine neue Freundin behandelt hatte. Die gewohnte häusliche Routine, nur mit umgekehrter Rollenverteilung: Der Vater wollte mit seiner Freundin turteln. Als sie in ihren Bademantel gehüllt die Tür öffnete, stand jedoch Olga vor ihr.

Minuten später hatten die beiden es sich am Küchentisch mit einer Tasse frisch gekochtem Kaffee bequem gemacht. Olga sprach langsam und in wohlüberlegten Worten. Stück für Stück erzählte sie die Geschichte. Azucena stellte keine Fragen, unterbrach sie nicht, hörte lediglich zu und versuchte sich vorzustellen, wie alles gekommen war: Es war eine andere Zeit gewesen. Die Familie Salles führte damals eine sehr bescheidene Existenz in einem beschaulichen Städtchen im Landesinneren. Die Kinder waren schon erwachsen, nur Telma, das Nesthäkchen, wohnte noch bei den Eltern in dem Haus mit dem Dach aus Asbestschindeln neben der einzigen Apotheke im Ort, dem Broterwerb der Familie. Bereits um die Mittagszeit begann der Vater zu trinken, und lange bevor die Stadt im Dämmerschlaf der Telenovelas versank, war er irgendwo auf dem Weg zwischen Verkaufstresen und Bett umgekippt. Die Mutter erholte sich von den langen, einsamen Arbeitstagen in der Apotheke mit einer anderen Droge, mit Schlaftabletten. Sonntags bestand ihre Freizeitbeschäftigung darin, eine Extradosis zu schlucken und den Tag im Bett zu verbringen. So wuchs Telma ohne Regeln auf »und konnte die Eltern um den kleinen Finger wickeln«. Als sie vierzehn war, erzählte sie zu Hause, sie würde eine Woche mit einer Schulkameradin im Ferienhaus von deren Eltern auf dem Land verbringen, fuhr stattdessen aber mit einer anderen Freundin, die ihre Eltern ebenfalls belogen hatte, auf die Ilha do Mel, eine Insel im Bundesstaat Paraná. Damals war es dort noch nicht so touristisch wie heute, es gab nur eine ärmliche kleine Ortschaft mit ein paar verstreuten Häusern, in denen die Fischerfamilien lebten. Im Sommer füllte sich die Insel mit Studenten und Strandhütten aus Leinwand, und viele Fischer verdienten ihr Geld, indem sie den Leuten ihre rustikalen Häuschen vermieteten. Tagsüber unternahmen die Jugendlichen gemeinsame Wanderungen, erforschten die Strände und badeten in den Wasserfällen. Am Abend wurden Lagerfeuer entzündet, es wurde Gitarre gespielt, gesungen. Und getrunken. Neu für die beiden jungen Frauen war es, Marihuana zu rauchen, das die Älteren in ihren Rucksäcken mitgebracht hatten. Eines Nachts fühlte Telma sich nicht gut. Sie ließ ihre Freundin sich weiter am Lagerfeuer amüsieren und ging alleine zurück zur Strandhütte. Unterwegs wurde sie von einem Mann, dessen Identität sie nie erfahren sollte, überfallen und vergewaltigt. Wieder daheim, schloss sie sich tagelang in ihrem Zimmer ein, aber ihr Vater und ihre Mutter gaben sich keine große Mühe zu verstehen, was passiert war. Die Wahrheit kam erst fünf Monate später ans Licht, als der Arzt feststellte, dass Telmas »Krankheit« eine Schwangerschaft war. Hätte es die Möglichkeit dazu gegeben, dann hätte sie abgetrieben. Aber die gab es nicht. Das

Kind, ein Junge, kam zur Welt, und das war das Familiengeheimnis: Fábbio, der Sohn von Telma und einem unbekannten Vater, wurde als leiblicher Sohn von Olga und ihrem zeugungsunfähigen Mann im Geburtenregister eingetragen und großgezogen. Und schlimmer noch: Der Schauspieler war gestorben, ohne die Wahrheit zu kennen.

»Ihr Fehler war der Versicherungsbetrug«, sagte Olga. »Aber mit Fábbios Tod hat sie nichts zu tun.«

Niemand ist bloß deshalb frei von Verdacht, weil er die Mutter, der Sohn oder der Bruder eines Opfers ist. Diese Art von Logik gab es bei polizeilichen Ermittlungen nicht. Es lag also nicht an dem, was Olga sagte, sondern an der Art, wie sie es tat, was Azucena dazu veranlasste, ihr zu glauben.

»Wann haben Sie davon erfahren, dass sie die Versicherungspolice gefälscht hat?«, fragte sie.

»Zwei Tage nach Fábbios Tod. Sie selbst hat es mir erzählt. Cayanne benahm sich unmöglich, die Zeitungen waren voll mit Andeutungen. Ich selbst würde in meiner mütterlichen Fürsorge niemals so weit gehen, aber ich kann Telmas Beweggründe verstehen. Fábbio hat sein Liebesleben tatsächlich nicht mehr im Griff gehabt. Er war zu naiv. So naiv, dass er sich eine Prostituierte ins Haus geholt hat, verstehen Sie? Heute kann ich nicht einmal mehr sagen, ob Fábbio schwach war oder ob er durch den Erfolg völlig die Bodenhaftung verloren hatte. Der Ruhm ist ihm äußerst schlecht bekommen. Er hat ihn in gewisser Weise unfähig gemacht. Ganz Brasilien hat zugehört, als Cayanne im Fernsehen über ihn hergezogen ist, und er war nicht imstande, Stellung zu beziehen. Telma hat diese Situation nicht mehr ertragen, sie hat versucht, ihn aus diesem Schlamassel herauszuholen, und sie hat es auf die dümmste Weise getan, die man sich vorstellen kann. Sie dachte, eben weil sie aus der Versicherungsbranche kommt und Neide ihre Freundin ist, könnte sie sich einer Überprüfung entziehen.«

Ein Fehler nach dem anderen, dachte Azucena, als Olga ihr die Einzelheiten des verstiegenen Plans ihrer Schwester erläuterte: Telma hatte Fábbio sagen wollen, dass sie durch Neide von der Versicherung gehört habe. In der von ihr erdachten Posse wollte sie es übernehmen, ihrem Neffen eine Kopie der Versicherungspolice zu »beschaffen«. Später, nach Prüfung der Unterlagen, sollten Tante und Neffe zu dem offenkundigen Schluss gelangen, dass Cayanne die Verantwortliche für den Betrug war. Das Nachspiel wäre unvermeidlich gewesen. Fábbio hätte sich von Cayanne getrennt, und der Versicherungsvertrag wäre annulliert worden, natürlich mit Telmas Hilfe. Das war der Plan.

»Ich glaube, dass Cláudio irgendwie davon erfahren hat. Er und Cayanne haben den Revolver geladen.«

»Haben Sie Beweise dafür?«

»Mehr oder weniger«, gab Olga zur Antwort.

Gegen Ende vorletzten Jahres habe jemand ihren Sohn erpresst, erzählte die alte Frau. Er habe gedroht, intime Fotos von dem Paar im Internet zu veröffentlichen. »Mir ist völlig klar, dass die Fotos möglicherweise von einem Hacker aus Fábbios Computer gestohlen worden sind. Aber mir will nicht aus dem Kopf, dass Cayanne dahintergesteckt hat.«

»Warum?«

»Die Summe, die der Erpresser gefordert hat, entsprach genau der Prämienzahlung, die Fábbio gerade vom Sender erhalten hatte.«

»Wer wusste von dieser Prämienzahlung?«

»Das ist ja genau der Punkt: Nur Fábbio, Cayanne und ich. Telma wusste nichts davon. Sie hat zwar die Versicherung betrogen, aber umgebracht worden ist Fábbio von Cayanne. Von ihr und ihrem Liebhaber. Wenn Sie Cayannes Konto im Dezember vorletzten Jahres überprüfen, werden Sie sehen, dass ich die Wahrheit sage.«

»Und warum haben Sie uns angelogen? Warum haben Sie uns diese Geschichte nicht früher erzählt?«

»Das fragen Sie noch? Was hätte ich Ihrer Meinung nach denn tun sollen? Meine eigene Schwester anschwärzen? Nachdem ich schon meinen Sohn verloren hatte? Sie hatten Cayanne im Visier, der Gerechtigkeit war Genüge getan worden, wenn auch auf verkehrte Weise.«

Schlimm, wie Familiengeheimnisse die Ermittlungen auf Abwege führen und verzögern konnten, dachte Azucena.

Olga wollte nicht zum Kommissar gehen. »Nach allem, was ich durchgemacht habe, soll ich auch noch in der Presse lesen müssen, dass Fábbio das Kind eines Vergewaltigers war?«, fragte sie und erhob sich, um die Tasse ins Spülbecken zu stellen.

Ihr erschöpfter, flehender Gesichtsausdruck verschwand, als sie begann, gegen die Journalisten zu wettern. »Ein gemeines Pack«, sagte sie voller Hass. »Sie schlachten meine Trauer aus. Offenbar gibt es jede Menge Leute, die sich daran ergötzen, die an meinem Unglück ›emotional‹ teilhaben wollen, genauso wie sie liebend gerne Filme über Hurrikane und Erdbeben sehen. Es muss tatsächlich sehr bewegend sein, hautnah mitzuerleben, wie jemand auf tragische Weise einen Sohn verliert, ohne dass das eigene Kind dafür sterben muss. Bitte, Sie müssen mir helfen.«

Azucena wusste nicht recht, wie sie die Sache in der Zentrale in die Wege leiten sollte. Sie war jedenfalls entschlossen, mit Leandro zu sprechen. »Aber zuerst erzählen Sie mir bitte alles über Ihren Sohn, was ich wissen muss.«

In der Zentrale begann der Tag vielversprechend. Das Bereitschaftsteam war in euphorischer Stimmung. Im Morgengrauen war der Vergewaltiger aus der Serra da Cantareira verhaftet worden.

»Weißt du, wie er aufgeflogen ist?«, fragte Jair.

Sie vermutete, durch eine Anzeige.

»Bei einer Alkoholkontrolle. Der Kerl hatte zwar nicht zu viel getrunken, aber zwischen seinen Papieren wurde der Personalausweis eines der Opfer gefunden. Wie lautet das alte Sprichwort: Man schießt auf das, was man sieht, und trifft das, was man nicht sieht.«

Sie lief dem Zahnsachverständigen über den Weg, der gerade mit einer Schachtel mit vier Aluminiumschienen darin aus dem Vernehmungszimmer kam. Er berichtete, er habe soeben Abdrücke von dem Gebiss des jungen Mannes genommen. »Dieselbe Fehlstellung des Schneidezahns. Dieselbe Lücke beim Prämolar rechts. Wir haben den Kerl gefasst.«

Durch den Türspäher des Vernehmungszimmers betrachtete sie den Mann.

Ein gewöhnlicher, schmächtiger Kerl. So, wie er da saß, in Handschellen, den Kopf gesenkt, wirkte er völlig harmlos.

Nachdem sie im Labor vorbeigeschaut hatte, rief sie Tenório zu sich, um mit ihm das Ergebnis der ballistischen Untersuchung einer Tat zu besprechen, die acht Monate zuvor verübt worden war. Anhand der Abbildung des menschlichen Körpers, die sich im Anhang zu dem letzten Gutachten befand, erklärte sie: »Der erste Einschuss befindet sich oberhalb des rechten Knies, der zweite im Oberschenkel, dann ein weiterer in Höhe des Magens, und die beiden letzten in den Brüsten, zuerst rechts, dann links.«

»So ein Arschloch!«

Sie fuhr fort: »Falls die Staatsanwaltschaft vorhaben sollte, vorsätzliches Quälen des Opfers als straferschwerendes Argument anzuführen, dürfte ihr das in diesem Fall nicht schwerfallen.«

Ehe Tenório sich verabschiedete, fragte sie ihn nach Telmas Aussage. »Ich habe gehört, dass sie den Betrug zugegeben hat«, sagte sie.

»Es war ganz unspektakulär. Sie hat ihn gar nicht erst zu leugnen versucht.«

»Es ist wirklich merkwürdig, dass sie als Kennerin der Versicherungsbranche bei ihrem Plan den Faktor Zeit nicht mitberücksichtigt hat.«

»Ich habe schon intelligentere Mörder gesehen, die noch viel schlimmere Fehler begangen haben.«

»Trotzdem ergibt das keinen Sinn. War Leandro bei der Vernehmung dabei?«

»Ja. Er glaubt, dass Telma so berechnend ist, dass sie uns dazu bringen will, genauso zu denken wie du.«

»Telma hat die Waffe nicht geladen.«

Er lachte. »Geh doch und erzähl es ihm brühwarm. Ich weiß, dass Olga dich gesucht hat. Sie hat gestern hier angerufen, als sie von Telmas Verhaftung gehört hat. Was gibt es Neues?«

»Wenn du irgendjemandem sagst, dass ich dir das erzählt habe, werde ich es abstreiten und behaupten, du lügst.«

»Sag schon.«

»Telma ist Fábbios Mutter.«

»Das glaube ich nicht.«

»Er ist das Resultat einer Vergewaltigung in ihrer Jugend.«

»Verdammt!«

»Du musst mit Leandro reden.«

Tenório hatte die merkwürdige Angewohnheit, die Hände über dem Kopf so zu falten, als würde er sich eine eigentümliche Trophäe, eine Art Ananas, aufs Haupthaar setzen.

»Stimmt es, dass du Leandro bei der Justizaufsicht angeschwärzt hast?«, fragte er.

»Habe ich irgendeine Chance?«

»Mensch, du sitzt echt in der Tinte.«

Sie seufzte. »Kannst du mir einen Kontoauszug von Cayanne von vor zwei Jahren besorgen?«

Als Leandro in der Zentrale eintraf, erwartete Azucena ihn bereits.

»Ich habe keine Zeit«, sagte er, ohne sie anzusehen. Und bat die Sekretärin freundlich: »Bringen Sie mir doch bitte meinen Terminkalender.«

Nilza war etwas lethargisch, und so konnte sie nicht verhindern, dass Azucena zusammen mit dem Kommissar in dessen Büro hineinging und die Tür hinter sich schloss.

»Ich kann jetzt nicht«, wiederholte er. »Lass dir einen Termin geben.«

Sie setzte sich seelenruhig hin, nahm den Bilderrahmen vom Schreibtisch und hielt ihn ihm hin. »Deine klatschsüchtige Freundin hat recht: Ich war bei der Justizaufsicht und habe dich angezeigt.«

»Wenn du hergekommen bist, um dich zu entschuldigen, dann entschuldige dich und lass mich arbeiten.«

»Ich habe dir die Berichte über die Mordopfer dieser Leute gezeigt, die du gerade festgenommen hast, und du hast kein Sterbenswort von Operation Wanderratte gesagt.«

Er spielte sie schlecht, die Rolle des Schwerbeschäftigten, dachte sie. Er wusste noch nicht einmal, wonach er im Schreibtisch suchen sollte, die Schubladen hatte er bereits zweimal auf- und wieder zugemacht. Schließlich sagte er: »Ich dachte, wir wären ein Team.«

»Ein Team? Was für ein Team soll das bitte sein, das mich aus den Ermittlungen ausschließt?«

»Ich musste für deine Sicherheit garantieren, und meiner Einschätzung nach war es am besten für alle, dass du möglichst wenig wusstest.«

»Ich habe keine Ahnung, wie du auf den Gedanken kommst, dass ich deinen Schutz bräuchte.«

Die Unterredung war dabei, aus dem Ruder zu laufen und ins Persönliche abzugleiten, das merkte sie.

Da sagte Leandro plötzlich: »Willst du wissen, wie ich mich gefühlt habe? Ich war enttäuscht. Total enttäuscht.« Er erklärte, er sei mit einem festen Plan zur Mordkommission gekommen, und als Erstes habe er sie in seinen Plan miteinbezogen. Er habe auf sie gezählt bei der Neustrukturierung der Zentrale. Mehr noch: Sie hätte Teil dessen sein sollen, was er als »seinen harten Kern« bezeichnete. Und dann habe er feststellen müssen, dass sie ihn der Korruption verdächtigte. Sah er vielleicht wie ein Korrupter aus? Verhielt er sich wie ein Korrupter? Das hatte er nicht erwartet. Nicht von ihr. »Seit wie vielen Jahren kennen wir uns?«, fragte er wütend.

»Du hast den Test auch nicht bestanden«, entgegnete sie.

»Welchen Test?«

Den Test des idealen Chefs. In Bezug auf Autorität und Respekt hatte er noch einiges zu lernen. Und auch in anderer Hinsicht war er schwach. Viel Theorie, viel leeres Gerede. Sie bevorzugte praktische Männer. Männer der Tat.

»Welchen Test? Wovon genau ist hier die Rede?«, fragte er noch einmal, nun mit empörtem Gesicht.

Sie schwieg weiter.

»Ich habe dich nie getestet. Ich habe immer gewusst, wer du bist«, sagte er.

»Dann hoffe ich, dass du mir wegen eines Fehlers, den ich begangen habe und den ich zugebe, keine Knüppel zwischen die Beine wirfst.«

»Ich nehme deine Entschuldigung an.«

»Ich werde weiter an Fábbios Fall arbeiten«, sagte sie und stand auf. »Ich habe neue Erkenntnisse. Wir müssen reden.«

7

Azucena war kaum vor dem Frauengefängnis Campo Novo aus dem Wagen gestiegen, als die Gläser ihrer Sonnenbrille auch schon beschlugen. Die Hitze schien vom Boden aufzusteigen, aus der neuen Asphaltdecke, die die Stadtverwaltung über die Avenida Pereira Dias gegossen hatte.

Jair konnte nicht mit ihr Schritt halten und schleppte sich abgeschlagen und schlaff hinter ihr her, während sie die Straße überquerte und sich zu der Menschenmenge gesellte.

Zwei Fernsehteams kämpften um den Platz auf dem Bürgersteig vor dem Gefängnistor.

»Früher bin ich nur in angesagten Restaurants, bei Preview-Vorführungen und auf Partys von reichen Leuten gewesen. Wenn ich heutzutage einen Prominenten erwischen will, muss ich stundenlang vor Gefängnistoren warten«, sagte einer der Kameramänner zu einem Kollegen, der die Elektrokabel ordnete.

»Wir werden uns noch nach den Zeiten zurücksehnen, in denen man nur seinen Arsch zeigen musste, um berühmt zu werden«, brummte er.

Während sie auf Cayannes Freilassung wartete, schlenderte

Azucena zwischen den zahlreichen Schaulustigen umher. Leute die auf dem Weg nach Hause oder zur Arbeit waren und aus Neugier stehen blieben. Leute, die nicht verstanden, was los war, die aber geduldig abwarteten wie auf einer Stromleitung hockende Vögel. Sie hatten nichts Besseres zu tun.

In all den Jahren ihrer Berufslaufbahn hatte sie schon viele Mörder gesehen, die für einen Augenblick Berühmtheit erlangt hatten. Aber es war das erste Mal, dass sie auf jemanden in Cayannes Lage traf, der aus dem alten, verwitterten Gefängnistor von Campo Novo den geeigneten Ort für eine Pressekonferenz zu machen versuchte. Wer war nur auf diese abstruse Idee gekommen?

Olga hatte ihr die Einladung an die Journalisten auf Cayannes Facebook-Account gezeigt.

»Völlig widersinnig, aber das täuscht. Die Leute glauben, dass sie strohdumm ist«, hatte Fábbios Mutter gesagt, »dabei kann man hieran erkennen, wie weit zu gehen sie imstande ist, um die Aufmerksamkeit der Medien zu erheischen. Wie diese amerikanischen Jungs, die in die Schule laufen und zehn, zwanzig Menschen umbringen. Glauben Sie, das geschieht alles aus Hass? Nein, die wollen berühmt werden. Genau wie Cayanne. Als sie verkündet hat, dass sie in der Realityshow bleiben will, war ich mir sicher, dass sie den Tod meines Sohnes geplant hat. Da habe ich begriffen, dass das künstlerische Projekt dieser Schlampe darin besteht, die Witwe des brasilianischen John Lennon zu sein. Unsere Yoko Ono. Die Yoko Ono von Kanal 3. Deswegen hat sie meinen Sohn umgebracht, um Berufswitwe zu werden.«

Tenório lachte sich krank, als er das hörte. »Irgendjemand muss der Alten wohl mal stecken, dass ihr Sohn nicht John Lennon gewesen ist.«

Plötzlich ging das Gefängnistor auf und Cayanne erschien in einem Kleid, das immerhin lang genug war, ihre Leisten zu bedecken. Niemand hätte eine broadwayreife Szene an diesem so völlig unspektakulären Ort erwartet, und die Art und Weise, wie die junge Frau auftrat, wirkte denn auch eher so, als würde jemand eine Schüssel schmutziges Wasser ausschütten, dachte Azucena.

Cayanne, das schauspielernde Model, winkte und warf Kusshände, während sie etwas konfus berichtete, die Erfahrung im Gefängnis sei »eine Bereicherung« gewesen und heute sei sie »im Innersten professioneller«.

Besonders befremdlich fand Azucena es, als Minuten später bei einem großen Nachrichtenportal das Bild des Mädchens zu sehen war (zusammen mit Nummerngirls und den Siegerinnen der Misswahlen aus dem Norden des Landes), versehen mit dem Untertitel: »Beim Verlassen des Gefängnisses trug Cayanne ein grünes Kleid.« Die Journalistin schien beeindruckt zu sein von ihrer körperlichen Verfassung: »Ihr Gewicht hat sich seit ihrer Verhaftung nicht verändert.«

Der Rechtsanwalt, der Cayanne begleitete, war nicht länger Arnaldo. »Er und das gesamte Pack von diesem dreckigen Sender sind von Cayannes neuem Manager abserviert worden«, berichtete Olga.

Der neue Verteidiger war ein riesiger, blutjunger Kerl, dem sichtlich unbehaglich war angesichts des Auftritts des jungen Mannes, einem Zwerg mit hochstehendem Haar und engem, modischem T-Shirt, der sich neben die Schauspielerin hinstellte und sich als »Agent und persönlicher Berater von Cayanne« präsentierte. »Und auch von dem Sänger Mello, der übrigens heute Abend eine großartige Show im Samba Maravilha geben wird.« Dann wandte er sich an Cayanne. »Schätzchen«, sagte er, »erzähl doch den netten Menschen hier, was sie künftig von dir erwarten können.«

»Funk«, antwortete sie und erklärte dann, dass sie von dem Funkmusiker Nego Bahia ein Angebot erhalten habe, in der Band Chocolatão zu singen, und dass ihr die Idee gefalle.

Azucena reckte sich und konnte erkennen, was der Journalist neben ihr auf seinen Notizblock schrieb: »Nego Bahia?!«

Ein anderer Reporter, der bis dahin ununterbrochen telefoniert hatte, hob die Hand und fragte: »Welche Stücke hat Mello für die Show ausgewählt?«

Von dem Moment an verstand keiner mehr, in welche Richtung diese Pressekonferenz eigentlich laufen sollte.

»Was denkst du über die brasilianischen Gefängnisse?«, fragte die Webseite *Hübsches Mädchen*.

Der Blog *Schrill und Prominent* wollte wissen: »Würdest du nach dieser anregenden Erfahrung ein erotisches Experiment wagen?«

Der Reporter, der nach wie vor am Telefon hing, warf ein: »Und was ist mit *Du hast mich betrogen*, das fast für den Latino-Grammy nominiert worden wäre? Gehört das Stück auch zu Mellos Repertoire?«

Die Webseite *Leitstern*: »Hast du eine Ahnung, wer Fábbio Cássio umgebracht haben könnte?«

Die Webseite *Schnelle Küche*: »Welches Rezept empfiehlst du für ein Abendessen zu zweit?«

Die Zeitung *Jornal da Periferia*: »Stimmt es, dass Fábbio Cássio dich geschlagen hat?«

»Und was ist mit Cláudio?«, fragte jemand. »Er kommt in den gleichen Genuss wie du und darf heute das Gefängnis verlassen. Seid ihr ein Paar?«

Diese Szene unterschied sich nur unerheblich von Nachmittagssendungen, in denen die Gäste zur Belustigung der Zuschauer erniedrigt wurden, dachte Azucena. Bald schon würden die Videos ins Netz gestellt werden und die Internetsurfer könnten sich darüber vor Lachen ausschütten.

Ein klapperdürrer, bärtiger Fotograf, der leicht stotterte, bat um das Wort. »Riroco«, sagte er und berichtigte: »Rirroco. Würdest du gerne in einer anderen Realityshow mitmachen?«

In dem Moment brach ein Sturzregen los, der alle loslaufen und Schutz suchen ließ. Zwei Minuten später war keiner mehr zu sehen, nicht einmal Cayanne.

»Verdammte Scheiße«, sagte Jair, als er fast zehn Minuten nach ihr völlig durchnässt ins Auto stieg. »Kannst du mir mal sagen, was für ein beschissener Film da eben gelaufen ist?«

»Melden Sie, dass Wanda da ist«, bat sie den jungen Mann am Portierstresen. Es war schon nach acht Uhr abends, aber sie hatte keine Lust, nach Hause zu fahren, und noch viel weniger, in die Zentrale zurückzukehren.

Während sie wartete, hätte sie am liebsten gefragt, ob viele junge Frauen wie sie dort auftauchten – oder besser gesagt, sehr viel jüngere Frauen, vermutlich Jurastudentinnen von der Getúlio-Vargas-Universität, mit glänzendem, langem Haar, aus deren Mündern ständig die Worte »Papi« und »Mami« ertönten –, um sich mit dem jungen Mann aus dem fünften Stock zu verlustieren. Mit dem Wegwerfpenis. So nannte sie ihn im Stillen.

Als sie aus dem Fahrstuhl stieg, erwartete er sie in Anzug und Krawatte, aber barfuß in der Diele.

»Ich bin gerade nach Hause gekommen«, sagte er und schloss sie in die Arme.

Dieses Mal war alles intensiver. Vielleicht, weil sie klar im Kopf waren, dachte sie. Sie hatten mehrmals Sex, und die beginnende Vertrautheit gefiel ihr, eine rein physische Vertrautheit. Er war verfügbar, das war mehr als genug. Er war da, wenn sie kurz entschlossen und überraschend bei ihm auftauchte. Er kannte ihren wirklichen Namen nicht, er wusste nicht, dass sie zwei Töchter und einen Exmann hatte, der Schlachter war. Er wusste auch nicht, dass sie in ihrem Beruf mit Würmern, Giften, Messern, Blut und mit noch viel Schlimmeren zu tun hatte.

Befriedigt logen sie einander an. Zumindest sie log ein klein wenig. Das war die Spielregel, die sie stillschweigend mit dem jungen Mann vereinbart hatte: niemals die Wahrheit sagen.

Sie überlegte gerade, ob sie allmählich gehen sollte, als er mitten in einer witzigen Geschichte, die er ganz entspannt erzählte, ihren Namen erwähnte. Nicht ihren fiktiven Namen, Wanda, den sie erfunden hatte, als sie sich kennenlernten. »Azucena«, hatte er ganz deutlich, aber ohne sich dessen bewusst zu sein, gesagt. Er bemerkte den Fehler, als sie aus dem Bett sprang und ihre Jeans anzuziehen begann.

»Ich habe es gleich zu Anfang erfahren«, sagte er.

Sie zog das T-Shirt an. »Wo sind meine Schuhe?«

Er folgte ihr durch die Wohnung, ins Bad, ins Wohnzimmer, während sie ihre Stiefeletten suchte, und sagte, an dem Abend, in der Bar, »nicht an dem Abend, an dem wir uns kennengelernt haben, sondern beim ersten Mal, als du mit Arnaldo dort warst. Arnaldo ist ein Freund von mir.«

Es war nicht so einfach, die Stiefel anzuziehen, sie musste sich dazu aufs Sofa setzen und versuchte wütend, den seitlichen Gummizug zu besiegen, indem sie heftig daran riss und mit dem Fuß auf den Boden stampfte. Er stand daneben, die Hände in den Hüften, und wollte lediglich verstehen, warum sie so erbost war, so enttäuscht. »Das war unumgänglich«, versicherte er ihr, oder glaubte sie vielleicht, dass er ein Idiot war, der die Lügen schluckte, die sie ihm auftischte?

»Ich bin nicht enttäuscht«, erwiderte sie, nunmehr im Stehen, nahm das Schlüsselbund vom Tisch und steckte es in ihre Schultertasche. Es nützte nichts, ihm den Rücken zu kehren, er redete weiter, aber alles wurde nur noch schlimmer. Vor dem Fahrstuhl, der lange auf sich warten ließ, erklärte er nun, dass er auch Leandro kannte.

»Meinen Chef?«, fragte sie und wurde blass.

Er nickte.

Mit ausgestrecktem Zeigefinger deutet sie auf ihn und rief: »Hast du meinem Chef etwas von uns beiden gesagt?«

»Wem, Leandro?«

»Hast du es ihm gesagt?«

»Was?«

Blöde Ausweichmanöver wie diese kannte sie zur Genüge. Er brauchte Zeit zum Nachdenken, wollte etwas zu seiner Entschuldigung erfinden.

»Leandro ist ein guter Freund von mir«, sagte er und verzog den Mund zu einem Lächeln, das eher einer Grimasse glich.

»Blödmann«, entgegnete sie und stieg in den Fahrstuhl, ohne ihm weiter zuzuhören.

Im Morgengrauen wurde sie vom Klingeln des Telefons wach. Es war das vierte Mal in dieser Woche, dass das passierte: Wenn sie abnahm, waren am anderen Ende der Leitung nur Atemgeräusche zu hören. In der Vergangenheit war sie während der Ermittlungen in einem Entführungsfall sogar einmal bedroht worden. Beim ersten Anruf hatte eine Männerstimme sie gefragt, ob sie ihre Familie »wertschätze«. Und es war genau dieses Wort »wertschätzen« gewesen, das zur Lösung des Falles führte. Im Allgemeinen war das Vokabular von Entführern schlichter. Es war nicht weiter schwierig gewesen, die Verbindung zurückzuverfolgen und den Ort zu finden, an dem der Unternehmersohn, der die Entführung nur simuliert hatte, sich versteckt hielt. Es hatte noch andere Drohungen gegeben. Trotzdem hatte sie ihre Gewohnheiten nie geändert, allerdings hatte sie sich, seit sie bei der Polizei war, auch nie wieder völlig sicher gefühlt. Wenn sie nachts aufwachte, konnte sie nicht wieder einschlafen.

Während sie sich unruhig im Bett hin und her wälzte, kam ihr der Gedanke, dass es vielleicht der Wegwerfpenis war, der mitten in der Nacht anrief. Ob er wohl ihre Festnetznummer hatte?

Einen Moment später stand sie auf, entschlossen, sich an den Computer zu setzen und zu arbeiten.

Cayannes Facebook-Seite war 12.108 Mal angeklickt worden, zu Hunderten hatten die Fans sie zu ihrem »Sieg« beglückwünscht. Den Kommentaren nach zu urteilen hatte Azucena den Eindruck, dass sich die Nachrichten nicht auf dasselbe Geschehen bezogen, das sie vor dem Gefängnistor miterlebt hatte. Cayanne jubelte ebenfalls, sie sei »im Internet wie eine Bombe eingeschlagen« und hatte 127 Links mit Artikeln über sich aufgelistet. In einem davon hieß es: »Verglichen mit anderen Teilnehmern von Realityshows war Cayanne innovativ, denn um Aufmerksamkeit zu erlangen hat sie nicht das gemacht, was alle tun, sie hat sich nicht dazu bekannt, homosexuell zu sein oder unter Bulimie zu leiden, und sie hat auch keine hysterischen Anfälle gehabt«.

Nichts dergleichen, dachte sie. Sie hat ganz einfach die Mordverdächtige »gespielt«.

Im Blog *Schöne Männer und Frauen* weckte unter den 322 geposteten Kommentaren über eine Reportage mit dem Titel »Das gefährliche Mädchen verlässt den Käfig« etwas ihre Aufmerksamkeit. Nicht unbedingt, was der Internetsurfer schrieb, interessierte sie, sondern vielmehr das Zeichen, das er als Profilbild benutzte: eine stilisierte kleine gelbe Spinne auf schwarzem Grund. Das Zeichen kam ihr bekannt vor, aber sie konnte sich nicht entsinnen, woher.

Sie nahm das Telefon zur Hand und rief Quá-quá an. »Bist du am Computer?«

»Verdammt«, sagte er, »ich habe heute keinen Bereitschaftsdienst. Ich schlafe gerade.«

»Kannst du die Identität von jemandem herausfinden, der einen Kommentar ins Netz stellt?«

»Theoretisch schon.«

»Dann mach deinen Computer an und notier dir, was ich dir jetzt durchgebe.«

Minuten später rief Quá-quá zurück.

»Du hättest mich nicht zu wecken brauchen, er hat sich doch gar nicht zu verstecken versucht.«

»Ich kann nichts erkennen.«

»Wenn du unten die Spinne anklickst, kommst du auf seine Facebook-Seite.«

Was die Neuen Medien anging, kam sie sich wie ein Neandertaler vor. Mit einem Klick landete sie bei dem Profil des Nutzers: Djavan Pereira Barroso, 28 Jahre alt, Model und Schauspieler.

Vermutlich war er nicht sonderlich erfolgreich, dachte sie, während sie die Fotogalerie des jungen Mannes durchging. Die Bilder schienen eher für die Webseite eines Bordells geeignet zu sein. Außerdem gab es Fotos von Djavan beim Jiu-Jitsu-Training in einem Fitnessstudio. Da war sie wieder, die Spinne, auf dem Firmenlogo. Wo hatte sie diese Spinne bloß gesehen?

Bei Google fand sie den Namen des Fitnessstudios: Yellow Poison. Anschrift: Avenida Angélica 365. Doch nichts von dem, was sie herausfand, brachte Licht ins Dunkel.

Erst zwei Stunden später, nachdem sie drei Kilometer auf dem Laufband absolviert und den zweiten Akt von *Il Trovatore* gehört hatte, dämmerte es ihr. Sie stellte die Dusche aus und lief, noch ehe sie sich ganz abgetrocknet hatte, zum Telefon, um Olga anzurufen.

»Mein Magen wird wieder diese Größe bekommen«, erklärte Jair und zeigte Tenório, der soeben hereingekommen war, seine geschlossene linke Faust.

Die Nachricht, dass der Fotograf der Spurensicherung vom São-Gervásio-Hospital endlich einen Termin für die Magenbandoperation bekommen hatte, hatte in der Abteilung schon die Runde gemacht, und Azucena verlor allmählich die Geduld angesichts der vielen Unterbrechungen durch Kollegen, die erschienen, um ihn zu beglückwünschen. »Wir sind mitten bei der Arbeit«, sagte sie allen, die hereinkamen.

Schon seit dem frühen Morgen saß sie vor Jairs Computer und versuchte, ihre Nachforschungen abzuschließen.

»Vielleicht entdecken die Ärzte ja auch irgendwo in dem ganzen Pudding einen Schwanz«, witzelte Tenório.

»Lass nur. Wenn sie einen finden, sage ich deiner Frau Bescheid«, gab Jair zurück.

Als sie wieder alleine waren, wandte Jair sich abermals seinem Fotoarchiv zu. Es dauerte zehn Minuten, bis er das Bild gefunden hatte. »Ich glaube, das hier ist das, was du suchst«, sagte er.

»Ja, genau!«, antwortete sie. »Kann man das Foto bearbeiten?«

Alle kannten das qualitativ schlechte Bild, das in der Mitte von Leandros Schreibtisch lag: Es zeigte einen Mann von hinten, der eine Kappe und einen Rucksack trug, und stammte von der Überwachungskamera im Gang zu Fábbios Garderobe.

»Schaut euch das hier mal an«, sagte Azucena und deutete auf den Rucksack mit dem Zeichen, das wie ein stilisiertes Auge mit langen Wimpern aussah. »Wir haben immer geglaubt, dass dieser Mann der Kurier ist, der die Patronen aus der Firma von Cláudios Vater abgeholt hat«, sagte sie. »Ein gewisser Jemand wollte mir einreden, der Mann sei André. Ihr erinnert euch? Der Typ, der hier aufgetaucht ist und behauptet hat, er hätte den Schauspieler umgebracht.«

»Und wo ist die Spinne?«, wollte Tenório wissen.

»Hier«, antwortete Jair und legte ein zweites Blatt mit demselben, auf dem Computer bearbeiteten Motiv auf den Tisch. Jetzt konnte man sehen, dass der Gurt des Rucksacks es teilweise verdeckte und das Zeichen, das wie ein Auge ausgesehen hatte, eine sechseckige Spinne darstellte.

»Verdammt!«, rief Tenório aus, als Azucena ihnen die anderen Bilder hinlegte, die sie zu Hause ausgedruckt hatte.

Leandro war verblüfft. »Wie bist du darauf gekommen?«

»Indem ich Informationen kombiniert habe«, antwortete sie und erklärte, die Idee sei ihr in der Nacht gekommen, nachdem sie im Internet etwas über Cayanne gelesen hatte.

»Sein Name lautet Djavan Pereira Barroso«, sagte sie. »Ich glaube, dass er Callboy ist. Er hat unter einem Artikel über Cayanne einen Kommentar hinterlassen. Aber jetzt kommt das Beste: Die Spinne ist das Logo eines Jiu-Jitsu-Studios in der Avenida Angélica, das Yellow Poison heißt.«

»Fábbio hat Jiu-Jitsu gemacht!«, rief Tenório aus.

»Ich habe mit Olga gesprochen. Es ist tatsächlich dasselbe Studio. Yellow Poison.«

»Verdammt«, fluchte Tenório. »Verdammt, verdammt.«

»Ich bin es«, sagte Giulia.

Sie erkannte die kindliche Stimme gleich.

»Ich muss mit dir reden«, fuhr sie unter Schluchzen fort.

Es war kurz vor drei Uhr morgens. Azucena richtete das Kissen, setzte sich im Bett auf und lehnte sich mit dem Rücken ans Kopfende. »Wenn du mit mir reden willst, hör auf zu weinen«, entgegnete sie.

Giulia schniefte, putzte sich die Nase und legte eine kurze Pause ein, ehe sie mit erstickter Stimme berichtete, dass es in Boston siebzehn Grad unter Null habe.

Schweigen.

»Stimmt es, dass Papa eine Affäre hat?«, wollte sie dann wissen.

»Frag ihn doch selbst.«

Schweigen.

»Es schneit«, sagte Giulia, nunmehr mit fester Stimme. Sie berichtete, dass sie von ihrem Schlafzimmerfenster aus den drei Handbreit hoch mit Schnee bedeckten Campus der Universität sehen könne. »Wenn ich nur den Kopf hinaushalte, tut mir schon die Stirn weh, wie wenn man zu kaltes Eis isst, weißt du?«

Azucena konnte sich im Spiegel sehen, der gegenüber ihrem Bett hing. Das Telefon am Ohr, das zerknitterte Gesicht mit dem hochmütigen Ausdruck, die hängenden Mundwinkel, als wäre sie eine alte Frau. Mit einem Mal störte sie das. Sie hatte Menschen, die ständig gekränkt waren, nie gemocht, und da saß sie nun, die Kränkung in Person, mit ihrem zugeknöpften Gesicht, ihrem steinschweren Schweigen und den hängenden Mundwinkeln einer griesgrämigen Dame.

Giulia berichtete, dass sie gerade an der Universität etliche Prüfungen abgelegt habe. Ihr Englisch sei so gut, dass sie das letzte Modul nicht unbedingt absolvieren müsse. »Es ist ein Kurs für Chinesen und Japaner, die ihre Aussprache verbessern wollen.« Sie erzählte, Boston sei zwar schön, im Winter aber ein Albtraum. Sie habe Freunde, Menschen aus Ländern, von denen sie noch nie gehört hatte, wie Usbekistan. Um ihre Extraausgaben bestreiten zu können, passe sie am Wochenende auf die Kinder der Professoren auf. Alles laufe gut, sie vermisse nur ihr Zuhause und die Familie. Sie denke mit Wehmut an ihre Mutter, aber inzwischen könne sie besser damit umgehen, dass sie sie nie wieder in die Arme schließen werde. »Denn Sterben ist etwas Natürliches«, sagte sie. »Aber was ich mit dir gemacht habe ist etwas anderes.«

Schweigen.

»Je länger ich darüber nachdenke, was geschehen ist und wie ich mich dir gegenüber verhalten habe, je mehr Zeit vergeht, umso lebendiger, umso greifbarer, umso absurder wird diese Geschichte. Kannst du das verstehen?«

Nein, das konnte sie nicht. Für sie lagen die Dinge anders. Mit Sorengo war es einfach: Sie fühlte sich dazu verpflichtet, mit ihrem Exmann zu konkurrieren, und das erneuerte ihren Hass täglich. Mitunter wuchs ihr Hass aber aus einem anderen Grund: Sie genoss es, frei zu sein und sich nicht um die Alltagsplagen des Mutterseins kümmern zu müssen, was zu noch mehr Schuldgefühlen führte, die sie ebenfalls auf Sorengos Konto verbuchte. Giulia hingegen war ein Gespenst. Sie gehörte zu den Menschen, die in einer Parallelwirklichkeit lebten. Für die Welt waren das lebendige Menschen, für sie aber waren sie tot.

»Hörst du mir noch zu?«, fragte Giulia.

»Ja«, sagte sie.

»Du fehlst mir. Ich sehne mich nach zu Hause.«

»Was willst du von mir hören?«

»Wirst du mir irgendwann vergeben?«

Schweigen.

»Hallo? Bist du noch da?« Giulia ließ nicht locker.

»Sag schon, ich höre.«

»Darf ich zurückkommen? Kannst du mir das Ticket bezahlen?«

Sie seufzte und spürte, wie ihr Puls schneller schlug. Sie wollte nicht den Rest ihres Lebens mit dieser Last auf ihren Schultern verbringen. Außerdem war ihr Konto sowieso schon überzogen. Welchen Unterschied machte es also, wenn sie ihre Schulden noch ein klein wenig vergrößerte?

8

Sie überlegte, ob sie einen anderen Sender einschalten sollte. In den letzten Monaten hatte sie bereits alle möglichen Theorien über Gewalt gehört, Kreisläufe des Hasses, falsch programmiertes Rhombencephalon, antisoziale Persönlichkeitsstörung, die Liste der Themen war lang. *In einhundert Metern links abbiegen*, verkündete das Navigationsgerät.

Es herrschte dichter Verkehr. Sie verließ die Avenida und bog nach links ab, um dem Stau zu entgehen. Die Radioreporterin rollte das R, als sie ihren Interviewpartner fragte, ob der Anstieg der Gewalt etwas mit der Aufmerksamkeit zu tun habe, die die Presse dem Thema widmete. *Bei der nächsten Kreuzung links abbiegen.* Der Soziologe war anderer Meinung: Das ist eine Tautologie, sagte er, denn was war schließlich zuerst da gewesen: das Ei oder die Henne?

Der zahnlose junge Kerl, der sich mit einem schmutzigen Lappen über die Windschutzscheibe ihres Wagens beugte, bekam ein deutliches »Nein« zur Antwort. »Nein«, sagte sie abermals zu dem Jungen dort draußen, nun noch nachdrücklicher, als würde sie mit einem Kind sprechen. Der Soziologe im Radio beleuchtete jetzt den Fall eines Zwölfjährigen, der eine schwangere Frau getötet hatte, um anschließend gründlich in die Falle der Verallgemeinerungen zu tappen. »Unsere Mörder sind Kinder«, behauptete er. Die Ampel sprang auf Grün, und Azucena fuhr los. »Es fehlt nicht viel«, sagte der Wissenschaftler, »und bei uns werden Zustände wie in Uganda herrschen, wie bei der Farc, wie bei den extremistischen Gruppen. Wir werden eine Söldnerarmee aus Kindern haben.« *In zweihundert Metern rechts abbiegen.* Als er zu studieren anfing, erklärte der Mann, sei Kriminalität noch kein Zeitvertreib für präpubertäre Jungen gewesen, sondern ein Phänomen, das zur Welt der Erwachsenen gehört habe. Außerdem, fuhr er fort, habe es eine stillschweigende Abmachung unter den Taschendieben, den Kinderbanden und sogar den Auftragsmördern gegeben, dass man keine schwangeren Frauen tötete, dass man keine Kinder umbrachte. *Rechts abbiegen.* Das mache den großen Unterschied im Vergleich zu der derzeitigen Epidemie aus, sagte er, Mörder im Kindesalter. Neugeborene als Opfer. *Rechts abbiegen.* »Wir töten jetzt Babys«, wiederholte er drei-, viermal. »Mit zehn oder zwölf Jahren sind wir schon bewaffnet, bereit zu morden. Wir töten Kleinkinder, Schwangere, Blinde, Alte, so ist das jetzt, Mord ist schon im zartesten Kindesalter Bestandteil unseres Lebens. Was ist Brasilien für ein Land«, fragte er, »das aus Kindern brutale Mörder werden lässt?«

Sie dachte, er werde wohl auf irgendetwas hinauswollen, werde die Armut verantwortlich machen, die Ausweitung des

Hasses oder den Cortex praefrontalis, aber wie es schien, war ihm vor allem daran gelegen, Fragen aufzuwerfen und die Antwort schuldig zu bleiben. Weitere zwei, drei Fragen, und sie stellte das Radio aus. *Sie haben ihr Ziel erreicht.*

Die Straße war unspektakulär und rechts und links von Schuppen gesäumt, die Transportfirmen als Garagen dienten. Azucena parkte ihren Wagen neben einer davon, auf deren zerfressenes Metalltor jemand gesprüht hatte: »Gerson, ich habe dich nie betrogen.« So begann ihr Tag.

Tenório hatte bereits angerufen und mitgeteilt, dass sein Wagen unterwegs verreckt sei, und sie wusste, er würde eine ganze Weile warten müssen, ehe ein Ersatzfahrzeug geschickt würde.

Sie ging einen Häuserblock weiter, und hier sah die Straße schon ganz anders aus: vertraut wie irgendeine Straße im Landesinneren, die gleiche Art von Häusern, die gleichen Baumaterialien, im Ergebnis die gleiche Hässlichkeit: Mauern, Gitter, Autos aus dem vergangenen Jahrzehnt, hineingequetscht in winzige Garagen. Der feine Regen störte sie nicht. Sie ging ohne Eile, vorbei an einer Druckerei, einem Verkaufsstand, einem unbebauten Grundstück und einer Gruppe von Reihenhäusern, bis sie nach der nächsten Ecke bei dem Haus mit der Nummer 25 ankam, dessen Tor mit einer dicken Kette verschlossen war. Was sie durch einen Spalt erkennen konnte, unterschied sich deutlich von der Umgebung. Ein kleiner, gepflegter Garten, Sichtbeton, jene Art von Kasten, wie sie für gewöhnlich von phantasielosen Architekten entworfen wurden. Genau gegenüber stand ein weiterer, allerdings kleinerer Kasten.

Für einen Moment dachte sie, sie hätte die falsche Adresse notiert, aber dann konnte sie aus dem Briefkasten zwei Umschläge auf den Namen Djavan Pereira Barroso fischen. Hier also wohnte der Yellow-Poison-Mann von Facebook.

Da die Briefe vom Vortag waren, war offenbar niemand zu Hause. Dennoch drückte sie auf die Klingel. Nichts. Sie klingelte ein zweites Mal, vergeblich.

Von dem niedrigen Mäuerchen des Nachbarhauses aus holte sie Schwung und landete mit einem behänden Satz auf dem Grundstück. Vorsichtig ging sie zwischen den Zierpflanzensträuchern hindurch. Ob es ihr wohl eines Tages gelingen würde, dass auch in ihrem verdorrten Garten irgendetwas blühte?

Ganz hinten auf dem Grundstück stand ein Motorrad, eine 250er-Maschine. Azucena holte ihr Handy heraus und fotografierte sie, um das Bild anschließend per E-Mail an Jair zu schicken. »Schau mal nach, ob es dieselbe ist, die auf den Bildern der Überwachungskamera vom Theater auftaucht.«

Anschließend spähte sie durch das vordere Fenster ins Wohnzimmer hinein. Durch die Gardine konnte sie ein ordentlich aufgeräumtes Zimmer erkennen. Nirgendwo lag etwas herum, weder auf dem Tisch noch auf dem Sofa.

Sie überprüfte die Eingangstür, die ein einfaches Schloss hatte, ging einmal um das Haus, sah durch ein rückwärtiges Fenster in die Küche und überzeugte sich davon, dass niemand da war. Wieder bei der Eingangstür angelangt, nahm sie die Bonuskarte vom Supermarkt Olimpo aus ihrem Portemonnaie. Endlich war sie zu etwas nütze. Gerade wollte sie die Karte hochkant in den Türspalt stecken, als die Tür plötzlich aufging und ein junger, nach einem zitronigen Aftershave duftender Mann mit nassem Haar vor ihr erschien.

Er war kein attraktiver Mann, sollte sie später im Krankenhaus denken. Er war mehr als das. Er war das, was jemand einmal als »Inbegriff der Schönheit« bezeichnet hatte.

»Wie ich sehe, habe ich das Tor offen gelassen«, sagte er mit einem durchtriebenen Lächeln.

»Ich bin Azucena Gobbi von der Mordkommission«, erwiderte sie und zeigte ihren Ausweis vor.

Er grinste. »Djavan, sehr erfreut.«

»Ich habe mehrmals geklingelt. Vielleicht ist die Klingel kaputt.«

»Kommen Sie bitte herein.«

Nichts in dem Haus entsprach ihren Erwartungen. Ein junger Mann, der mit seiner Mutter, einer Hausfrau oder Kosmetikerin, in einem gemieteten Zimmer in Capão Redondo wohnte, wäre ihrer Vorstellung näher gekommen. Dort, wo sie herkam, war der »Inbegriff der Schönheit« außerdem nicht maskulin, dort herrschte Männlichkeit. Schöne Männer wie Djavan waren ihr stets wie ein drittes Geschlecht vorgekommen. Diese Gedanken gingen ihr durch den Kopf, als sie mit verdutztem Gesicht das Haus betrat. Und sie brauchte eine Weile – zunächst musste sie eine Art Verlegenheit überwinden, die sie plötzlich überkam und die mit einem Pickel an ihrem Kinn und dem Umstand zu tun hatte, dass sie zu spät aufgestanden war und keine Zeit zum Schminken gehabt hatte –, bis sie bemerkte, dass es ein merkwürdiges Haus war, mit einer Stroboskoplampe an der Decke und einem Sofa in Lippenform, das sie an das Logo der Rolling Stones erinnerte.

Auf diesem Sofa saßen sie nun. Sie fand es befremdlich, dass sich jemand eine Peitsche als Schmuck an die Wand hängte. Aber er erwähnte mit keinem Wort, dass sie soeben Hausfriedensbruch begangen hatte.

»Ist das wirklich eine Peitsche?«, fragte sie und zeigte auf den Gegenstand.

»Stehen Sie auf so was?«

Es lag ein maliziöser Unterton in der Stimme des jungen Mannes, den sie geflissentlich überhörte. »Pferde sind mir lieber«, sagte sie. »Ich bin hier, um Ihnen ein paar Fragen über Fábbio Cássio zu stellen.«

»Kann ich Ihnen einen Kaffee anbieten?«

Als sie alleine im Wohnzimmer war, wurde ihr klar, was dort nicht stimmte. Dies war kein Wohnhaus. Es roch auch nicht wie ein Wohnhaus. In diesen Räumen wurde gearbeitet.

Sie hörte, wie er in der Küche mit jemandem telefonierte. Sie hätte gerne gelauscht, aber das Geräusch der Espressokanne übertönte das Gespräch.

Er kehrte mit einem Tablett zurück, Kaffee für sie, Tee für ihn. »Ich habe schon genügend Adrenalin im Blut«, sagte er. »Wenn ich Kaffee trinke, drehe ich durch. Zucker?«

»Schwarz«, antwortete sie.

»Sie sind wie ich. Ich mag auch nichts Süßes«, entgegnete er und blickte ihr direkt in die Augen.

Was sollte das? Versuchte er, sie zu verführen?

»Mich wundert, dass Sie nicht früher gekommen sind«, sagte er.

»Es war nicht so einfach, Sie zu finden.«

»Wenn ich das gewusst hätte, wäre ich zu Ihnen gefahren. Stunden vor seinem Tod bin ich bei Fábbio gewesen. Er hat mich an dem Tag angerufen und mich gebeten, bei einer Sicherheitsfirma vorbeizufahren ...«

Sie unterbrach ihn: »Bei der Concórdia.«

»An den Namen kann ich mich nicht erinnern. Ich habe getan, worum er mich gebeten hat. Er wirkte auf mich irgendwie verstört. Ich habe das Päckchen abgeholt und es ins Theater gebracht. Wenn ich gewusst hätte, wozu der Inhalt verwendet werden würde ... Vielleicht hätte ich es verhindern können.«

»Wussten Sie denn nicht Bescheid?«

»Nein, natürlich nicht. Er hatte mir von einem Fotoshooting für eine Modezeitschrift erzählt. Er sollte mit einer Pistole in der einen und der Munition in der anderen Hand abgebildet werden. Um Reklame für das Stück zu machen. Ich habe das geglaubt. Am selben Nachmittag bin ich ins Ausland verreist. Von der Tragödie habe ich erst einige Tage später erfahren. Ich freue mich, dass der Fall jetzt aufgeklärt ist.«

Es gibt nicht so viele Varianten, wie Verdächtige sich der Polizei gegenüber verhalten. Nach dem Sie-wissen-ja-wohl-mit-wem-Sie-sprechen-Typ, dem Kooperationsbereiten und dem Vertuscher ist der Leck-mich-Typ die am häufigsten zu findende Variante. Djavan aber passte in keine dieser Kategorien. Er war mehr als kooperationsbereit. Weniger als ein Vertuscher. Erpicht darauf, freundlich zu sein, dachte sie.

»Der Fall ist noch nicht aufgeklärt. Deshalb bin ich hier. Ich möchte, dass Sie mir mehr über Ihren Besuch bei Concórdia erzählen.«

In diesem Moment fuhr ein Pick-up rückwärts in den Garten und parkte hinter dem Haus außerhalb des Sichtfelds der beiden. Jemand stieg aus, sie hörte Schritte auf dem Schotter vor der Küchentür.

»Das ist mein Bruder«, sagte er. »Erzählen Sie bitte weiter. Wie kann ich Ihnen behilflich sein?«

»Concórdia«, wiederholte sie.

»Ich habe bereits alles gesagt. Ich habe Fábbio einen Gefallen getan. Er hat manchmal mit mir zusammen bei Yellow Poison trainiert. Wir sind Freunde geworden.«

»Wir haben Gründe für die Annahme, dass Sie in die Sache verwickelt sind.«

Darauf reagierte er nicht. Er wirkte sogar ganz entspannt, seine Arme ruhten locker auf dem Sofa. Sie spürte, dass es ihr schwerfiel, sich zu konzentrieren, als würde parallel noch etwas anderes passieren.

»Als er starb, war ich unterwegs nach Miami. Sie können sich meine Unterlagen ansehen, ich dürfte sogar noch die Bordkarten haben.«

»Die würde ich gerne sehen. Seit wann waren Sie miteinander befreundet?«

»Seit einiger Zeit. Seit drei, vier Jahren. Ihre Stiefel gefallen mir«, sagte er.

»Wie bitte?« Der Lärm draußen störte sie. Was ging dort vor sich?

»Ihre Stiefel«, wiederholte er.

Sie blickte auf ihre Füße. Ihre Stiefel waren schmutzig. Mit ihren Augen stimmte etwas nicht.

»Ein femininieres Modell würde Ihnen noch besser stehen.« Er hatte eine Art zu sprechen und über sie hinwegzublicken, als würde er erhöht sitzen, bemerkte sie. Plötzlich beugte er sich vor und berührte wie selbstverständlich ihr Knie. »Diese Stiefel«, sagte er, den Rest hörte sie gar nicht mehr. Das war das Problem bei dem dritten Geschlecht, dachte sie. Er war so von seiner Überlegenheit überzeugt, dass er sie dazu brachte, sich für ihr gewöhnliches Schuhwerk zu schämen.

Ihr Mund fühlte sich trocken an, sie wollte, dass er schwieg, wollte aufstehen und nachsehen, was draußen los war, denn irgendetwas war dort definitiv im Gange. Bei dem Auto. Sie setzte sich auf dem Sofa zurecht und versuchte, einen Anflug von Benommenheit zu verscheuchen.

»Dieses Auto …«, sagte sie und deutete nach draußen, und dann begann alles um sie herum zu schwanken, als ob eine schwarze Welle sie in eine Welt in ihrem Inneren spülen würde. Sie musste sich enorm anstrengen, um wieder an die Oberfläche zu gelangen, hörte Gelächter – oder war es das Aufheulen des Motors von dem Wagen draußen? Mühsam, als hätte sie Sand auf der Zunge, als klebten die Worte an ihrem Gaumen oder an den Mandeln und sie müsste sie herausniesen, nuschelte sie: »Sie haben diese Munition bestellt, nicht Fábbio. Sie waren es. Wir haben Beweise. Niemand hat Zweifel daran, was Sie mit den Kugeln gemacht haben.« Sie spürte, wie sie abermals von der Welle mitgerissen wurde. Schaudernd vor Entsetzen versuchte sie, sich aufzurichten, aber ihre Beine schienen ihr abhandengekommen zu sein. Sie konnte gerade noch fragen, was er ihr in den Kaffee getan hatte, bevor es rings um sie herum dunkel wurde.

Tenório hätte am liebsten losgebrüllt und das Auto stehen gelassen. Seit fast zweieinhalb Stunden kämpfte er gegen den dichten Stadtverkehr an. Er schaltete die Sirene ein, streckte den Kopf aus dem Fenster, klopfte heftig gegen die Tür, kam aber nicht vom Fleck. »Vor zehn Jahren«, sagte er zu Leandro, der neben Vininho auf der Rückbank saß, »vor zehn Jahren hat sich, wenn man die Sirene einschaltete, vor dem Volk Mose das Rote Meer aufgetan. Heutzutage zaubert jeder seine eigene Sirene aus dem Ärmel, um sich durch den Verkehr zu retten, und das Ergebnis dieser Sirenenflut ist, dass die Leute sich nicht im Geringsten beeilen, Platz zu machen. Eine Scheißstadt ist das«, schimpfte er. »Da hilft nur noch abreißen und neu bauen.«

Es dauerte noch eine weitere halbe Stunde, bis sie die Avenida verlassen konnten. »Delta-Lunar-Golfe, hören Sie mich?«, wurde über Funk gerufen.

»Ich ertrage diese beschissene Tonqualität nicht länger«, sagte er. »Ich kann nicht gleichzeitig pfeifen und am Strohhalm ziehen«, antwortete er dem Apparat.

Als sie um die Ecke bogen, verkündete Jair vom Beifahrersitz, dass das die Straße sei. »Fahr langsamer.«

»Wann wird die Stadtverwaltung die Leute endlich dazu verdonnern, ihre Hausnummern so anzubringen, dass man sie auch sehen kann?«, knurrte Tenório.

Weiter vorn stand ein geparkter Wagen.

»Das dort ist ihr Auto«, erklärte Jair.

Der Wagen hielt, Leandro stieg aus und ging zu dem Fahrzeug. Dann überprüfte er die Nummerierung der Garagen.

»Verdammt noch mal, geh ran!«, brüllte Tenório ins Telefon.

»Ich habe es schon zweimal versucht, aber sie nimmt nicht ab«, sagte Jair.

Der Kommissar kam zurück und klopfte an die Tür.

»Es ist weiter vorn«, erklärte er.

»Es muss dort drüben sein, wo der Wagen steht.« Jair deutete auf einen Toyota Pick-up, dessen Heck einen Häuserblock weiter einen Teil des Bürgersteigs verstellte. Djavan stand auf der Pritsche und verstaute Pappkartons. Er sprang herunter und stieg ins Führerhäuschen.

»Mich laust der Affe! Der Schönling ist unser Mann«, schrie Tenório und schaltete die Sirene ein.

Der Toyota raste davon.

»Lass mich hier raus«, verlangte Leandro.

Tenório drosselte lediglich die Geschwindigkeit, und der Kommissar sprang aus dem Wagen. Er sah noch, wie Tenório hinter dem Toyota um die Ecke bog, ehe er ins Haus ging, darauf vertrauend, dass die Verfolgung nicht lange dauern würde. Im Verkehr von São Paulo kommt niemand sehr weit.

Das Foto, auf das er trat, zeigte ein Mädchen, das vermutlich nicht älter als acht Jahre war. Drei weitere Fotos lagen verteilt über den Boden: Mädchen und Jungen, die Grimassen schnitten. Vorsichtig, die Waffe in der Hand, ging Leandro weiter. Er konnte sich gut vorstellen, welche Art von Material in dem Toyota weggebracht worden war.

Als er Azucenas Waffe auf dem Tisch erblickte, lief es ihm kalt den Rücken herunter. Auf dem Teppich lag eine umgekippte Tasse, aber Leandro wagte nicht, irgendetwas anzurühren, er wollte den Ort für die Spurensicherung so belassen, wie er war.

Langsam, sich nach hinten absichernd, betrat er das Büro mit einem Schreibtisch darin, dessen Schubladen durchwühlt worden waren. Vom Computer waren nur noch die Tastatur und der Bildschirm übrig, am Boden lagen leere, heruntergefallene Ordner.

In der Küche erregte eine Flasche Äther unter der Spüle seine Aufmerksamkeit. Abermals überkam ihn ein ungutes Gefühl, das sein Herz schneller schlagen ließ. Dann durchquerte er das Wohnzimmer und stieg die Treppe hinauf in den ersten Stock, vorbei an drei geschlossenen Türen. Die beiden ersten führten in ähnliche Zimmer, jeweils mit einem runden Bett, Spiegeln und an strategischen Punkten installierten Kameras.

Der Anblick, der sich ihm beim Öffnen der dritten Tür bot, ließ ihn zusammenzucken: Azucena lag nackt in einer Badewanne, nur der Kopf schaute aus dem Wasser. Er musste seine Waffe auf dem Boden ablegen, um sie aus dem Wasser zu ziehen und auf den Fliesenboden zu betten. Nachdem er ihren Puls gefühlt hatte, rief er über Funk Hilfe.

Der alte Polizeiwagen holperte klappernd und rumpelnd über den schlaglochübersäten Asphalt, bis er einen Teil vom Auspuff im Straßengraben zurückließ. Ein Junge auf einem Fahrrad musste sich auf den Bürgersteig retten, um nicht überfahren zu werden. Die lange abschüssige Straße, die in die Avenida Paulo Carneiro mündete, war für Tenório die einzige Möglichkeit, näher an den Toyota zu gelangen. Er schlug mit der Faust aufs Armaturenbrett und brüllte und schimpfte, als ob er dadurch schneller vorankäme.

Beim Einbiegen in eine Rechtskurve fuhr der Toyota über eine rote Ampel. Ein Fahrzeug, das die Avenida entlangkam, bremste abrupt und wurde am Heck erfasst.

Die Polizisten hörten es krachen, noch ehe sie in die Avenida eingebogen waren, und dachten, es gäbe dort eine Massenkarambolage.

»Verdammt, schau dir das mal an!«, schrie Tenório, als er um die Kurve bog.

Direkt vor ihnen hatte sich der Toyota in einen Strommast verkeilt, der im Begriff stand umzustürzen. Die Motorhaube des Wagens war praktisch in zwei Teile zertrennt worden.

»Verdammt und zugenäht«, sagte er und stellte die Sirene aus. »Jair, ruf über Funk Hilfe.«

Als Jair wenige Minuten später aus dem Wagen stieg, hatte sich bereits eine kleine Menschenmenge um Tenório geschart. Überall lagen Ordner und Papiere.

»Sie sind tot«, hörte er jemanden sagen.

Der Fotograf schubste die Schaulustigen beiseite und bahnte sich seinen Weg. Einige Leute hielten bereits Fotos von nackten Frauen in den Händen. Er hörte deutlich, wie jemand das Wort »Pädophilie« aussprach.

»Wir müssen den Kram hier wegschaffen«, sagte Tenório, als Jair auf ihn zukam. »Bevor die Rettungskräfte eintreffen.«

Abends fragte die Krankenschwester: »Soll ich Ihnen Bettzeug für das Sofa bringen?«

»Nein«, antwortete Leandro, »ich bin nur hergekommen, um zu sehen, ob mit ihr alles in Ordnung ist.«

Die Frau entfernte den fast leeren Infusionsbeutel und befestigte die Kanüle an einem neuen. Sie prüfte Azucenas Temperatur und Blutdruck und sagte, ehe sie hinausging: »Sie wird nicht so schnell wach werden.«

»Danke, ich bleibe nur noch einen Augenblick.«

Als er alleine war, trat er näher an das Bett. Er verspürte den Wunsch, ihr Gesicht zu berühren. Die Bilder, die Jair von Djavans Kamera wiederhergestellt hatte, wollten ihm nicht aus dem Kopf. Bis zu diesem Tag hatte er immer geglaubt, bei einem Einsatz einen Kollegen zu verlieren wäre das Schlimmste, was einem Polizeibeamten passieren konnte. Jetzt wusste er, dass es etwas gab, das ihn noch stärker in seinen Grundfesten erschüttern konnte. Das erniedrigender war. Unter anderen Umständen wäre es allein ihr Problem gewesen. Er hätte nicht einmal etwas davon erfahren. Doch nach den Ereignissen fühlte er sich ebenfalls getroffen. Es schien, als wäre diese Brutalität ein Racheakt. Es war nicht nur eine Frau gedemütigt worden. Sondern eine Frau des Polizeiapparats. Eine Frau, die seiner Weisung unterstand. Gerne wäre er rechtzeitig da gewesen, um das zu verhindern.

Im Nebenzimmer hatte jemand einen Hustenanfall. Er betrachtete Azucena noch einige Minuten lang, ihren kleinen Körper, sie schlief, das Kopfkissen umklammernd. An die Stelle des süßlichen Parfüms, nach dem sie normalerweise duftete, war eine Mischung aus Alkohol und Desinfektionsmittel getreten. Die Farbe ihrer Haut beeindruckte ihn. Sie war von einem solchen Weiß, dass sie leuchtete, als er das Licht löschte und hinausging.

Am folgenden Tag schreckte sie vom Geräusch der Tür aus dem Schlaf. Leandro betrat den Raum, die Hände in den Taschen, ein verlegenes Lächeln im Gesicht. Es dauerte einige Sekunden, bis Azucena begriff, dass sie sich im Krankenhaus befand. Sie schloss die Augen. Sie konnte sich zwar an nichts erinnern, spürte jetzt aber jeden Teil ihres Körpers, weder Medikamente noch Drogen betäubten sie mehr. Es war nicht schwer, sich auszumalen, was geschehen war.

»Der Arzt hat deinen Entlassungsschein bereits unterschrieben«, sagte er. »Wie fühlst du dich?«

Du hast fahrlässig gehandelt. Du bist wie eine Idiotin auf den alten Trick mit den K.-o.-Tropfen hereingefallen. Sie wollte nichts dergleichen hören und hielt deshalb die Augen geschlossen.

»Wir haben in der Kaffeeprobe eine hohe Dosis Dormonid gefunden«, sagte er. »Du musst mir nichts erklären. Ich weiß, was passiert ist.«

Sie schwiegen.

»Ich habe bei dir zu Hause angerufen und erzählt, du wärst zu einem Sondereinsatz beordert worden«, sagte er schließlich. »Ich wollte deinem Vater keinen Schreck einjagen.«

Sie richtete sich im Bett auf und versuchte aufzustehen. »Ist er wenigstens gefasst worden?«

»Er ist auf der Flucht ums Leben gekommen. Er ist mit dem Wagen in einen Strommast gefahren. Wir haben eine Menge Material sichergestellt. Sowohl im Fahrzeug als auch in dem Haus.«

Wieder schwiegen sie. Ein leichtes Schwindelgefühl zwang Azucena, sich wieder aufs Bett zu setzen. Und dann sagte sie, die Augen starr aufs Fenster gerichtet: »Ich will genau wissen, was passiert ist.«

Er hatte lange darüber nachgedacht. Hatte mit Tenório und Jair gesprochen, hatte erwogen, ihr nichts zu zeigen. Aber er wusste, dass das nicht fair war. Deshalb holte er den Umschlag heraus, den er in der Tasche hatte, und gab ihn ihr, bevor er zum Fenster ging. Er wollte sie nicht in Verlegenheit bringen. Wollte ihre

Reaktion nicht sehen, während er ihr erzählte, dass die Fotos sich in Djavans Kamera befunden hatten, zusammen mit dem Material, von dem sie am Unfallort Ausdrucke eingesammelt hatten.

Es waren acht Fotos, aufgenommen ohne jede technische Sorgfalt. Am schockierendsten waren die vom Oralverkehr. Niemand hätte beim Anblick des Penis dieses ihr völlig unbekannten Mannes in ihrem Mund geglaubt, dass sie bewusstlos war. Auf einem anderen Foto war sie breitbeinig auf dem Bett liegend zu sehen, das Gesicht deutlich erkennbar, während derselbe kleine Mann sie bestieg.

»Wer ist das?«, fragte sie, ohne Leandro anzublicken.

»Der Eigentümer von Yellow Poison. Er ist bei dem Unfall genau wie Djavan ums Leben gekommen.«

Sie schwieg.

»Er hat Fábbio erpresst. Du wärst auch erpresst worden.« Leandro schwieg einen Moment, dann fuhr er fort: »Die Ärzte haben alle Sorgfalt walten lassen. Es ist alles in Ordnung, du musst dir keine Sorgen machen.«

Sie wusste, was er meinte. Die Pille danach, HIV- und Hepatits-C-Test. »Wo sind meine Kleider?«, fragte sie.

»Du bist beurlaubt. Ich habe dein gesamtes Team an den Fall gesetzt. Wir haben eine Menge Material beisammen und bereiten schon Gutachten vor. Nimm dir ein paar Tage frei.«

»Sag bitte Bescheid, sie sollen mir meine Sachen bringen, ich möchte hier raus«, verlangte sie mit Nachdruck und ging geradewegs ins Bad.

Das gesamte Team saß um den großen, gekachelten Tisch des Labors im dritten Stock und arbeitete.

Als Azucena, gefolgt von Leandro, hereinkam, trat Stille ein.

Es war ihr unmöglich, sich nicht wie eine Witwe vorzukommen, die Beileidsbekundungen entgegennahm, als die Kollegen auf sie zutraten und sie umarmten. Du musst stark sein, es tut mir so leid, du kannst auf mich zählen, sagten sie. Eigentlich war es nicht die Vergewaltigung als solche, die sie so erschütterte. Was ihr einen trockenen Mund verursachte und ihr Herz rasen ließ, was alle dort in Erstaunen versetzte, war die Tatsache, dass sie in eine Falle getappt war, in die sonst nur schwule Greise gerieten. Sie konnte geradezu hören, was ihre Kollegen insgeheim unisono ausriefen: K.-o.-Tropfen! Eine fast ebenso unerträgliche Schmach wie die sexuelle Gewalt selbst. Und bei der Vorstellung, dass alle dort die Bilder gesehen hatten, bei dem Gedanken, was sie hinter ihrem Rücken wohl gesagt hatten – und dass viel geredet worden war, wusste sie –, hätte sie beinahe auf dem Absatz kehrtgemacht. Aber sich in die Opferrolle zu begeben war das Allerletzte, was sie wollte.

In dieser geistigen Verfassung bekam sie nur vage mit, dass der Kommissar alle um ihre Mitarbeit bat, damit die Ermittlungen im Fall Fábbio Cássio innerhalb von vierundzwanzig Stunden abgeschlossen werden konnten. »Das ist eine Bitte des Innenministers. Er ist über die Ereignisse im Bilde. Morgen Vormittag um elf Uhr werden wir eine Pressekonferenz abhalten.«

Nachdem Leandro den Raum verlassen hatte, kam Tenório zu ihr. »Ich hätte mich an meine alte Regel halten sollen: Wenn ein Fall allzu kompliziert zu werden beginnt, kommt bestimmt ein Arsch darin vor.«

Versuchte er gerade, witzig zu sein? Es funktionierte nicht, ihr war nicht im Geringsten zum Lachen zumute. Sie hasste es, wenn die Mordkommission sich so darstellte: schwulenfeindlich, machohaft, intolerant. Manchmal kam es ihr vor, als würde sie in einer billigen Kneipe mit lauter Rüpeln arbeiten.

»Fangen wir mit den wichtigsten Elementen an«, sagte sie und setzte sich ans Kopfende des Tischs.

Das fehlende Glied in der Beweiskette musste sich auf Fábbio Cássios Computer befinden, so lautete ihr Schluss, nachdem sie die Arbeit ihres Teams begutachtet hatte. Auf der Festplatte des in seiner Wohnung sichergestellten Laptops war jedoch nichts entdeckt worden. »Er muss noch einen anderen Computer gehabt haben«, sagte sie zu Tenório.

Olga bestätigte dies am Telefon. Am selben Tag, an dem Fábbio ums Leben gekommen war, sei der Sohn des Wachmanns in Fábbios Wohnung gekommen, um dessen alten Computer abzuholen. »Ich selbst habe ihn ihm übergeben.«

»Ich fahre hin«, sagte Tenório. »Und komme erst wieder zurück, wenn ich diesen Computer habe.«

Sie konnte es kaum glauben: Es war sechs Uhr morgens, und sämtliche Gutachten, einschließlich der zu Fábbios altem Computer, waren fertig. Bisher war so etwas in den Routineabläufen der Abteilung praktisch undenkbar gewesen. Zum ersten Mal, seit sie bei der Mordkommission angefangen hatte, konnte sie auf die Mitarbeit des gesamten Teams zählen. Sekretärinnen, Assistenten, viele hatten die Nacht gemeinsam mit ihr durchgearbeitet, Leute, die gar keinen Bereitschaftsdienst hatten, die spontan dazugekommen waren und sich mit eingesetzt hatten. Azucena konnte nicht umhin zu denken, dass sie erst hatte betäubt und vergewaltigt werden müssen, um festzustellen, wie effizient ihre Abteilung sein konnte.

Die Nacht war nicht leicht gewesen. Sie hatte sich dreimal übergeben müssen. »Du trinkst zu viel Kaffee«, hatte Tenório gesagt. Am liebsten hätte sie laut losgelacht. Nach so vielen Jahren bei der Mordkommission wurde ihr noch nicht einmal beim Durchzählen von Leichenbergen übel. Der von Djavan organisierte Missbrauch von Kindern aber ließ ihre zweite Natur zutage treten. Wenn es um Kinderschänder ging, brach ihre gesamte Auffassung von Gerechtigkeit in sich zusammen. Fünf- oder sechsjährige Mädchen. Eine Dreijährige, praktisch noch ein Baby. Sie wollte, diese Männer wären nicht zu Tode gekommen, ehe man sie in von Haitianern überfüllte Zellen gesteckt hätte, die in den Gefängnissen versauerten. Sie bedauerte wirklich, dass sie tot waren. Es wäre schön gewesen, wenn sie die Kerle persönlich hätte abknallen können. Sich vorzustellen, wie sie das gemacht hätte, das praktische Nachdenken über Exekutionsformen gab ihr rasch ein Gefühl von Erleichterung. Wie beim Eintauchen in das kühle Nass eines Wasserfalls an einem glühend heißen Sommertag.

Ihre Pläne für den Moment waren ein warmes Bad und ein bequemes Bett. Sie wusste jedoch, dass es unmöglich war, nach Hause zu fahren und rechtzeitig vor der Pressekonferenz zur Besprechung mit dem Kommissar wieder zurück zu sein.

Also nahm sie ihre Handtasche, winkte ein Taxi herbei und fuhr in die Rua Augusta. In einem Geschäft für Damenbekleidung kaufte sie eine Jeans, ein weißes T-Shirt, Slip und BH. In der Apotheke an der Ecke erstand sie Shampoo, Deo, Zahnpasta und Zahnbürste, ging zwei Häuserblocks weiter und nahm sich ein Zimmer in einem kleinen Hotel. Als Erstes rief sie bei ihrem Vater an. Weder er noch Ana wussten, dass Giulia am nächsten Tag landen würde, und es musste sichergestellt sein, dass alle da waren, wenn sie mit ihrer Schwester einträfe.

Es war Ana, die ans Telefon ging. »Papa hat heute Nacht nicht zu Hause geschlafen. Weißt du, diese Geschichte treibt mich noch in den Wahnsinn. Gestern hat er Ricardo gebeten, Viagra für ihn zu kaufen, und das Schlimmste ist: Ricardo hat es gemacht.«

Beide lachten.

»Morgen früh habe ich eine Überraschung für euch«, sagte sie. »Pass auf, dass Papa zu Hause bleibt.«

Sie legte auf, zog sich aus und stellte sich unter die Dusche. Die Arme gegen die Wand gestützt, spürte sie, wie das lauwarme Wasser auf ihren Rücken niederprasselte. Sie wollte an nichts denken, aber es ließ sich nicht vermeiden. Was war letztlich falsch gelaufen? Warum hatte sie sich nicht besser geschützt? Bei dem Gedanken, dass sie von diesem jungen Kerl verzaubert gewesen war, zog sich ihr der Magen zusammen. Im Grunde genommen war es das gewesen. Natürlich hatte er sie über die Mauer springen sehen. Natürlich hatte er gewusst, dass das Tor verschlossen war. Machenschaften wie die seinen erforderten einen Chef, der prompt bereitstand. Und er hatte prompt bereitgestanden. Das Telefonat in der Küche, während er den Kaffee zubereitete, hatte er mit Yellow Poison geführt. Bevor ihr Team eintraf, hatten die beiden noch ausreichend Zeit gehabt, das belastende Material aus dem Haus zu schaffen, sie zu betäuben und diese Fotos mit ihr zu machen.

Sie konnte sich an nichts erinnern, vielleicht fühlte sie sich deshalb nicht so beschmutzt wie die Frauen in vergleichbarer Lage, wenn sie in der Rechtsmedizin untersucht wurden. Als hätte man ihren Stecker aus der Steckdose gezogen, hatte sie dort auf dem Sofa gesessen, geblendet von der Schönheit des jungen Mannes, und plötzlich war, peng, alles vorbei gewesen.

Ob Djavan die Kinder auf den Fotos wohl auch betäubt hatte? Sicher nicht. Sie konnte ihre verzweifelten Schreie förmlich hören. Wahrscheinlich hatte er sie mit irgendwelchen Versprechen ins Haus gelockt. Die Vorstellung, dass sich in diesem Augenblick eine Horde kranker Männer an den Bildern, die sie in der Hand gehabt hatte, aufgeilte, steigerte nur noch ihr Bedürfnis, von der Waffe Gebrauch zu machen.

Als sie aus dem Bad kam, stellte sie den Wecker ihres Handys auf zwei Stunden später und legte sich ins Bett. Sie schlief mit dem Gedanken ein, dass noch mehr Leute in Djavans Machenschaften verwickelt gewesen sein mussten. Sehr viel mehr. Sie würde sie fassen, einen nach dem anderen. Irgendwann.

9

Als sie das Büro des Kommissars betrat, hockte Tenório am Fenster, die Zigarette in der rechten Hand verborgen, und pustete den Rauch durch die unterste Kassette des Fensters, die einzige, die sich leicht öffnen ließ. In der anderen Ecke des Raums kniete Jair und versuchte, seinen Laptop an einer Steckdose anzuschließen, die halb aus der Wand hing.

»Geht es dir gut?«, fragte Leandro.

Sie kannte diesen Tonfall. Das letzte Mal, als man sie so behandelt hatte, war sie schwanger gewesen, aber das, was vorgestern passiert war – und was ihr noch immer unwirklich und absurd vorkam –, hatte nichts mit der biologischen Noblesse einer Schwangerschaft zu tun. Der feierliche Ton und die entgeisterten Blicke hatten nur zur Folge, dass sie sich wie ein Versuchskaninchen im Labor fühlte. Würde sie es schaffen, den Wasserhahn zu öffnen, nachdem sie einen Stromschlag abbekommen hatte? Das war es, was sie sehen wollten. Sie wollten zusehen, wie das Gift sich in ihrem Körper ausbreitete und herausfloss, wollten sehen, was es unterwegs zerstörte, wie die Zellen erstickt und getötet wurden. Ich war betäubt, ich habe keine Verletzungen zurückbehalten, hatte sie Lust zu schreien. Schließlich sagte sie nur: »Wir können anfangen.«

Sie legte einen dicken Ordner auf den Tisch und nahm ein Foto heraus, auf dem Djavan auf einer politischen Veranstaltung hinter einer Rednertribüne in einem schlecht sitzenden Anzug zu sehen war, der vermutlich jemandem mit zehn Kilo weniger auf den Rippen gehört hatte.

»Wer ist der da?«, fragte Leandro und meinte damit den Mann in der Mitte der Tribüne.

»Stadtrat Cândido Araújo. Er ist vor viereinhalb Jahren an einer Überdosis gestorben. Aber Djavan und er hatten sich lange vorher in einem Nachtclub in Salvador kennengelernt. Mithilfe dieses Politikers ist Djavan nach São Paulo gekommen und hat eine Webseite für Beziehungsanbahnungen namens *Caramelo* gegründet, die kürzlich in *ichbinaufderpiste.com* umgetauft wurde. Hast du sie da, Jair?«

Der Fotograf war noch immer dabei, sich von der Anstrengung, sich mit seinen kaputten Knien hochgehievt zu haben, zu erholen. Er schnaufte und schwitzte, während er den Laptop so aufstellte, dass alle auf den Monitor schauen konnten. »Finden Sie Ihre bessere Hälfte«, stand oben auf der Seite neben dem Logo der Firma: zwei angebissene Apfelhälften, die ein Herz bildeten, aus dem Blondinen mit dicken Titten und Mündern wie Entenschnäbel ploppten.

»Die Zuhälterei via Internet war für Djavan eine Art Einstiegsdroge«, begann sie. »Über die Seite angelte er sich Kunden, deren sexuelle Rendezvous in dem Haus mit versteckten Digitalkameras und natürlich ohne Genehmigung gefilmt wurden. Mit diesen Aufnahmen erpresste Djavan nicht nur die Kunden, sondern auch die Mädchen, die für ihn arbeiteten. Viele von ihnen waren Studentinnen, die nur ab und zu als Model jobbten. Über die Erpressungen band er sie so lange an sich, wie er sie brauchte. Er bot auch junge Männer an, aber in geringerem Umfang.«

Leandro erkundigte sich, wie Djavan und Fábbio einander kennengelernt hatten.

»Über die Webseite«, erklärte sie. »Djavan war nicht nur Zuhälter, er prostituierte sich im Falle besonderer Kunden auch selbst. Tenório, hast du die Aussage von Cayanne dabei?«

Der Kriminaltechniker machte es sich auf seinem Stuhl bequem und schaute die Papiere durch, die vor ihm lagen, nahm einige Blätter heraus, legte sie wieder zurück und zog sie in aller Seelenruhe abermals heraus.

Unterdessen fuhr Azucena fort: »Gestern haben wir Cayanne vorgeladen, um ein paar Fragen zu klären, die sich durch die Analyse des sichergestellten Materials ergeben haben. Hast du sie gefunden, Tenório?«

»Ja. Die Sache ist folgende. Da kann man mal sehen, wie hart das Leben der Prominenten ist, der Typ ist ganz oben angelangt, höher geht's nicht mehr, er verkauft tonnenweise Margarine, und was passiert dann?«

»Chronologie«, sagte sie.

»Dazu komme ich gleich«, entgegnete Tenório. »Dieses Detail ist nämlich wichtig: Von dem Tag an, als er erfuhr, dass er für die männliche Hauptrolle in *Eisen und Feuer: Auf Biegen und Brechen* ausgewählt worden war, war es mit Fábbios sexueller Potenz schlicht und einfach vorbei. Das jedenfalls behauptet Cayanne. Scheint so, dass es die Liebe nicht gerade beflügelt, wenn man berühmt wird und einen Haufen Geld verdient.«

»Lies den Teil über die Prämienzahlung vor«, sagte Azucena.

»Mache ich, aber immer mit der Ruhe. Vor zwei Jahren und

sieben Monaten beschlossen Cayanne und Fábbio, unorthodoxe Lösungen für ihr Paarproblem zu suchen, und über die Seite engagierten sie Djavan. Sie vereinbarten ein Treffen in einer Striptease-Bar, und jetzt zitiere ich: ›Ein total irrer Laden mit einer Live-Sexshow, einer Mischung aus Akrobatik und praktischer Lehrstunde über das Kamasutra. Wir haben uns unterhalten und Bier getrunken und gelacht, so lange, bis Fábbio total besoffen war und Djavan seine geheime Phantasie erzählte. Er wollte zuschauen, wie ich mit einem anderen vögele. Wohlgemerkt: Es sollte eine therapeutische Nummer sein, zumindest habe ich das gedacht. Ein Versuch, unsere Beziehung zu kitten.‹«

»Hat Djavan die beiden fotografiert?«, fragte Leandro.

»Nein, hör zu«, sagte Tenório und las weiter vor: »›Die Sache fand bei uns in der Wohnung statt, aber es lief nicht gut. Ich war angespannt und die beiden auch. Ich dachte, das wär's gewesen, aber vier Tage später komme ich nach Hause, und da sitzt Djavan zusammen mit Fábbio, und sie trinken Bier und gucken Fußball. Das hat mir nicht gefallen. Wir hatten vereinbart, dass ich das nur einmal machen würde, und plötzlich sitzen sie da zu zweit? Ich habe Fábbio dann gebeten, mit mir ins Schlafzimmer zu kommen und ihm gesagt, er soll den Typ wegschicken. Fábbio kam mit so einem komischen Text, er hätte sich mit ihm angefreundet, er sagte, der Typ gefällt mir, der Typ ist klasse, er ist intelligent, er ist nicht hier, um mit irgendwem zu vögeln, er ist mein Freund. Ich war baff und habe ihn gefragt: Was ist denn mit dir los? So was Oberkrankes, habe ich gesagt, ein Wahnsinn, erst soll ich für dich mit einem Callboy vögeln, und dann holst du den Typ nach Hause und erzählst mir, ihr seid Freunde! Wir hatten einen Mordskrach, und dann kam alles noch schlimmer. Ich habe in der Nacht nicht zu Hause geschlafen, und als ich am nächsten Morgen heimkam, war mein Fotoapparat verschwunden. Es war nicht schwer draufzukommen, wer ihn geklaut hatte. Ich bin etwas schusselig, ich verliere oft Sachen, meine Sonnenbrille, die Autoschlüssel, den Hausschlüssel, und Fábbio hat dann auch gleich behauptet, ich hätte den Apparat irgendwo liegen lassen. Aber so unaufmerksam, dass ich eine Profi-Canon verliere, bin ich nicht. Es konnte nur Djavan gewesen sein. Ich habe zu Fábbio gesagt: Dieser Typ setzt mir nie wieder einen Fuß ins Haus. Einige Zeit später, in derselben Woche, in der Fábbio vom Sender Rede Espectacular eine Weihnachtsprämie erhielt, kriegten wir plötzlich anonyme Briefe, in denen 50 000 Real – genau die Summe der Prämienzahlung – gefordert wurden, ansonsten würden Fotos von uns ins Internet gestellt werden. Was für Fotos das waren? Die aus meiner Kamera! Intime Fotos von uns, die wir aufgenommen hatten, wenn wir es miteinander trieben. Erst da kapierte Fábbio, dass ich, was Djavan anging, recht gehabt hatte. Ich wollte die Polizei rufen, mir war es völlig egal, ob unsere Intimfotos an die Öffentlichkeit geraten würden. Aber Fábbio wollte das nicht. Er hatte eine Sterbensangst davor, was die Leute denken könnten. Wir haben dann das Geld bezahlt, und die Sache war erledigt. Ich habe keine Beweise dafür, dass Djavan der Erpresser war. Aber wenn Sie mich fragen, dann kann nur er es gewesen sein. Wir hatten nie wieder irgendwelchen Kontakt zu dem Kerl.‹«

Leandro wurde ein Ordner mit dem E-Mail-Verkehr zwischen Djavan und Fábbio gereicht. Er blätterte ihn durch: »Fábbio hatte einen Hotmail-Account?«

Azucena erwiderte: »Das war uns auch neu. Es ist uns gelungen, die gelöschten Dateien auf Fábbios altem Computer wiederherzustellen. Er hatte ihn dem Sohn vom Wachmann geschenkt. Dort haben wir einen vermutlich geheimen Hotmail-Account gefunden, geheim sicherlich deshalb, damit Cayanne nichts von seinen Treffen mit den Prostituierten mitbekam, die Djavan für ihn arrangierte. Wir haben auch die besagten Fotos von den beiden aus Cayannes Kamera entdeckt. Fábbio hatte nie daran geglaubt, dass Djavan sie gestohlen haben könnte. Er dachte immer, er wäre Opfer eines Hackers geworden. Deshalb hielt er trotz Cayannes Warnung den Kontakt zu Djavan aufrecht, anfänglich, um Drogen zu kaufen. Für Freunde besorgte Fábbio manchmal Kokain, mitunter auch große Mengen, vielleicht für Partys.«

»Woher kamen die Drogen?«, fragte Leandro.

»Von Yellow Poison«, sagte Tenório und ging zum Fenster, um sich eine neue Zigarette anzuzünden. »Und nun beginnt die Geschichte, richtig zu stinken. Wir wussten schon, dass das Studio dem Kerl gehörte, der bei dem Unfall mit Djavan zusammen ums Leben gekommen ist. Er hieß Samuel Rosa. Was wir nicht wussten: Er war der jüngste Bruder von Pezão, ihr erinnert euch? Pezão, der Drogendealer, der eine bescheidene Strafe von 112 Jahren verbüßt. An Drogen zu kommen war also vermutlich kein Problem für sie.«

Azucena fügte hinzu: »Als Djavan dort zu trainieren begann, so vor dreieinhalb Jahren, produzierte Samuel bereits kinderpornographisches Material für Webseiten und Zeitschriften. Die beiden taten sich zusammen, ihre Interessen waren gleich gelagert.«

»Wie kommt Fábbio hier ins Spiel?«, fragte Leandro.

»Als nichts ahnender Trottel«, gab sie zur Antwort. »Er hatte nicht den geringsten Schimmer von dem ganzen Dreck. Er fing wegen Djavan an, dort zu trainieren, und war begeistert von dieser Welt der Mixed Martial Arts. Jungen aus armen Verhältnissen vom Stadtrand haben dort den ganzen Tag lang trainiert und nachts auf Matten neben Besen und Wischeimern geschlafen, weil sie einfach kein Zuhause hatten. Fábbio spielte sogar mit dem Gedanken, Gesellschafter von Yellow Poison zu werden. Bei drei Gelegenheiten hat er Samuel Geld geliehen.«

Mit diesen Worten reichte sie Leandro das Gutachten mit den Ergebnissen des Kontoabgleichs. »Man beachte, dass Fábbio angelegtes Geld abgehoben hat, deshalb haben wir vorher nichts Außergewöhnliches bemerkt. Es gibt eine Übereinstimmung zwischen seinen Entnahmen und den Eingängen auf Samuels Konto, das in Wirklichkeit ein Gemeinschaftskonto von ihm und Djavan war.«

Leandro überflog die Papiere. »Und was ist mit Cayannes und Telmas Konten?«

»Cayanne ist sauber«, sagte Tenório und drückte die Zigarette aus, wickelte die Kippe in ein Stück Papier und steckte es in die Tasche.

»Telma habe ich genauer unter die Lupe genommen«, sagte Azucena. »Ich dachte, sie könnte vielleicht irgendetwas mit Djavan zu tun haben, aber sie ist nur in die Versicherungsgeschichte verstrickt.«

»Wie heißt das Sprichwort so schön: Wer über die Straße geht, rutscht auf den Bananenschalen der anderen aus«, sagte Jair und lachte.

Anschließend berichtete Azucena, dass Fábbio eines Abends nach dem Training im Umkleideraum aus Versehen den Spind neben seinem aufgemacht und Cayannes gestohlene Kamera darin gefunden hatte. »Vielleicht war es auch kein Versehen. Ich glaube, Fábbio hatte einen Verdacht. Nur, dass der Apparat eben inzwischen dazu benutzt wurde, kinderpornographisches Material zu produzieren.«

»Woher stammt diese Information?«

»Von Fábbios altem Computer. Er führte darauf ein Tagebuch, das uns alle fehlenden Teile für unser Puzzle geliefert hat.«

Sie hatte keine Kraft, sich weitere Bilder anzuschauen, und wandte den Blick ab, als Jair die Fotos von Kindern unterschiedlichen Alters zu zeigen begann, die von maskierten Erwachsenen missbraucht wurden. Niemals würde sie die Augen dieser kleinen Mädchen und Jungen vergessen. Es war nicht nur Entsetzen, das sich darin ausdrückte, es war vor allem Verwirrung. Manche standen unter Drogen.

»Mein Gott!«, rief Leandro wieder und wieder aus und zog den Laptop zu sich heran. Eine gute Weile war das Geräusch seiner Finger auf den Tasten das Einzige, was im Raum zu hören war. Er brach ab, noch bevor er am Ende der Datei angelangt war, und schloss sie.

Azucena wusste, von diesem Anblick musste man sich erst einmal erholen. Sie ging zum Sideboard und brachte allen einen Kaffee.

»Wie hat Fábbio reagiert?«, fragte Leandro.

»Ich glaube, er hat gar keine Zeit mehr gehabt zu reagieren. Als Djavan bemerkte, dass die Kamera verschwunden war, hat er sofort begriffen, was passiert war. Und hat Fábbio eine Botschaft zukommen lassen. Zeig sie mal, Jair.«

Die Bilder, die auf dem Monitor erschienen, ähnelten denen, die Djavan von ihr selbst gemacht hatte: Fellatio, Analsex, Oralverkehr. Das Opfer war jedoch der Schauspieler.

Sie fuhr fort: »Dem von der Kamera registrierten Datum nach wurden diese Fotos zur selben Zeit gemacht, als Fábbio anfing, das Studio zu frequentieren. Die Bilder entstanden sicherlich unter Zuhilfenahme der gleichen K.-o.-Tropfen. Das war der modus operandi von Djavan und seinem Kompagnon. Fábbio war zutiefst erschrocken, und Djavan schlug ihm einen Tausch vor, das kinderpornographische Material gegen die Pornofotos, die er von dem Schauspieler gemacht hatte. Dieser Austausch erfolgte in der Garderobe, Stunden vor Fábbios Tod. Wenn es uns gelungen wäre, den verkohlten USB-Stick auszulesen, den wir in der Garderobe gefunden haben, hätten wir diese Fotos zu Gesicht bekommen. Selbstverständlich hatte Djavan ihm nur eine Kopie übergeben und die Datei auf seinem Computer behalten.«

»Die Staatsanwaltschaft wird sich freuen«, sagte Leandro.

»Es gibt noch weitere Fotos dieser Art auf Djavans Computer, wir müssen noch einige Personen identifizieren, die sicher ebenfalls erpresst wurden oder erpresst werden sollten.«

Schweigend betrachteten sie die Fotos von Fábbio. Leandro stöberte in den Papieren, die vor ihm lagen. Er las sich einige E-Mails noch einmal durch und sagte dann: »Was ich nicht verstehe: Warum soll Djavan Fábbio getötet haben, obwohl er doch das kinderpornographische Material zurückbekommen hat?«

»Weil noch mehr Leute in der Geschichte drinstecken«, erklärte Azucena. »Tenório und ich haben uns lange darüber unterhalten.«

»Immer mit der Ruhe, wir haben keine Beweise dafür«, sagte Tenório. »Wir dürfen nichts überstürzen.«

»Für mich passen einige Teile durchaus zusammen«, entgegnete sie. »Dieser Stadtrat etwa, der Djavan nach São Paulo geholt hat. Meiner Ansicht nach hat Djavan seine Prostituiertenagentur aufgebaut, um den Bekanntenkreis des Stadtrats, dessen Liebhaber er war, zu bedienen. Es gibt auf seinem Computer eine Datei mit Kunden, die dort als Sieger bezeichnet werden. Wer sind Sieger? Politiker. Leute, die sich bedroht gefühlt haben, als sie erfuhren, dass Fábbio kompromittierende Fotos in seinem Besitz hatte. Es war Djavan, der bei Concórdia angerufen und sich für einen Mitarbeiter der Produktion von *Narrenfeuer* ausgegeben hat, um die Munition zu bestellen.«

Tenório fügte hinzu, der Angestellte von Concórdia habe Djavan als denjenigen wiedererkannt, dem er die Kugeln ausgehändigt hatte.

»Gibt es Aufzeichnungen davon, wie Djavan mit dem Motorrad in die Theatergarage hineingefahren ist?«

»Es sind nicht die besten. Djavan trägt einen Helm, und das Kennzeichen ist nicht zu sehen«, sagte Jair.

»Aber wir haben das hier«, sagte Azucena und legte einen Ring auf den Tisch. »Erinnerst du dich noch an den verschwundenen Ring von Fábbios Hand? Wir wissen nicht, ob es derselbe ist. Aber wir haben herausgefunden, dass er bei den internen Wettkämpfen von Yellow Poison das Symbol für Sieg darstellte. Der Ring war unter den Gegenständen, die im Toyota sichergestellt worden sind. Wir wissen jetzt, warum Fábbio ohne ihn im Leichenschauhaus ankam. Jemand wollte Yellow Poison vor den Ermittlungen schützen.«

»Und Olga hat davon nichts gewusst?«

»Es war ein gewöhnlicher Ring, der nur für die Kämpfer eine Bedeutung hatte. Ich weiß nicht, ob Olga ihn kannte. Cayanne zum Beispiel wusste nichts davon. Olga hätte uns sicher noch weiterhelfen können. Sie wusste sehr viel mehr, als sie gesagt hat. Ich glaube, sie hat versucht, das Image ihres Sohnes zu schützen.«

»Es gibt ein paar Lücken«, ergänzte Tenório. »Die Käufer des kinderpornographischen Materials haben Identifizierungsnummern. Wir haben noch nicht herausgefunden, wer diese Personen sind. Aber wir haben viele Nummern und Dutzende von Siegern. Zahlreiche Leute aus dem Landesinneren. Und einige aus Brasília.«

Die vier unterhielten sich noch eine ganze Weile darüber, dass sie womöglich einer größeren Sache auf der Spur waren, und über die Notwendigkeit geheimdienstlicher Maßnahmen, um sämtliche Fäden und Verbindungen zu entwirren.

»Am heikelsten ist wohl die Frage, wie du es schaffen wirst, die Akte Fábbio zu schließen und die Presse zu füttern, ohne unsere künftigen Ermittlungen zu gefährden«, überlegte Azucena.

»Bitte mich bloß nicht darum, den Fall unabgeschlossen zu lassen.«

»Im Gegenteil, meiner Ansicht nach ist es wichtig, ihn für abgeschlossen zu erklären. Dann können wir die Ermittlungen im Rahmen einer größeren Operation weiterführen«, sagte Azucena.

Tenório pflichtete ihr bei: »Denn egal, was noch passiert, daran, dass Djavan Fábbio getötet hat, gibt es nichts zu rütteln. Zumindest war er derjenige, der die Waffe geladen hat.«

»Falls es einen spiritus rector geben sollte, und ich glaube, dass es ihn gibt, werden wir ihn rechtzeitig finden und in das Verfahren miteinbeziehen«, schloss Azucena.

Leandro bat die drei, die Beweise auszuwählen, die in die Akte aufgenommen werden sollten, und beendete die Besprechung.

Azucena war schon im Begriff, zusammen mit Tenório und Jair hinauszugehen, als er sie am Arm festhielt. »Bleib noch einen Moment«, sagte er und schloss die Tür mit dem ernsten Gesicht von jemandem, der etwas Wichtiges zu sagen hat.

Es gab etwas, das sie gerne gehört hätte. Sie war selbstkritisch genug, um zu wissen, dass sie es verdient hatte, die neuen Ermittlungen in Sachen Kinderpornographie zu leiten, mit deren Planung gerade eben begonnen worden war.

Doch stattdessen sagte er: »Ich hoffe, du verzeihst mir, was passiert ist. Ich fühle mich in gewisser Weise dafür verantwortlich.«

Nein. Das wollte sie nicht hören. Nicht in diesem Augenblick. Nicht nach der schlaflosen Nacht, die sie hinter sich hatte.

»Ruf mich an, wenn noch irgendetwas unklar ist«, entgegnete sie im Hinausgehen.

Abends im Bett sah sie sich im Fernsehen die Nachrichten an.

»Wende im Fall Fábbio Cássio«, verkündete die Ansagerin. Auf dem Monitor das Bild des zerschellten Toyotas. Dazu ertönte eine Stimme aus dem Off: »Der Leiter der zentralen Mordkommission, Leandro Vargas, berichtet, dass Djavan Pereira Barroso, der bei dem Autounfall am gestrigen Morgen ums Leben kam, der mutmaßliche Mörder des Schauspielers Fábbio Cássio ist. Bei dem Unfall starb auch Samuel Rosa, Djavan Barrosos Geschäftspartner und Komplize bei dem Mord, der bewusst als Selbstmord getarnt wurde. Der Polizei zufolge war das Duo Eigentümer eines Fitnessstudios, in dem der Schauspieler, der von den beiden erpresst wurde, trainierte. Fábbio Cássio hatte beschlossen, die Männer bei der Polizei anzuzeigen, und ist aus diesem Grund ermordet worden. Durch die neuen Erkenntnisse werden der Produzent Cláudio Veríssimo und Fábbio Cássios Lebensgefährtin Cayanne von den Anschuldigungen entlastet. Telma Salles hingegen, die Tante des Schauspielers, die im Gefängnis Barrados einsitzt, bleibt weiterhin in Untersuchungshaft. Sie muss sich wegen Urkundenfälschung verantworten.«

Jetzt war die Moderatorin wieder im Bild »Weitere Einzelheiten zum Fall Fábbio Cássio erfahren Sie in der Sondersendung über den Schauspieler, die um 23 Uhr beginnt. Nicht verpassen!«

Azucena zappte weiter. Mit Ausnahme von zwei evangelikalen Sendern berichteten alle über die Nachricht. Sie wollte sehen, wie Leandro sich in dem Interview geschlagen hatte, aber es erschien Cayanne. Sie sagte, sie vergebe den Mördern, und versprach eine Funkshow, »wie ihr sie noch nie gesehen habt«.

Auf einem einzigen Sender war der Innenminister zu sehen, eine blasse Gestalt, der die Effizienz der Zivilpolizei lobte. Aber wer interessierte sich schon für den Innenminister?

Eines freute sie: Das Wort Pädophilie war kein einziges Mal gefallen.

»Hallo, Leute aus Campinas! Ihr liebt Fábbio Cássio und wollt seinen Stern hell am Himmel leuchten sehen? Ich singe auch bei euch. Am 27., im Balacobaco. Ich erwarte euch dort!«, verkündete Cayanne in dem Moment, als Azucena den Fernseher ausschaltete.

EPILOG

Der Wetteransager hatte ein weiteres Mal danebengelegen. Die Vorhersage für Samstag lautete bedeckter Himmel mit vereinzelten Schauern, aber der Tag hatte mit Sonnenschein begonnen.

Ohne Eile fuhr Azucena auf die Marginal. In zehn Minuten würde sie beim internationalen Flughafen Guarulhos sein. Hinten auf der Rückbank stritten ihre Töchter sich wegen eines auf die Schnelle gekauften Blumentopfs, den Giulia später bekommen sollte. Sie hörte nicht hin. In Gedanken war sie noch immer bei dem, was soeben passiert war, bei dem, was sie ihrem Exmann gesagt hatte, als sie die Kinder bei ihm abgeholt hatte: Er solle die Papiere für die Scheidung fertig machen. Sie würde sie unterschreiben.

»Und was ist mit der Vermögensaufteilung?« Die würde sie auch unterschreiben. »Willst du dir keinen Anwalt nehmen, der sich darum kümmert?«, hatte er misstrauisch nachgehakt.

»Nein«, sagte sie.

»Und was sind deine Bedingungen?«

Sie hatte keine Bedingungen. »Es gibt etwas, das heißt Gesetz«, erklärte sie.

Was ihr nicht mehr aus dem Kopf wollte, war das Bild ihres Exmannes, wie er auf dem Bürgersteig stand und vorherzusehen versuchte, von welcher Seite der Angriff kommen würde. Welchen Teil des Schlachthofs würde er verlieren? Was war ihre Strategie? Sein Gesichtsausdruck zeugte eher von Verzweiflung als von Angst.

Es kümmerte sie nicht, was er dachte. Sie war weder großzügig noch machte sie ihm Szenen. Und es gab auch keine Falle. Das Schwierigste, das Komplizierteste, hatte sie schon überstanden. Sie hatte sich an dieses Dasein als Wochenendmutter gewöhnt. An das Muttersein am Telefon. Ohne Routinen. Als wäre sie die Oma. Oder der Vater. Es war gar nicht mal so übel. Eigentlich ließ sich alles in einem Wort zusammenfassen: Gewohnheiten.

In dem Moment, als Giulia lächelnd, mit zerzaustem Haar, in der Tür der Ankunftshalle auftauchte und ihre Töchter auf sie zuliefen, um sie zu umarmen, merkte Azucena, dass sich in ihrem Leben tatsächlich gerade etwas änderte: Konnte es wirklich sein, dass sie sich freute, diesen Teufelsbraten in die Arme zu schließen?

ENDE